ひとりぼっちの異世界攻略
life.5
超越者と死神と自称最弱
五示正司
author Shoji Goji
イラスト 榎丸さく
illustrator Saku Enomaru

クラスメイトの
最強装備
盾っ娘
Tatekko
Equipment
明鏡の大盾
委員長
Iincyo
Equipment
豪雷鎖鞭

図書委員
Toshoiin
Equipment
波及の首飾り
オタC
OtaC
Equipment
万能の大薙太刀《ハルバート》
ビッチリーダー
Bitch Leader
Equipment
永久氷槍

きゃああああああああああっ！
副委員長B
FukuiincyoB
「何で揉んでるの？
何で私の胸を揺すって
振り回して鷲掴みしてるのっ！
駄目——、遥君も見ちゃ駄目!!」

ひとりぼっちの異世界攻略

life.5 超越者と死神と自称最弱

Lonely Attack
on the Different World
life.5 Overman, Death God, and Self-styled Weakest

五示正司
author — Shoji Goji
イラスト — 榎丸さく
illustrator — Saku Enomaru

CHARACTER

委員長
Iincyo

遥のクラスの学級委員長。集団を率いる才能がある。遥とは小学校からの知り合い。

遥
Haruka

異世界召喚された高校生。クラスで唯一、神様に“チートスキル”を貰えなかった。

アンジェリカ
Angelica

「最果ての迷宮」の元迷宮皇。遥のスキルで『使役』された。別名・甲冑委員長。

副委員長A
FukuiincyoA

クラスメイト。馬鹿な事をする男子たちに睨みをきかせるクールビューティー。

副委員長B
FukuiincyoB

クラスメイト。校内の「良い人ランキング」1位のほんわか系女子。職業は『大賢者』。

副委員長C
FukuiincyoC

クラスメイト。大人の女性に憧れる元気なちびっこ。クラスのマスコット的存在。

STORY

クラスごと異世界に召喚された〝ぼっち〟の高校生・遥。

偽迷宮の罠でディオレール王国最強の近衛師団を撃破した遥は、師団を指揮する王女シャリセレスと対峙。決闘で勝利し、シャリセレスを仲間に引き入れた。

王国最強の師団を率いて辺境で玉砕し、「辺境には勝てない」と知らしめることで戦争の回避を試みたシャリセレス。その思いを知り、王国と戦う決意を固める辺境オムイの領主メロトーサム。王国と辺境の戦争突入は避けられない様相だった。

遥はクラスメイトを戦争から遠ざけようとするが、図書委員の思惑によりクラスメイトは既に訓練し準備を進めていた。抗いがたい流れの中で遥にできること。それはこれまで通り、辺境の経済力と軍事力を高めるための財宝を探しに迷宮を攻略することであったが——。

ビッチリーダー
Bitch Leader

クラスメイト。ギャル5人組のリーダー。元読者モデルでファッション通。

図書委員
Toshoiin

クラスメイト。文化部組に所属するクールな策略家。遥とは小学校からの知り合い。

盾っ娘
Tatekko

クラスメイト。大盾で皆を守る真面目っ子。攻撃を受けてよく吹っ飛ばされている。

裸族っ娘
Razokukko

クラスメイト。元水泳の五輪強化選手。水泳部だったギョギョっ娘と仲良し。

ギョギョっ娘
Gyogyokko

クラスメイト。異世界で男子に追い掛け回されて男性不信気味。遥のことは平気。

新体操部っ娘
Shintaisobukko

クラスメイト。元新体操の五輪強化選手。新体操用具に変形する錬金武器の使い手。

オタC
OtaC

クラスメイト。オタ4人組のひとり。職業は『守護者』で守りの技術に優れる。

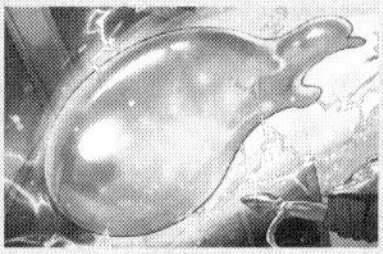

スライム・エンペラー
Slime Emperor

元迷宮王。『捕食』した敵のスキルを習得できる。遥のスキルで『使役』された。

尾行っ娘
Bikokko

調査や偵察を家業とするシノー族の長の娘。「絶対不可視」と称される一流の密偵。

シャリセレス
Shariceres

ディオレール王国王女。偽迷宮の罠による“半裸ワッショイ”がトラウマになる。別名・王女っ娘。

メロトーサム
Merotosam

辺境オムイの領主。「辺境王」「軍神」などの異名を持つ英雄にして無敗の剣士。

メリエール
Meriel

辺境オムイの領主の娘。遥に名前を覚えてもらえず「メリメリ」という渾名が定着。

観《み》る、視《み》るだけで別次元。おそらく純粋な対人剣技では甲冑《かっちゅう》委員長さんしか相手にならないんだろう、もうどちらが上か俺ではわからない次元。

視るから診られているのがわかる、それだけでスキルが封じられ、手段が一気に削られる。隙を作り嵌《は》める虚が出せなければ戦術は縛られ、誘導される。うん、動けない、真っ当に真正面から当たれば死ぬのに、移動に移らせて貰《もら》えない先が全て潰される感覚。殺すための技。人体の構造上、決して抗《あらが》えない術理、向かい合ってるだけで未来視に映る無限の殺され方。うん、勝てない、勝ち筋がない、人としてこのおっさんに勝つ方法がない。

うん、これ全部読まれてる。考えるのに追い付かれ、思考が止まった瞬間に殺される。絶対間違いのない確実な必殺を視ている、その瞬間を待ってるから動けない。

だから出よう、退《ひ》いても届かない、前に勝ち筋もないけど、そこしか届かないんだよ。王女っ娘達《こたち》も射程距離に捉えられているし、これは捕える気なんて無く殺す気しか無いんだろう。考えても読めない、読んでもその先までを読み切られている。

（ポヨポヨ？）

うん、スライムさんなら見切られないかも知れない、あれは対人戦闘の専門家だから。でも、王女っ娘達のフォローを頼むよ……俺だと反応できない、こっちに来てくれないと何もできない。

そういう風に動かされてる。全くエロいストーカーさんかと思ったら全部見られていたんだよ……せめて、あのエロドレスでもチラ見してくれれば……み、見ないだとおおー、今のチラリは今日のベストショットだったのに、俯瞰《ふかん》しながらも、今の太ももさんのチラリをガン見しないとは、なんて恐ろしいおっさんだ！

だから前へ出る、もう手立てはない。これは人を殺すためだけに窮めたもの、全てを人体の構造で見抜き、心理を読みきり、戦い方を理解し尽くしている。

「えっと、盗賊さんか暗殺者さんかエロい人なのか知らないけど、おっさんなんか用なの？　でも俺はおっさんに微塵《みじん》の用も無いんだよ、って言うか何でおっさんなの？」

剣を抜いたのも見えない、見えた時は抜かれていた自然すぎる動き。やれやれ、さてさて――うん、見ればいいよ。俺はもう観るのを諦めたから。

だからただ斬る。それ以外の何も考えずに、最速の一刀を放つ……無意味なんだけどね。もう、意味も呼吸も動作も何もかも全て見抜かれている。うん、見れば良いよ――観えるんならね？　うん、俺は諦めたんだよ？　うりゃ？

寝る前に食べると太るらしいけど、丸いから問題ない。

55日目　夜　宿屋　白い変人

そして、にこやかに裏切り者が笑う――うん、鞄《かばん》は気に入ったらしい？

「情報は随時尾行っ娘ちゃんの一族から入ります、現在は王都と貴族の情報収集を中心にした隊が編成され活動中です。戦争は無いと決めつけるには根拠が無さ過ぎるんですよ」

「ちょ！」

うん、滅茶気に入ったようで中部まで細かに確認中だ！

「無駄とか無理とか関係なく起きる時は起こります。古来から中世の貴族社会で国が亡《ほろ》びる原因なんて、突き詰めれば皆愚かさから滅びているんですよ。無能だから戦争に追い詰められ、その無能さで負けて滅びているだけで原因は愚かさなんですよ」

に……2個目だとー!?

「きっと打てる手が無くなれば後の事も考えない愚か者が、理由をこじつけ辺境伯を王都に呼び出し殺しますよ。戦争を回避すればするほど悪くなる事も有るのです、真の愚かさは周囲を腐敗させ滅します。考えが甘いんです、女子に戦争の訓練をさせたのは真っ先に狙われて最も危険だからです。守られているだけではいつか隙を突かれますよ」

そう、鞄を取りに来た。裏切っておきながら普通の顔をして「鞄出来ましたか」だよ？

そして、文句言ったらこれだ……あゝ、正し過ぎて碌《ろく》でも無い。それが当たってるならメリ父さんは呼び出されれば王都へ行く、敵地の中心であろうとも一人で来いと言われれば一人で行く。そして脅されても従わないだろう──あと、3個目も持って帰る気だ!!

「それに女子の戦闘訓練は私が何かしなくても、早晩始まっていました。確かに対人の集団戦重視にしたのは戦争含みですが、最初から女子組からの訓練要望は護衛と対人戦です。遥《はるか》君がどれ程大事に守り甘やかそうとしても、みんな戦う気ですよ。みんなの目的は最初から遥君を守る事だけですから。弱っているからって何もさせなければ、強くなろうとするに決まっているじゃないですか。だって目的をたった一つしか持っていないんです。みんなを守ろうとすればするほど、みんなは──貴方《あなた》を守ろうとするのですよ」

それは誤算なんだろう──そう、まさか4個目から一気に5個目だと──!?

「確かに私達は未《いま》だに隠れて泣いて強がっているだけです。ですが女子を舐《な》め過ぎですよ、どれだけ泣こうとも全員の決意は変わりませんでした。だからアンジェリカさんも訓練に手を貸してくれているんです。舐め過ぎていたんですよ、みんな泣きながらでも足掻《あが》いて強くなっているんですよ。貴方の為《ため》に」

そう言って新作鞄の一番良いのを選《よ》りすぐって持って行かれた。うん、裏切っておきながら、約束の10個全部持って行きやがった!?

道理で強過ぎた。あれは昨日今日始めた練習じゃなかった。あれはずっと前から俺の弱点に気付き訓練内容を対人戦に特化させていた。つまり迷宮でも防衛戦と対人戦を視野に入れた戦い方をしていた。それで魔物との戦いに苦労してもずっとやっていたんだろう。
確かに女子さん達を舐めてたみたいだけれど、甲冑委員長さんはお仕置きだ。確かに舐めていたけれど、それはもう更に舐め回してお仕置きだ！　もう何処《どこ》も彼処《かしこ》も舐め回して、泣いて反省してもお仕置きだべえええええ!!　うん、楽しみだ!?
今も裏庭で訓練が始まっている——多分オタ莫迦《ばか》の折檻《せっかん》を兼ねて男子対女子、但し甲冑委員長さん付きで……うん、俺の豊かな経験から言って、逃げると厳しくなるんだよ？　超毎日経験中な経験者が言うんだから間違いないんだよ？　ただし、舐め過ぎていようと甘いものは甘い。あの訓練は有効だが癖が付き過ぎる。確かに対人や人型には極めて有効だけど、だからこそイレギュラーな特殊戦闘が不得手な原因はあの訓練だ。
「スライムさん教官頼めるかい。報酬は寝る前にお菓子10個なんだよ、寝る前に食べると太るらしいけれど、丸いから問題ないと思うんだよ？　みたいな？」（ポヨポヨ）
任されてくれるらしい。これでスライム教官の乱入だ、究極の特殊戦闘で極限の変則戦闘の実体験をするがいい。
「しかし、なんで泣きながら強くなろうとするんだろうね……たった2ヶ月で普通の女の子が立ち直れる訳なんて無いのに……うん、無理し過ぎなんだよ？」（プルプル）
またバーゲンでもして精神を砕いておこう。人はそんなに強く無いんだよ。無理をすれば壊れる。頑張るっていうことは無理しているっていう事なんだから。軽く内職を済ませる。新製品のゆるふわニットのシリーズにカーディガン各種にソックスもロングからショートまで揃《そろ》え、そしてファーのアクセサリーが目玉商品だ。きっとこれで明日の夜は訓練どころではなくなるだろう。うん、まだ覚悟なんて早いんだよ。

　そして教官中のスライムさんをお風呂に誘いに行く序《つい》でに、裏庭の様子を見に行くと

……まだやっていた。既にオタ莫迦は屍《しかばね》になっていた。よし、踏んでおこう。

「持ち堪《こた》えて！　前衛防御お願い!!」「「「了解！」」」

　スライムさんのスキル『分身』攻撃による、雷撃付きの連弾を受け止めて耐えている。

委員長さんまで楯《たて》を装備してるけど『楯術』まで取ってるみたいだな？

「各自分散！」「後衛、退避完了！」「「「包囲するよ！」」」

　後衛を徹底的に守り、攻撃を受けさせずに攻撃へと集中させる。護衛戦でスライムさん相手に守りきっている。今のスライムさんの強さは迷宮王レベルじゃ無い、まして千変万化で変化自由の変幻自在で何でもありなんだよ？

「囮《デコイ》、行きまーす！　幻惑!!」「一番手貰い。幻影《イリュージョン》展開！」

　スライムさんに攪乱《かくらん》戦なんて無謀なんだけど、攪乱するだけで戦う気が無い。足止めと時間稼ぎの囮《おとり》。逃げる気満々で射程無限のスライムさんから逃げ回る。

「撃てえええっ！」「「「了解《ヤー》！」」」

　何故《なぜ》独語!?　スライムさんに魔法の弾幕を浴びせながら陣を整える。勝てなくても負けない戦い方、これが守る戦い方だ。俺にも甲冑委員長さんにも出来ない戦闘方法、誰にも被害を出さない為の戦い方。

「後ろ、回復お願い！」「「「了解《ヤー》！」」」

凄《すご》いな……これが実力か。瞬く間に回復させる副委員長Bさんの回復魔法、そしてスライムさんすら止めてしまう後衛の攻撃魔法。

「弾《はじ》き出せ！　火壁!!」「くらえ豪炎！」「火弾！」「火矢です！」「炎よ、焼き払え！」

「「「火炎《ファイア》」」」

　これはスライムさんのお菓子は増量で、女子さん達へのバーゲン品も増量だ。向こうで見ている甲冑委員長さんがウンウンしているから、迷宮皇さんからの合格点みたいだし？

「うん、どうやら本当に舐め過ぎてたみたいだな？」

　これは勝てなくても、たとえスライムさん級からでも俺を守れると見せているんだろう。うん、さすがチートさん達なだけはある。でも――そっちも舐め過ぎなんだよ？

「スライムさーん。ラストはちょびっと本気でやってあげてね？　報酬はお菓子を5個追加で、あとお風呂だからやっちゃって《ですとろぃ》、みたいな？」（プルプル！）

　ぽよぽよと跳躍する攻撃軌道が、ぷるぷると愛らしい乱反射へ変わる。うん、可愛《かわい》いな。

「「「きゃあああー！」」」「うわっ！」「ひいいっ……むぎゅうう！」「ああ～ん！」

　全滅した様だ。いや、だってマジなスライムさんとか甲冑委員長さんじゃないと無理だからね？　うん、それ止められたら下層迷宮くらいならチョロいんだよ？

「うん、言っとくけど……そのスライムさんってスフィンクスとかサンド・ジャイアントよりヤバいんだから勝てないんだよ？　うん、マジ無理だよ。可愛いし？」（プルプル♪）

「「「むきゅううぅぅ！」」」

御目目《おめめ》が×《バッテン》だ。うん、ちょっと可哀想《かわいそう》だけど図書委員へのお仕置きだ……だって、スライムさんだって付いてるんだよ？　ほら、スライムさんを舐め過ぎてたんだよ。心配性さん共は御目目ばってん娘になっているが良い、さあお風呂だ。

「遥君もお風呂の前に一戦しよう」「「「うん、やろうよ！」」」

起き上がってきた？　うん、一閃《いっせん》した。やった。さあ、お風呂だ、今度こそお風呂だ。

後ろの目がバッテン娘達は当分動けないから魔手さんで運んどいてあげよう。まだまだ守らせないんだよ？　それがハッタリでも、インチキでもトリックでも勝ちは勝ち。でも、ご褒美に要望書が連日出ているフリルショーツ位は作ってあげよう。だが、採寸はしない！　そう、紐《ひも》調節だ!!

「まあ、寧《むし》ろ紐の方がヤバいんじゃないと言われそうだけど、採寸の方が男子高校生的にヤバいから紐なんだよ？」（ポヨポヨ？）

お願いします、調整は自分でして下さい！

「いや、だって男子高校生に女子高生の生採寸って無理くない？　うん、深い男子高校生的事情で辛《つら》いんだよ……だからブラは無理？」（プルプル）

うん、ぷるぷるがヤバいからマジで男子高校生的には勘弁して下さい。まあ、それでも頑張り過ぎ屋さん達へのご褒美だ。ただし――図書委員はTバックだ！

嫌がらせが喜ばれて大人気で追加注文がTバックは危険だった。

55日目　夜　宿屋　白い変人

全滅だった――やっとみんな回復して装備を外し、ふらふらとみんなでお風呂に向かう。

「ちょっとくらい追い付けたと思ってたのに……」「あんなに強いんだね～？」

アンジェリカさんに壊滅させられて、飛び入りスライムさんに全滅させられ、手合わせくらいのつもりで遥君に挑み……殲滅《せんめつ》された。気付いたら終わっていた。

「なんでSpEが倍以上違うのに何も出来ないの、見えていたはずなのに？」

未《ま》だあんなに差がある。見えている動きは遅いのに間に合わなかった。まるでスローモーションの世界の中でコマ送りの様に瞬く挙動。あれが虚実。

「なんだか水中で戦ったみたいな、変な感じがしたよ？」「そうそう、のろのろ動いてる間に……やられちゃったね？」「「「だよね？」」」

何も出来ないままに20人が同時に倒された。あれが最弱の瞬速攻撃特化。

「あれは無駄が無いとか、動きがスムーズとか言うレベルじゃないんじゃない？」「だよね、なんだか時間の流れがおかしかったよ？」「「「うんうん！」」」

そう、遅いのに間に合わないから、時間の感覚が狂う。「あれっ」と思ったら手遅れで、速度で上回ってる自分の方が間に合わなくなっていたの。何度も見て、知っていても、いざ目の前で実際にやられると訳が分からなかった。あれが殺される前に殺す自称隙間戦法。ちょっとだけの隙にほんのちょっとだけ速く入り、ちょびっとだけで殺してしまうらしい？　だから隙間――生死の狭間《はざま》に入り込まれる違和感と、意識の隙間に侵入してきて打ち合う事すらできずに……ちょっとだけ殺された。

「「「やっぱり強いよ！」」」「うん、あのステータスは詐欺なんだね!!」

でもステータスは絶望的なままで、いつ殺されてもおかしくない。だから先に殺して来ただけなの。それがあの技、だけど見せ掛け。

みんながステータスの差を知っているから遠慮し、その油断が狙われた。戦う前に負けていた。だから、あの面倒そうにのんびりとした動きに誘われ……そして、気付いたら嵌《は》められて、追い付けないまま瞬殺されていた。だから、みんなで湯船会議で反省会。

「「「ぷは――っ、強くなれたのかな……少しくらいは？」」」（ポヨポヨ）

スライムさんが褒めてくれている。さっきは遥君とお風呂に入っていたのに今度はこっちにでお風呂が好きみたい？　うん、看板娘ちゃんとも尾行っ娘《こ》ちゃんとも入ってたりするし、今も幸せそうにぷるぷると湯船に浮いているの……あれ？　何故3匹!?

「スライムさん強かったよ～。超凄い～。武器使えたんだね～？」（ポヨポヨ！）

うん、副委員長Bさんがスライムさんを連れて来てたみたいで……でもスライムさん、その2匹は仲間じゃ無いからね？　寧ろ他の女子には宿敵さんだからね!!

「対人と違って全く動き読めなかったし、全然予測できなかった」（プルプル♪）

初対戦の娘達《たち》も驚いているけれど、迷宮で戦った事のある私達は愕然《がくぜん》とした。だって――強過ぎたの。

「本気だったら凄いとは聞いていたんだけど、更に強さが異質になっていたような？」

「うん、遥君もスライムさんが迷宮皇クラスになってる気がするって悩んでたけど……大体いつも原因は本人なのにね？」（プヨプヨ）

ただ、これで攻撃でしか防御できない遥君とアンジェリカさんに、防御の選択肢が出来た。まあ攻撃で防御できてる自体がすでに異常だけれど、万が一つは減ったはず。

そしてスライムさんの防御力が確認されたからなのか、私達が少しは認められたのか……50階層に行ける。ようやく遥君達のお供付きでならと50階層への挑戦が認められた。大迷宮の50階層でも戦えたのだから、きっとやれるはず……なのに差が縮まら無い。レベルの差は広がっているのに、実力は追い越されたまま後ろ姿さえ見えないの。

「あれがレベルもスキルも無いのに、勝つ為に作った技なんだね？」

あれが無理矢理な強さだとしても遠い。あれが継《つ》ぎ接《は》ぎだらけの如何様《いかさま》でも強い。あれが最弱なんだとしても――誰も勝てなかった。

「「「ああー、悔しい！　瞬殺された――!!」」」

まだまだ全然さっぱり駄目だった。隠れて頑張って、ちょっとだけ自信も付いて来てたけど、まだまだ全く届いていなかった――遠かった。

「自分が脆《もろ》いなら、相手をもっと脆くすればいいじゃないのって言《マリー》ってたよ？」「「「殺意がマリマリなんだね！」」」

あれで『神剣』や『次元斬』なんて防御無効の攻撃と、『転移』なんて命中不可能な回避がある。そして『魔手』や『掌握』なんて隠し技も搦《から》め手《て》も山盛り。Ｌｖ21であそこまでの強さを手に入れて、そしてアンジェリカさんとスライムさんがいる。だから簡単に死んでしまうのに殺せない、簡単に殺せるのに死なない、当たれば殺せるんだけど——殺し合えば先に殺される。

「「「だけど守るよ。もう、あんなのは嫌だ！」」」「「「うん！」」」

何もできず遥《はるか》君を待っていた日は永かった、遥君が死にに行った一日は終わらなかった。もう、あんなのは嫌だ。元の世界も異世界も、もう私達にはどうでも良いの。未だ泣くだろうし家族のことを忘れる事なんて無いけれど——どうしようもない事も分かっている。だけど、遥君がいないのは耐えられない。あれよりも辛かった事も、苦しかった事も無い。あれは心が死んでしまう、涙すら枯れ果てたんだから。

特に島崎《しまざき》さん達の焦りは強い。遥君がサンド・ジャイアントからアンジェリカさんとスライムさんに守られていた。なのに自分達は何も出来ない事に苦しんでいる。だって先に使役されたのに守られた事しかない事に苦しんでいる。私達だってそうなの。

何も無かったように帰って来たけれど、鼻血を出して倒れてたらしい。なのに余裕を見せてハンバーグを焼きながら笑って帰ってきてくれた。だからこそ守れるようになりたい。

そしてお風呂から上がると……ご褒美だった。今日のご褒美って、遥君が持って行くように看板娘ちゃんに頼んだもの。その包みの中には絶対に作らないって拒否していたフリルのショーツが……紐さんだった。因《ちな》みに追加注文は絶対駄目らしいの？

「「「きゃあああああっ、パンツー！」」」「おパンツ様だ!!」「可愛い!?」

うん、可愛いし下着不足は深刻だったから凄く嬉《うれ》しいから、どうしてショーツまでこんなにデザインが凝ってて詳しいのかは聞かないであげよう。ただ……ブラが異世界に無いの？　自分達でも試作してるけど形にもならないから、それこそが注文したいんだけど採寸の問題が……ねえ？　そして図書委員ちゃんだけはＴバックだった。ほら、怒らせたら駄目なんだよ？　心配してやったんだから、謝ったら交換して貰《もら》える……って穿《は》くの!?

和風な大和撫子《なでしこ》系美少女のＴバックは危険だった。うん、生真面目キャラだと思っていたのに……きっとＴバックの追加注文も絶対駄目なんだろうな？

◆──◆ チューブとボクサーのコンビネーションの素晴らしさを説いて、お願いしてみた！ ◆──◆
55日目　夜　宿屋　白い変人

その内容は深く、そして応用範囲は広い。懸命に考え抜かれ、研究され尽くしている。

「魔力成型？って、立体形成くらいできるんだ……伸縮するのかな？」

真面目で素晴らしい本だ……その『レェッツ　ゴォゥ　魔道具！』という名前以外は!!

パラパラと捲《めく》るだけで情報満載。それは人々の生活を豊かにしようと研究された学術書にして指導書。そして、これなら形状との兼ね合いさえ取れれば問題ないのかも？

「でも、それって俺の男子高校生的な好感度さんに重篤な影響を与えないかな……まあ、それも紐ショーツの時点でもう駄目なのかも？　そして何故《なぜ》にTバックの人は謝りに来ないの？　まさか穿いちゃったの、エロっ娘だったの!?」

マルチカラーの応用というか上位版。その錬成と術式付与こそ複雑だが材料は一緒。要求される魔石レベルが上がるかも知れないけど、そこは錬金術の腕次第なんだろう。

「うーん、でも伸縮性だけに頼れないなら立体裁断技術は必須なのかー……うん、擦れて痛いって言われても……うん？」

やはり、ちゃんとした下着が無いらしい。街の工房にも下着優先で注文を出してるのに、成型が難しいらしい。型紙通りの平面の衣服は順調なんだけど、どうしても下着作成に必須な立体裁断が難しいようだ。まあ、最優先した街の人の衣料品は充分に揃《そろ》い始め、製糸段階での魔石粉コーティングも機械化できたからまだ高価だけど量産は始まった。

「うん、マルチカラーは色が変えられる事よりも、魔力が通る事による耐久性の向上と汚れ防止の費用対効果。なにより辺境で重要な防御力と状態異常耐性こそが売りだよね？」

お返事はない……スライムさんはまだお風呂巡りのようだ。今はまだ高価でも生産ラインに乗せてしまえば量産体制に入って、経費《コスト》は下がる。効果が低くても屑《くず》魔石なら安いし、低級の方が砕いて粉にしやすい。そう、残る問題は下着。

「は――っ。男子高校生がこっそり夜中に独りでブラの型紙まで作って注文出したのに……好感度さんを犠牲にしてまで採寸から逃げたのに……」

下着の要望書がついに嘆願書になっている。でも、なんで俺のお部屋の前に目安箱があるの……まさか、夜のお部屋で暴れん坊だからなの⁉

「いや、男子高校生に生々しく『サラシは蒸れて痒《かゆ》い』とかリアルに訴えられても困るんだよ……うん、想像しちゃうじゃん！」

通気性も必要かー……魔力成型なら、一体型で作ってしまえば後は各自で調整できる。若干名ほど特注になりそうだが、それは気にしたら負けだ。うん、約1名は考えなくても確定してるけど考えちゃ駄目だ！

「この前スライムさんが一緒にお風呂に入ったって……擬態していたけど、思い出したら駄目だ！　そう、なんの擬態かは聞いちゃ駄目だ!!」

うん、揉《も》んだかどうかも聞いちゃ駄目なんだよ？　同級生の分は高価な魔石を使うからどうしても手作りになる。それに甲冑《かっちゅう》委員長さんに下着をノルセットで作ってあげたら、みんなの分も作ってあげろと説得されてしまってる。

「下着《ブラ》こそ動きに差が出るとか、合わないと痛いとか言われてもブラジャーした事ないからわからないんだよ……したこと有ったら好感度は絶望的なんだよ!!」

そして、高ランク魔石の生成と加工、ましてそれを魔法や錬金術で加工できる人材がいない。特に魔力を吸収したり、魔力で防御したりする素材は『至考』で演算しないと高い効果が維持できない。今の魔動機械では精度を上げすぎると加工に失敗する。そして『魔手』さんなら作れる……測って合わせながら完全に。ただし、その感触が全部俺にフィードバックされてくるんだよ……マジで！

「男子高校生的には大凡《おおよそ》のサイズを知っているだけで悶々《もんもん》として、次の日とかに顔を合わせると気恥ずかしいのに、しっかり計測とか、詰めて確認とか、揺らして調整とか……うん、俺が死んじゃうよ？　鼻血の海が出来るレベルだよ？」

そしてきっと悶々の後に延々と甲冑委員長さんも大変な目に遭われることだろう！

「やっぱり、妥協案だと——自動成型一体型《スポーツブラ》かな？」

この、『レェッツ　ゴォゥ　魔道具！』に載っていた魔力成型効果を付与すれば作れる。取り敢《あ》えず悩んでも仕方ないから、甲冑委員長さんが帰って来たら試作でフィッティングしてみよう。そう、きっとお揃いのスポーツショーツも必要に違いない！　そして、きっと試作して試着させたら大変な事が起きてすぐに脱がすんだろう。うん、毎回そうだから間違いない！　間違いなく間違いしか起こらない!!

「想像《イメージ》しないと作れないのに、妄想《イメージ》したら事案って不条理なんだよ？」

いそいそとスポーツショーツを作る。ボクサータイプも作る。きっともう俺の好感度さんは駄目かも知れない。

「あっ、自分のも作ろう――ってボクサーだからね？」

うん、ブラじゃないよ？　もともとトランクスよりボクサー派なんだよ……うん、誰も興味ないよね。模索し試作……仮縫い状態で生地を重ねて合わせていくとストラップの位置が想定外に難しい……でもクロスも捨てがたい？

「あっ！　チューブだったら簡単だった!?」

どうなんだろう、着けた事が無いから違いが分からない。無いったら無いし着けない！

「いや、落ち着こう――何で深夜に独りでいそいそとチューブブラを作る男子高校生がそのまま着けちゃうの！　着けないよ!!」

それはもう事案とか好感度とか、そんなチャチな物じゃねえ事件だ！　そう、着けるのは甲冑委員長さんで、着けるったら着けるんだ！　脱がすけど絶対だ!!

「はっ、スパッツもありだな！　うん!!」

駄目だ――独り言まで完全に変態な偏執な趣味の変人さんで、真剣にブラを注視してる見た目も事案にしか見えない気がするんだよ……何故なんだろう？

「きっとオタ達《たち》なら縞《しま》柄以外は認めないとか言い出すんだけど、見せないから良いか。うん、男のなんて作りたくないんだよ？　楽しく無いんだよ……って、べ、別に楽しんでないんだからね、ってツンデレてもないんだよ？」

もちろん甲冑委員長さんに着せるのは楽しみにしていて、それはもう楽しんじゃうんだよ？　うん、頑張ろう……『再生』の上位スキルは何なんだろう？

「早く帰って来てくれないと作業が進まないんだけど、帰って来たらきっと作業どころじゃない事が進行するのが悩ましいな？」

それはもう、きっと信仰に目覚めて興奮したまま侵攻して帰って来られなくなるけれど、決して躊躇《ちゆうちよ》することなく進行していくのだ！　そして深行しちゃうんだよ!!

「しかしブラにＶｉＴ10％アップと衝撃耐性（小）……一体ブラは何の衝撃を小さくする気なんだろう？　うん、通気性は試してみないと分からない……着衣も有りだな！」

ミスリル化装備も順調に配備され、武器防具も行き届いて来ている。これでインナーにも僅かとはいえ付与効果が付けられたら底上げ効果も期待できる。だが上げ底は許さない。そう、あれは男子高校生の夢と希望と空想の敵《ファンタジー・エネミー》だ！　盛合《パッド》せに騙《だま》されて喜んでいる純粋な全男子高校生達への謝罪を要求するんだよ！　マジなんだよ!!

装備自体が充分かと言われると、きりが無いのも事実。何よりもチート持ち29名の団体という数は最大の武器だが、その装備を揃えるのは大変だ。それでも恐らく転移者の最大の有利《メリット》は数による集団戦闘力。多分あの練度で人数がいれば普通の50階層の階層主なら問題なんて無い。うん、迷宮王だって行ける……例外《イレギュラー》な化け物さえいなければ。まあ滅多にいない、だから絶対いないとは言い切れない。

そして問題はＬｖ99で止まり始めているレベルもだ。何かの条件を満たさないといけないのかも知れないし、これ以上の安全策では成長を妨げる危険性がある。

「でも、別に無理して戦う必要なんて無いのに……」

それでも強くなろうとしている。そんなに頑張らなくたっていいのに……だから底上げくらいしか俺に出来る事は無い。でも、上げ底はしない！

「注文もかー……だけどお金ないしな？」

雑貨屋さんの注文もようやく分散され始めた。減ってはいないけど各種工房が稼働し街の消費需要くらいは賄えるはずだ。そして製鉄も鍛冶屋のおっちゃんに弟子が増えていたし、生産も順調そうだけど……ただ、鎖国中で売り上げが落ちている。密輸による輸出品目に加える手もあるけど、今はあまり武器は流さない方が良いだろう？

「暇になったら武器も造ってみたいけど、それはそれで内職フラグが立ちそうだな？」

うん、なんで内職さんだけはフラグを誰も折らないの？　マジで？

それでも、ちゃんと大至急が入っている。どうやら今度は茸炒飯《きのこチャーハン》が気に入ったらしい。

「って、作れよ！　三人分くらいは作ろうよ!?　うん、こっちは１００人分作っても即完売で不足する単位なんだよ？　まあ、纏《まと》めて作ってしまおうか……卵は足りるかな？」

コンコン――気配と共にお帰りのノック。その近付く足音も嬉しそうで、ノックの音色すら弾んで聞こえる気がする。

「かえった……きた？　ます」

噛《か》んでるけど帰って来たようだ。さあ始めようか——って、まずはお話だよ？　だって今日も嬉《うれ》しそうにいっぱいの笑顔で帰って来た。きっと話したいことを一杯抱えて帰って来たんだろう、今日も楽しかったみたいだ。だから沢山聞いてあげよう。嬉しかった事や楽しかった事を、幸せだった今日の一日を。

だって、たったこれだけの事がずっと出来なかったんだから——でも、するんだよ？

うん、もう完成してるし？　上下セットで6種類だよ？　うん、6回戦も有り得るな！

巻き込まれても気付かないから、突っ込ませて後ろから全体範囲攻撃がお勧めで、寧ろ狙っていく！

56日目　朝　宿屋　白い変人

今日は全員で50階層戦。その後はお休みだからさっさと済ませたいけど、手出し無しの教官さん兼隠し部屋探し係兼緊急の時の助《すけ》っ人《と》さんだから手出し無用な割になんだか多忙なにーとさんだった。

「このダンジョンは空飛ぶ魔物が多かったから、空中戦に注意して」「鳥系が中心だったからね」「大体が物理か魔法に弱点在りの魔物だったから、焦って攻撃せずにしっかりと弱点を見極めて！」「「「了解！」」」

　ここはビッチ達が中心になって49階層まで踏破したらしい。剣戟《けんげき》が主体だから空を飛んでいる魔物のとかは苦手そうなんだけど、どうやって倒したんだろう？　齧《かじ》ったの？

「32人もいると出番が無いんだけど三人でも無かったから、ずっと出番が無いのに御多忙を極めているのは一体何でだろうね？　みたいな？」（ウンウン）（ポヨポヨ）

　すっかりスライムさんと同レベルの言語能力になってしまった甲冑委員長さんも頷《うなず》いている。朝のお説教は饒舌《じょうぜつ》だったのに？　しかし洞窟の中で金糸雀《きんしじゃく》を追い掛け回すって、動物愛護な保護団体さん達に怒られそうな光景だ。

「撃ってくるから気を付けてー！」「「「可愛《かわい》いのに可愛げがない！」」」「JKに可愛さで挑むなんて生意気だ！」「「「そうだそうだ！」」」「真面目に戦え！」

　見た目は可愛い。丸っこいからヒヨコみたいで飼いたいんだけど、あれで『猛毒』持ちさんだったりする。そう、突《つつ》かれたら「可愛い〜」って言いながらお亡くなりな罠《わな》だった！　うん、思わず手を出しそうになっちゃったよ!!

「囲んでくるよ!?」「円陣、防御優先！」「ううぅ、数が多い」「盾すり抜けるぞ！」

　そして『連携』持ちで集団行動をとるから厄介。攻撃を躱《かわ》しつつ逃げて隠れて後方から毒槍《やり》を嘴《くちばし》から発射する空中の狙撃手。そのあざとさは可愛気が無いが見ると可愛い？

　そう、危なくても齧るビッチより突《つつ》く金糸雀の方が良い！　うん、女子高生使役問題こそが男子高校生さんの好感度に致命的な影響を及ぼしているんだけど、『使役交換』スキルとか無いのだろうか？　まあ、謳られるから言わないけど……睨《にら》まれてるし？

「散らすよ！」「うん、流れを止めるから!!」「「「無茶しないでね!!」」」

そのビッチ達が先陣を切り、中距離魔法で払いながら突進する。剣に纏った魔力を斬撃に乗せて『風刃《エアカッター》』を乱れ撃ち。さらに風魔法で金糸雀の飛行と連携を阻害して斬り回る。奇抜さは無いが卒も無い、そして五人ともがＬｖ99の精鋭でありながら出過ぎない、常に後衛との距離を意識している。それに比べて馬鹿達がまた何処《どこ》までも果てしなく追っかけている。うん、また壁を走り抜け、天井に摑《つか》まり空を跳ねまわる……うん、莫迦《ばか》だな？

「魔物なの？　何で空飛ぶ魔物が多いよって聞いて来ても、また莫迦なの？　蛾《が》の時も同じ事してたよね!?　なんで雷撃とか持ってるのに追いかけちゃうの、犬なの？　習性なの？　今度骨でも投げてやろうかな？」（ポヨポヨ）

そして訓練では大規模殲滅《せんめつ》魔法まで使いこなしていた大賢者さんは、やっぱり撲殺中だったりする。そう、あの杖《つえ》だと言い張る巨大ハンマーにしか見えない物が舞い荒れる。激しく舞い揺れている――……ゲフンゲフン！

横目で睨んでる委員長さんは楯《たて》装備に転向したのか何でも有りなのか、今度は大盾に剣で戦闘中だ。オールラウンダーを極めるんだろうか？　やはり紐《ひも》フリルなのだろうか？　いいえ、何でもないです。うん、前見て戦ってね？　突《つつ》かれるよ？

23階層の金糸雀な「スピア・カナリア　Ｌｖ23」は、それはもう可愛く愛らしい姿で……全滅した。しかも悪辣にスピア・カナリアさんは終始幻惑されて平衡感覚も狂わされたまま飛行を妨害され、ままならないままにまんまと狩り殺されていった。そう、女子文化部のお得意だ。あれはレジスト出来ないと厄介極まりないが、まだ図書委員はTバックなのだろうか！　だって穿《は》いていたらしい？　まじ!?

さくさくと進めるのは良いけど、やはり嵌《は》まる嵌まらないが極端過ぎる。しかし方向性は合っている。徹底的に自分よりも弱い者に強く、ただただレベルを上げて叩《たた》く王道。だからこそ間違いが起こらない絶対。問題はLv100の壁。階層主戦が条件なら大迷宮でクリアしている。一匹だけでは駄目なのか、全員だと多すぎて駄目だったのか？

「隠し部屋に行っとくよ？　魔石拾ってる間に行って来るから、サボる訳じゃ無いからね。本当だよ、きっとそうなんだよ。だって、言ってたらそういう気がして来たから間違いないから行くんだよ？　そう、宝箱が待っているんだ！　的な？　感じ？」

金糸雀さんは数が多く、飛行中に散らばっていたから魔石回収が大変そうだ。でも29人もいればすぐ済むだろう。だから隠し部屋。そう、サボりではない、効率的な行動の選択と言えるだろう！　だって言ってたらそんな気がして来た？

「「「ああー、逃げたな!?」」」「「「うん、いってらっしゃーい」」」

そして隠し部屋には「ビッグ・カナリア　Lv23」さんが……いたらしいが、美味《おい》しかっただろうか？　うん、見ていないから分からないけど、宝箱は食べてないから良いのだろう？（ポヨポヨ♪）

「ただいまー、的な？　なんと迷宮アイテムは『浮遊石：【浮く】』だったよ！　まあテンション上げてみたけど使い道が分からないんだよ……浮いちゃうからオタ用かな？　持たせてハブる？」「「「浮いてる方向性が変わっちゃうよね、上方向に!?」」」

　でもスライムさんがじっと見ている。

「欲しいの？」（プルプル♪）

　浮いちゃうの？　プルプルがプカプカになってしまうんだろうか？　うん、女子風呂でもぷかぷかしたらしい。でも、３匹でぷかぷかって後の２匹は何処からお風呂に来たのだろう？　宿にスライムさんのお客さんも居たの!?（ポヨポヨ）

　結局、お昼に謎鳥鍋を振舞う事を条件に浮遊石は貰《もら》えたし、スライムさんにあげよう。もしかして石が好きなのかと試しにミスリル渡してみたら食べてたんだけど、岩はいらないらしい……高級な輝石貴金属限定な美食家《グルメ》さんって食費が嵩《かさ》みそうだな!?

「「「鶏《とり》鍋だ。水炊きさんだー♪」」」「楽しみー♪」（ポヨポヨ！）

　しかし、ダンジョンでみんなで鍋を突いても良い物なんだろうか？　まあ迷宮皇さんと迷宮王さんが喜んでいるから問題は無いのかも？　そういえば鳥鍋はしていなかったな。

　そして金糸雀以外は大して湧き直していないみたいで、先行の部隊に撃破されちゃうから、スライムさんは退屈過ぎて先行隊に参加している。でもビッチリーダーの頭の上にいると齧られるんだよ？　うん、コボも齧られてたんだよ？

「「「噛《かじ》ってないって言ってるでしょ!!」」」

あれ、そうだったっけ？　なんか齧り合ってたみたいな記憶が……まあいいか、さっさと隠し部屋に行って迷宮アイテムを集める。これが終わればお休みだ！

「うーーん、何か被《かぶ》ってない？　『グランド・ウォール　ViT・PoW30％アップ　＋DEF』に、『ギガント・スピア　PoW30％アップ　＋ATT』って、誰か使ってなかったかな？　あれって誰だっけ？」「「「なんでガン無視スルーなのよ!!」」」

装備の効果がダブり始めていて全員の装備が覚えきれない。まず俺の装備が多すぎる!!

「それは確か重すぎたから売られたよね？」「そうそう、大き過ぎて使いにくかったし？」「弓とマントが不足してるのに出物が少ないねー」「ブーツ、グローブも効果付きが足りてないよ～」「斧《おの》とかも出が悪くない？」（プルプル）

不人気商品だ。うん、武器屋行き決定でみんなのお小遣いになって貰おう、そして、そのお小遣いをぼったくろう！　なにせ今日はアンクレットにスポーツブラとショーツで、密《ひそ》かにファーアクセサリーも有る。稼がせておけば、俺のお大尽様は間違いなしだろう。

「遥《はるか》君、帰ったら鍛冶屋いきませんか」「そうそう、コンポジット・ボウを造って効果付けたら使えると思いますよ」「「「だって鳥面倒ですよ」」」

複合弓《コンポジット・ボウ》は複合素材を使用することで長弓と同等の威力を持ちながら小型化された良い事尽《ず》くめの弓。威力はそのままで小さく作れるから装備の手間や攻撃への移行にも時間がかからない。そして上手《うま》く量産化できれば弓不足を解消できる。

「オタク屋、お主も悪よのう……的な感じで弓を作って女子からお金巻き上げるの？　うん、いい考えだよ！　作ろう、超ぼったくろう!!」「「「止《や》めてー！　適正価格で販売だから普及目的ですよ!!」」」「睨まないで、ぼったくらないから！」「なんか滅茶睨まれてる!?」「「「あとオタク屋とか営業してませんよ!!」」」

確かに弓が全員装備できれば遠距離一斉射撃で近接攻撃に移れる。初撃が取れるのは戦術的にも有利だし魔力の節約にだってなるのだろう。

「そうなると共通規格の方が良いから、生産品の方が便利なのか……ぼったくれるし？」

「「「だから僕らに振らないで、そして睨まないでー!?」」」

いい考えだ——ただし信用が出来ない。きっとオタ達《たち》はコンポジット・ボウの製法を暗記しているのだろう。だが記憶が完璧でもオタ達に作らせたら何が出来るか分かったもんじゃない。だが、絶対コンポジット・ボウじゃない事だけはわかる！

「そのコンポジット・ボウにまさか蒸気機関とか付いていないよな？　今度は飛ぶとか言わないよな？」「「「一体、複合弓を何だと思ってるの!?」」」「いや、この前何処かに日本刀作りに行って、蒸気機関の鉄甲船作ってなかったか？」「「「刀が船になっても、弓が飛ぶわけ無いじゃないですか！」」」「全く何を言っているんだですよ？」

いや、でもテーブル作ってたら椅子で、刀を造ったら蒸気船だった。そうなると机上の推論で椅子型コンポジット・ボウ……座ると発射するのかな？　つまり、みんなで椅子持って迷宮探索して疲れたら座れて便利そうだ？

「そうだ有料マッサージチェアーを作って、あっちこっちに置いたら小金が溜《た》まる！」

「「「複合弓《コンポジット・ボウ》は何処に行ったのよ!?」」」「ちょ、小金持ちさんだ！　きっとお大尽様と合体したらグレートお大尽様だ！　よし内職だ!!」「「「うん、全く聞いてない!?」」」

機構は椅子に振動魔法を組み込んだ魔石を入れて位置だけ調整すればいい。ギルドと宿屋にでも置いておけば儲《もう》かりそうだ。そうだ領館にも置かせて貰おう！

「うん、なんかあそこって疲れたおっさん達が多いんだよ、いつ行っても疲れ果てたおっさん達が書類を持ってうろうろしてるんだし絶対儲かる穴場だ!!」「うん、誰のせいなんだろうね！」「おーい、そろそろ地下50階層に入るよー？」

深い感じだったのに、どうやら50階層が最下層。そして感じる空気の流れと羽音……飛行型？　非行中？

「飛んでるっぽいから空中戦っぽいけど、どうせ莫迦達って突っ込むんだから突っ込ませといて後ろから全体範囲攻撃がお勧めなんだよ？　うん、莫迦だから気付かないし？」

迷宮王——油断はできないけど、Ｌｖ制限の壁を越えるには必要な経験。だけど、どれだけＬｖが上がり知性《InT》が上がっても莫迦は治らないらしい。

「「「狙うな！　気付くし、先に聞いてて気付かない訳がねえよな!?」」」

気付かれた!?　言語を理解って、思っていたよりも賢いのかも……もしかするとミジンコさんよりはちょっとだけ知能が有るのかもしれない！

「うん、何でそこまで言われて突っ込む気満々なの？」「「「ああ……!?」」」「ほら、撃つなよ撃つなよ？」「「「絶対に撃つなよ！」」」

だって、もう作れ作れって煩《うるさ》いから作ってやったブーメランを忘れている。しかも、その存在ではなく存在理由を忘れていやがる！

「うん、何のために俺って内職したの？　何で投げて遊んで終わって忘れてるの？　それが長距離攻撃用なんだよ。突っ込む前に投げろ!!」「「「……あぁっ!?」」」

あぁって……莫迦だな。もう嫌だ、莫迦過ぎだ。忘れてやがった……やっぱり森で遊びたかっただけだったんだよ！

「しかも何で投げたら追いかけるんだよ！　犬なの？　いや、お手も出来ない癖に犬っぽいの？　コボより馬鹿なのに？」「「「お手くらいできるよ！ってしねえよ!!」」」

やはり、できないらしい。まあ見栄《みえ》を張りたいお年頃で、きっと本当は心の中で「手って何処だっけ？」とか悩んでいるんだろう。

「危ねえ、思わず手を出しそうになっちまったぜ！」「「「なったんだ!?」」」

そしてブーメランなのに戻って来たら「うをおぉぉ！」とか言って驚き……また追いかけていた。うん、あれって原住民さんの武器なのに、原住民さん達より文明化されていない未開で愉快な莫迦だったんだよ？　だって、あの「あぁっ!?」は絶対に気付いていなかった「あぁっ!?」だった。絶対だ！

56日目　昼前　ダンジョン　地下50階層

　空気を切り裂き、唸《うな》りを上げる。巨大ブーメランが不規則な楕円《だえん》軌道を描いて旋回し、速度に乗って回転する。当たるとその見た目以上の衝撃を与える大質量撲殺兵器。

「追ったら駄目《ハウス》！」

　止めた!?　そう、攻撃指揮を執るのは統率者《リーダー》の委員長様。これは莫迦達の躾《しつけ》用に鞭《むち》でも作ってあげようかな――うん、何故《なぜ》か似合いそうな気がするんだよ？

　うん、ボンテージとか似合っちゃうのだろうか！　委員長様は女王様にジョブチェンジするのだろうか!?　なんか王女っ娘《こ》よりも偉そうだ!!

「わかってんだけど……なあ？」「「「滅茶追いたい衝動に駆られるよな？」」」「追わないの！　あとそこ変なこと呟《つぶや》かないで！」「「「うん、似合いそうだね!?」」」

　ちゃんと莫迦達はブーメランを追うのを止めた。これはお手も覚えられるのかも!?

「うん、実はもうお前らを投げちゃった方が早い気がしてきたよ？」「「「投げんな！」」」

「追いかけた時点で全く遠距離攻撃の意味無くて、敵の所まで追いかけて行ったら、それもう接近戦出来るじゃん！」「「「おおー、その考えは無かった!?」」」

　うん――その考えこそ無かったよ!!

「大体、熱いから近付くなって言ってるのに、なんで追いかけて行くのよ！」「うん、普通に燃えてるから見たまんまな火の鳥じゃん！　触って驚かなくっても間違いなく絶対に熱いよ!!」「「「……おお――、そうだな!?」」」

階層の上空から延々と降り注ぐ羽根の火炎弾を防御しながら、矢と魔法とブーメランと莫迦《ばか》の遠距離戦を仕掛けつつ接近する……うん、手堅い。

「暇だねー?」（ウンウン）（ポヨポヨ）

俺と甲冑《かっちゅう》委員長さんとスライムさんは手出し禁止で、口出し無用という事でツッコミだけで退屈だ。でもスライムさんは喋《しゃべ》らないから口出しはしないんだけど、口入れしそうと言うか食べたそうに見ている？

「でも、あの鳥さんは熱いと思うんだけど……火傷《やけど》しない？」（プルプル？）「真上を取らせないで！」「わかった！」「でも、ウザいよこいつ!?」「結界持ちません！」「「「火炎の弾幕が切れないって、これ無理ゲー展開ですよ！」」」

炎の怪鳥が巨大なブーメランの連撃を躱《かわ》し続けているが快調かどうかはご不明で、その回避行動のために攻撃に専念できないからか随分とイラついて、時折急降下で攻撃を仕掛けてはいるけど……その巨体の突撃をオタ達が結界で弾《はじ》いて逸《そ》らす。うん、回避に追われて急降下に勢いがない。そして、ただ燃えているだけではあの結界防御は貫通できない。うん、俺も出来なかった！　しかし……焼き鳥も美味しそうだな？

「「「真面目に戦ってるのに変なこと言わないで、お腹空《なかす》いちゃうでしょ!!」」」「焼き鳥……じゃなくて鳥頭の頭上を抑えて！」「ただの矢だと焼き払われてるよ!?」

女子文化部の状態異常攻撃が全て無効化《レジスト》され、遠距離攻撃まで焼かれているから決めきれない持久戦展開。その女子文化部達も魔法攻撃から弓での攻撃に変化《シフト》してるけど今度は矢が焼き払われている。

「魔法も効いてないですね」「直接って言っても飛ぶのが……矢で牽制《けんせい》で手一杯です」

複合弓《コンポジット・ボウ》もだけど、先に特殊効果付きの矢を作った方が良いのかも？　連射性も命中率も高いけど破壊力が足りていない……何せ相手は延々と『再生』しているんだし？

「再生持ちってエロ鳥さんなのかな？」「「「なんで!?」」」

一晩中再生しながら頑張っている鳥さんなんだろうか？　だって『再生　Lv８』だよ、でも『性豪』と『絶倫』は無いようだ。うん、仲間じゃ無かったようだ？

（あれ、落とさないと無理だよねー、遠距離からの持久戦って不利だよ？　甲冑委員長さんもそう思わない？）（ウンウン）（プヨプヨ）

やっぱり同意見って言うか……上空からスライムさん投げ付けたら終わりそうだ？　燃えていても再生できても食べられる。だって、さっきから食べたそうなんだよ？　でも手出しも口出しも禁止中だったりする。

「羽根の付け根を狙って集中攻撃して！」「「「了解《ヤー》！」」」

落としにかかったみたいだが、飛び回っている敵に集中砲火は難しい。まずは足止めって言うか羽根止めみたいだが、ワイヤーカッターの罠《わな》は俺かスライムさんしか使えない。

「あれだと投網も燃えちゃうのかー？」（ポヨポヨ）

壁を歩くのも『空歩』も俺しか出来ないし、あの距離と速度だと俺の『次元斬』か甲冑委員長さんの『一閃《いっせん》』しか届かない。そして決め手が無いと持久戦になり『再生』持ちが圧倒的に有利。そして『再生』は俺とスライムさんと委員長さんしか持って無い。

うん、実は委員長さんは『再生』に『性豪』と『絶倫』の完全制覇《コンプリート》で仲間だったりするが滅茶睨《にら》んでいるから黙っていよう。うん、ちゃんと指揮してね？　余所見《よそみ》は駄目だよ？　何も口出しして無いんだよ？　お仲間さんだよ？

「いくよ～っ！　いくんだからね～～……『フリ～ズ・ライン』だあ～っ？」「みんな突撃、一気に決めるよ！」「「「了解！」」」「「おう！」」

空中に無数の氷の橋が架けられ、交差しながらフェニックスを搦《から》め捕る。そして囚《とら》われたフェニックスまでの足場が築かれた……確かにこれなら無理に落とす必要はなく、全員が氷の橋を駆け登りフェニックスを目指す。うん、これで落とせば勝ちは決まりだろう。

「これが狙いだったんだ？」「ですが、時間、厳しい、です」（ポヨポヨ）

全員が魔法を使えるが魔法特化の後衛が少ない。その弱点すら『大賢者』さん一人で余り在る大規模魔法攻撃。それはもう凄《すご》くて大きくて揺れて……ゲフンゲフン！

「うん、普段から使ってれば問題解決なのに、何故だか白兵戦専門？」（プルプル）

やはりオタ組の魔導師が守備に特化しているのが攻め手不足の原因だけど、守り手が足りないのも事実。結局、死んだ13人に特化職が多過ぎたんだろう。

「羽を落として！」「右、行きまーす！」「あ、お供するよ！」「同じく!!」「右は任せて！」

「「「なら、左は貰《もら》うぞ！」」」

頭をオタ達と委員会で押さえてはいるが……間に合うかな？　既に無数に繋《つな》がった氷の橋には罅《ひび》が入り、焔《ほのお》に炙《あぶ》られ徐々に溶け掛かっている。うん、滑ったら楽しそうなんだけど、戦闘中に後ろで「アイス・スライダー、ひぃやっほ～！」とかしたら怒られそうなんだよ……だって滅茶睨んでるから我慢しよう！

（プルプル？）「うん、なんか駄目みたいなんだよ？」

莫迦達が右の羽を落とせそうだけど、何故にあの莫迦達はブーメランで殴っているのだろう？　しかも妙に似合っている？　原住民なの？って言うか野人？

「あいつ等《ら》は一体ブーメランという物を何だと思って注文して来たんだろうね……莫迦だから剣士がわからなかったのか……まさか剣が何かわからなかったの!?」（ポヨポヨ）

効いているけど左側は暴れるフェニックスの脚が邪魔で苦戦中。女子体育会系が盾を並べて脚を抑えに回り、ビッチ達が羽根を狙っているけどそろそろ橋がヤバい。

「結界出します！」「サンキュー、小田《おだ》くん！」「でも長く保《も》ちませんよ!!」

どちらかの羽根一方か、いっそ一気に頭を潰した方が良かったんじゃないだろうか？

「再生スキル持ちは決められないと粘るんだよねー？」「魔法も吸収、しています。あれは強いです」（ポヨポヨ？）

そして氷の橋で絡めて捕まえていても、その氷の橋が溶けてしまえば身に纏《まと》う『豪炎』が復活する……Ｌｖ50とは言え迷宮王な魔物さんだから簡単にはいかない。向こうにも奥の手がある。うん、鑑定でも『？』のスキルがあるから多分あれかあれだろう。

「もうちょいで落とせるよ!!」「ＯＫ、落ちたら決めるよ！」「準備出来てます！」「「「いつでも行けるぞ！」」」

一気に決める気みたいだし、ぼちぼち行ってみよう。

煌《きら》めく氷片――羽を落とされて氷の橋と共に地面に叩《たた》き付けられる炎の巨体。そこに上空から一斉に突撃する――大技で決めきる気だ。

「喰《く》らえ七連斬！」「爆突！」「氷槍《ひょうそう》！」「重撃だあああっ！」「部位破壊いきます」「絶断！」「そお～れ～え～っ！」「……雹撃《ひょうげき》」「雷剛斬」

チートさん達《たち》の大技の連続攻撃にフェニックスさんはみるみるＨＰを消滅させて……絶叫とともに灰燼《かいじん》に帰した。いーなー、チート？

「「「やった、迷宮王撃破！」」」「勝った、疲れたー！」「「「でも、やったよ」」」

お疲れみたいだが全力で決めにいって、魔力切れギリギリまで一気に撃ち込んだのだろう。うん、疲れ切って倒れ込んでいる娘もいる。でも、何人か気付いている？

「お疲れー？　鳥鍋さんするから集まってねー。うん、適当にあっちのテーブルに座っててね、其処《そこ》は一寸《ちょっと》使うからね？　さーさー、どうぞどうぞみたいな？」

全員を階層の端に作った食卓に座らせて土鍋を出す。そう鳥鍋さんだ、ちょうど食べ頃だろう。具材は鳥肉と白菜と茸《きのこ》だけで、昆布や春雨が欲しいしお豆腐も欲しい。

「「「いただきまーす！」」」「おいしいー♪」「疲れた、腹減った」「熱い、でもお美味《おい》しい！」「「「はふはふ、ほひひ――――！」」」

魔力切れで急激にお腹が空きがっついて食べている。体力も消耗してるし、大きな怪我《けが》は無いみたいだけど回復茸も入っているから傷もすぐ回復するだろう。

「うん、今日も不合格だから、次も全員教官付きで50階層戦だからね？　いや、迷宮王は面倒なんだよ？　マジで？」「「「え～っ!!　何で!?」」」「迷宮王を倒したのに不当だー！」

「「「ぶうぶう!!」」」（プルプル、プルプル♪）

不満轟々《ごうごう》……いや、お口から汁垂らしながらしゃべるのはお行儀とはまた違った問題で、そしてスライムさんだけ向こうでお行儀よくお食事中。うん、残ってて良かったよ。だってずっと食べたそうだったから終わるのを待っていたんだよ……どうせこうなるから。

「あれ、スライムさんは何を食べてるの？」「えっ、倒したよね!?」「だって死んでたよ？」「でも、あれって……不死鳥《フェニックス》さんなんだよ？」「「「生き返ったの!?」」」（クエエエェェェー……）（ポヨポヨ、ポヨポヨ～♪）

だって炎の不死鳥が灰燼に帰すとか絶対フラグだ。まあ、フラグは立つ前に食べられてるんだけど、喜んでるから不死鳥さんの踊り食いは美味しかったみたいだ。

「うん、食べやすくしてくれて良かったね？」（プルプル♪）

だから不合格。戦闘自体には何の問題も無い。寧《むし》ろ正攻法なら凄《すさ》まじく強い、堅実で確実な戦い方だった。だからスフィンクスの階層でも嵌《は》まっていた、強いから意識が攻撃に向き過ぎる。弱ければ怯《おび》えて疑い、罠を警戒するけれど力で押せるからこそ甘い。

そして訓練で対人戦特化してしまったが為《ため》に魔物相手では隙になる。そう、魔物さんは嘘《うそ》をつかないし騙《だま》さないから人とは違って信用できる。だから疑い過ぎると見落とす。それは騙すためのモノでは無いのだから。

「フェニックスのステータスに1個だけ『?』出てたんだよ。だって不死鳥なのに『再生』だけで『不死身』を持って無かったんだよ? だったら答えは『不死身』か『復活』か何かだよ?」「「「ううぅ、確かに」」」「もうバレバレで見え見えだったんだよ? それなのに鳥鍋突《つつ》いてたから不合格で残心しておにぎりくらいが正解だったんだよー! みたいな?」「「「不合格の理由って鍋だったの!」」」(プヨプヨ♪)

美味しかったみたいだ。そしてスキルも食べられただろう……って、食費は浮かないいだろうか? うん、浮かないみたいだ、もうお鍋を突いてる! 既にスライムさんは上手にお箸が使えて、まだ苦手な甲冑委員長さんが悔しそうなんだよ……うん、お風呂では浮くのに食費は浮かないらしい。そして『浮遊石』の効果なのか宙に浮かんで鍋を突いているけどお行儀的にはどうなのだろう?

まあ、マナーの本にも「宙に浮いたらいけません」とか書いて無かった気がするし、美味しく食べるのが一番のマナーなんだから良いんだろう。さあ、帰ろう。

マッサージチェアーの体験は奇跡的な王女様の不信なようだ。

56日目　昼過ぎ　オムイの街

「嗚呼《ああ》、なななななんて言うか朝見た時と依頼が変わっていないだと――、と大変なものを見付けてしまった感じで吃驚《びっくり》さんなんだー？　ああどうしようー？（棒）」

「なんでまた来てるんでしょうね。はあー、これ朝やったばっかりですよね、何で変わって無いって知っててまた掲示板見に来るんですか⁉　一体全体あとどれ位の時が経《た》つとコソコソしてくれるんでしょうか、そして何で冒険者じゃない人が一番冒険者ギルドに頻繁にやって来て一番堂々としてるんですか！　こっそりと見て黙って帰って下さい‼」

　いや、だって今日は何となくジト目成分が不足してた気がして、ちょっと寄ってみたんだけど、やはり受付ジト目委員長さんのジト目は異世界でも有数の良いジト目だ。それはもう、いつか異世界ジト目協会から認定書とか貰えるに違いない第一人者さんで、俺もその協会に入りたいんだよ？　うん、入会料はいくらだろう？

「って言うか早すぎませんか迷宮潰すの！」「いや、なんか美味しそうでスライムさんが食べた？」「……」（ポヨポヨ？）

　そう、一応ダンジョンを殺した報告に来ているんだけど、俺は冒険者じゃないから報告に行かずにコソコソと掲示板を見に来ているのに駄目らしい？　だって掲示板見たらやっちゃうじゃん、だってまだ変わって無いんだよ？　未《いま》だたった一度も依頼が変わって無いって逆に気になって見に来ちゃうよね。マジで？

「報告終わったよー……って又やってる！」「朝も態々《わざわざ》その為だけに冒険者ギルドに寄っ

たのに又やってたの？」「きっとあれがやりたくて冒険者登録しないんだよ！」「ああー、あれが毎朝したいからなんだ！」

規則正しい生活は大事なのに世間では未だ理解されていないようだ。やっぱりラジオ体操とギルドの掲示板はO・YA・KU・SO・KU的な？　的なって言うかチェキナゥ？

「「「今の流れの何処《どこ》に急にラップが始まる要素があったの!?」」」「いや、だってLv20で登録しても見習いでダンジョンにも入場禁止なんだよ？　登録だけして決まりは無視とか良くないだろなって配慮する慎《つつ》ましさなんだよ？」「「「なんで慎ましい人が迷宮に入り浸って大注目の中でヒップホップにラップで呟《つぶや》きを始めてるのよ!!」」」（プルプル♪）

冒険者が規則を守らなければギルドも示しがつかなくなる。そして魔石はどっちにしても買い取って貰えるからメリットも無い。あと、新人講習が面倒臭そうなんだよ。うん、冒険者の指導を受けないといけないらしいけど魔の森で講習って……そこ家なんだよ？

委員長さん達の時は剣のおっさんの所の美人さん達が指導してくれた。それなら俺だってやりたいけど騙されてはならない――そう、俺が申し込んだら絶対におっさんが来る！だって異世界に来てずっと出会うのはおっさん。うん、もう埋め立てようかな！

「お願いだからギルドで冒険者のおっさんを埋める計画を大声で朗々と遠大に呟かないでくれるかい。滅茶怯えられてるから!?」

あれ、ギルド長のおっさんまで出て来た。そう、珍しく女子率が高いと思ってたら、やっぱりおっさんが来た！　埋めたいな？

「くっ、異世界ではおっさんが一人来たら大体３００人くらい集まって来るんだよ！」

やはり、根絶やしにしないと駄目なのだろうか？　毛根とか!!

「本当に聞いてるのかい？　いや、遥君《はるか》に領主様が面会を求めているのだけど、しかしどうして領主様が面会を求めてしまっているのだろうねえ……なので領館に連絡か顔を出して欲しいそうだよ。頼めるかい」

メリ父さんはまた何か謝ることをしたのだろうか？　それとも、また王女っ娘《こ》がワッショイでもされちゃったのか……何事だろう。でも面倒臭い。うん、まだマッサージチェアーが出来ていないから二度手間だ。

「うん、もしかして万が一何かの間違いで気が向いたら一寸だけ行ってみるかも知れない可能性が微レ存していたりいなかったりみたいな気がしてみた感じで？　みたいな？」

「お願いだからもうちょっとだけ善処して貰えないだろうか。それ、どう聞いても凄く行かないように聞こえるんだよ。頼むから」

面倒だ、だってどうせ面倒事だ。何かなんてどうせ王国絡み以外に考えられない。そう、どうせ絡むんならお宿で甲冑《かっちゅう》委員長さんと絡み合っていた方が男子高校生的に健全で健康的にとっても有意義なんだよ！　だってチューブブラは思っていたよりも大変素晴らしい物で、そして案外とボクサーも良かった。うん、良かったんだよ……思わず量産してしまったけど、各種全色全部が凄く素晴らしく良かったんだよ!!　まあ、領館に顔だけ出してすぐ引っ込めよう。

「これはこれは王女殿下、本日もご機嫌麗しく拝謁に賜りまして恐悦至極も恐怖の扱《しご》きも『わんもあせーっと』みたいなご尊顔でございます?」

「私、扱かれちゃうんですか⁉ 恐怖の扱きはエロなんですか‼ またエロなのですか、ごめんなさい、すいません、扱かないで下さい。溶かすのも駄目なんです。許して下さい。ごめんなさい、エロは駄目です。ごめんなさい、許して下さい……」

王女っ娘は未だ壊れたままのようだ。回復茸では治らなかったみたいだ。そしてまた甲冑委員長さんにポンポンされている……そして俺はジトられている? でも恐怖の迷宮皇さんはそっちなんだよ? いつも被害者な使役主さんの証言だから間違いないよ?

「おーい! はーるーかーくーん! 聞いておくれー! ようこそって言うか、よく来てくれたって言うか、呼んですまないって言うか、とにかく聞いておくれー!」

また謝ってるが今度は何をしでかしたのだろう。うん、困ったものだ?

「遥様お呼びたてして申し訳ありません。実は王女様がお話を聞きたいとの事で来て頂いたので、いちいちシャリセレス王女様をイジメて壊さないで下さい。その方は王女様ですから苛《いじ》めちゃ駄目です。大体なんで姫様の服溶かしちゃうんですか? どこまで苛めたらこんなに壊れちゃうんですか⁉」

おや、メリ父娘《おやこ》セットだ。うん、何か話していたみたいだ?

「王国でも有名な姫騎士様が壊れすぎてキャラ崩壊しちゃってますが、剣の王女様で女の子人気も物凄《ものすご》いんです。凜々《りり》しくて気高く勇ましくて素敵って言われてるのに、壊れて脅《おび》えちゃってるじゃないですか！　誰にも媚《こ》びず諂《へつら》わない姫将軍が媚び媚びに諂っちゃってますよ!?　女子のファンから刺されますよ、結構怖いんですよ？」

ファンの子はヤバそうだ。某塚の人達より怖いのだろうか……危険そうだ!?　そして王女っ娘は姫騎士で姫将軍で剣の王女様だったらしい。まあでも異世界の二つ名って夫婦喧《けん》嘩《か》で勝った事の無い無敗の騎士とか、突撃しかしない軍神とか、毎日側近の人に怒られてる辺境王とかいたんだよ。って言うか此処《ここ》にいるんだよ？　こんなんで辺境は大丈夫なんだろうか？　何故《なぜ》なんだろう、メリ父さんって莫迦《ばか》達と気が合い……心配だ、辺境が。

「失礼しました遥様。お呼びたてして申し訳ありません。んんっ、改めまして敗軍の指揮官のシャリセレスです、敬称は不要です。この度は危ない所を、って危ない恰好《かっこう》にされたのですがお恥ずかしい姿をって辱められたのですが、ドレスまでお貸し頂きってエロいドレスで一晩中ふぃーぶぁーって……ふぃーぶぁーされちゃうんでしょうか!?　呼んじゃったから私今晩ふぃーぶぁーなの!?　あのエロくて破廉恥で露出の高い、もう隠す気無さそうなえっちなドレスでふぃーぶぁーな夜がれぇっつだぁんすぅなのでしょうか？　服を溶かされてドレスをお借りしたのに、露出量が却《かえ》って多くなってた気はしていたんですが目的はやはり私のふぃーぶぁーだったのですね！　もうふぃーぶぁーな夜が一晩中れぇっつだぁんすぅで口では言えない様な破廉恥なあんな事やこんな事があんびりーばぁぼぉーされてしまうんですね！（暴走中）」（プルプル）

この王国は大丈夫なの？　うん、凛々しくて気高い姫騎士はれぇっつだぁんすぅでふぃーぶぁーらしい。もう駄目かも？　ついにスライムさんまで宥《なだ》めに行っているんだよ。でも今晩はあぁぁんびりーばぁぼぉーらしい。うん、なんの奇跡体験なんだろうか？　そして俺は何で呼ばれたんだろう？

「改めて伺いたい事が有るのです。何故、辺境を助け手を貸されるのですか。遥様に全く関わりの無い辺境に何故そこまで——王国を敵に回してまで」

「えっ、助けたっけ？　いや、手ぐらいは貸してって言われたら、おっさん以外には貸すけど誰も助けた事なんて無いんだよ？　うん、寧ろ助けて欲しいんだよ？　そう、お説教と言う名の虐待とか、稽古と言う名の暴行とか、オタと莫迦と言う名のオタさと莫迦さに日々苛められて助けを求めつつ、ぼったくったり逃げ回って踏んづけたりみたいな？」

そう、神は自らを助くる者を助く事なんて無い。そんな事は聖書にだって書いて無いんだよ。自らを助くる者は自らが助くった。当たり前じゃん、神も他人も俺も全然関係無い。みんなが幸せになりたくて頑張ったから幸せになったんだよ？

誰かにどうかなんて出来る訳が無い。自分を助けて、周りの人達《たち》を助けて、それをみんなでやってたら……それは普通助かるんだよ？　うん、俺関係無いじゃん？　だってゴブ叩《たた》いて魔石売ってたら勝手に幸せになったんだから、俺は悪くないんだよ？

「では何故に魔の森の魔物達を殲滅《せんめつ》して廻《まわ》ったのですか、何のために危険な魔の森に踏み入る必要があったのですか!?」

「いや、俺ん家魔《ち》の森の中だし……家の周りにいたら邪魔くない、ゴブとか？」

うん、普通お家《うち》の前にゴブがいたら叩くんだよ？　だってあいつ等喧《らやかま》しいし、全滅させてもすぐ増えるし？

「お家が……在るんですか？　魔の森の中に……住んでたの!?」

「うん、この前も帰省して庭を綺麗《きれい》にして庭園とか造ったんだけど？」

そう、せっかく庭園を造ったのに、それっきり帰れていない。未だスライムさんも案内できていない、切実なお家に帰れないひきこもりなんだよ？

「え……だって、でも……そう、大襲撃《スタンピード》だって止められたのでしょう？」

「だからゴブが出て来たら叩くよね、次々に出て来たら次々に叩くんだよ？」

大発生って言われても一匹ずつ出て来るんだよ。０・０1秒単位とかだけど、あっちこっちから一匹ずつだった？　そして商品は出なかった!!

「で、ですが……大迷宮を踏破したとお聞きしました……けど？」

「踏破って言うか踏んだら破れて落ちたんだけど、落ちたから上がって来たんだよ？」

うん。だが悔いはない！　あの最下層の出会いは素晴らしい物だった!!　だって毎晩出会っても素晴らしいんだよ!?　そう、今晩も出会おう、着せてから脱がして出会うのだ!!

「ならばどうして王国から切り離したのですか、迷宮や城塞まで造って!?」

「ちょ、切り離して無いよ？　追って来るから逃げただけだよ？　だって追って来るんだよ、おっさん達が……埋めてよかったの？」

だって法律に書いて無かったんだよ……うん、ちゃんと読んだけど迷宮を造ったら駄目とか記述はなかったし、あれは偽迷宮。それに隣街って実は法的には辺境領で、あれは勝手にあそこを塞いでいた。だったら辺境伯が良いよって言ったら良いから辺境伯のせいで、まあ聞いて無いけど何も言わないから問題ないんだよ？　多分？

「――それならば王国と敵対はしないのですか」

「敵なら敵対するんだよ？　敵と対するんだから敵じゃなかったら敵対できないよね？」

それは無理だろう。敵じゃない人と対しても敵対は出来ない。味方対とか、知らない人対って意味分からないんだよ？　うん、言ってても意味分からないから？

「本当に……敵では無いのですか……でも、だったら何故……」

王都なら行ってみたい。街だって回りたいし、食べ物探しは必要だ。特産品や名物だって気にはなる……でもそれだけで、そこの支配者が誰で何て言う国かなんて興味ないよ？　だって関係無いから。うん、何ていう国かも知らないし？

「シャリセレス王女、これが答えですよ。納得できないのは貴女《あなた》の問題です、遥君には何の悪意も無いのです。ただ……邪魔なら滅ぼすでしょう。それは王国を滅ぼそうとか、王家に叛意《はんい》が有るとか、そういう事では無いのですよ。

邪魔しないなら王にも興味が無いし、邪魔なら国王も迷宮王も関係無いのですよ。ただ排除されます。そう、安全に快適に暮らす為《ため》に魔物も迷宮の王も死んだのですから。

貴族であろうと王家であろうと変わりはしないでしょう。だからこの街の住人が皆笑って暮らしているのです、もう辺境は安全快適に暮らせない理由が無くなったのですから」

　はっ、辺境伯のせいって責任丸投げが決定したのに、こっちに投げ返してきてる!?

「これは元貴族のお嬢さんから聞いた彼女の持論なのですが、『大体世の中と云《い》う物は、悲劇や脅威や貧困や災厄を邪魔だからと言って皆殺しにして、尽《ことごと》く殲滅してしまうと後には幸せしか残らない』のだそうですよ——この街や辺境の様に」

　話が永劫《えいごう》より永そうだからメリ父さんがお話ししている間に試作してしまおう。基本の構造は木材で椅子を作り、詰めた綿の上に革を張って魔石に『振動魔法』付与で魔石動力で動く様にするだけ。問題は料金箱に銅貨を識別させて一定時間だけ魔石の魔力を通す仕組み……構造は簡単なのに術式が面倒臭い。まあ一度作れば転写できる、その最初の一台《プロトタイプ》……魔石に魔力回路を書き込み調整する……銅貨1枚で1分だとぼったくりだろうか？　えっと銅貨1枚なら100エレで100円か200円くらいだと……2分？　まあ2分で利用者が少なかったら3分で、それでも駄目なら値下げしよう。書き換えが面倒だけど利用者が継続しなければ長期的利益にならない……うん、こんなものだろう。おおおっ、このぶるぶるだよ、あああ……これ結構効く！

「——結局、全ては王国側の問題です。王家と貴族が選んだ手段が、そのまま自らに凄《すさ》まじい破壊力で返って来る事でしょう。簡単な話なんですよ……迷宮を殺せる者の富を奪うより迷宮を殺しに行った方が簡単なのです。当たり前ですが迷宮殺しとは迷宮より強いのですから、迷宮の方が弱いのですよ？　それに喧嘩《けんか》売ったら、それは普通当然に滅ぶでしょう……っていう事なのですが遥君はさっきから何をしているんだい？　話聞いていないのは気付いてたんだけれど、その椅子は何処《どこ》から出て来……何かいい感じだね？」

ああああああぁぁぁ――――！　説明が面倒なので座らせたら気に入った様だ。やはり、おっさんはマッサージチェアーに弱い！　これでカモれるし、置いても良いそうだ。うん、寧《むし》ろ置いて欲しいそうだ。

そしてわらわらとおっさんが現れて既にマッサージチェアーの順番待ちの行列。一時間当たりで３０００エレ稼げるとして10時間稼働すれば3万エレ、軽く宿代とお風呂代とご飯代を稼ぎ出せる計算で結構な儲《もう》けだ。うん、10台位あってもいいかも？　だって領館っておっさんだらけなんだよ？

「「「「「あああああああぁぁぁ――――♥」」」」」

王女っ娘も試しているが気に入ったみたいだ、なんか「あぁぁんびりーばぁぶぉ――っ！」って叫んでたし奇跡体験だったみたいだ。まあ喜んでいるから良いか？

しかし呼び出された用件って結局何だったのだろう？　うん、マッサージチェアーが設置できたから儲かるし良いんだけど、用がないなら呼ばないでね？

分かっていたはずなのになんでこいつ等に期待してしまったのだろう？

56日目　夕方前　オムイの街

　さて、とても大変珍しくオタ達から真っ当な良い提案が出された。複合弓《コンポジット・ボウ》はその性能の高さもだけど、複合素材それぞれに魔法が付与できる可能性がある。そして武器作りと内政はオタ達の方が詳しい。ただ不器用《あたまおかしい》で協調性皆無《空気読めない》から無意味なだけで、偏った知識だけが深く満載で……もう、それって存在無意味じゃないかと不安を抱えながら武器屋の鍛冶場に降りて行くと何ら不安ではなく不満で不能な不人間だった。そう、オタだったよ！

「お前は何を言ってるんだ、複合弓《コンポジット・ボウ》はケモミミが正義！」「くうっ、確かにエルフさんのお姉さんが複合弓《コンポジット・ボウ》は邪道な気が！」「ふっ、愚かな。幼女に巨大複合弓《コンポジット・ボウ》こそ美学です！」「「「おおーっ!?」」」「でも、此処は剣と魔法の世界。ならば、複合弓《コンポジット・ボウ》は魔法少女仕様だ!!」「いや、異世界ってみんな魔法少女だから、『魔法少女になってよ』って言う前からみんな魔法少女?」「「「ぐぬぬ！」」」

　どうして俺はこいつ等《ら》にほんのちょっぴりでも期待してたんだろう。疲れてたのかな？

「そうだよ、ゴブに期待するようなものなんだったよ……寧ろゴブなら木材くらいは加工しているはずだよ！　弓じゃなくて棍棒《こんぼう》になるけどオタよりマシだったよ!!」

　ぽつんと置かれてる木材と鉄板。複合どころかまだ木材の加工も、鉄の成型も始まっていない、ただの木材と鉄板が置いてある。つまり何もしてないんだよ！

「「「あ、丁度いいところに!?」」」「コンセプトが決められなくて」「お前等複合弓《コンポジット・ボウ》はどうしたの？　愚か者《オタ》が相手なら、俺は手段を選ばないって言うか毛根殲滅火炎地獄《インフェルノ》一択だよ？」「「「だってコンセプトこそ大事だから会議していたけど……決まらないんですよ？」」」

どうやら設計図の萌《もえ》キャラをケモミミか幼女か決めるのはコンセプトだったらしい。

「まだケモミミさんに会った事も無いんだから、知らないケモミミより先《ま》ず同級生に作れ！　普通、一番最初に自分の分を作れ!!　何でいきなりケモミミ幼女専用装備なの!?」

うん、同級生の複合弓《コンポジット・ボウ》ほったらかしで、エルフさん用かケモミミ幼女か決める事のどこら辺に概念《コンセプト》が入ってたのか謎だが、後で女子さん達にチクっておこう。

「コンセプト以前に妄念と執念しか入って無いんだよ！　うん、怨念《レイス》でもその頭の中に入れてみようか……まともになりそうだな!?」

あれ、オタ達が目を見開き驚愕《きょうがく》の表情でこっちを見てる——こっち見んな？

「そうか、ケモミミ幼女という手があったのか!!」「「「さすが遥君《はるか》！」」」「もう嫌だ、お家に帰る！　うん、こいつ等はやっぱり異世界すら不適合だったよ!!」

取り敢《あ》えず会話不可能な事が分かったから、蹴って、踏んで、踏み躙《にじ》ってから設計図を描かせつつ踵《かかと》を落として大忙しだ。

「しなる力と反発する力がって……滑車がいるの？　弓に？って、何でいきなり化合弓《コンパウンド・ボウ》の設計図なの！　いきなり出来るか!!」「「「いや、つい？」」」「ですが格好良いしホールドしておく力が半減するから命中率も良くて、恰好《かっこう》良いですよ？」「うちの女子ってPoW900台とかなのにホールド力を半減させなくて良いよね？　俺の労力を半減させようよ！　しかも恰好良い2回言ったよ、絶対理由それだけだよ!!」

片っ端から描かせた設計図を見て行く。うん、だからこの猫耳少女のイラストいるの？

「弓を詳しく描けよ！　なんでイラストに一番力が注がれてるんだよ!!」「「「だって、そこが最重要事項《コンセプト》ですよ！」」」「でかすぎて弓の説明が見難《みにく》いんだよ！」

すぐに出来そうなのは張り合わせ式の和弓かトルコ弓だろう。竹も有るんだけど槍《やり》にしてオタ達《たち》を刺しながら、先ずは小さくて取り回しの良いトルコ弓。弓の絞られる内側は堅度には高く圧縮に強い素材を使い、引っ張られる外側に伸縮する素材を使う複合構造の弓。その流線型のW型の形状はリカーブ形状と言い、弓を引き絞った時に反発力が起こる箇所を増やす事で威力を引き上げているらしい。うん、イラスト以外は有用だった!?

「これって弓の外側がゴムで、弓の内側がバネの役割なんだ。ハイテクさんなのかな？」「でも紀元前2000年以上前からある弓で、動物の腱《けん》とかを膠《にかわ》で固めていたから雨が降ったら駄目になってたらしいですよ？」

無駄知識だ。異世界に召喚されても良いように覚えて来た知識だが、完全に無駄になってる。だって横で作られているそれの一体何処が弓なの？

「何で弓作ってて木が余るの？」「いや革と鉄線を編み込んでたら……あ、木《フレーム》を入れてなかった!?」「「「道理で鉄線を増やしても軟らかいと思った？」」」

鉄と革の紐《ひも》状の物が出来ている。それをオタ達が不思議そうな顔で眺めている。いや、どう見ても鞭《むち》だから！

「それ委員長様にお渡しして お仕置きされて来てくれるかな？」「「「なんか怖い!?」」」

もう突っ込むのが面倒なんだけど、何で弓作ってて木を入れ忘れて鞭が出来るなんてことが在りえるの!?　膨大な弓の蘊蓄《うんちく》は一体何のために必要だったの!!　イラスト!?

試行錯誤して試作しオタ達に試射して、改造してはまた死射してみるけど性能は上がれど死者は出なかった。ちっ、あれが『複層結界』か、貫通しきれない！

「ふうーっ、これだけあれば予備を考えても充分に足りるかな？」「「「どう見ても200以上は有りますから、そんなに同級生いませんよ！」」」「どうも最近、触手が滑って内職さんが止まらないで暴走しちゃうんだよ？」「「「どんな状況!?」」」

そう、だからきっとレオタードが沢山用意されてるのも俺のせいじゃないんだよ？

きっと、そういう事もあるんだよ？　多分？

これに効果付与すれば市販品とは比べ物にならない出来で、迷宮の上層クラスのアイテム以上の性能だ。うん、結局全部俺が作ったから自画自賛で絶賛発売予定なんだよ。

そして今日できた装備で最高の性能が、オタ達の作った鞭だったのがまじムカつく……魔石による付与も無しでＰｏＷとＳｐＥにＤｅＸが軒並み50％アップって……。

その後、オタ達に鞭を量産させてみたんだけれど、今度はテーブルが出来たらしい？

表面は革張りでゴージャスでありながら、機能的なスチールテーブル。それを不思議そうな顔でオタ達が見つめ続けていたからほっといた。うん、なんで俺はこいつ等に期待してしまったんだろう……。

　ちなみに革張りのスチールテーブルは雑貨屋さんで販売した途端に超高額で買われて行った。買われて行くテーブルを不思議そうな顔でオタ達が見つめ続けていた——だってあれ鞭じゃないから武器屋で売れないんだよ？

「ただいまー？　みんな揃《そろ》ってたら弓の販売を始めるんだよ。うん、試射もしたいだろうから裏庭に的《オタ》も用意してあるから死者にしても良いんだよ？　ちょっと結界破壊用の矢も作ってみたんだよ——これなら殺《や》れる！」「「「あっ、オタ君達が逃げた！」」」「「「普通、逃げますよね!?」」」

　全員に弓を支給して狩猟《オタハンティング》するべきだろうか？　いい練習になりそうだけど提案したら怒られた？　まあ、確かに追うのは面倒で、待ち伏せの方が効率的かも？

「これが弓。不思議な形なんだけど？」「本当だー？」「大きさも色々あるんだねー？」

「色までバリエーションがあるから悩む!?」「「「取っ手のファー素材が可愛《かわい》い！」」」

　うん、イラストに釣られちゃったんだよ。

「高速移動タイプや前衛は小型で、後衛弓使いは大型がお薦めだと思うよ。うん、後はパワータイプは大型、連射タイプなら小型？　みたいな？」

的《オタ》は逃げたから的《まと》で試し打ちする。これならかなり長距離まで撃てるし、初速が凄《すご》いから威力だって高まる。そして最も心配していた懸念は杞憂《きゆう》で安心した。うん、莫迦《ばか》達も自分で放った矢までは追いかけないようだ。良かった良かった……あ、追いかけた!?

そうして、お宿の晩御飯を食べながら迷宮の探索予定と訓練計画の話をしていると、尾行っ娘《こ》一族の人がやって来た。

「王国が戦争を始めるようです。目標は辺境オムイ領、貴族の領軍との連合軍の様です。現在オムイ様にも同じ連絡を届けております、最短2週間で進軍して来ると思われます」

戦争みたいだ――でも、無理だと思うよ?

悪意どころか蔑みも優越感も無関心も欲望も邪悪な感情が何もないのに凶悪って何?

56日目　夜　宿屋　白い変人　女子会

みんな疲れ果てぼろぼろの身体《からだ》を引き摺《ず》る様にして浴場に向かい、汗と泥を流しては湯船に沈んでいく。最早《もはや》、体力は限界……だって、乙女戦争《バーゲン》だったから。

「スポーツタイプだったけど下着♪」「うん、ブラもあったもんね♪」「柔らかくて、結構しっかりしてたね?」「「うん、アンジェリカさんにいっぱい着せて、いっぱい脱がして確かめたんだね!!」」

みんな戦利品を摑《つか》んでお風呂《DMZ》まで辿《たど》り着いた戦友なの。さっきまではギャーギャーと戦い、押しのけ奪い合っていたけど戦友。きっと、お部屋に戻れば今日の戦利品の見せ合いっこが始まるんだろう。実は柄以外みんな同じものだけど始まるんだろう……だって嬉《うれ》しいと見せびらかしたくなるの♪

「「「ぷはぁ〜〜♪」」」「お風呂が極楽なのに、早く上がりたい複雑な乙女心が」「「「うん、見せ合いっこだね♪」」」

そして、お風呂の中でアンジェリカさんから制作秘話が延々と語られ、試着調整《フィッティング》する都度に着用感の試験が始まり、それは勿論《もちろん》試験と言う名の遥君の欲望の補正作業《スタンピード》さんだったみたいだ！　そう、制作秘話かと思ったら着用試験悲話で、秘話でもあったの!!

「糸の太さから布地の密度まで!?」「「「細かい！」」」「そういえば何だか立体的だったもんね？」「「「うん、あのフィット感は凄いよ！」」」

アンジェリカさんは計18種類のアンダーウェアーをフィッティングする度に、深夜の着用試験されちゃったらしい……うん、ちゃんと着衣だったみたいだ。そして着用に問題は無かったみたいだけど、着用させた人が大問題で怒濤《どとう》の大襲撃されちゃったんだね。

そして弓も買ったから今日稼いだ分まで全部消え去った。また積立金の取り崩し決定。でも凄《すさ》まじく良い弓だった、直射で1キロ近い射程で効果付き、そして特殊効果付きの矢も製造されるらしい。今日のフェニックス戦で足りなかった遠距離での制圧力と打撃力が揃い、戦術自体が大きく変わる。ただし矢が使い捨てに近いから、金銭的には危険な武器だったりもするらしい。

「ぷはぁ～、小田《おだ》君達またやらかして苛《いじ》められてたね～？」「もう趣味だよね、絶対遥君にだけちょっかいかけるんだから」「「「最後は苛められるのに不思議だねー？」」」

以前ほど感じなくなった小田君達の壁は、遥君にだけは最初から全く無い。深く刻み込まれた人間不信、だから異世界を真剣に望んでいたほど深刻な心の傷。

「遥君曰《いわ》くだけど……小田君達って、ずっと苛められたり嫌がらせされて生きていたから、人を見る目が最も鋭いんだって。だから遥君や柿崎《かきざき》君達って『オタが良いんなら良いよ』って答えるけど、あれはある意味信頼みたいだよ」「意味分からないけど、友情？」

そう、私の『強奪』も、たった一言「オタ達が問題ないって言ったんなら何の問題も無いんだよ」だった。悪意や邪心に最も敏感な四人組、その四人が拠点にしていたからこの街に滞在する事に決めたくらいに信用されている。その人を見抜く目で見て、懐かれてる。

「誰よりも狂暴凶悪で脅威の意地悪さんだけど、全く悪意が存在していないから……なんか懐いてるのかな？」「傍《はた》で見ていると子犬がじゃれ合ってるみたいだもんねー？」「あー、男子が10人集まってなんかしてると、悪戯《いたずら》してる子供みたいだよね」「なんか遥君まで子供っぽいよねー、あんな時って？」

やってる事は凶悪極まりないんだけど、そこには悪意どころか蔑みも邪心も欲得も見下す感情が何もない。だから学校でも小田君達は遥君に懐いていた。それが一緒に異世界に来られて、毎日遥君に寄って行っては苛められている。きっと、あれは私達と一緒。

「柿崎君達はキャラ変わっちゃってるけどね～？」「なんか冷酷《クール》な感じだったのに、遥君といると犬扱いだよ？」「野人だ原始人だって罵られて、ギャーギャー怒られてはまたおちょくってるよねー」「しかも遥君に何か作って貰《もら》うと、そればっかり使うし？」「「「……BL!?」」」「あれで世界中からファンレター来てたらしいのに」「それが今では遥君に莫迦莫迦言われて、莫迦ですジャージ貰って喜んでるもんね？」

不愛想でぶっきら棒で、何処《どこ》と無く冷めた壁が在った柿崎君達は……もう、なんかイメージがガラガラと崩れて別人と化しているの。何にも考えて無さそうで妙に鋭い感じはそのままだけれど、ふと感じていた怜悧《れいり》で酷薄な感じが微塵《みじん》も無くなっている。そして……遥君といると犬に見える。うん、尻尾をブンブン振ってる犬なの？

「遥君もキャラ崩壊してるよね、昔ってもっと単語って感じでポツポツ喋《しゃべ》ってたのに、今は言い訳し捲《まく》って『みたいな？』だよ？」「「「遥君が一番意外だったね！」」」

誰とも話さない。誰とも関わらない。仲良くなんてならない。失いたくないから誰とも関わらなかった遥君は、関わってしまったから心配性の超過保護さんになってしまった。しかも、それを照れ照れで隠してるのもバレてしまったから、みんなが懐いちゃうの。

アンジェリカさんも嬉しそうに遥君の昔の話を聞いて笑っている。きっと誰よりも遥君に懐いちゃってる第一人者さん。永遠の孤独を知っているからこそ、あの照れ屋で混ぜっ返し魔の温かさを誰よりも知っている。スライムさんだってべったりだもん。

「「でも、不合格だった――！」」「まさかの復活だったよね」「おむすびが正解だったんだよ～。おむすび食べたいんだなって言ってれば合格だったのに～」

いや、残心しようねって言う話で、おむすび食べたいって言う話じゃなかったよね？

まあダンジョンでみんなでお鍋を突《つつ》くのはどうかとは思ってたんだけど、あの鳥鍋さんの魅惑の湯気と香りの攻撃がレジスト出来なかった。そしてコラーゲンたっぷりでカロリー控えめの殺し文句に乙女心が負けてしまったの。

「でも鳥鍋さんは美味だった！」「「「うん、鳥鍋さんに一片の喰《く》い残し無し！」」」

そう、あそこでポン酢が出て来たのが誤算だった。あれで警戒心が崩壊した。いつの間に作ったのか、明日は餃子《ギョーザ》弁当が販売されるらしいから明日はもう魔物さんはお給料にしか見えないんだろう。だってファーアクセサリーも開発されて既にアンジェリカさんはファーの帽子を貰っていた。恐らく近日発売だ、秘密兵器だ、要チェックだ！

「「「なんか楽しいね」」」「不謹慎なんだろうけど、幸せだよね」

お薦めは開発中のファーバッグシリーズが素敵だったみたいで、欲しいけどアンダーウェアーと同時発売だったら困る。だけど待たされちゃうのも困るの。

現在はみんなでお部屋へ押し掛け禁止協定が結ばれているから、抜け駆けは出来ない。だって全員が色仕掛け用エロドレスと網タイツを所持している危険な状態なの。まあ、みんながエロドレスを着て、網タイツで深夜にお部屋に押しかけたら……遥《はるか》君は間違いなく『転移』するだろう。絶対逃げる！　だって、超エロいけどヘタレさんなの？

「次の50階層は48階層まで行ってるのが二つか……でも蟲《むし》がいっぱいの迷宮は嫌だね？」

「「「蟲の話はしないでー！　嫌ぁー、虫嫌あぁぁ――!!」」」

　幸いと言うか今のところ奴《G》は出て来ていない。目下、最大の恐怖は大迷宮のタガメだった。だって見た目は巨大なGだし、結構速かったしワサワサしてたの。因《ちな》みに奴《G》が出たら遥君は逃げるそうだから全面崩壊間違いなし。うん無理なの！

「新しい弓の訓練もしないといけないんだけど、稼がないと破産しちゃうね？」「うん、アンクレットも大量出品されるみたいだし、全部効果付与付きなんだって！」「下着も効果は低かったけど付与されてたし、弓の付与なんて凄く豪勢だったよ！」「「「うん、もう普通に装備職人になれるよね？」」」

　魔石の加工に加え遂《つい》に武器にまで手を出している。そして最高級品が大量生産されて、内職だけで内政が賄えてしまっている。そして投資し続けているからお金が無いって騒いでいるけれど……とっくにお大尽様どころか国家予算位は動かしているんだろう。

「「「働き過ぎだよね」」」「暇さえあれば破産してるからね――？」

　人は認識できない事は出来ない。だから魔法がチートでも限りがある。普通なら一晩で何万もの商品生産が個人の思考能力で認識出来る訳が無いし、土魔法が得意で魔力が無制限に使えたとしても突然にお城なんて造れる訳が無い。スキルの『至考』が補助しているからって個人の認識域を逸脱し過ぎている。あれは生産チートなんかじゃない何かがある。

　実際みんな生産も料理も挑戦したけど、手でやった方が早かった。そして基本、手で出来ない事はイメージ出来ない。魔法なんてそんなもんなので、中火で10分焼くなら魔法でも10分かかる。1分も掛からずに100食200食なんて出来たらおかしいの？　でも今日も唐突に鍋が出て来て食卓付きだった……誰がそんな膨大な情報を処理して、認識して操作しているの？

（プルプル！）「「「あ、乱入だ！」」」「スライムさんもお疲れー」（ポヨポヨ♪）

スライムさんのお風呂乱入だ。お風呂に呼んで貰えなくてご機嫌斜めなのか、ぽよぽよと体当たりして廻《まわ》っている。うん、一応迷宮皇並みの魔物さんなんだけど、完全に愛玩魔物さんしてみんなに可愛がられてぽよぽよしてるの。

そしてお風呂から上がればお部屋で女子会。やっぱり下着《アンダーウエアー》の見せ合いっこ。雰囲気はやっぱりスポーティーだけど誤算だった……一応1枚は確保したけど、着て見せられると思いの外にボクサーショーツが可愛い！　盲点だった、みんなが魅入ってる……だって品薄だったの！

「「「これは追加注文だね！」」」「「「うん、決定事項だね‼」」」

いや、働き過ぎだよねっていう話が……でも、これは暴動騒ぎに発展する。だって可愛いのは分かっていたけど部屋着にも良い。やっぱり採寸が嫌でスポーツブラにしたんだろうから、オーダーはまだ遠そうなの。

「「「優しいよねー、やらしいけど」」」「うん、ぼったくられてるけど幸せ♪」

わいのわいのと騒いでお喋りに花が咲く。だって女子高生21人に、スライムさん付きなんだもん。会議なんだか何なんだかと喋り続けて夜が更ける。

誰一人として戦争については触れない。それは怖い訳でも、逃げてる訳でも無く、覚悟を決めている。だから口に出せない――人を殺す事を気軽になんて語れないから。

しっかりと目に焼き付けたから怒られる前に作って誤魔化そう。

56日目　夜　宿屋　白い変人　裏庭

魔力で包み、それを纏《まと》い、更にスキルを発動させる。魔法を重ね合わせて纏い合わせる。発動を手動操作して調整しても、纏えば纏う程に乱れ混じり合う。ステータス上の在りと凡《あら》ゆる組み合わせを纏い重ねて織り成して――そして限界。千切れ崩れて魔纏《まてん》が解ける。一歩も動かなくても無理だった。動いた瞬間に魔纏が解けるか身体《からだ》が破壊される。

「ふううぅぅぅ――――っ」

呼吸に合わせ瞬く間に纏う。発動し切れていないし、魔法も纏い切れていない。

「ムズい！　やっぱ転移が認識しきれていないけど、重力もか……」

重力も騙《だま》している？　いや、それとも理解できていないのか……そして錬金術も纏えて錬成できちゃったから複雑さが増したよ！

ゆっくりと穏やかに……魔力の波に浸る様に纏い直して、身体も魔力も丸ごと掌握して、動かず木偶《でく》の坊《ぼう》で外部から操る。ゆっくりと数歩歩き、数回杖《つえ》を振り、止まる。

やはり、それだけで体が破壊される。纏った再生で治してはいるけど崩壊は止められない。何かが間違っている。それが合わせ方なのか、使い方なのか……何だろう？

「うん、人生だったらどうしよう！　ちょ、俺16歳でもう人生レベルで間違っちゃってるの？　マジで!?」

不思議だ、何故《なぜ》俺は悪くないのに人生が間違っているのだろう？　だが、俺は悪くないのに好感度も儚《はかな》く散りそうだ。異世界って不可思議だな？

完成には程遠いと言うか、これ完成する気がしないくらい難しい。欲張り過ぎかも知れないけど、俺のスキルなんて全部纏ってやっと何とかなるレベル。その状態《ステータス》で『虚実』まで使えないと役立たずのただの低Lvに成り下がる。Lvを上げて身体能力の底上げが必要なのに、そのLvが上がらない。うん、上がりが遅くて悪い。ならば出来るようになるしかない。結局使える技が『魔纏』して『虚実』で斬る以外何もない。全部纏めて、加速して乗っけて、その全部で殴る。その短縮版が『魔纏』と『虚実』、これしか覚えられなかったから、これしかない。

「習うより慣れろって、慣れる前に自壊してるんだけど……緩やかな自殺と言うか、爽やかに自滅と言うか、健やかに自己崩壊？」

一瞬で崩壊する。『健康』も持っているし、ラジオ体操も欠かしていないのに身体が負荷に耐えられない。スキルの上昇にステータスが付いて行けないから、自壊自体は仕方が無いけど、その為《ため》の身体強化が『魔纏』だった……その『魔纏』に身体が付いていけない矛盾。

ギルドで甲冑《かっちゅう》委員長さんに訓練の相手をして貰ったけど、速度と言うか瞬間速度が速い。多分、転移が効いてるのか加速状態に瞬間的な超高速状態が混じる。だから強くなったけど脆《もろ》くなった。攻撃は鋭く、読み難《にく》い変則的な高速攻撃に変わり、そのせいで隙が増えているらしい。躱身《かわしみ》や回避も瞬速化しているから何とかなっているだけで、細かな制御が全くできなくなっている。うん、結構ヤバいんだろう。

そして、きっと身体中が破壊と再生を繰り返している。訓練の後は内出血で痣《あざ》だらけになっているし、使えても長くは保《も》たない。これは持久戦が全くできない。

「再生の速度より自己崩壊が速過ぎるのか……」

スキルが上位化してスキルレベルも上がったが、結局自分自身のステータスが付いて行かないのだから、体に掛かる負荷増大に負けてしまっている。

「やれやれ、問題が増えるばかりで解決する事の方が少ないとか、先行き不安で行先不明の差出人不明な不幸なお手紙だよ？　うん、黒山羊さんだって読まずに魔宴《サバト》だよ」

何かが上手《うま》く行けば案外と行きそうな気はする。でも何も上手く行って無いから進展がなくて詰んでると言う話も有る。まあ、お風呂でゆっくり考えよう。男子高校生的な夢と浪漫《ロマン》と泡のお風呂では無いのがつくづく残念だ。うん、家《洞窟》にはジャグジー、そして新開発の泡沫《あわあわ》な入浴剤とぬるぬるなボディーローションまで素敵に揃《そろ》ってるのに宿のお風呂なんだよ？

「うん、だってあの甲冑の中には、夢と浪漫と魅惑のボディーも詰まってるんだよ！」

そして最近ではスライムさんがお風呂出張してて、なかなか遊んでくれない。そして、この異世界も、この宿も格差社会だった。そう、異世界男子高校生虐待問題だったんだよ！　だって、何と女子風呂は大風呂で大浴場さんだったのだ！　うん、男湯狭いんだよ！　まあ破砕と崩壊で内出血の痣だらけの身体なんて人には見せられないから、狭くて良かったとも言える。そして何よりも男とお風呂に入っても何も楽しくない！　全く楽しくない!!　それなら一人でゆっくりと入れて浸《つ》かれる方が良い。

「あああ、極楽に行った事は無いけど極楽な感じ？　みたいな？」

街並みは石だらけって感じの異世界の街で、ちゃんと木の浴槽に浸かれるって幸せなんだよ。やはり魂に刻まれた物なんだろう……でも俺は岩でジャグジー作っちゃったよ？　うん、刻まれて無かったのだろうか？　だって男子高校生ならいつかは泡沫《アワアワ》って憧れて作っちゃうんだよ……相手いなくても？

そして目的は果たした。果たして果たして果たしきった。やり遂げたんだよ……すっきりと。それでも何だか木の浴槽は和《なご》む。普段から木の浴槽なんて入った事も無いのに何でこんなに和んじゃうんだろうって言う位にゆったりできる。うん、今度増設しようかな。ジャグジーは素晴らしいが、あれは和《なご》めない！　だって我儘《わがまま》泡沫ボディーさんが其れ処《そどころ》じゃ無い過激なバブルなんだよ！　もう和んでる場合じゃないからバブルだって崩壊しちゃうよ!?

「さて、準備期間は2週間らしいけど、準備したら終わりな気もする……戦術的にも戦略的にも政治的にも勝ち目も見えないはずなのに、一体何を狙っているんだろう？」

本当に愚かなだけなんだろうか。愚かだと決め付けて何も備えないなんて、それこそ愚かだ、愚者の王だ。うん、何か称号に付きそうだから気を付けよう!?

（ポヨポヨ！）

おっ、スライムさんの体当たりだ。ぽよんってぶつかって来た。可愛《かわい》い。さっきまで居なかったから女子さんとお風呂に行っていたのだろう。そしてお風呂で女子達《たち》にポヨポヨしていたのだろう……うん、可愛がろう。

「さて今日の内職は何から始めようかな——……ああ、極楽極楽？」（プルプル）

もう鍛冶場に行かなくても弓は作れるし錬成もできる、大量の在庫もある。多分、剣も作れるけど一度はきちんと作らないと良い物は出来ない。やはり刀造りを習う必要があるんだけどオタ達に習うと凄《すさ》まじくとんでもない何かが出来そうで不安だ。全くどうして真面《まと》目《も》な俺の知り合いには真面な人が少ないのだろう？　謎だ？

まあ、女子さん達の懸案だった下着問題は解決して一安心なはず。作った俺は悶々《もんもん》で大変な思いをされたんだけど、思いをされたから色々しちゃったんだよ。うん、きっと俺は悪くないだろう。ただ、あの伸縮性に富み形状すら変化する万能のスポーツブラでさえ、支えきれない可能性がある——あの大質量物質だけは追加注文は避けられないかも……

だって、魔法素材すら超える質量兵器なのだから。うん、弾《はじ》け飛びそうなんだよ!?

　そして戦争の用意――戦争が無くても武装は無駄にはならないし、武器なんて無駄になったらそれはそれで良い事だ。平和なんだから。武器屋のおっちゃんの量産品とバランスを見ないと販売は出来ないし、戦争ならば兵隊さん達の装備。ただでさえ辺境軍の装備は対魔物用特化だから尚更《なおさら》だ、防御を捨てて機動力が重視されているのは魔物の襲来に駆け付ける為……訓練くらいはしていても、あれは重武装の軍と戦うには軽装過ぎる。

「メリメリさんも、メリお父さんも襲われた時に危うくなってたもんねー」（ポヨポヨ）

　そう、あれだけの実力差があったのに周りが戦わせようとせず必死で守っていた。つまり毒、耐状態異常の装備がされていないか甘いかだ。まあ貧乏だったし、資金も経済と住民が優先なのは分かるけど、あんな装備で戦争は危険すぎる。まあ採掘権貰《もら》った上に取り分も１００％にして貰って大儲《おおもう》けさせて貰ってて、その時に採った鉄も余ってる。

　そしてマッサージチェアーは12台設置されてフル稼働で大儲けだからお得意様なのだ。そう、兵隊さんに装備をあげたら兵舎にだってマッサージチェアーを置かせて貰えるかも知れない、お得意様を見捨てれば商機を逃す。うん、作っとこう！

「状態異常耐性とＤＥＦ、ＶｉＴ重視で良いか？　鉄だと其処《そこ》までの効果は出せないから魔石粉混ぜて捏《こ》ねて捏ねて……でも何でおっさんの装備なんて捏ねてるんだろう。もっと素敵な物を捏ねたい……そう、今日は捏ね回そう、捏ねて捏ねて捏ね回すんだ！　だってレオタードもあるし……でも装備装備っと」

やはりおっさんの装備だと思うとやる気が出ない。もう少し俺を気遣って美少女部隊とか作ってくれない物だろうか？　ああ、王女っ娘《こ》の装備も溶かしたから、怒られる前に作って誤魔化そう。しっかりと目に焼き付けたから寸法はばっちりだ、誤差は1センチも無いはず。うん、瞳に焼き付いて保存済みだし——うん、保存しちゃったんだよ？

「しかし雑貨屋のお姉さんだけは侮れないな、常に驚きを齎《もたら》して来るからハリセンも作成なんだよ。なんで『村』とか注文受けちゃうの？　この間も家建てたばっかりなのに注文が村になってるよ！　何で雑貨屋さんに家とか村とか注文しに来る人がいて、何で受けちゃうの？　で……何で俺に注文票出してるの。はあー……全く断れないじゃん。だって、これってあの滅びた村じゃん。あんな目に遭ったのに、また作るんだよ。滅んじゃったのに……俺のせいなのに、俺が作って良いのかよ……断れないじゃん……まったく……まったくなんだよ」

答えようが無いし書けないんだけど出来なくなってしまったからしっかりと刻んだ。

56日目　深夜　滅びた村

あらん限りの魔力を制御して、暴れ出す端から無理矢理抑え込む。注《そそ》ぎ込んで、注《つ》ぎ込めるだけ注《つ》ぎ込み注《そそ》ぎ込む。だって、またここに再建するんだよ——だったら出来る事なんて、二度と絶対に滅ぼさせない事だけなんだから。

別にこんな事して罪滅ぼしになるなんて思ってもいない。ただ、これで今度は俺が造った村が滅んだら、もう許されないうえに救いも無いじゃん？　まあ、救いなんてきっと無くても、こんな事しか出来ないんだよ……もう、ここにいた人達は死んじゃったんだから、せめて帰ってくる人達に出来る事なんてこれくらいじゃん。だって救えないし、何も守れないし、なんにも出来ないいんだよ。こんな事くらいなんだよ、出来る事って。

「眠たくない？　無理に付いて来なくても良かったんだよ。別に危ない事しないし、村を造るだけだから見ていても退屈なんだよ？」（イヤイヤ）（プルプル）

お供について来てくれた。魔の森の伐採も進んでいてこの辺りは今はもう安全だし、どうせ森の浅い所なんてゴブとかコボとか莫迦《ばか》とかしかいないから大丈夫なんだよ？　まあ、深夜に莫迦達がいたら、それはそれで大丈夫じゃない気がするんだけど大丈夫だろう。うん、莫迦達の頭以外は。まあ、手遅れだし？

城壁を巡らせながら、物見《ものみ》櫓《やぐら》を建て繋《つな》げていく。あの時これがあれば間に合ったんだよ、あの時これがあれば助かったんだよ。もう何もかもが全然全部手遅れなんだけど、だからせめて丈夫に頑丈に堅牢《けんろう》に造る。きっともう意味なんて無い。自己満足にすらならない無駄な行為なんだけど、それでもせめて頑丈で丈夫で守ってくれる城壁にしたいんだよ。馬鹿みたいだけどさ。

門を造り、道を繋ぎ巡らせていく。住居は集中させて穀物庫と工房の予定地も造っておこう。人が半分以下になってるのに前より大きい村なんて迷惑かも知れないけど、またここに住むんなら豊かになって大きくなって欲しいじゃん？　だって再建するんだよ、何もかも失《な》くした人達が、沢山の人を亡くして、家も財産も失くして。普通は気力すらも無くすんだよ……うん、凄《すご》いじゃん。

「うん、粉引き工房も設置したから、きっと豊かになれるんだよ。壁だって今度はオークキングだって止められるよね……迎撃用の魔石だって壁に沢山埋め込んだから……魔物避《よ》けだって沢山入れたし……今度こそさ……今度はきっと……」

もう魔力の残りも少ないんだけど、何か忘れている物は無いだろうか。俺はまた何か見落としてはいないだろうか。本当にこれで大丈夫なのか、本当に本当にこれで良いのか……これで、この村は本当に安全で幸せに暮らせるんだろうか。もう、何も出来る事は無いのかな……無いんだよ、何も。

帰る前に村の片隅に造った墓標《モニュメント》に向かう。ただの懺悔《ざんげ》かも知れないけれど、きっと帰ってくる村の人には必要だろう。俺が造ったのでは慰霊碑にも忠魂碑にも、忠霊塔にだってならないかも知れないけど、それでもきっと村の人達には墓苑《モニュメント》が必要だろう。石碑に名前が彫られて行く。全部、全員亡くなった人達だ。これが村を守って、家族を逃して命を落とした人達の名前。領館で借りた名簿を見ながら、一人ずつ名前を刻み込んで行く。ただ彫り続ける。

「ごめんなさい……、ごめんなさい……、ごめんなさい……、ごめんなさい……、ごめん

なさい……、ごめんなさい………」

いつの間にか日が昇り始め、それでも彫り続けた。79個の名前を彫り、79人の名前を刻み付けて行く。だって79名も逝ってしまったのだから、だから名前しか書けない。

すっかりと明るくなってきたが、これは自分の手で刻まないとならないものだ。だから一人ずつ名前を彫って行く、一人ずつ名前だけを刻んで行く。だって俺に慰霊の文なんて書けないんだよ、書いちゃいけないんだよ。だから名前だけを刻む、一文字一文字を刻み込む。そして……（ボクッ！）。後ろから殴られた！

「いや、気配で分かってたけど何で殴るの、ちゃんと仕事したじゃん！って言うか夜中に内職の注文して、朝にもう来るとか早すぎない？」

うん、寝る間もなく働いてるんだよ……まったく？

「何で泣いてるの、何であんたが泣いてるのよ！　何であんたが謝ってるの!!　あんたが魔物を全滅させたんでしょう、あんたがあそこで魔物を止めたから助かった人達は街に逃げ込めたんでしょう!!　全部殺し尽くして仇《かたき》だって全部取ったでしょう！　何であんたが泣いて、あんたが謝ってるのよ!!」

まったく気の早い雑貨屋のお姉さんだ、もう依頼主の村の人達を連れて来ている。

「何でもう出来てると思うの。普通、次の日の朝に村なんて急に出来てないんだよ？」

全く、何を考えているんだろう。

「どうせ造ってると思ってたのよ。だから村の人の準備が終わった昨日の夜に依頼したのよ。だって造り終わったら逃げるんでしょう——村の人達から、生き残りの人達から逃げようと思ってたんでしょう。皆が何度も何度もお礼に行っても逃げ回って、仕事や住む所まで充てがって、領主様からの高額な見舞金だってあんたでしょう!!　なのに何度も何度も逃げ回って」

お礼とか言われても困るんだよ。魔物を殺しただけで誰も救えてなんかいないのに、だって此処《ここ》に79人のお墓があるんだよ？　もう死んじゃったんだよ、俺だけが兆候を知っていたのに気付かなかった。気にも留めずに、そして森がおかしいって気付いても……同級生と殺し合っていた。だからお礼とか言われても困るんだよ。罵られるならともかく、お礼とか言われても困るにきまってるじゃん？

「あんたは辺境を——この辺境の住民を舐《な》めてるんだよ！　誰があんたを憎むの、誰があんたを恨むの!?　辺境にそんな屑《くず》はいないのよ！　確かに辺境は貧しいし、貧弱で防壁すら無いわよ。満足な武器もなくて、身も守れない人達だらけよ。あんたと違って魔の森と戦うどころか、魔物すら倒せないし、貧しくて弱っちい滅びを待つ最果ての辺境よ。でもね……あんたに舐められるような人間は一人だっていないのよ、辺境にも、そこで眠る79人にだって、ただ一人だっていやしないんだよ!!」

何を言ってるのだろう、言葉の意味が理解できない。ただ村の人達にずっと見詰められている。

「そこにいる79人の人はね、英雄なんだよ。あんたから見れば弱くて、ただ魔物に殺された犠牲者にしか見えなくっても、皆がこの村の英雄達《たち》なのよ！　みんなを逃がす為《ため》に農具を握りしめて、此処に残って戦って、時間稼ぎにもならなくても、みんな命を懸けて戦ったのよ!!　老人達は足手纏《まと》いになるって包丁を握りしめて、一匹でも道連れにするって、ここに残った英雄達なのよ！」

だって、俺が気付いて森の奥ではなく、こっちに来ていれば……せめて莫迦達を治してからでも落ち着いて考えていれば……。

「馬鹿にすんなあああっ!!　この人達は、生き残った人達を助けたあんたに感謝する事は有っても、謝って貰うような人は一人だっていないんだよ！　辺境はね、みんな死の覚悟しながら生きて来たんだ、この辺境にただの一人だってあんたを憎んだり、あんたを恨んだりするような人間は一人もいないんだよ!!」

だからって死にたかった訳が無いじゃん。だからって生きたかったに違いないんだよ。その英雄達はもう死んじゃったんだよ。

「だからあんたは……死んだ英雄達が感謝を捧《ささ》げてる、あんただけは胸を張って感謝されなきゃいけないの！　みんなを救ったあんたが感謝されなければ、其処で眠ってる英雄達の死が無駄になるんだよ!!　この人達は託したの、命を捨てて、きっと助かってくれるって信じて。それを託されて救ったあんたが感謝されなかったら、この人達の死が報われないんだよ！　命を捨てて願った最期の願いを叶《かな》えたあんたは、謝っちゃいけないでしょう！　だから、あんたは胸を張って感謝されろ！　助けた以上、それはあんたの義務で責任だ。だから、あんただけは謝ったら駄目なんだよ――あんたは謝るような事は何一つもしてないんだから、誰も少年の事を恨んだりしてないんだから。みんなが心からの感謝をしてるんだよ？　分かった？」

「「「ありがとうございました！」」」

応えようがない、答えが無いのだから。だから胸なんか張れないけれど謝る事も出来なくなってしまった……それが義務で責任らしいから。

だから慰霊文なんて書けないんだけど、しっかりと石碑に刻んだ。

『眠れる戦士の墓、村の英雄に万感の尊敬を込めて』、と。

プルプル――そうだね……うん、村の引き渡しも済んだし帰ろうか？　みんなも待ってるだろう。魔力も使い切ってお腹《なか》もすいたし……さあ、今日は何を作ろうかな。

定められた運命の理で分かり易く言うとお金が無いから寄こせ。

57日目　朝　宿屋　白い変人

「「「おかえりなさい」」」「寝てないんでしょ。今日はお休みしなさいって委員長が言ってたよ」「今日は中層までをユニオンで回るから大丈夫だからね」「稼いでくるよ〜、お弁当も買っちゃうよ〜！」「「「あっ、おかえりなさーい」」」

そう言えば、お弁当販売もあったんだったたよ。まあ仕込みは済んでるし、炒《いた》めて焼くだけだ。脂っこいけどダンジョン巡りするならカロリーだってたっぷりと摂《と》っても問題ないだろう、きっと無いんだよ。たっぷりと脂がのっても俺のせいじゃないんだよ？　そもそも今日のお弁当は「唐揚げ餃子炒飯《ギョーザチャーハン》弁当」だと告知されているのだから、注文する時点で覚悟は出来ているのだろう。うん、勇気ある挑戦者《チャレンジャー》達だ。多分負けるだろう——せめて一人3個までにしとこうよ!?

「朝ごはんも仕込んであるよー。うん、焼き魚と茸《きのこ》炊き込みに卵焼きの定食だよ？　安いよ安いよーって言う売り文句で、本当は結構いいお値段だけど安いと信じればきっと安い気持ちになれるんだよー？」「「「買う、食べる——！」」」

よし、朝から小金持ちさんだ。雑貨屋のお姉さんは当分帰って来ないだろうし、武器屋のおっちゃんの所にでも行こうかな。うん、お金も巻き上げたいけど武器と防具の量産も始めたい。戦争だか何だか知らないんだけど、兵隊のおっさん達は俺がマッサージチェアーで巻き上げるんだから死なせてやらないんだよ？　どうせ王国側は巻き上げ続けた辺境産の高級装備で勝つ気なのだろう。戦い続けてきた辺境軍とLv差がある以上、毒や状態異常狙い以外に勝機があるとは思えない。ならば高級装備が壊されて、毒も状態異常も効かなければどうする気なんだろう？　それに一体どうやって、軍隊で偽迷宮を突破する気なのか……まあ突破させる気も無いし、戦争してやる謂《いわ》れも無い。

問題は王女っ娘《こ》かな……あれでかなり強いし、それ以上に指揮能力が脅威ではある。敵に回り自由に戦わせると厄介だが……戦闘以外が脆《もろ》い。うん、既に色々壊れてるから問題ないだろう。全軍で一斉に「ふぃーぶぁーっ！」って叫んだら一発で壊れそうだし？

「「「ごちそうさま、行ってきま――す！」」」

紡績機織り工房を覗《のぞ》いて稼働状態を確認して、一寸《ちょっと》あれこれ意見を聞きながら改良してから武器屋へ向かう。

「おっちゃ――ん、金を出せ？って言うか有り金を寄こせ？　うん、ぶっちゃけると出さなくても奪い取る？　それは定められた運命の理《ことわり》で、分かり易《やす》く言うとお金が無いから寄こせ？　みたいな？　みたくなくても取るんだよ？　禿《はげ》だから運命的に？」

「なんか、もう台詞《せりふ》が強盗よりも悪質になってるぞ!?　取り敢《あ》えず支払い分は用意してあるし、分割で建物の建設費だって払わなきゃいかんだろう。だから、普通に持って行け、奪い取るな！　後、禿はほっとけ!!　それと、この間の弓も買い取るぞ、効果付きのアクセサリーだって完売間近だしな」

焔《ほのお》に照らされ禿が輝く。うん、相変わらずにおっさんだし、禿で髭《ひげ》だがちゃんと鍛冶をしている。まあ、鍛冶師が棍棒《こんぼう》磨いてたのが元々おかしかったのだが珍しい光景だ。

「ちょっと待ってくれ。やっと真面《まとも》な鉄が手に入る様になったんで、注文が多くててんてこまいなんだ……まあ、これでやっと鍛冶師って名乗れるな」

燻《くすぶ》っていた。鉄の無い辺境でする事も無く、売る武器すら無い。だからせめて手に入る棍棒を冒険者達の為に掻《か》き集めていた。そんな鍛冶師の下に鉄が届いたのだから、燻っていたから燃えちゃったのだろう。だって、禿のおっさんだから萌《も》えないだろう。って言うかおっさんが萌えてたら燃やすよ？　ちょうど火炉も有るし。

「禿で照らしてねえし、訳のわからん理由で燃やすな!?」「押すなよ、押すなよ!?」「押すなあああ──────！」

いつもの不機嫌そうな仏頂面のおっさん顔だが、目が違うし、口の端から笑みが零《こぼ》れている。うん、だってやっと自分で鍛冶師って名乗ったよ。鉄が無いから手に入る僅かな木材や屑鉄《くずてつ》で何とか戦える武器を造っていた、それが口惜しかっただろう。そんな武器しか用意できなくて、それで冒険者や兵隊達が死んでいくのだから。だけど、これで武器が造れる、本物の武器だ。やっと解放されたんだろう、何も出来ない無力さから。

それでもちゃんと燻っていた。剣すら打てなくても燻り続けた。なら一度だって火を消さなかった。鉄が無くても諦めず、その無念がようやく解放されたのだから鬼気迫る笑顔も当然だ。だってこれほどの腕を一度だって火を消さないままに燻らせ続けていたのだから、これが本懐なんだよ。髪は生えないようだけど？

「だったら武器も有るけど……こっちが良いよね？　うん、山ほどあるし、山から採り放題だし？　あと欲しいものあったら探しとくから書き出しといてね」

あれだけ渡していた鉄が殆《ほとん》ど残っていない、一体いつから打ち続けてるんだろう。だから山の様な鉄と銀に銅と炭。あとお昼ごはんに「唐揚げ餃子炒飯弁当」さんだ。弟子のおっさん達もいるから40個も有れば3個は食べられるはず……足りるだろうか？

「足りるよ！　どんだけ食わせる気だよ!!」「いや、この特大サイズ3個でも足りないっていう女子高生さん達20名（仮名）がいらっしゃるんだよー。誰とはいえないけど？」

そして付与済みの魔石と魔石粉だ。うん、使えるんだと思うんだよ——このおっちゃん錬金持ってるし、鍛冶なんてＬｖがＭａＸだから。随分な持ち腐れだったから存分に使いたくてしょうがないのだろう、何と言っても俺の内職が一つ減って助かるんだし良い事だ。

「おう——ありがとうよ。何もかもな」

さて、いざお休みだとする事が無い。男子高校生的にしたい事は山ほど有るけど、甲《かっ》冑《ちゅう》委員長さんはお目付けに付いいて行って貰《もら》った。つまりする事が無い！　スライムさんも今日は教官さんで、2ユニオンに分かれたから二人に行って貰った。だからダンジョンで何か起きる事は無い。既に中層なら女子さん達だけでも全く危な気が無いし、集まる程に強くなるからユニオンなら万が一も無いだろう。

だが戦争前……尾行っ娘一族が情報を持ち帰れたのなら、向こうからだって送り込む時間は有ったはず——ついに美人女暗殺者さんなのだろうか！　胸熱だ!?

「いやいや美人女工作員さんかもしれないし御《お》持《も》て成《な》しだな！　うん、もしかすると美人女情報員さんかも？　夢が膨らむよ！」

まあ、男子高校生って基本「美人女〜」なら何でも良いんだよ？　そう、美人女説教師以外なら大丈夫だ。だが美人女説教師なら充分に足りています、結構です！

「休みって暇なんだよ」

独りで遠くに行かないと約束させられて偽迷宮にも行き辛《づら》い。でも一人で洞窟に帰っても楽しくない。どうして毎回々々迷子の迷子の迷子ちゃんみたいな扱いなのだろう？

「うん、ひきこもりとにーとの帰巣本能を甘く見ているのかな？　スキル『地図《マップ》』持ちさんなんだから迷子にはならないんだよ？」

宿で一人で寝るのも寂しいし、睡眠前の運動なしだと寝つきが悪そうだ。まあ運動するから寝る間が無いと言う噂《うわさ》も有るんだけど、規則正しい生活と充分な運動はきっと男子高校生には大切だ！　だから規則正しく毎晩々々運動を頑張るんだー！

「うん、やっぱり暇だ。やはり美人女情報員さんが捕まえられると一番美味《おい》しいよな？」

まだまだ情報が足りない、それは不利どころか致命傷にもなりかねない。そして美人女情報員さんだ、美人の女スパイさんだ。きっと全国の男子高校生に捕まえたいもののランキングを作らせれば間違いなくポケ〇ンより上位で、恐らく美人女怪盗さんと接戦で優勝も充分に有り得るだろう。うん、来ないかな？

「って言う訳で美人女情報員さんとか来てないかな？　うん、掲示板とかに載ってないかな、って言うか寧《むし》ろ乗りたいんだよ、このビッグウェイブに？　みたいな？」

「あのですね、『来てないかな』って来られないから軍で冒険者を雇用して来たのです。どうやったら、あの恐ろしい迷宮を美人女情報員が無事に通り抜けられるんですか！　あそこに入るなんて命令聞いただけで、情報員は逃げ出しますよ!!」

来ないらしい。やはり迷宮前に募集の立て看板が必要なんだろうか？

「大体、来たのが分かっていたらオムイ様が捕らえています。あの迷宮がある限り女性は来ません、絶対来ません！　破廉恥です、不敬です、斬首したいデス！」

王女っ娘に駄目出しされた。これはドレスとか宝石入りの宝箱を設置して、素敵な迷宮感をアピらないと女性客は見込めなくなりそうだ。いや逆転の発想で溶かされる度に新しいお洋服が出て来るんなら人気スポットになるのだろうか？　でも、きっと脱出するころには全身網タイツになりそうだ……うん、あれは良い物だった。

「ああ、そうだ忘れる所だったよ。これ壊した装備の代わりと、溶かした服のお詫《わ》び？と言うか補塡的な洋服なドレスって言うか、戦闘にも耐えられるから戦闘服な戦闘用ドレスって言うか……まあ、エロドレス？　みたいな？」

「こ、こんな豪華な装備を頂いて宜《よろ》しいのですか!?　これは王国の国宝級以上、国王専用の装備に匹敵……いえ、実は国王の装備の方がかなりしょぼいですよ！」

これで凌駕《りょうが》してるとなると貴族派が強いから国王装備がしょぼいのか、それとも王国全体的にしょぼいのか……他国に流れている？

「本当にこんな凄《すご》い物を頂いて宜しいのでしょうか。それに素敵なお洋服まで……エロ？あれ、何の為にこんなに透け透けで空き空きで、これで戦闘って……＋ＤＥＦに全耐性！しかもＰｏＷ、ＳｐＥ、ＶｉＴにＭｉＮまで20％もの補正が!?　国宝級以上なのにあちこち透け透けで色々と空き空きで守る気は有って微《かす》かに隠す気は有るけれど、実は隠し通す気が全く無いんですよね！　こんなエロドレス着て戦ったら視《み》えちゃいますよ、いろんな所が透けたり空いたりしていて危ないんですよね、これを、着ちゃうの!?」

　だって、もともと甲冑委員長さんがずっと甲冑だと飽きるかなとか、これだと俺が迷宮で楽しいなとか、そんな深遠なる理由で作られたのに嫌って言われたんだよ？

「やっぱりエロいドレスで一晩中ふぃーぶぁーっされちゃうんですね！　この穴から私、今晩ふぃーぶぁーっなの!?　透け透けで破廉恥で、露出の高いのに更に空き空きでもう隠す気無さそうなHなドレスでふぃーぶぁーっな夜がれぇっつだぁんすぅで、おーるないと!!　献上品なのにエロドレスって、目的はやはり私のふぃーぶぁーで一晩中れぇっつだぁんすぅで、おーるないとな破廉恥な透けてるあんな所や空いているこんな所がああぁんびりーばぁぶおぉーっ！ってされてしまうんですね！（妄想爆走中）」

　うん、これ以上の情報収集は無理そうだ。この王女っ娘は王国の命令に逆らえなくても辺境を守ろうとしていた、そして王国さえも守ろうとしている。だから危険、それは余りにも敵が多すぎる。全方位を敵に回しかねないのに味方がいない可能性すらある、なんか壊れて暴走してるけど装備にアクセサリーも付けておこう。そう、武器さえあれば充分に強い。ドレスやアクセサリーにも付与が付けて有るから普段着でも戦闘可能で、サイズぴったりに作ったから他人には使えない。そしてこのデザインなら「ふぃーぶぁーっ！」の一声で壊れるから敵に回っても問題ない。うん、寧ろ味方だったら心配そうだ？

兵隊さん達《たち》の装備は鍛冶師のおっちゃんに任せれば良い。もともと過剰なほどの腕前だし、やる気だったし。しかし何で鉄すら満足に採掘できていない辺境にあんな凄腕《LvMaX》の鍛冶師がいるんだろう？　まあ、メリ父さんとメリメリさんにも武器と防具を作って来たから預けておこう、視察に出てるらしいんだけど俺は外出禁止だし。

これで安全とは思わないけど、最低条件は満たしただろうか。後は同級生達と俺なんだけど……やはり迷宮の装備品が欲しい。現状ミスリル化した迷宮の装備品の方が性能が良く特殊効果だって多い。あと奥の手と迄《まで》は言わないけど、搦《から》め手《て》か千日手が欲しい。

「手数こそが懸念で触手は足りてるんだけど、おっさんには使えないんだよ……だって楽しくないうえに、あれって感触がフィードバックして来る。おっさんは絶対お断りだ！」

まあ触手は近距離だけだし、近いのも嫌なんだよ？　情報が欲しい――どんな手を思い付いたのか、どう考えても詰んでる局面なのに攻めて来る。本当に愚かなだけなのか何か手が在るのか……偽迷宮をどう通過するのか、それとも偽迷宮を迂回《うかい》する手立てが在るのか。奥の手か搦め手なのか。向こうには千日手なんて使う余裕はないはずなんだよ？

「早ければ２週間だけど遅ければどの位なんだろう？　まあ辿《たど》り着ければの話なんだけどね、だって邪魔するに決まってるんだよ。うん、お招きして無いお客さんを御持て成しなんかしないんだよ？」

まあ、歓迎はしてあげるんだけどね、歓《よろこ》んでお迎えしてあげるよ。だって殺しに来るんだから、盛大に歓迎されたって文句なんか言わないんだよね？　当然だけど。

そう、殺しに来る。だから熱烈歓迎が必要で、熱火と烈火が歓喜の歓待してあげるよ。
だって、誰かを殺しに来るってそういう事なんだよ？

そのPoWはステータスでは測れない恐るべき力量で異世界でも無双だった。

57日目　昼　オムイの街

最悪だ——完全に警戒していなかった。今日は誰も味方がいない、俺一人なのに油断しきって気が抜けていた。迷宮探索はお休みで鍛冶師のおっちゃんが鍛冶を始めたんで、仕事もなくなりのんびりとし過ぎて……警戒していなかった。

既に囲まれている。逃げ道まで完璧に塞がれている。既に『空歩』で飛び越えるだけの距離が無い——詰められ過ぎた。しかも最悪は敵がその手に持つもの、まさかあれが来るなんて予想だにしていなかった。油断だ……もう無いと思い込んでいた。だから無警戒にも気配探知の索敵《エネミー》から外されていた。無いと思っていたから、もう持って無いと思っていたんだよ……そう、あれは間違いなく最悪の兵器。そう、注文票だ！

「ちょ、俺は徹夜で村造ったじゃん!?　うん、むらむらしても我慢して村造ったんだよ？　それはもうむらむらと燃え広がる燎原《りょうげん》の火の如《ごと》き欲望《エロス》との熾烈《しれつ》な戦いを制して働いたんだよ？　うん、さすがに野原で始めると怒られるから我慢したんだよ？」

何故《なぜ》まだ注文が残っているのか――それこそが最大の問題だが、問題を解く鍵は此処《ここ》に有る。そう村造ってて他の依頼を全部忘れてた!?

「って言うか出来ないよ！　そんなもん村1個造るだけで時間切れだよ!!　深夜の内職が24時間以上かかったら、それってもう深夜関係ないんだよ？　うん、ただの24時間営業で、そんなサービスやって無いよ!!」

　深夜のルームサービス《エロいこと》は大好きだ。それはもう大好物だ。でも内職さんは違うんだよ、お駄賃は好きだけど労働が好きな訳じゃないんだよ？

「ほら、見てこれ！　ちゃんと至急って書いてあるでしょう、街中の女性がワンピースを待っているのよ、フレアスカートもブラウスも待たれているのよ！　そして茸《きのこ》弁当は大至急って書いてあったでしょおおおぉ――!!」「だから何でご飯まで俺に注文するの！　しかも毎日だよ!?　すぐ傍《そば》に食べ物屋さん出来てたじゃん。あと『至急って書いてあるでしょう』って全部至急って書いてあるよ！　至急って書いて無い注文票を一度だって見た事が無いんだよ!!　全部に至急って書いちゃったら書く意味無くない？　そして何でいつもいつもお弁当だけ大至急なんだよ!!」

　そう言えば凄い量の女性服の注文だった。でも普通のロングのワンピースやスカートにブラウスばかりで、もし注文がミニスカートやエロドレスや網タイツだったらすぐ作っただろう！　それはもう一瞬で作って朝一番から納品に行き、街の通りで正座して観客《ギャラリー》するんだよ!!

「ああ、なんかロングだから魂が燃え上がらなかったんだよ……きっと、萌《もえ》も足りなかったんだよ？　うん、せめてスリットぐらい入れようよ。１メートルくらい？」「スリットがスカートより長くてどうするのよ！」「いや、動きやすいよ？」「動いたら捲《めく》れ過ぎて大問題でしょ――!!」

そうか、この包囲網は街の奥様達《おばちゃんたち》。道理で細い路地まで知り尽くして塞いでいる見事な包囲線。やはり奥様達《おばちゃんたち》のＰｏＷはステータスでは測れない、おそらくうちの女子達《チートさん》と乙女戦争《バーゲン》をできるくらいの力量だ。恐るべし奥様達《おばちゃんたち》パワー！　やはり異世界でも奥様《おばちゃん》無双は止められなかったか……うん、捕まった！

まあ、宿屋や雑貨屋で作るくらいなら此処で作ろう。服飾工房に戻って生産を始める。どうせなら完成品を見せておけば量産も捗《はかど》るだろうし、大量生産が可能になればお値段は一気に下がって奥様達《おばちゃんたち》もそっちで買うようになる。一気に型紙を描き上げて布を合わせて、裁断した端から縫製していく――魔手さんが。未《ま》だ辺境ではシンプルとシックが好まれる簡単な型だからすぐ出来る……まあ奥様《おばちゃん》だし？

更に工房の裁断縫製部署からも人が集まるから、量産しながら指導していく。親切丁寧で親身な指導だ。だって此処って若い娘が多いんだよ！　そう、ここで好感度をあげなければ素粒子まで分解された俺の好感度さんが微粒子にまで復活する事は無くなってしまう。だから強い心でおさわり無しで、指一本触れず触手で親身な親切指導だ！

「違うんだよ、針は刺すんじゃなくて通すんだよ？　こう、すうーって通すんだよ？　そこで糸を引っ張ったら駄目で、生地の目地と同じ様に糸で紡ぐんだよ。そうそう、引っ張る時は生地ごとで、生地と同じ強さで糸を置いていくんだよ……って、それは緩すぎ、みたいな？　ちゃんと生地と糸が一体になって繋《つな》がれば皺《しわ》になり難《にく》いし、型も崩れないから……そうそう、それなんだよ！　うん、糸と目地が一体になったら完璧なんだよ。それは凄く良いよ、それで一着作れたら最高の服になるんだよ」

　うむ、美人さん達を指導するのは楽しい。将来は図書館勤務でずっと本を読んでいようと思っていたけど、案外学校の先生になって可愛《かわい》い子にだけ教えるのもありだな。まあ、もう学校が無いんだけど？

　ようやく奥様達《おばちゃんたち》が新品のお洋服を買えるようになってきた。それでも若い女の子達にはまだ厳しい。だから、この服飾工房でも社員割引制度を採用していて社員にはかなり割安だし、頑張れば出来高で割引や買える数が変わっていくし、ちゃんと賞与《ボーナス》だって有る。当然、出来高と技術で昇給も有るからお金がない若い子が集まってくる。うん、俺も入社したいのに何故か俺が造った工房なのに雇って貰《もら》えないんだよ？

　指導しながらも『魔手』と『掌握』で生産し続けて、既に余剰分の生産に入った。ただ余り作り過ぎると工房の仕事が減ってしまうから、在庫は千枚ずつも有れば良いだろう。そう、だから奥様《おばちゃん》よりも美人さんの指導だ！　怖くて言えないけど絶対だ!!　まあ指導だけで、指とか触手で導いちゃったら怒られそうだから指導だけ。残念だ！

「これで注文分と在庫も充分だよね……って言うかなんで急に服が売れてるの？　裸族で

も襲来中なの？　うん、何処《どこ》にいるんだろう、ちょっと急用を思い浮かべて探索の旅に出て来るんだよ――っ！」「来るかそんなもん！　何で裸族が街に押し寄せるのよ。って、裸で服買いに来るの？　儲《もう》かりそうだわ……って、でも裸族はお財布持ってくるのかしら？って来ないのよ!!」

来ていないらしい。そして雑貨屋のお姉さんは服を抱えて雑貨屋に戻って行った、勿論《もちろん》お弁当は忘れなかった。うん、服を忘れそうになりやがった！

さてと、これで一段落？　桶笊《おけざる》工場の指導は必要ないだろう。だって、あっちは男ばっかりだし、そして鍛冶場はおっさんばっかりだから此処にしか幸せは無い。そう、また暇になったから帰って装備と晩御飯でも作ろうかな……でもお休みだし悩ましいな？

「うん、何が悩ましいって甲冑《かっちゅう》委員長さんの姿態の悩ましさと言ったら、それはもう大変なのでございますよ？　マジであそばします？　みたいな？　でも帰って来ないから、悩ましい事はできなくて悩んでるんだよ。うん、若き男子高校生の悩みなんだよ、大体男子高校生の悩みってそれなんだよ……滅茶悩ましいんだよ！」

したい事は有るのにする事が無いので鍛冶場に戻って場所を借りて鍛冶をしてみる。練習で作った分は王女っ娘《こ》とメリ一家にあげておいた。あれで一番狙われる危険が高いのはあの家族なんだし、実際襲われた事もあった。あれはメリメリさんを誘拐してメリ父さんとムリムリさんを無理矢理脅す気だったのだろう。それに王女っ娘だって結構危ない。まあ、練習品とはいえ試作品だからこそ良い材料を厳選して使ったし結構そこその出来で市販品よりは圧倒的に良い物だったし、ノリと勢いで効果も付与も滅茶付けてるし？

「おっちゃん、何で剣を態々《わざわざ》全部叩《たた》いてんの。錬金持ちなら一回作ったら、後は錬金術で量産できないの？　髭《ひげ》だからなの、禿《はげ》だからなの？　うん、植え替える？」

「勝手に人の髭を頭に植え替えんな！　錬金で量産なんて出来ねーよ。魔石の融合と効果の付与で、後は精製ぐらいだな。鍛冶になると手でやった方が早いし、出来が良い……お前の錬金がおかしいんだよ、錬金術師にだって出来ねーよ。全く俺の大事な髭を……」

やはりオタ達から刀の製法を聞き出そう。おそらく鍛錬が出来ればこのおっちゃんなら凄《すご》い物を作れそうだ。ただ、あいつ等《ら》にやらせた結果は蒸気船だった。そしてムカつく事に運送で大活躍中だ。うん、今度魚雷も作ってみよう。

「なんか今一なんだよ、何かスッキリしない出来で何かがコレジャナイって気がするのは何故なんだろう？　うん、何かが間違っている気がするんだけど、でも知識なんて無いのに間違いが分かるものなのかな？」

でも、これは違うんだよ……何なんだろう。知識は無いが、見た事も読んだ事もある。そして何かが間違っていると理解《わか》る。

「何を贅沢《ぜいたく》言ってやがる。その等級の剣を量産できる奴《やつ》なんて世界中で絶対にお前だけだ。これ大量生産されたら鍛冶師が片っ端から廃業するぞ。とんでもねーな」

錬金で量産は出来ても品質が上がらない。まあこれでも付与してミスリル化すれば迷宮上層のアイテムくらいにはなるけど、迷宮のドロップ品をミスリル化すればもっと良い物になる。微妙、だけどこれで同級生の装備の薄さは補える。でも、出来が気に入らない。最初からちゃんと打ってみよう。だって、これはとても大事な事だ。30人もいると装備が行き渡らないけど量産できれば最低基準を引き上げられる。そう、これが最低ラインに出来るんだから、より高い水準の最低さが求められるんだよ？

そしてもっと大事な事は、あの30人はこの辺境で最も稼いでお金を持っている。迷宮中層に通う同級生達こそお金持ちさんだ！　うん、ぼったくろう!!

何度も何度も見ても慣れる事が出来ないのは老化の始まりかも知れないよ？

57日目　夕方　オムイの街　領館

其処《そこ》に在るものは豪奢《ごうしゃ》に暮らす大貴族でも、王家と言えども手にすることの叶《かな》わない見事な剣と甲冑――「あげる」のだそうだ。うむ、貰ったのだそうだ。

「また受け取った物が増えてしまったか……ならば、せめてこの剣と鎧《よろい》に恥じぬ生き様をせんと顔向けが出来んが。しかし、このマッサージチェアーと言う物は病み付きになるなあああ。んんっ、少年から拝領した剣と鎧だ、代々の領主に継がせ家宝にせんとな。そしてこの剣に恥じぬ者を育てて行かねばならん。よし、家訓も作ろう、『悪い事したらこの剣で突き刺す』とかどうだろうか？」

平和で豊かな街、そこで笑う民の姿。もう、何も望むものはないというのに、望外な武具を……だが、これこそがこの奇跡のような幸せを守るためのもの。

「私まで装備を頂きました、効果付きの上質なドレスまで。ドレスはお母様の分まで有りましたけど、いつ採寸したのでしょうね？　すっごくピッタリだったんですけど？」

少年が我が家族に武器と装備を贈ってくれた。この国宝を超える宝物が「採掘権のお礼」なのだそうだ。お礼も何も無い、誰も知らなかった鉱脈を一人で見つけ、誰も掘れなかった坑道を一人で掘り、そして全てを自分で採掘したのだ。黙っていれば誰にも分からないまま独り占めだって出来た。そして其処に鉱脈があると聞いたところで、手に入れられるのは何年も先の話だった――それだけの量と坑道だった。それが大量の鉄鉱石を置いていき、「邪魔だから採ったけど要らないからあげる」の一言で辺境に齎《もたら》された。ずっと手に入らなかった鉄が事もなく過去何十年分の量を礼も求めずにただ置いていかれた。

貧しい故に物資すら無かった辺境に大量の鉄と木材が供給されたのだから、辺境中が大騒ぎだ。建物も道具も次々に造られては街の商店に並べられていく。

売り物も僅かでその買い手もいなかった辺境に物が溢《あふ》れ、それが飛ぶように売れて行く。もう何度も見たのに、この目でその奇跡を見ると涙が止まらない。何度も何度も奇跡を見せられても到底慣れる事など出来ない。幾度見ようとも平和で豊かな街で民が笑う様子に見慣れる訳が無い。先祖代々にたったの一度も見た事の無いこの光景を見慣れる事など出来るはずがない。

　そして、やっと鍛冶場に火が入った。この辺境の貧しさに磨《す》り潰され、それでもこの辺境を脅威から守り支え続けてくれていた。今迄《いままで》この街で報われる事など無かった男が、漸《ようや》く鍛冶を始められた。やっと炉に炎が籠《こ》められ、誰をも救いながら誰にも救えなかった男が少年に救われた。まともな鉄すら揃《そろ》わない辺境で屑鉄《くずてつ》を集め、砂鉄を混ぜ込みながら魔物と戦えるだけの武器を造り上げてくれていた男。まともな木材すら手に入らず廃材を加工しては槍《やり》を作り、矢を作り、辺境の軍と冒険者を支え続けていた男。かつて王都へ修業に旅立ち王都でも最高峰の鍛冶工房で最高の鍛冶師と称され後継ぎに指名された程の天稟《てんぴん》を持ちながら、「辺境にこそ武器が必要だ」と言い切り、この街に戻って来た男。

　それ程の男に私は僅かな鉄すら用意出来なかったと言うのに、この辺境に残り粗悪な材料で必死に武器を造り続けてくれた男がやっと報われたのだ。もう倒れるまで止まらないのだろう、今頃は最高よりも更に上の頂を目指し鉄を打っているだろう。少年が山の様に鉄と木材と炭に革まで積み上げていったそうだ、「儲かったら倍返しだー」と言って置いていったそうだ。今頃は死ぬ気で鉄を叩き続けているのだろう、たかが倍返しなどで報いられる筈《はず》は無いのだから。命と誇りと、その使う事すら許されなかった腕《スミス》をかけて鍛冶をしている事だろう。やっと鍛冶師に戻れたのだから……王国最高の鍛冶師に。ならば最高を超えようと叩き続けている……あの少年に報いる為《ため》には最高ですら生温《なまぬる》いのだから。

　恥を忍んで自ら出向き頭を下げた。そして、やっと初めてあの男に真っ当な依頼を出す事ができた。その時にこう言われたのだ。「今迄満足な武器も鎧も用意出来ず、沢山の勇者を無為に死なせてしまった。だから今度こそ戦える武器と命を守れる鎧を必ず用意します」と。「すまなかった」と頭を下げられた。

死んでいった者の誰が不平を言うものか、皆が何もない所から戦えるだけの武器を作って貰いどれ程感謝していた事だろう。それでも悔いていたのだ。満足な武器や鎧を渡せない事を、だから自らを武器屋と呼び鍛冶師と名乗らなくなっていた……我らが名乗れなくさせてしまっていたのだ。

既に鉱山は予定の何倍もの速度で運行されている。依頼した5倍もの坑道が掘られていたのだから順調どころの話ではない。しかもその料金など上乗せされてもいないのに、「採掘権のお礼」など受け取ってしまった。ならば、この剣と鎧にかけて民を守らねばならない。もうこの剣と鎧が有ったら全部突撃で良いだろう。それ程までの逸品だ。

それに王国最高の鍛冶師《スミス》が、兵の為に武器装備を造ってくれている。これ程までの贅沢があろうか。これで、ここまでされておめおめと民を見捨てて敗走するような辺境軍ならば我が手で縊《くび》り殺してくれる、生き恥どころか大恩にすら報いられぬ恩知らず等《など》この辺境で息をする事すら許さぬ！　よし訓練だ、特訓だ、突撃だ！

「お父様！　遥《はるか》さんからも『動かない事？って言うか側近さんの言う事聞いててね？　マジで』と言われたでしょう。なんで戦装束で準備をしているんですか。今から打って出たら王国軍より先に、辺境軍が王都に乗り込んじゃいますよ。交渉どころか宣戦布告と同時攻撃の電撃戦ですよ？　それ民を守るんじゃなくて、王の首を取りに行っちゃってますよね？　王様にも怒られますよ？　マジで」

マジらしい。どうして皆は口を揃えて側近の言う事を聞く様に言ってくるのだろう、私は領主なのだが？　そして、あの側近は突撃を全て却下しちゃうのだよ？

「辺境を守り民の為に死ねるなら、それが本懐。代々そうやって生きて来たのだ、今更命を惜しめなどと言われても、その様な生き方を知らんのだ。それにもう歴代が見る事処《どころ》か夢見る事すら許されなかった、平和で幸せな辺境領をこの目で見る事が出来た。私は果報者過ぎて思い残す事すら無い程だ」

この恩を返せぬままに死ねないが、恩が日に日に増大して巨大化していく始末。もう返すどころか受けた恩の総額が把握できない程の超過果報。それなのにあの少年は感謝の意を送らしてすらくれない。感謝しようとすると逃げるか混ぜっ返すのだ。

「死ぬなと甲冑を贈られたのです。なにか貰う度に突撃の準備をしないで下さい！」

僅かでも恩を返す以外に、もう何一つ悔いの無い程の果報者なのだ。これ以上の幸せな生涯など夢見たこともなく、これ以上など想像すら出来ないのだから。

「敵である私《わたくし》にまで、見事な剣と素晴らしい甲冑を……セットでエロドレスも頂きました。凄くエロかったです？」「ああ、頂かれちゃいましたか」「何故《なぜ》あの少年……遥様は、あそこまで辺境やそれに係《かか》わる人々を救い守ろうとしているのですか。あと、なんでオムイ様も遥様とお話しになると口調がメタメタなのでしょうか？　そして……本当にそれほどまでに強いのですか、あのＬｖで？」

シャリセレス王女まで剣と甲冑を貰《もら》われていた。それは「壊したお詫《わ》び」なのだそうだ。敵の武器を破壊してお詫びするなど聞いた事も無いから戸惑っていらっしゃるのであろう。

「貴女《あなた》が全滅しようとした事には怒っていましたが、貴女が辺境を守ろうとした事、王国を守ろうとした事は認められたのですよ。だからこそ貴女の為に剣と甲冑を作り持ってきたのです。ドレスは……趣味？……まあそういう事です。そして私等が貴族だ領主だと威張って見せても、あの少年は気にも留めませんよ。ならば面倒な領主としての威厳や言葉などに意味が無いのでしょう。だから普通に話した方が良いのですよ、私にはあの少年に礼儀を求める様なものなど何一つないのですから。唯々《ただただ》感謝するしか出来ないのです、たとえ少年が嫌がっても逃げ回っても感謝するしか出来ないのです」

剣を合わせても見えなかったのだろう。あれは、その高さも深さも窺《うかが》いしれない、それが怖さ。測れないものほど恐ろしいものはないのだから。

「そして、強いのですよ。確かにあの少年はレベル的にもステータス的にも弱者と言って良いでしょう、今ですら駆け出し冒険者以下の見習い程度。ここに現れた時は村人程度の能力の低いステータスでした。そして、今も低いままです。だから強いのですよ。その弱さでオークキングを殺し、迷宮の王を殺し、魔の森も迷宮も殺し続けているのです。これほど恐ろしい事がありますか？　迷宮の王すら敵《かな》わないＬｖ20です、実際剣を合わされても全く強さは測れなかったでしょう。強さなんて言うものは結果なのです、殺して生き残った者が強いのです。どれ程Ｌｖが高くても殺されれば意味など無いのですよ――そしてあの少年は全てを殺して生き残っているのです。それこそが強さですよ」

強さに意味などない。強い事に何の意義も含まれていない。勝つ事、殺す事、そして生き残る事。それ以外の強さなどなんの意味も無い、我等はそう教えられたのだから。

なのに誰もがあの少年の恐ろしさを理解できていない。弱いままに勝ち、最恐を殺し、極普通に生きている事の意味を……あれこそが強さで怖さだと言うのに。そしてそれが理解出来ぬような無知蒙昧《むちもうまい》の愚か者だから、あの少年がいるこの辺境に戦争を仕掛けようなど愚かしい事が出来るのだろう。

それがどれ程恐ろしい事か分からない程の愚かさ。だから、あの怖《おそ》ろしさが……不可能を可能にすると言う事の恐怖が分からないのだろう。

一気に出さずに少しずつ上げたり目線を変えると長くぼったくれる。

57日目　夜　宿屋　白い変人

アンジェリカさんが笑っている、とても嬉《うれ》しそうな笑顔で。きっと今まで、ずっと心配していたんだろう。宿に戻ると遥君は部屋で寝ていたらしい。普通、徹夜で村を1個造っちゃったら寝ると思うんだけど……でも、ぐっすりと眠っていたらしい。

ずっと眠らない、寝てもとても浅い眠りで、深夜にする事が無くなっては虚《うつ》ろな目で何かに思いを馳《は》せていた。眠れば魘《うな》されて目を覚ますから。でも、ぐっすりと眠っていた。あの滅びた村に行って村を造り、お墓を造り、そして村の人からありがとうって言って貰えた。

そして感謝されるのを恐れていた遥君は、今朝は少しだけ大人っぽくなっていた。いつもの作り笑いじゃない、自然でちょっとだけ悲し気だけど、それでも感情がちゃんと顔に表れていた。それは諦めたとか、忘れたとか、吹っ切れたとかじゃ無いんだと思う。少しだけ心の中で折り合いがついた、だからちょっとだけ悲し気なんだけど、ちゃんと前を見ていた。

それは、とても久しぶりに見る遥君の顔で、そしてちょっぴり大人になっていた。まあ、ちょっぴりでは済まないくらいに毎晩毎晩大人の階段を500段飛ばしくらいで駆けあがって、垂直急上昇で成層圏なんてとっくに突破してるんだけど……それでも普通に笑う遥君の顔はちょっとだけ大人っぽかった。

ずっと男子の事を女子のみんなは羨《うらや》んでいた。男子だけで莫迦《ばか》な事してる子供みたいな時や、こっそりギルティーなお話している高校生らしい時、莫迦莫迦オタオタ言って怒鳴ってる感情が活《い》き活《い》きとしてる時にちょっぴり羨ましかったの。みんなで「追加注文だー」とか駄々を捏《こ》ねた時だけは「横暴だー！　虐待だー！」とか言って、でもちょっぴり嬉しそうだった。そんな事でしか自分の価値を認められなかった、そんな時だけちょっとだけ笑っていた。

それが今朝、急に普通に笑って「ただいま」なんて言うから、ちょっぴり大人っぽい顔で急に言うからみんなドキドキしちゃったの。吃驚《びっくり》して……そして嬉しかった。

本当に久しぶりに見られたから。ずっとずっと見られなかったから。ずっと一緒にいたアンジェリカさんですら嬉しそうだった。きっと初めてちゃんと寝顔を見られたんだろう……ずっと見た事が無かったんだ。

「「「寝顔見たーい！」」」「駄目だよ。やっとゆっくり寝られているんだから。絶対駄目！」

「「「ええ――っ、ぶうぶう」」」「だーめ！」

それでもやっぱり悲し気なのは、それでもやっぱり悔いている。だって遥君だからしょうがないの。だって、もし本当に忘れて気にもしなくて、自分のせいじゃ無いからしょうがないなんて思えるんなら……きっと、そんな人は誰も救わないし救えない。

しょうがない様な事だって死ぬほど悔いて苦しむ様な人だからこそ救ってしまうの、だから無理だとかしょうがないとか残念だとか言えるような人は救える人しか救えない、手も届かない様な人までは救えはしない。そして決して勝てない者を殺せたりしない。

（プルプル）「「「スライムさん抜け駆けずるい！」」」（ポヨポヨ）

でもスライムさんは帰って来ても遊んで貰えなくて不満みたい。もうすっかり甘えん坊さんだ。

折り合い――雑貨屋のお姉さんだからこそ知っていた。救いなんて無い事を、心に折り合いを付けるしか無い事を。どこかでけじめを付けてあげる事が必要だと知っていた。

かつて自らが苦しんで苦しんで、苦しみ抜いたあのお姉さんだから知っていた。その苦しみを理解できるから突き放せた。救いなんて無いんだよって。でも、みんな救いなんか無くても、救いたくて足掻《あが》いているんだよって。だからちょっとだけ悲し気で、ちょっぴり大人になって……そして強くなっていた。ステータスなんて何も変わっていない。だけど、ずっと強くなっていた。その思いが研ぎ澄まされていた。

きっと折り合いを付け、救いなんて無い事を理解し、ただ殺す事しか出来無いと嘆く少年は……だから殺す事への覚悟を持ってしまった。それしか出来無いと、だから殺すと。そうしてちょっぴり大人になっていた。

「なんだか、ちょっと迫力があったよねー」「でも笑顔がちょっと良い感じになってた」「でも、今日の晩御飯は……とんかつ」「「「そうだったー！」」」

でも誰も起こそうなんて言わない。でも、ちょっぴり期待してるから宿の晩御飯も食べられない。因《ちな》みにとんかつソースは無理だったそうだ。

「おはよう、って言うかお帰りなさいませ？　みたいな？　じゃあご飯にする、お風呂にする、そ れ と も オ・タ・狩・り？」「「「ご飯だー」」」「うん、今日はとんかつさんを夢見て帰って来たの！」「「「あと、狩らないで！」」」

起きて来た。気配探知に掛かっていても寝惚《ねぼ》けちゃう位にゆっくりと寝られたんだね。ぼんやりとした顔で階段を下りて来るけど、既に魔力を纏《まと》い操作が始まっている。流れる魔力が螺旋《らせん》を描き、スキルが縦横無尽に分裂していく……臨戦態勢だ！

「「「きゃああああ――――！　ＴＯＮＫＡＴＳＵ♥」」」

　そう、とんかつ祭りが開幕なの、遥君の周りを仕込み済みのとんかつさん達《たち》が複雑な螺旋を描いてパン粉を纏い、宙を廻《まわ》って次々に揚げられていく。そのジュージューと立てる音まで美味《おい》しそうで、女子一同もぐーぐーとお腹《なか》から音を立てて待っているの！

「もう、音だけで美味しいって理解《わか》っちゃう！」「「「音と匂いのハーモニーだ!?」」」

　次々にアイテム袋から取り出されて宙を舞うお皿に乗せられ、魔手さんの超高速のワイヤーカッターの斬撃で刻まれたキャベツさんに合流し、ソースをかけられてテーブルまで滑空し着陸するの。そして、そのお皿を追いかける様に滑り込んでくる炊き立てご飯さんからは湯気が出ていて、しかも茸《きのこ》スープまで追従して滑空してきちゃったの！　そう、乙女心が限界突破で、多分ちゃんと時間を計れば3分も掛かっていないと思うけど、その音と匂いで美味しいの。もう、食べる前から美味しいから、待ってる時間が永遠に思えるほどに待ち遠しい!!　手伝いたくても、手なんて出せないから待っている事しか出来なくて、それがまた余計に待ち遠しい……だってジュージューって音を立てるとんかつさんを前に、抗《あらが》う事なんて誰にも出来ないんだから！

「出来たよー。まあ、たーんとお食べ的な？　うん、御代《おか》わりもあるんだよ。何時《いつ》ものぼったくり価格《スペシャルプライス》な素敵さで、今ならなんと一枚８００エレなんだよ？」「「「食べる！」」」

「そして御代わりも買う、買っちゃう!!」「「「いただきまーす！」」」「御代わりも予約で！」

「旨《うめ》ぇえ、遥おかわりっ！」

　室内にはモグモグとガツガツの無言の幸せが満ちている。だって、また一つ失った思い出が帰って来た。きっと何一つ失わせたくないんだね、たとえ異世界だからって全部取り戻す気なんだ……それは絶対に不可能な事だけれど、一つでも多く取り戻そうと……うん、自分こそが最大の強欲の強奪さん。だって、絶対諦めないんだから。

「「「美味しいよ――（泣）」」」「ううぅ、もう懐かしいんだね……とんかつさんが」

　異世界になんて連れて来られて何もかもを失ってしまったけれど、今日また一つ取り返して貰えた。そして異世界でのＲｅ：とんかつさんは正義だった！

「って言うか、知ってるとんかつさんより美味しぃぃ!?」「うん、正確には豚らしき何かかつさんで、何に勝ったかもご不明なんだよ……なんか牙とか爪も有ったし？」

　柿崎《かきざき》君達はとんかつを咥《くわ》えたまま、もう御代わりに行って遥《はるか》君に怒られている。女子も御代わりの在庫数を横目で確認中なの。でも、また遥君の分まで食べちゃったら駄目だからね？　また怒りのぼったくり祭りで無一文にされちゃうよ？　うん、私のも残してね！　あの数なら一人３枚までなら余裕の筈《はず》!!

「「「「おかわり――――♪」」」」

　しまった、罠《わな》だった！　何でみんなが２回も御代わりしてから大根おろしさんが出て来るの！　しかも別料金!?　あくどい、でもいるの!!

　もぐもぐ、もぐもぐ……でも、どうしてデザートまで有るの！　何で選《よ》りに選って果物のムース各種なの!!　うん、大好物だし、しかも４種類もある……食べ終わったらお風呂の前に訓練で演習で鍛錬だ！　きっとカロリー計算が数学的見地から言ってヤバいの！　うん、今日もアンジェリカ隊長の訓練《キャンプ》に入隊しよう。わんもあせっと？

空気なのに最近濃度すらもが薄まっているのだからそろそろ真空になりそうだ。

57日目　夜　宿屋　白い変人

迷宮攻略は全員が問題も無く49階層にまで到達した。うん、甲冑《かっちゅう》委員長さんもスライムさんも合格点を出しているし問題の無い圧勝だったのだろう。苦戦せずに力で圧倒する、それこそが合格の正攻法。ただＬｖ99止まりが同級生組の大半になって来ている。Ｌｖ１００へのＬｖアップの壁が厚すぎる気がするんだよ……やはり迷宮王戦をこなすしかないのだろうか？　ギルドにも情報は無かったし、やってみるしか調べる方法が無い。そして今も訓練に明け暮れている。まあ毎日の事だし、課題なんて尽きる事は無い。そしてカロリーが心配らしいけど……だったら何でとんかつの後に果物のムース各種を全種類制覇した挙句に2週目に行っちゃうんだろう？　儲《もう》かったな!?

そして「迷宮アイテム払い」によるお買い物で、迷宮アイテムの多くは没収しているから良い物はミスリル化してからバーゲンかオークションに流す。そしてそれを買っちゃうからまた「迷宮アイテム払い」が増えるお大尽システムに、今度は自作のまあまあな装備を出すのだからお大尽化は止《とど》まる事を知らない！　うん、なのに何でお金が無いんだろう？　使うとなくなるんだよ？　まあ、とにかくミスリル化だ。

「バーゲン開催はお風呂上がりで良いかな……うん、今日は装備品だけにしとこう？」

だって、アクセや洋服を出すとそっちばかり買いそうなんだよ？　まあ、普段着に効果付きの服を揃《そろ》えるのも平時の護身に重要ではある、あるけど……超護身過ぎだよ！　もうお出かけ用の服だけで迷宮上層くらい行ける超過保護な護身装備になって来てるよ!?

「うん、あとお洒落《しやれ》アイテム袋もだな！」（ポヨポヨ？）

そして、『空間魔法』と『錬金』の両方が必要だったからなかなか出来なかったけど、深夜に発音したくない例の本に作り方は載っていたから練習はして、やっとアイテム袋が造れるようになった。そしてお洒落アイテム袋があれば普段から持ち歩く。それは武器を常備するのと同じ効果がある。

「だって布袋だと持ち歩いてくれないんだよ。うん、ビッチ達がコーディネートにそぐわないって駄目だしするんだよ……絶対、大剣背負ってる方が変だよ！」

まあ、もう少しで服自体に『収納』も付与できそうだし、護身問題は解決できる。うん、寧《むし》ろおしゃれして迷宮に行きそうだ！　それは何て言うピクニックなのだろう？

「露出部分は魔力防御化か――……胸熱だな!!」

そう、フルアーマー装備にしなくても魔力による物理防御も可能になって来た。これはやはり遂《つい》にビキニアーマーのフラグなのだろうか！　うん、出来たら出来たで男子の戦闘能力は前屈《まえかが》みに激減しそうだ!!　だって男子高校生なんだよ？　うん、無理だよ？

「ふううううぅ――っ……」

　夜の準備は出来ている、出来過ぎてしまっているのが問題だ。この問題はおそらく男子高校生にとって至上の命題と言っても良いのかも知れない。だってレオタードさんの出番を待っていたらチャイナドレスが出来てしまったんだよ？

「紡績工場で金糸銀糸の製造の試作が成功したから……思わず精巧なチャイナドレスが出来ちゃったんだけど……18種類有るけどどうしよう？」

　きっと18回戦とかしたら怒られるんだろう。なのに、どれも捨て切れなくて悩ましい。きっと着せたらもっと悩ましくて、とっても悩殺さんな大虐殺が始まるのだろう！

「しかし、ミニは邪道だと信じていたのだが――ミニも良い物だった!!」

　だから、さらに悩ましいやら艶《なま》めかしいやら。うん、素敵だ。でもミニも入れると30回戦？　それは果たして一晩で終わるんだろうか？

「くっ、試作で感じを摑《つか》んでから数を絞ろうと思ったら、却《かえ》って増えてる――だと!?」

　チャイナドレスも販売すれば大儲けなんだけど、果たして着て出られるのだろうか？　そう、網タイツですら宿限定になってるのに。まあ、出歩くとそれはそれで問題そうだけど、きっと買うんだろう。

「だって、チャイナドレスもきっと甲冑委員長さんが見せびらかしてバレるんだよ！」

　うん、結構大人げない永遠の17歳さんなんだよ？　だって、スライムさんにまで見せびらかすんだよ？　そして見せびらかした後はお説教と注文の嵐がやって来る。だが、見たくないと言えば嘘《うそ》になる。それはきっと良い物だろう……だって女子高生20人のチャイナ姿は浪漫《ロマン》だけど破壊力が高そうで、なのに見たら事案な罠なんだよ。うん、見たいけど？　そして、男子は女子高生20人のチャイナドレス姿を見たら確実に固まったまま空気になる。しかも元々空気気味なのに、最近では濃度すらもが薄まってきているから女子さん達がチャイナドレスなんか着て来たら、そろそろ真空になりそうなんだよ？

「うん、なんかスキルが取れそうだ……真空オタ斬りとか？　うん、斬ってみよう？」

この前のミニワンピでも完全に男子達は終始無言だった。もうそろそろ背景と化して壁と一体化するのかも知れない。うん、そのまま塗り込めとこうかな？

「よし！　厳選した。厳選しきってチャイナ16枚とレオタードさんに絞り切った！　辛《つら》い戦いだったんだよ……うん、まだ未練は捨てきれないが明日がある！」

まあ、きっと明日は明日のチャイナがあるんだけど……だって今日のは試作品だし？

「問題は、いつの間にかレオタードまで8枚に増えてるけど、俺は黒派だったはずなのに何故《なぜ》に宿敵である白レオタードまで……でも良い物だ、これは良い物なんだよ！　うん、白レオタード派と和解しよう、でも黒最強は譲らない、絶対だ！　まあ、でもピンク派と水色派とも和平が必要そうなんだよ……悩ましいな？」

お風呂の前に訓練を眺めに行くと乱取稽古中。次から次に甲冑委員長さんに打ち掛かっては躱《かわ》され空かされ流されてボコられる。きっと狙いは個人技の上達と対人戦の経験値を上げること。そしてぷよぷよの燃焼、つまりワンモアセットなのだろう。そう、有酸素運動と無酸素運動を延々と繰り返す剣戟《けんげき》戦は効果が高くて大人気らしい。うん、きっと食べなきゃ良いのにって言ったら殺されるんだろう、それはもう目だけで殺して来るに違いない！　だって思っただけで滅茶睨《にら》まれてる!?

「いや、だって31人に200個以上用意した果物のムースさん各種が何で足りなくなるの？　スライムさんにはバケツであげたから無実なんだよ？」（ポヨポヨ）

そう、犯人は今一斉に目を逸《そ》らした、あそこのワンモアセットっ娘達《こ》だ！　しかも自覚しているらしくて稽古にかける気合が違うんだよ。うん、あれはマジだ。

そうしている内にボコられて次々と御目目《おめめ》がばってんになり、ばってんっ娘達が積み上げられていき……終《つい》。そう、ついには全員目がばってんになって裏庭に積まれたようだ。うん、もうそろそろ宿の名物になりそうだな？　そして白銀の手甲《ガントレット》が揺れる。甲冑委員長さんがおいでおいでしている？

「まさか甲冑委員長さんも食べ過ぎちゃったの？　まだ燃焼するの？　うん、今晩滅茶燃焼出来るから大丈夫だなんよ？　マジだなんだよ!!」

お返事は剣撃だった——身を捨ててこそ浮かぶ瀬もあれ、読み人知らず？

「ちょ、剣戟の中に身を捨てて、浮かぼうとするとまた剣戟の嵐で、又その中に身を捨てられて、なんか我が身が捨てられっぱなしで浮かんでこないよ！　ぼくドザエモン？」

斬線と斬撃の隙間に身を捩《ね》じ込み、回避と攻撃の合間に剣を通すけど、全く以《もっ》て浮かぶ狭間《はざま》が無い。うん、我が身がずっと捨てられたままって我が身のポイ捨て禁止だよ！　うん、今が我が身だった!?

「訓練、大事です！」「そう言いながら嬉《うれ》しそうなお顔が怖いんだよ!?」

　迫り来る速く鋭い歩法は、複雑な足運びでも乱れる事無く。速く優雅で美しく歩法《ステップ》を刻み、その踊るような身体《からだ》からは夢幻の剣閃《けんせん》が舞い荒れる。だから四方八方から飛び交う斬伐の中を歩む。お互いにただの木の枝を持って打ち合う様は平和的なんだけど……油断すると木の枝で木の枝が斬られる！　常に魔力を纏《まと》い流し込み続けながら打ち結ぶ。超高速思考状態で世界は減速化《スローモーション》なのにギリギリで凌《しの》ぐ鬩《せめ》ぎ合い。

　転移まで纏い、重力魔法まで加え、瞬間移動の様に枝を振り無重力の様に踏み出す。最《も》早《はや》狂った絡繰《からく》り人形の如《ごと》き異形の剣戟、それすらも躱される。身体能力《ステータス》にスキルが重なり、魔法が混ぜられ創られた超高速状態での剣舞の乱撃。世界が銀閃に満たされていく……分かり易《やす》く言うともう無理ぽ？

「ぎゃふん！」

　ボコられた。だが復讐《ふくしゅう》は我にあり。そう、チャイナドレスで報復しレオタードで意趣返しだ!!　ちゃんと38戦分用意済みなんだよ——!!

「「「お疲れー」」」「凄《すご》いよねー」「「「本当にレベルって何なんだろうねー？」」」

　御目目がばってん組が復活した様だが、ちゃんと燃焼しきれたのだろうか。うん、だってムースが出来たっていう事はゼリーも出来るっていう事なんだよ？　そう、ワンモアセットに終わりは無いんだよ……だって食べるじゃん？

「ふぅ――、レベル？　うん、耐久力と防御力と破壊力こそがレベルだよ。ＳｐＥですら直線速度で実は攻撃力なんだよ。この世界は打ち負けたら終わりなんだよ？」

人がＬｖで強く頑丈になり、さらに魔法やスキルを覚えれば、技なんかよりＬｖを上げて物理《ガチンコ》でガンガンやろうぜだ。武術は簡単に死ぬ弱い身体だから生まれたもの。

「でも当たらないよね、掠《かす》りもしないし？」「うん、Ｌｖ99の直線速度が無意味にされてるんだけど？」「いや、当たると死んじゃうんだよ？」

当たらなくても掠っただけで死んじゃうようなのを強いとは言わない。全部の攻撃を避《よ》けて、魔法まで捌《さば》ききるなんて不可能なんだから。そう、甲冑委員長さんみたいな埒外《らちがい》の何かか、限界突破の豪運さんでも無いと絶対に無理だ。それでもいつ死んでもおかしくないし、いつか死ぬ。うん、耐えて守り、打ち砕く力こそが本物だ。

「相打ち狙いなら打ち勝てるんだから、不必要に大きく捌き過ぎで躱し過ぎなんだよ？」

耐久力、防御力、破壊力こそがレベル。だから体当たりや突進を有効に使わないと技量で甲冑委員長さんと斬り結ぶなんて、勝ち目どころか戦いにならない。あれはその技量だけでこの世界の法則の全てを覆した埒外。あれは目指しても無理なんだよ？

そして埒外さんも大分すっきりしたみたいだ。今日はお目付け役だから出番が少なくて退屈だったのだろう。退屈だったから使役者もボコってみたのだろう……うん、後で絶対復讐《エロス》だ！　そう、俺もスッキリするんだー!!

そして、お風呂。後で装備品のバーゲンで毟《むし》り取って稼がないとそろそろ食材や調味料が心許無《こころもとな》い。買い出しも考えなきゃいけないし、醤油《しょうゆ》が有るのだから探せば味噌《みそ》だって有るかもしれない。昆布や鰹節《かつおぶし》だって有るかも！　だから王都や他国も見て廻《まわ》りたいけど迷宮の残りも多いし、王国軍だってその内やって来る。そう、もしかしたら美人女暗殺者さんだって来てくれるかもしれないから留守にはできない！

「きっと異世界で良い子にしててもサンタさんは来ない感じだけど、美人女暗殺者さんなら来てくれるかもしれないんだよ。うん、だって俺、良い子にしてるし？」

うん、なんとなく良い子に美人女暗殺者さんは来ない様な気もするのは何故なんだろう？　お風呂上がりの無双乙女《バーゲン》で稼いだけど、きっとあれは無双乙女《むそうオツじょ》と読むんだろう。まあ、これで全員の装備が最低ラインまで整った。唯一残念な事は甲冑委員長さんは5チャイナ、2レオタードでお休みになられた事だろう。うん、次が本命の赤チャイナだったのに大変残念だが、白レオタードは恐ろしい娘だった！　そうして夜は更け——深夜に黒尽《ず》くめの老けたおっさん達《たち》が現れても需要は無い。

「ちょ、美人女暗殺者さんのフラグを立て続けて来たのにおっさんがやって来るとかマジで使えない！　交換《チェンジ》、お願いします!!」

だって次こそ赤チャイナなのに、おっさんなんて要らないんだよ！

宿屋におっさんが来たんだけど、何とどれだけのフラグを立てても驚くべきことに全員おっさんだった！

57日目　深夜　宿屋　白い変人

深夜の寝室で黒尽くめのおっさんなんかに用は無い。あれだけ執拗《しつよう》に延々と美人女暗殺者さんだとフラグを立てたのに使えない異世界だ！　入口から押し入った本隊はスライムさんが食べただろう。美味《おい》しくはなさそうだし、ばっちそうだからポイしそうだけど逃げられはしない。後のお行儀と顔の悪い窓から飛び込んで来たのは全員死んだ。だってワイヤー張ってある女子高生の寝室の窓に飛び込んだら……大体切断されるんだよ？　うん、常識的に考えて？

「まったく、あれだけフラグを立てたのにおっさんを送り込んでくるとか使えないから罰があたったんだよ!!」「大丈夫!?」「うん、そっちは？」「なんだ、なんだ？」「怪我《けが》はない!?」「だって……入ってきたの斬殺死体だったよ？」「うん、こっちも」

10人で4部屋を一気に制圧しようとしたのだろう。だけど、お宿の防犯体制はばっちりで、しかも勢いを付けて飛び込むと……切断される。そして遺留品から見て毒を使う気だった様だが、ほぼ全員即死。瀕死《ひんし》の一人を除いて全滅だ。深夜でも全員が気配察知と気配探知で気付いていたようで既に武装を終えている。そして、どうして室内で巨大ブーメランを握った莫迦《ばか》がいるのかは、きっと気にしたら負けなんだろう。うん、駄目だ、突っ込むと長くなる！　きっと今こそ俺のスルー力が試されているんだ！って試すなよ!!　今、忙しいんだよ!!

そして生き残りとスライムさんが捕まえたおっさん暗殺者達を領館に連れて行く。きっと向こうも何かあっただろうし、無くてもおっさんとか要らないし？

おっさん暗殺者達の移送は委員長達に任せ、先に領館へ向かうと、深夜にも拘《かかわ》らず篝火《かがりび》が焚《た》かれて兵隊さん達が周囲を警戒している。うん、もう終わったみたいだ。

「今晩は？って疑問系っぽいけど挨拶だから否定されても困るんだけど、こっちは何もなかった？　うん、宿屋におっさんが来たんだけど、何と驚くべきことに全員おっさんだったんだよ！　何でフラグを立て続けても、たった一人も美人女暗殺者さんを連れて来ないの!!　何で俺の所にはいつもいつもおっさんが来るの？　こっちもおっさんだった？　ちょ、こっちだけ美人女暗殺者さんだったら許さないから交換を求めるんだー!!　差別だからノーモアおっさん!!」

側近さんが門まで出迎えてくれたんだけど、どうしてこの領館って門を素通りできるのだろう？　そう、毎回門番さんに止められたりもしなければ、用件どころか名前すら聞かれた事が無い。うん、どんどん通されるだけの門を番する意味は有るんだろうか？

「夜分にご心配を掛けました。こちらは兵が一名軽傷を負っただけで済みました。毒刃が使われましたが、遥様《はるかさま》の毒消し茸《きのこ》ポーションで大事には至りませんでした。ただ状態異常用の耐性装備が無ければ、即効性で治療は間に合わなかったでしょう、かなりの猛毒の様です」「敵は生かして捕らえられなかったのだが、全員男性の様だったが……おっさんかどうかまでは未確認だけど、そこ重要なのかい？」

被害は無かったようだ。まああの程度なら大丈夫かなとは思っていたけど、ただ解《わか》らないのは全員が大した腕では無かった。なら、どうやって偽迷宮を通り抜けたのだろう？うん、この程度のおっさん力で通り抜けられるとは思えないんだよ？

そうして側近さんと、ついでにメリ父さんと話をしていると、やっと委員長さん達がおっさん暗殺者達を連れて来て、そして尾行っ娘が情報を持ってきた。ちょっと間に合わなかったようだが、ちゃんと情報は掴《つか》んでいたらしい……うん、間に合わなかった癖にドヤ顔だった!?

「バルーン・バットと言う魔物を使って空から人を送り込んだようです。既に暗殺者とは別に間者も入っていると思われます。調査と捕縛を始めますが、それまではお気を付け下さい。未《いま》だ人数は掴めていませんが、大した人数では無いはずです。20から30と言ったところでしょうか、全員軽装の筈《はず》です」

気球の様な魔物みたいだ、空に浮き続けている魔物らしい。まさか空中輸送があるとは考えていなかった……ただし、かなり珍しい魔物の様で数はいないらしい。

「空は厄介ですね」「大弓……弩弓《どきゅう》が必要かも？」

それなら空戦で殺せばいい。だって、気球なら狙い放題で仕留められる。こっちには浮遊できるスライムさんがいて、俺にも『空歩』がある。長時間の連続使用が難しいけど、直線的な空中突撃戦でいいなら超得意だ。うん、着陸方法が未だに発見されないが、飛《と》んでぶつかるまでは熟練者《エキスパート》と言っても過言ではないだろう。きっと、撃墜王と墜落王なら獲れる自信がある！

「しばらくは夜だけでも偽迷宮のお城に移動しようか？　うん、ムリムリ城からなら迎撃にすぐ出られるから後手に回らずに済むし、そろそろ地上からもなんか来そうだし？」

　偽迷宮の周囲にも手付かずの迷宮が有るのだから、移動しても問題が無いと言えば無い。雑貨屋だって現状在庫は充分過ぎるほど有るし、あれは注文を片っ端から聞いて来るお姉さんの問題だからほっといても良いだろう。って言うか、宿から逃げないと絶対に注文を取って来る！　うん、村の次は何なんだろう……考えちゃ駄目だ!?

　委員長さんもおっさん暗殺者の引き渡しが終わったようで、此方《こちら》に向かってきた。そしてお辞儀する？　なになに？

「オムイ様、夜分にお騒がせして申し訳ありません。宿に暗殺者が現れましたので捕縛した者を連行してきました。事情はお聞きになられたでしょうか？　お聞きになられて理解はできたでしょうか？　多分、そちらのスライムさんに聞いた方が理解し易いと思いますが大丈夫ですか？　何なら遥君《これ》は隔離しましょうか？」「お騒がせなどと、本来ならば我らが街と民を守らねばならぬのに申し訳が無いのはこちらの方です。寧《むし》ろ街の危険を鎮圧して貰《もら》い何と感謝すれば良いか。この街の領主として皆に感謝をさせて欲しい」

なんかメリ父さんが不気味な喋《しゃべ》り方をしている!?　いや、さっきまで「ねーねー、マッサージチェアーの順番待ちが長いからもう1個作ってくれないかい？」とか言ってたのに、キャラを立てている!?　確かにこの位しないと誰からも領主だって気付いて貰えないのだろう……だって服装が兵士と変わらないいし、側近さんの方がまだ身嗜《みだしな》みが良いし？

「周囲の確認完了いたしました」「街へも兵の配置終了いたしました」「うむ、夜が明けようと気は緩めるな！」「「「はっ！」」」

しかし、何故《なぜ》この程度の雑魚おっさん達が暗殺を仕掛けたのか……これでは他の間者達が動き難《にく》くなっただけなのに、敢《あ》えて仕掛けた理由があるのだろうか？　だとしたら陽動？　でも、領主もここにいるのに、本命なんて他にいるの？

「あれっ、王女っ娘《こ》はどうしたの、あとメリメリさん達は？」

危険があるとしたら人質としてメリ家族、そして王族であり将軍である王女っ娘だ。ならば雑魚のおっさん暗殺者を捨て駒にしてまで動かす価値がある本命が居るはず。王女っ娘を殺しに来たのか、攫《さら》いに来たのか確かめる必要もあるけど、攫うのならば救援と言う可能性もある。だったら返した方が安全かもしれない、此処《ここ》に留《とど》まれば裏切ったと思われる危険があるんだから。

「完全武装で館の中にいるよ。メリエールも辺境の騎士の中でも最高位の使い手だし、王女殿下は国内で最強の姫騎士。襲われる心配は無いよ、一応兵も付けて有る」

『気配探知』にも『索敵』にも反応は無い……無いんだけど？

「ちょっと見て来るんだけど誰か付いて来てくれないと、まさかの『きゃあああH』展開が起こったら大変な事になるから……って言うか、何で『きゃあああH』でオタと莫迦が手を挙げてるの!?　うん、『きゃあああH』で更に男来ちゃったら何の解決もしないで悪化の一途だよ！　辿《たど》るどころか事案に突撃だよ!!　普段空気なのに何でそこでだけ突然やる気見せてるの!!　どんだけ『きゃあああH』に夢と希望を膨らませてるの!?」

いや、俺もちょっとだけ期待していない訳では無いんだけど、今まで期待してもおっさんで終わりなんだよ。そう、大体何を期待してもこの世界っておっさんなんだよ……うん、経験者は語っていて泣きそうだったりするんだけど、これで部屋に駆け込んでおっさんが「きゃあああH」って言ったら焼くよ？　うん、この館ごと灰燼《かいじん》に変えてくれる——!!

「「「領館を焼かないでー！」」」

話が進まないので王女っ娘が懐いている甲冑《かっちゅう》委員長さんに行って貰った。万が一に備えてスライムさんは宿に残っている。うん、ちょっと誘ってみようかな？　そろそろ夜が明けるから高速移動で街を巡回し、そのまま城壁を出る。

誰も付いて来ない。『気配探知』も『索敵』共に反応無し。でも、それなら尾行っ娘もやっていた。ただ『空間把握』にもかからない。警戒し過ぎだったのか、それとも狙いが違うのか……あっちは同級生29人に甲冑委員長さんがいて、領館の守りは要塞並み。たとえ狙いが王女っ娘かメリ父さんでも手は出せない。だって、其処《そこ》には恐怖のボコ委員長がいるのだから！　だから誘ってみたが誰も来ない？　やはり好感度が無いからなの!?　一人で無防備に飛び出しても誰も来ない、夜明け前の暗がりで一人で駆け回ってる変な人だった！

更に街から離れてみているけど、そろそろ引き返そうか？　『気配探知』にも『索敵』にも反応は無い。だけど——それは見た事あるんだよ？

「——《はい！》」

俺の影から剣が生えて来た？　だから貰ってみたが、あまり良い剣では無さそうだ。でも一応スキル付きだし、武器屋に叩《たた》き売れればお小遣いの足しくらいにはなるかも。そして剣をくれた手が影から出たまま固まっている……うん、もう次はくれないらしい。ずっと影から出た手が次をくれるのを待ってるんだけどまだ固まっている？

「えっと、次は未《ま》だなの？　うん、出来たらハンマーとかが不足してるから高く売れて嬉《うれ》しいけど急がなくて良いから早くしてね？　実は結構期待してるからね？」「……」

固まったままだ——無いの？　どうやらハンマーは持って無いみたいだ。モーニングスターなんかもレアで高く売れるんだけど持っているだろうか？

「いや、無理強いする気はないから、別に無理しなくても剣でも良いんだよ？って言うか現金で良いよ？　うん、金目のものなら何でも良いんだから、無理しないで全部出したらいいんだよ？」「……」

結局影から出て来たのは落ち込んだお姉さんで……美人女暗殺者さんではなく王女っ娘のお付きのメイドさんで、実は諜報《ちょうほう》と護衛を専門にする美人女情報員ｗｉｔｈメイドさん

だった。うん、せっかく洞窟の傍《そば》までおびき寄せたのにお持ち帰りすると怒られそうだし、泡沫《あわあわ》な尋問する前に全部喋られちゃったんだよ……もう泡沫《バブル》液体石鹸《せっけん》も取り出してたのに？　そしてメイドさんの目的は王女の奪還。暗殺者を雇い、襲わせて陽動をかけてる間に王女っ娘を救出……他の間者は脱出の準備の為《ため》の要員のようだ。

「王女っ娘なんて言ってくれれば普通に返すのに？」「シャリセレス様は人質にされているのではないのですか!?　姫は、姫様はご無事なのですか！　捕らわれたと聞いて心配で心配で、捕らわれてエロい事とかされて無いか凄《すご》く心配してたんです……って、今何で目を逸《そ》らしたんですか！　ちょっと、こっちを見なさい、何をしたの!!　姫様に何をしちゃったの!?　姫様はどんなエロい事されたの、君は一体姫様に何しちゃったの!!」「ちょ、違うんだよ？　うん、半裸なのはエロいんだけど、ギリで18禁だったからセーフだけど、俺は16歳だからアウトなのは気にしたら負けなんだから全然俺は悪く無いし、全裸じゃないからきっと問題ないんだよ？　それにすぐエロドレス着せたから大丈夫だったけど、露出的には却《かえ》って大丈夫じゃなくなったって言う説も諸説あるんだけど、俺は悪く無い説だって、きっと何処《どこ》かにあるはずなんだよ？」

危うく誤解が生まれるところだった。うん、冤罪《えんざい》とは恐ろしいものなんだよ。

「王国の王女を半裸にして何で悪くないんですか！　最悪です、しかもエロドレスを着せるなんて言語道断です！　不敬罪です！　極刑に値します!!（以下罵詈《ばり》雑言《ぞうごん》）」

怒られた。半裸ワッショイで怒られ、エロドレスで説教された。でも俺は半裸ワッショイに参加してないし、旧エロドレスは急だったんだし、現エロドレスは防御効果は高いし見た目の破壊力も高いのに……不満なようだ？　うん、まあエロいんだけど。

「そんな心算《つもり》なかったんだよ？　うん、あの破壊力は正直王女っ娘を舐《な》めていたんだよ。いやー、結構なダイナマイトなバディーの破壊力をお持ちになられていらっしゃられましたよ？　マジであられました？」「……何で姫に対して敬語を使わずにダイナマイトなバディーに敬意を抱いてるの！　無礼でしょう！　極刑に値します!!（以下罵倒中）」

だって、あれは敬意を抱くって言うか、男子高校生的な感情の暴走を抱くから超危険爆発物《セクシーダイナマイト》だった。そう、思わず『羅神眼』さんが全力で映像を保存してたんだよ？

うん、もう裸身眼に改名されそうだな！

だが、これだけは言っておかねばならないだろう。そう、メイドさんのジト目は良い物だった！　保存しよう!!

防衛戦の布陣の陣形の鶴翼はぽよぽよだが縦深陣はぷるぷるらしい？

58日目　早朝　宿屋　白い変人

あれから王女っ娘とメイドっ娘の、なんだか感動的な再会が始まって……関係無いから帰って来た。いや、無関係だよ？　うん、俺も抱きつくと怒られそうだったんだよ？

そう、何か抱き合って話し合っていたが聞き流して帰って来た。決して何とか王国の何とか王に何とか貴族が何とかかんとかで、その何とかが何とかに向かって何とかかって言い出したから何とかだったたって話が理解出来なかった訳ではない。そう、聞き流した！

そして会議中。お休み派と迷宮行派と偽迷宮に偵察派とで論議が積み重ねられているが、チャイナ再戦派《リターンマッチ》の俺は極少派閥《マイノリティー》で除け者《のけもの》にされている。そう、今日は朝リターンマッチ出来なかったせいで赤チャイナさんがぽつんとお部屋で待ってるんだよ？

「だって階層主戦が4つも貯《た》まってるし、試験も不合格のままなんだし？」「でも、なんか朝から疲れて集中力ヤバくない、何気に寝不足だし？」「それよりもチャイナドレスは雑貨屋さんに入荷しているの、チャイナは何処!?」「侵入されちゃった上空の警備もしないと、また来ちゃうよね？」「「「う――ん」」」（プルプル）

確かに空からの襲来は予想害だった。ただバルーン・バットはかなり珍しい貴重な魔物で数はいないし、現在は辺境軍が接収している。だから王国にはもう飛行する手立ては殆《ほとん》ど無いらしい――だから無くは無い。絶対安全なんて保障は何処にも無い。

「王国の情勢は後から教えて貰えるんだし、迷宮潰すか訓練かはしとくべきかな？」「でもさ……誤解でも暗殺者を放って毒殺しようとしたんだから、結構不味《まず》いんじゃない？」「本気で謝ってたみたいだから領主様の判断になると思うけど、命懸けでシャリセレスさんを助けに来たんだよね」「挙げ句に遥《はるか》くんの被害に？」「「「可哀想《かわいそう》だよ!?」」」

王国の情勢がややこしいから計画が全く立てられないのに、メリ父さんが王都に突撃しそうでてんやわんやの騒ぎだったから逃げて来た。うん、王国は何とかとかんとかが絶賛分裂中みたいで、王族も貴族や軍の派閥までもが誰が敵だか味方だか分からないらしい。

　だけど民衆と言うか国民は概《おおむ》ね辺境側の味方で、何処でも辺境の悲劇は知れ渡っていて、そしてそこで暮らし魔物と戦う辺境の民に同情と感謝の念が在る様だ。そんな訳が分からない中で、ただ一つ間違いない敵は——教会。そして、その教会が崇《あが》めるのが何とかって言う老神。老人だ、爺《じじい》だ。よし敵だ！　滅ぼそう!!　もう決定だ!!

「やはり、ありとあらゆる原因はあの爺だったんだよ、あんなもん崇めるなら碌《ろく》な奴《やつ》じゃないし焼き払おう、浄火運動週間で火の七日間だ、よしやろう今やろう今すぐ殺《や》ろう！」

「おーーい、物凄く悪い笑顔になってるよー？　もう、魔王が泣くくらいの邪悪な笑顔で、その笑顔って絶対世界を滅ぼしちゃう人の笑顔だからね？」「うん、邪悪を超えて凶悪を上回ったまま1周回って普通に悪い顔だね」「気軽な感じで呟《つぶや》いてるけど虐殺とか殲滅《せんめつ》とか蹂躙《じゅうりん》とか鏖《みなごろし》は禁止だからね？」「えっと、普通は禁止されなくても禁止だよね？」

　爺とその仲間達《たち》の殲滅は禁止らしい。だとすると残された道は、掃滅か剿滅《そうめつ》か根絶やしに駆逐で鏖殺《おうさつ》して撲滅で全滅からの抹殺な根絶に一掃位しか出来ないようだ？

「でも、案外掃滅って言う響きも清潔そうで良い物だな？」「「「全然聞いてないよ!?」」」

　だって、だって、まさか辺境に戦争を仕掛けさせておいて、自分達が縊《くび》り殺しをされるのは嫌なんて言わせないんだよ。うん、だって戦争なんてただの殺し合いなんだから、どんな理由をこじつけようと殺そうとすれば自らも殺される運命を背負うのが殺し合い。だから嫌とは言わせないし、言っても聞く気なんて微塵《みじん》も無い。

「いや、教会潰しちゃった方が早くない？　だって爺の所みたいだし、みんなで仲良く虐殺されて大好きな爺の白い部屋に送り込んだら喜ぶんじゃないかな？　うん、なんか爺フェチの集まりなら、きっとそういう性癖で趣向の人達なんだよ？　多分？」「あれは趣向じゃなくて宗教だから！」「「「信心が嗜好《しこう》扱いだった!?」」」

何故《なぜ》だか発言が禁止で、スライムさんまで意見を求められてぽよぽよしてるのに俺だけ禁止中？　うん、どうして偽迷宮防衛戦の布陣の意見をスライムさんに聞くのだろう。因《ちな》みに鶴翼《かくよく》は果敢にぽよぽよだが縦深陣に関しては慎重なぷるぷるらしい？

多数決――結果、お昼まで休養。昼から階層主戦を1戦か2戦しようって言うか、昼までに何かあるかを様子見らしい。なのに、チャイナ・リターンマッチ案は却下され、お部屋で1戦か2戦はしないらしい……まあ、流石《さすが》に無理だとは思っていたんだけど、朝からは駄目らしい？　赤チャイナさんなのに？

そんなわけで、ぶらぶらと雑貨屋や武器屋を覗《のぞ》きつつ街をぶらついている。来た頃は石詰んだだけの灰色の凸凹してた建物だけだったのに、最近は白い壁ブームで石灰や石灰石が結構売れている。実は隠れ収入源で、雑貨屋や武器屋の改装効果で認知されて売り上げが急上昇して大儲《おおもう》けだったりする。白壁のお店屋さんが増えているので街の景観が少しだけ明るくなり、新規のお店や一般の家の建て替えも増えて景観が変わっていく。

そして一際目立つ白亜の建造物。豊かになってお金が循環を始めてメリ父さんが最初に手を付けたのは孤児院だった、冒険者の子供や、滅びた村から来た子供達にちゃんとした施設を提供する事を最優先にした。それは辺境を護《まも》った者への、辺境が守りきれなかった命への贖罪《しょくざい》。そして、その子供達の未来の為なんだろう……ただ、どうしてメリ父さんは孤児院を雑貨屋に注文して、その雑貨屋のお姉さんは「家」って俺に注文を出してくる受注構造《メカニズム》こそが謎に包まれたままだけど——まあ、造った。真っ白なチャペル風の建物で、これで宣伝できて石灰が売れに売れたのだから孤児院の建造なんて安い物で大儲けのお大尽様なんだよ。でも、そうやって家の注文を受けたら、次が村だったから、あの雑貨屋は侮れないんだよ！

そうして何をしようかと言うか、アレをしようかと言ってジトられたり、あらあらまあまあとぽよられたりしていると兵隊さんがやって来て何か問題が起こったので領館に顔を出して欲しいと告げられた。

「うん、顔を出すも何もさっきそこから戻ったのにまた呼ばれるの？　何でその場で言わないの！　まあ、面倒そうだから逃げたんだけど」「逃げたから追ってきたんです！」

そしてどうやら問題は——剣をくれたメイドさんの問題らしい。幸いおっさん以外に死者も重傷者も出てないけど、やはりおっさん暗殺者を送り込んだのが問題だったのだろう。でも俺が呼ばれる意味が分からない？　うん、剣はもう売っちゃったから証拠品は無い。もう売ったお金も使っちゃったから一切の証拠は隠滅されている。結構高く売れたんだけど、今日の宿代も一緒に使っちゃったからまた怒られる気がする。

「だって塩漬け野菜汁《ソースっぽいもの》も、トマトも大量入荷だったんだよ？　そう、あの時これさえあれば……とんかつソースに挑戦できたものを！　うん、またぼったくろう!!」

　それに砂糖の値が上がって来ている。辺境領の鎖国状態で影響が出始めてるから、もうちょっと尾行っ娘《こ》達に密輸業を頑張って貰《もら》わないといけないようだ。

「ようだって、こっち見られても密偵しながら食材担いで帰ってくるの大変なんですよ！」

「うん、呼びに来なくても行くんだよ？　まあ剣貰っちゃったし、ちょっとだけ弁護してあげても良いかなっていうくらいには結構いいお値段で売れたんだよ？」

　領館へ戻る。お昼までに帰れるだろうか？　だってメリ父さんの話が長いから面倒で、大体マッサージチェアーの話で順番が待てないらしい。うん、きっと仕事しないから座らせて貰えないんだよ。もしくは異世界の苛《いじ》め問題だろうか？

「まいどー、ってそのメイドさんは良いメイドさんだから減刑を望むんだけど、1本だけだったからちょびっとで良いよ。うん、あそこで6本セットで出てたら嘆願書とか書いて来たんだけど、もう使っちゃったからちょびっとっていう事で無関係だし帰っていい？」

　一応減刑の申し出はした。うん、どう考えても俺には関係が無い話で、確か軽傷者も兵隊さんだったはずだし、わざわざ呼ばれる理由が良く分からない。

「なんで暗殺を仕掛けられた本人が無関係って……いや、マッサージチェアーの話じゃないからね！　それは後でいいから」

　そしてメリ父さんが言うには問題は暗殺未遂の方らしいが、宿の方は木窓の修理代だけ貰えれば良いんだし、既に俺が直したから修理代が貰えたら……丸儲けだ、宿代が払えるかも知れない!?

「ま、全く聞いていない!?」「やはり通訳委員長様をお呼びした方が」

ただ、どうも話が通じ合っていない気がする。メリ父さんが問題視しているけど計画自体もメイドさんではなく王家らしいから、メイドさんに文句言っても仕方なくない？　うん、チャラ王連れて来てボコるんなら分かるんだけど、どうせ「暗殺あげぽよー」とか言ったに違いない！　よし、滅ぼそう!!

「いや、王は……って、だからたとえ誤解で在ろうとも毒刃を抜き、斬り付けた事は無視出来ぬだけの凶状なのだよ。たとえそれが忠義であり、間違いで在ろうとも殺人未遂は咎《とが》めも受けず無罪放免では許されん問題だからね？」「えっ！　誰かを斬り付けたの！　それは怒られるんだよ？　うん、俺も良く怒られるけど、俺は悪く無いから良いんだけど斬り付けたら怒られるから謝っといた方が良いんだよ？　コツは俺悪く無いって言うのをアピる事で、最近では１日80回くらい言ってるんだけど未《いま》だに効果が無いのは何故なんだろうね？　まじで？」「「「うえええぇっ？」」」

何、何なの？　何事なの!?　うえ……上？　上を見てみたが何も無い。うん、何なの？

「ちょ、何々が有ったの、上に良い事が有るの？　だけど天井には何も無いよね……上の階で良い事？　着替え中とか……ちょっと用事を思い出したから行かねばならぬ場所が出来たんだよ！　いざ行かん、みたいな――!!」「いや。遥君を毒刃で斬り付けたと聞いて問題になっているのだけど……覚えていないかい？　影から剣で突かれたよね？」

それは忌まわしき毒刃による暗殺事件簿なる案件な暗剣――って、事件あったっけ？

「いや、暗剣なら貰ったけど？　うん、あんまり高くは売れなかったけど、俺のなんだよ？　あげないよ？　だって、『はい』ってくれたんだよ？」「はい……それってスキルの『覇威』では……無かったのかな？　うむ、あんまり影顰《かげひそみ》から『はい』ってくれたりしないと思うんだが」「いや、貰ったし！　うん、『はい』ってくれたら俺のなんだよ？

でも待ってたんだけど剣一本しか貰って無いから、もう無いんだよ？」「「「……」」」

まったく人の厚意を信じられないなんて悲しい大人にはなりたくないものだ。だって貰ったんだから俺のなんだよ。大体世の中「はい」って渡されたら貰ったに決まってるのに、一体全く何を言っているんだろう。もう少し常識と言う物を身に付けて欲しい物だ。

そして唇を噛《か》み締め、拳も握りしめ震わせて終始無言で涙目で見つめていた王女っ娘が口を開いた。そう、残念ながらエロドレスでは無かった、誠に残念なんだよ！

「は、遥様。では斬り付けられた事は無かったと言う事で宜《よろ》しいのでしょうか!!　仕出かした事の重さを鑑みれば、其《そ》れほどのご厚情を頂けるような身ではありませんが、本当に許して頂けるのでしょうか……此方《こちら》からはお願いすら出来ない程の寛大な処置を……セレスを、メイドをお許し頂けるのですか!?」「いや、何ていうか『無かったと言う事で宜しいのでしょうか？』って無いんだよ、売っちゃったし？　だから俺のだけど売っちゃったからもう無いよ？　うん、髭《ひげ》のおっちゃんの所で絶賛発売中なんだよ？」

ようやく理解できたらしい。やはり異世界語がおかしいのか、こんな簡単な話すら此処《ここ》まで通じ合わないって言語に問題があるとしか思えない。全くヤレヤレだな？

「不問で……宜しいのでしょうか」「良いも何も被害者が……窃盗犯？」

そうして釈放された涙目のメイドさんは何故かメイド服ではなく、王女っ娘にあげたエロドレスを着て現れた。全く誰だよ、こんなヤバいところ以外はシースルーだらけで、挙句にそのヤバい所の傍《そば》には隙間《スリット》が入っている素敵なデザインをしたのは！　うん、けしからん!!　デザイナーを呼べ、甲冑《かっちゅう》委員長さんの分も注文だ……って俺だった！　うん、帰って緊急内職しよう!!

「やはり通訳委員長殿を」「だが、不問なら敢《あ》えて……」「ですが……暗殺ですよ？」

首から肩、そして両腕まで透けるシースルーの生地に包まれ、その胸元には横一線にスリットが入り白く艶《なま》めかしい肌と胸の谷間が晒《さら》され、さらには胸の形を強調しながら胸部《バスト》から下は胸下《アンダーバスト》から下腹部までのシースルーの薄地を纏《まと》わせるのみの括《くび》れからお臍《へそ》まで大胆不敵に透けて見える妖艶な無防備さ！

「だって、あれ絶対何も聞いてませんよ？」「うむ、被害者が居《お》らぬのだしなあ？」

しかも腰から切れ込む深いスリットから覗く括れた脇腹から腰骨への肌が白いアクセントになり、艶《あで》やかに太腿《ふともも》を覗かせながら脚を纏う薄地の前後にまで中心線を切り込むスリットが足首から内腿までの脚の美しさを見せ付けて、その深い深い隙間から見え隠れする網タイツの壮絶なる破壊力！　エロいです!!　この歩くだけで隙間から大変な所が見えそうで見えないのが艶めかしく、白い肌がチラチラと覗くから余計にエロい。しかもシースルーで隠してる様で隠していない脚線美の女性らしさが大変にけしからんと思われます？　うん、歩くとチラッと内腿が現れてドキドキでこんにちはするなんてとても素敵なお召し物だ、帰って作ろう。さあ帰ろう。帰ってエロりたいです!!

「今度《こたび》は御容赦を頂き、助命をありがとうございました。先の御無礼の段を平に御容赦下さい、姫様からも事情は聞きました……でも半裸ワッショイしちゃってましたね？　しかもドレスのこのエロさは何なんですか!?　これって裸より恥ずかしく無いですか、何か隠してるより覗けそうって煽《あお》ってないですか！　礼服《ドレス》が無いからって、これ人目をかえって憚《はばか》ってますよね、なんか誰も目を合わせてくれませんでしたよ？　そして何でガン見してるんですか――!!　そして誰がこんなエロいドレスを姫様に着せようとしてるのですか!?　王女に……こ、こんなエロティックなドレスを贈るなんて言語道断で、不敬罪です！　極刑に値します!!　打ち首獄門で晒し首です!!（以下罵詈《ばり》雑言《ぞうごん》！）」

しかし王女っ娘の身体《からだ》のラインに1センチの差も無くピッタリと張り付くように作ったドレスが丁度良過ぎる。これは影武者さんもするのだろう、いくらなんでもあまりにも体型が一致し過ぎる。だって、何故ならギリギリ見えない！　ちょっとでもズレが有ったら、それはもう大事な所が見えちゃう大事件な限界ギリギリを攻めたデザインなのに見えない！　つまりジャストフィットしている!?

もちろんエロドレスでジト目する姿を保存したのは言うまでも無いだろう。うん、家宝にしよう、これは代々引き継いでも代々の男子高校生に喜ばれるだろうし、とっても使えるだろう。出力《プリントアウト》が出来ないのが問題だな？

一体その路線は何処を目指しているのか行先が心配だ。

58日目　昼前　オムイの街

王女っ娘とメイドっ娘は幼馴《おさなな》染《じみ》の親友さんで、心配で泣きそうだったのが堰《せき》が切れて二人で泣きながら抱き合っている。うん、俺も抱き合いたいが入ったら怒られそうだ。だって何も言って無いのに後ろから甲冑委員長さんのジト目が浴びせられているんだよ！

「ちょ、なんで分かったの!?」「ありがとうございました……この御恩は決して忘れません」「思いっきり呟《つぶや》いてました！」（ポヨポヨ）「マジで!?」「いや、聞いておらんし……もう、忘れられておるんではないかな？」「「マジで!?」」

　なんでもメイドっ娘は身分が低いため、身分の高い者に危害を加えれば情状酌量の余地もなく、相手が許さない限り死罪になるらしい。命懸けで自分の為《ため》に助けに来た幼馴染が死罪になるなんて耐えられずに涙していたんだろう、あの唇を噛み締めていたのはいざとなれば己《おの》が身を投げうつ気だったのだろう。うん、エロいのは大好きだけど泣き顔の娘なんて見たくない。まあ、エロい事をして泣かすのなら得意なんだけど、次の日に稽古《リベンジ》で泣く程ボコられるんだよ？　そして夜に復讐者《エロリスト》となるんだよ！　負《エロ》の連鎖に終わりは無い様だ！

「しかし身分が高いも低いも……無いんだけど？」「えっ？」「だって身分も何も街人でも冒険者でも無い無職なんだよ？　うん、何で俺に決定権がある事になっているの？」

うん、身分が無い。まあ、メイドっ娘の身柄の全決定権が無職のにーとが持っているなんて、それは心配だっただろう。誰がきいてもエロい展開しかなさそうだ⁉　そしてエロい展開は決して心の奥底の魂から嫌いではないし、しかも王女っ娘まで身を投げうつ気でセットなバリュープライスは、それはもうエロドレスを大至急でもう1着用意するのも厭《いと》わない覚悟では有る‼　うん、だけど泣かすのは得意だけど、泣かれるのは苦手だし？うん、これはこれでとっても嬉《うれ》しそうだから良いのだろう。

しかし——泣きながら抱き合っているメイドっ娘の後ろ姿もエロいのは内緒だ。だって背中は全てシースルーで透け透けで、お尻の上の方まで一寸《ちょっと》見えてる素敵デザインで、しかも膝をついて抱き合ってるからお尻のラインがより強調されつつ深いスリットから太腿さんが丸見えです。ありがとうございます‼

「皆が目を逸《そ》らして見なかった事にしているのだから、堂々と拝まないでくれるかい？」

王女っ娘達《たち》は盛り上がってるみたいだからメリ父さんに軽く手を振ってから帰る。しかし両手で力一杯手を振って見送る領主って威厳的に良いのだろうか？　領館の門を出て街を歩く。屋台も増えたし、お店も増えている。何より買い物客が多い、まだごった返す程じゃないけど人通りが増えて街が見違えるようだ。

　その中でも異彩を放つ乙女突撃戦《買い食い》を繰り返す黒髪の一団、女子脳筋組。つまり女子体育会系組が屋台に突撃戦中のようだ。朝は宿のご飯食べてたし今からお昼御飯なんだけど、あの手に持ったものは……コロッケ。うん、今日も今日とてブートなキャンプが開催決定のようで、隣りで教官さんがヤレヤレってしているんだよ？

「「「あっ、遥《はるか》君お帰り。宿に戻るの？」」」「まあ、お昼になるし？って言うか何でお昼前に買い食いしてるの？　ジャイアント脳筋っ娘を目指して、五人で合体しちゃったりするの？　そして誰が黄色かで揉《も》めて仲間割れして音楽性の違いで解散してソロ活動でぼっちなの？　まあ有り体に言うと……太るんだよ？　うん、もうちょっとボカしてソフトにビブラートに揺らして言うとデブるよ～～♪」「「「言うな――――！　それ乙女には禁句だよ!!」」」「あと、歌わないでー！　その場合はオブラートに包んでよ!?」

　わいわいと騒がしく宿を目指して歩いていると、今度はビッチ達がなんかしている？　街娘と一緒だ。

「おーい、びっちー？　びっちー&びっちクイーンよ、これこれ街娘を齧《かじ》ったらいけないよって言う龍宮城フラグっぽいのに、街娘に乗ったら監獄フラグしか立ちそうにないんだよ……何でだろう？」「知らないわよ!!　そして何でまだ名前覚えてないのっ！」「しかも街中で、どんだけビッチ連呼してんのよ!!」「いつの間に私ビッチ・クイーンに進化してたの！って魔物じゃ無いから進化しないいって言ってるでしょう――――!!」

久々のビッチ達の文句の叫びだ。これで案外と良いジト目なのだが、喧《やかま》しくて罵るのが玉に瑕《きず》なのか頭に疵《きず》なのか？

「違うよ、最近島崎《しまざき》ちゃん達は街で若い子にお洒落《しゃれ》講座の質問されたりするんですよ」「そうそう、異世界お洒落番長だもん」「えっ、ビッチ番長!?」「「「ビッチって言うなー！」」」「番長は良いんだ!?」

そう言えばビッチ達が着てた服が一番売れるって言う話は、雑貨屋のお姉さんからも聞いていた。そうそう、最近では雑貨屋販売用と追加注文用のスタイル画を作って貰《もら》っているけど、確かにビッチシリーズは売れ線だった。ただ要求が妙に細かくて面倒でもあるんだよ、だって2～3センチの誤差でも許して貰えない。長さや幅ではなくバランスが大事なんだそうだ？　うん、本人達の精神バランスが不安そうだが、ファッションはバランスらしいけど、格好が「清楚《せいそ》系ビッチ爽やかマリン風お前まる罵り」でアンバランスなのは秘密だ。うん、きっと言ったら頭罵られる！　滅茶睨《にら》まれてるし!?

「離れて鏡を見るの忘れないでね」「そう、シルエットが重要だからね」「「「はい、ありがとうございます」」」「ありがとうございました」「うん、頑張って」

そんな街っ娘《こ》達の注目はビッチリーダーの紺のミニワンピに白のサブリナパンツみたいで、足元のミュールも青で爽やか系な清純ビッチ路線？　うん、一体その路線は何処《どこ》を目指しているのだろう？　行先と先行きが心配だ!?　だが確かに人目を引き、わざとらしさが無いのに自然に格好良い。これが売れ線なのだろう。よし、パクって作っておこう！

がやがやぞろぞろと宿に戻るとみんなダラダラしている。未《ま》だ準備には早い、だけど遊びに行く時間は無い。そして狙いはお昼御飯、何故《なぜ》なら今日はリクエストが有ったのでオムそば。まあ、焼きそばを卵でくるむだけなんだけどオムそばなんだよ？

「「「おかえりー」」」「待ってたよー！」「「「うん、割増料金でも食べる、追加料金分も食べる!!」」」「いや、まだできてないどころか作り始めてもないよね!?」

もう、おかわりまで決定済みらしい。既にマヨネーズは生産済みでストックも充分、そして辛子も手に入れたし、キャベツにモヤシに豚っぽい何かと……やはり蒲鉾《かまぼこ》や竹輪が無いのが寂しいが、あれは邪道だと認めない人も居るし無くても良いのだろう。うん、唐辛子も手に入れたしソースっぽい物も量産体制に入って入荷量が増えて来た。麺は昨日から作ってある。そう、後は炒《いた》めるだけの万全の構えだ！

「「「遥、腹減った！」」」「いや、空腹は最高の調味料で、ずっと空腹だと……待てが覚えられるんだよ？　飢え死にするけど？」「「「それ、調味料関係ねえよな!?」」」

鉄を錬金で引き伸ばしながら巨大な半球状《ドーム》にして、過熱しながらたっぷりと油を烟《けむ》るまで馴染《なじ》ませる。そして『掌握』で巨大な中華鍋を揺すりながら一気に炒めて振り、油を飛ばして焼きながらくるくると踊らせ引っ繰り返す。普通に考えれば60人分以上、80人分くらい有るのかも知れないが――きっと足りない。うん、おむすびも用意しておこう。昆布もだけど、梅干しが欲しい今日この頃だ。

そして怒濤《どとう》のお食事と追撃のおかわり。その進撃のＲｅ：おかわりを終え、後片づけはお任せしてダンジョンの準備をしたいところだけど装備はいつも普段着。甲冑委員長さんも甲冑着てるし、スライムさんはスライムさんだし……準備無いんだよ？　だけどいつも片づけはさせて貰えない。俺がやれば一瞬なんだけど何故だろう？　まあ後でお菓子でもあげよう、必ず食べにくる看板娘も尾行っ娘も片づけにはちゃんと参加してるんだよ？　それに比べてオタ莫迦《ばか》達は……いや、あいつ等《ら》に皿を洗わせてはいけない！　絶対お皿投げて追いかけるか、お皿が何か違うものになる気しかしない!!

「準備出来たよー」「行けるかなー？」「ＯＫです」「行けますよ」「うん、ばっちり」「よし、稼がなくちゃね」「行こうか！」「「「はーい！」」」

先導する委員長に付いて行き、先《ま》ずは先行組がダンジョンの低層を蹂躙《じゅうりん》する。そしてまた手出し口出し禁止だから、また暇を持て余した甲冑委員長さんがブートなキャンプで大暴れ決定だろう。ただその効果は侮れず、確かに最近特に女子さん達のスタイルが更に良くなっている。うん、くびれが凄《すご》いんだよ？　そして適度に筋肉質になったからなのだろう、引き締まって持ち上がってメリハリが付き、妙にプロポーションが良くなっている。

そう、オタ莫迦達も時々目のやり場に困っていたりするが、男子高校生達だからちゃんとチラ見しているのは言うまでもないだろう。そして、ガン見する度胸が無いのも言うまでもないだろう！

「順調でも気を抜かない！」「「「了解！」」」「うん、でもいい調子」

低階層にはめったに隠し部屋が無いからさくさく進む。流石《さすが》に結構な数のダンジョンに入って来た経験から言って、ここはたいして深くないだろう……恐らくは50階層で迷宮王が出るパターンだよ。うん、だって迷宮の作りが甘いし雑だ。

「あの大迷宮は歪《ゆが》みすら風流で壁にも雰囲気があったし、統一感といい質感といいこんなちゃちなダンジョンとは比べ物にならない良い出来だったんだよ？」（ポヨポヨ？）

うん、やはり好物件ほど深く広い。となるとやはり大迷宮程の物件はもう出て来ないのかも知れない。

「「「おお――っ！」」」「さすがスキルコレクター、キタコレ!!」

掃討戦は順調だが、何だか似合い過ぎていて怖いな！　そう、委員長さんに鞭《むち》って、なんでこんなに違和感が無いのだろう？

「前回までは盾職を目指し始めていたのに、鞭職になってる!?」

なんか一人で「サイレント・ビー　Lv16」の群れを掃討しちゃって、目で見えない神速な鞭の先端が縦横無尽に範囲を薙《な》ぎ払う中距離戦無双。

「なんか委員長様とお呼びとか言いそうに似合ってない？」（ウンウン）（プルプル！）

これはボンテージ衣装も似合いそうだが、作ったらしばかれそうだ。そう、なんかしばかれてる内に目覚めてしまったら困るから止《や》めておこう！　だって、既に睨まれているから男子高校生の新たなる性癖の危機だ!!

その使いこなす技術と純粋な武器自体の強さ。そう、あれはオタ達が弓を作っていたら出来た鞭に、魔石で付与効果を盛ってミスリル化した『豪雷鎖鞭　ALL70％アップ　＋

ＡＴＴ　豪雷　旋風　百撃　暴空陣　距離形状数変化』。そして『鞭術《べんじゅつ》』は委員長しか持っていなかったから安価で販売契約が結ばれたんだけど……まあ、これは委員長だろうと何故かみんなが思っていたのは内緒なんだよ？

「変な解説を入れないでー！」「「「おおー、怒りで鞭が加速」」」「音速を超えた!?」

なんでも『鞭術』は何とかプラントって言う植物成分由来な魔物さんから強奪して得たものらしく、『拘束』も持っていたそうだ？　うん、そ《S》っち系のマニ《M》アックな植物さんだったのだろうか？　迷宮で「何とかプラント様とお呼び！」とか言って拘束して、ベチベチ叩《たた》く魔物……うん、目覚められそうにないな！

「いや目覚める気は無いんだよ？　まあ委員長さんに強奪されてＧＪだよ、植物には需要ないだろうし？」（ウンウン！）（ポヨポヨ）

因《ちな》みに委員長が『鞭術』持ってるって言うから、そういう趣味があったのか聞いたら怒られてお説教まで始まりつつ超ジトられて大変だった。勿論《もちろん》俺が怒られた。

「いやー、あれは何かマジで似合い過ぎ?」「今度からちゃんと言う事聞くよ。あれ怖い!?」「あれは『旋風』なのか、『百撃』なのか、はたまた『暴空陣』なのか分からないけど……一方的だねー?」「「「うん怖くて近寄れないけどね！」」」

群がり尽くす無尽の蜂達が、音速を超えた鞭に瞬く間に消し飛ばされていく。

「まあ、もともと鞭っていう武器はヤバいんだよ？　だって人力で音速超えるんだよ？　それが異世界でスキルを持ったＬｖ99が振るって、効果《スキル》も満載なんだよ……うん、特定の

御趣味な方にも鞭無双ムチムチ女子高生はヤバいんだよ！って、違うから、俺はぶんぶん煩《うるさ》い蜂さんと無関係な無口な男子高校生さんなんだよ！」「ムチムチしてないもん！」

「「「うん、無口にも程遠いしね」」」（ポヨポヨ）

そして『豪雷』の一閃《いっせん》で全滅した。無双だった。うん、委員長様だった。

「「「お疲れさまです、委員長様？」」」「何で急に委員長様って、様付けになっちゃったの!?　何でみんな微妙に脅《おび》えてるの!!　泣いちゃうよ、いじけちゃうよ!?」

委員長様が涙目だが、これはマジで凄い。合ってもいるし、似合っている天職。まあ、鞭術が天職なのか、委員長様が天職なのかは分からないが天職。ただ純粋に強い。そう、もしあの時にこれが有ったならスフィンクスは倒せなくても、あんな木乃伊《ミイラ》達《たち》の海くらいなら突破出来ただろう。きっと守れていたんだろう。それが委員長さんが強さを求める理由、それはあの時の守れなかった無力感だったんだから。

だから、これで雑魚狩り無双の殺《や》りたい放題だ。実は無限の雑魚湧きは大技だけで決めきれないし、そのままに群がられると本当に危険――それこそが数の暴力。だけど委員長様はそれを無双で殲滅《せんめつ》できる。今日初めて実戦で使って、行き成りでこのレベル。そのあまりの強さに甲冑《かっちゅう》委員長さんが大喜びで……あとから訓練《手合わせ》する気満々のようだ。うん、ご愁傷様な委員長様《甲冑委員長》？

「流石に訓練相手さんは相手悪過ぎな悪乗りでノリノリだから……ああなると大変なんだよ？」（ポヨポヨ）

だって、俺が『羅神眼』を持った時もこんな感じだった。勿論ボコられたのは言うまでもないだろう。但し最高の訓練にもなる……ボコられるけど。まあ、ボコられるんだよ、経験者が語ってみた？　みたいな？

スキルも無しに壁を駆け回る生物にこそ矢の雨は有効だと思う。

58日目　昼過ぎ　ダンジョン

まあ、もう諦めたんだけど、やっぱり莫迦達がブーメランを握りしめて魔物に襲い掛かり、力一杯に殴り続けている……うん、投げろよ！

せっかく作った全長2メートルは有る巨大ブーメランは、振り回されるだけの巨大打撲用撲殺兵器になった様だ。まあ投げたら投げたで追いかけるし……次はフリスビーかな？

「いや、もう骨投げたら追いかけていきそうだから巨大骨？　もう、それ武器ですら無いよ……なんか滅茶似合いそうだな!?」（プルプル）

巨大な骨を持って、魔物を追いかけ回して駆け回る莫迦達はとても似合いそうなのだが、それって原始人と何が違うんだろう？　まあ、自分で作るだけ原始人さんの方が賢いのは間違いない。疑いの余地すらない！

全員、合流も果たして中層に向かう。うん、やはり装備の差で移動速度にズレが出て来た。これはこれで機動戦になると問題多発だが、そこは委員長様が何とかするんだろう。

「下、行くよー」「「「了解です、委員長様！」」」「あ――ん、泣くからね？　泣いちゃうからね！」

だって『豪雷鎖鞭』を持った委員長様には誰も逆らえない。みんな委員長様の呼び名が定着し、言われてる本人は涙目だったりするが似合っているからしょうがないんだよ。

しかし全員がほぼＬｖ99で強いなんてもんじゃない。人間のＬｖ99のパーティーで適正は魔物Ｌｖ50位らしいけど、それが29人揃《そろ》って連携戦闘しているのだから中層なんて一蹴。布陣と戦術で数まで圧砕《あっさい》する圧倒的な圧殺劇だ。特に鞭持った人がパ無い！

「順調だね？」「でも、好事魔多し？」「いや好者魔《すきもの》は後ろで監督中だよ」「階層主までは楽勝じゃないと駄目なんだけど、委員長様のお仕置きだけで魔物全滅だね？」「お仕置きって何！　あと、なんで私に様付けになってるの!?　泣くよ、本当に泣いちゃうよ!!」

『豪雷鎖鞭』を使いこなし始めて、大物ですら一撃で屠《ほふ》る。更に鞭で『拘束』出来るのだからまさに委員長様だ。今度エナメルのブーツ装備でも作ってみよう、勿論ハイヒールだ！

「迷宮《ダンジョン》の中でハイヒールは問題そうだけど似合いそうだから良いか？」（プルプル）

だが、あんまり想像すると鞭を振り被《かぶ》った涙目なジト目の委員長様が睨《にら》んでらっしゃいます。控えおろう？　はい、控えさせて頂きます!!

「いや、その『豪雷鎖鞭』はマジでヤバいから！　うん、それさっき魔物一撃で吹き散らしていたね!?　はい、すいません。もう何も言いません!!」

うん、だから鞭は下ろそうね？　マジで無言で涙目なジト目の睨みな三重奏《トリオ》も大変素敵だったけど、それ以上に鞭が怖かったんだよ！

しかし、これで適性の高い強力な武具が有れば戦力が急激に上げられることが証明された。やはり迷宮巡りが強力な装備増強への近道。だが、どうして全く適性の無いブーメランで戦っているのか、意味が分からない莫迦達の事を考えたら脳が腐りそうだから無視しておこう。うん、俺は何も見ていないし、あの魔物を囲んでブーメランで殴り殺しているのは知らない人《ばか》に違いない、そう決めた！

そしてオタ守護者《ガーディアン》は武器をハルバートに変えていた。凄《すさ》まじく破壊力が高いのでどこで買ったのか聞いてみたら、大型弩砲《バリスタ》を作ろうとしたら出来たらしい……きっと今までで一番真面《まとも》な間違いだと思ってしまった俺は色々と毒されているのだろう。まあ、帰ったら付与してミスリル化してやろう、かなり強いし。

しかし毎回々々俺が造る物よりもオタの失敗品の方が性能が良いのがまじムカつく。ただ、その魔力消費が膨大すぎる。そんなこんなで武器を慣らしながら、もはや戦闘とも呼べない蹂躙と殺戮《さつりく》を繰り返し進み続ける。隠し部屋も無いまま34階層まで来た時に突然それは起こった——3時のおやつだ！

「「「おやつだー！」」」（ポヨポヨ♪）

「だってマジ暇っすよ？　マジっすよ、マジ。みたいな感じで暇感がパ無いっすよ？」

それに急いでも今日はここで終わりそうだ。多分、迷宮を出るころには夕方になるなら休憩をとっても問題はない。そして魔石は結構集まっているから、みんな小金持ちだ！

「そんな訳で休憩しようよ。うん、息抜きも大切な切なさだってNASA《ナサ》だって言ってたかもしれないいんだよ？　まあ、きっと言って無いけど決してお菓子でぼったくろうなんて悪い事は思ってもバレてないから俺は悪く無いんだよ？　ゼリーだし？　是非も無し？みたいな？」「「「食べる!!」」」（プルプル♪）

取《あ》り敢えずスライムさんにゼリーをあげたら、ゼリーと一緒にプルプルしながら食べている――うん、気に入った様だ。まあ、スライムさんはずっと迷宮の中でお腹《なか》を空《す》かしていた、ならば迷宮の中で美味《おい》しくお菓子を食べる事こそが復讐《リベンジ》だ！　つまりお菓子は正義！　そして大儲《おおもう》けだ!!　だって稼がないと宿代まで使い込んだのがバレる。そう、男子高校生とは御説教回避《あんぜん》の為《ため》なら手段は択《えら》ばないものなんだよ。

「「「おかわり、魔石払いで！」」」「でもお説教決定、また宿代使い込んだね！」

バレていた！　恐らく前回の「宿代が無いならお菓子でぼったくれば良いじゃないの？Ｂｙ匿名希望のマリーさん」発言でバレてしまった様だ。うん、犯人はマリーさんだった。恐るべしマリーさん、よもや異世界でまで問題発言で俺が冤罪《えんざい》でお説教だが、ゼリーはしっかり食べるらしい。

「「「破産だ!?」」」「稼がなきゃ！」「よし、行こう！」

委員長様は腰に鞭を巻き付け、楯《たて》と剣を装備して委員長に戻ったようだ。まあ、あれだと他の女子さん達の出番が減って訓練にならないし、未《ま》だ委員会ですら鞭だと攻撃との連携が取れていない。課題は多いが戦力としては多大なものだった、ただ魔力消費が高くお腹が空くのかゼリー代も多大だったようだ？

「「「甘えけど美味《うめ》えな」」」「なんか異世界の方がモノが美味しい!?」（プルプル）

オタ達の方は問題ない、こいつ等《ら》は何でも不器用に使いこなす。訓練だとパッとしないのに実戦だとスキルを使いこなし戦える、つまり基礎は駄目だがスキル戦に滅法強い。

実力ではなくあくまでチートで勝負する潔さ。欠片《かけら》も自分達の運動神経を信じていない強い信頼。そう言えば異世界に来る気満々で準備してたのに、全く身体《からだ》は鍛えず武道も習っていなかった。そう、来る前から凄まじいチート頼りだった！

総合戦力なら委員会だけどパーティーとして見れば隙の無いビッチ達が強い。オールラウンド過ぎて特化したものこそ無いけど、魔法剣士として前衛中衛で戦えて自在に武器を変え魔法も幅広い。そして連携こそがずば抜け、周囲へのサポートが上手《うま》い絶妙なバランス感覚。攻撃力なら莫迦《ばか》達、守備力なら体育会っ娘《こ》達だし、中後衛特化の文化部っ娘達と組み合わせがややこしい。全員がオールラウンダーだから余計にややこしい。うん、俺には指揮官とか絶対に無理だ。何より莫迦達の躾《しつけ》は委員長様が最適だ。そう、鞭《むち》持ってる時の莫迦達の動きの良さは格別だったが、あれって調教されちゃったのだろうか？

そして39階でやっと隠し部屋だけど戦闘が長引いている。理由は複合弓《コンポジット・ボウ》の実践訓練。特殊効果の矢は使わずに、矢の雨を降らせて崩してからの突撃戦、単純で効果的だが連携がさらにややこしい。だから出番がない。俺はユニオンには入れないいし、あの複雑な作戦を覚えきれる気がしない。かと言って莫迦達と一緒に躾《しつ》けられるのは何か嫌だ！

言《は》い進む「ポイズン・サラマンダー　Ｌｖ39」達は降り注ぐ矢に縫い留められ、動きを止められた瞬間に突入されて斬り払われて行く。最早《もはや》、軍隊と言っても差し支えない高い練度で、辺境軍と演習戦しても勝てるだろう。だって突撃しかして来ないだろうし？　うん、何故《なぜ》あれが軍神なのだろう、愚神と間違えちゃったのだろうか？

「暇だし隠し部屋行っとくよー、こっちに3匹残ってるけど面倒だから貰《もら》っちゃうよ？　うん、甲冑委員長さんとスライムさんが退屈を持て余して、綾《あや》取《と》りを始めちゃってるんだよ？　でも異世界だし『東京タワー』を天空樹《スカイツリー》って呼べば格好良くない？　マジで!?」

「「「良いよ。あと『東京タワー』は『エッフェル塔』だったりで、名前適当だからね？」」」

まあ、それ以前にワイヤーカッターでの綾取りは危なくないのだろうか？

（ポヨポヨ♪）

お喜びだ、美味しかったの？　うん、食べたそうだったから3匹貰ってみたんだけど大喜びだ。多分『炎身』が欲しかったみたいだけど、フェニックスさんから『豪炎』をとっていたって言うか食べていたし、あっちが上位スキルな気がするんだよ？　まあ、退屈なだけだったのか美味しそうだったのか、とにかくぽよぽよし喜んでいるから問題はない。

「隠し部屋発見！って言うか上の階層から気付いていたけど発見で、『キング・サラマンダー　Ｌｖ39』だ――……美味しかった？　うん、美味しかったんなら良いよ……良いんだよ出番が無い位。うん、最近もう慣れてきた感じ？　みたいな？」
どうもこう恰好《かっこう》良いポーズをとってる間に出遅れる。せっかくの出番だからと決めてるのに出番が無くなる。でも男子高校生的に見せ場で、そこは格好良いポーズ……まあ、もうキング・サラマンダーのいない部屋で格好良いポーズのままなんだよ。うん、ポーズ取ってる間にする事が無くなるから、止《や》め時を見失っちゃうんだよ？
「うん、今回は三国志風に決めてみたんだけど、良い感じじゃない？　えっ、マジで!?　駄目なの!!」（プルプル）
頭上でブンブンと長い棍《こん》を振り回すのって格好良くない？　うん、止め時が無くなってずっと回してて、いつもより多く回してるんだよ？（ポヨポヨ）（イヤイヤ）
駄目だった。これは孔明《こうめい》の罠《わな》なのか、迷宮の罠なのか？
「ただいま、って何と『ウォール・ブーツ　V・iT・SpE30％アップ　壁面歩行』なブーツだったから、機動戦にも便利で弓職にも大人気商品間違い無しで、分配で揉《も》めて値上がり間違い無しの逸品だから大儲け？　うん、ここって結構な出物が期待できるかも！　とフラグる？」「「「あっ、欲しい！」」」「「「うん、壁歩きたいよね」」」
まあ莫迦達は何のスキルも無いのに勢いだけで壁走ってたりするが、あれは真似《まね》できないし、出来たらステータスから人族は消えてると思うんだよ？　わりとマジで？　うん。

欲求不満の解消なら幾らでも果てしなく何処までも手伝うんだけど、手伝うと危険で物騒な方の欲求不満だった。

58日目　昼過ぎ　ダンジョン　地下44階層

鋭い音を立てて空気を切り裂き、矢の雨が空を覆う。一斉の範囲射撃に逃げ場も無いまま貫かれ、撃ち落とされていく一方的な殲滅《せんめつ》戦。

「射《う》てぇ！」「「「了解《ヤー》！」」」

弓は思っていたより怖い。一斉斉射で覆い尽くされると全く逃げ場がない。それが連射されて豪雨の様に続き、縫い留められてしまえば突撃され踏み躙《にじ》られる。しかも上空から降り注ぐ分、突撃への防御が難しく、上を守るとがら空きの前から突っ込んで来るのだから質《たち》が悪い。やはり、人間こそが最も危険なんだろう。

「弓、凄《すご》くない!?」「うん、先手取り放題で攻撃できちゃうよ！」「一斉射撃って凄いね～？」「矢の雨って言う意味が分かったよ」「「「うんうん！」」」

楯の前に槍《やり》を突き出し、高速移動で突撃して吹き飛ばす。そのまま雪崩《なだ》れ込み乱戦に持ち込むと、剣の乱舞で殲滅して行く。蹂躙《じゅうりん》戦だ、弓ヤバい。単発でも高速な遠距離攻撃は脅威だったのに、数が揃いそれが指揮されると戦術兵器と化す。一方的に攻撃のみで、嵌《は》まると反撃の余地が無い大殺戮だ。

「あれ、前ががら空きになるって分かっても、上を守っちゃうよね？」（ウンウン）

突撃し放題の殺《や》りたい放題。決まれば即最強パターンなんだけど、矢が消耗品だし、硬い相手には効きが悪い。

「油断しちゃ駄目だよ。まだ精度が低いし、連射だって3発目になるとばらけちゃってるからね！」「「「厳しいーー！」」」

委員長様はご不満のようだが、Ｌｖ40台の魔物が何も出来ずに滅んで行く。強い弱いに関係なく、戦いにもならずただ殲滅されている。これでもまだ実戦練習なのにだ。

「突撃の切り替えがもたついちゃう？」「うん、でも何か弓を投げ捨てるのも嫌だし？」

「魔法攻撃を絡めるのもまだ無理だね？」

魔法なしだと敵が速いか硬いと厳しいかも知れない。それでも普通の魔物の群れなら……そして軍事戦闘でなら圧倒的だ。うん、またやりやがった。あの時オタ達《たち》は「複合弓《コンポジット・ボウ》を作ろう」と言い、今日は「大型弩砲《バリスタ》を作ろうとした」と言った。つまり完全に軍事特化させられている。なら絶対に黒幕は図書委員だよ。俺が、俺や甲冑《かっちゅう》委員長さんが集団対人戦に弱いと見抜いて、同級生達を戦争に特化させている。俺を守る気なのかも知れないけど、それは戦争……人と殺し合うと言う意味なのに。

女子さん達は理解した上でやっている、委員長達が理解していないとは思えない。莫迦達はしてないだろう。そこまで覚悟しなければならないものだろうか、つい2ヶ月前までただの女子高生だった普通の娘達が……まあ、莫迦達ならわかって無さそうだけど良い。

あれは殺し合いでも何でも命を懸けて戦う事を本能で理解し、そしてずっと渇望して生きて来た。だから覚悟すらいらない、そもそも意味を理解しているのかが怪しい。取り敢えずブーメランの使い方が理解できていないのだけは良く解《わか》った!!

「何で弓で矢を放ってから、わざわざブーメランに持ち替えて殴り込むんだよ! それが遠距離攻撃武器なんだよ、投げろよ!!」「「「いや、つい?」」」

しかし『強奪』で片っ端からスキルを奪っている委員長様は分かるんだけど、ビッチ達の適応力が群を抜いている。既に剣も槍も盾も扱い、魔法攻撃や魔法防御に治療魔法まで熟《こな》し、弓まで完全に扱えていて状態異常なんかの小技も混ぜている――俺からスキルが分配されているのだとしても、ここまでの技は身につかない筈《はず》だ。だって俺が持っていないスキルまで使えている?

「前衛水平発射で面攻撃、後衛を曲射で逃げ道を塞いで」「「「了解!」」」

44階層もあっという間。特化的な戦法だけど嵌《は》まれば圧殺で、駆け回って攪乱《かくらん》しようとした「ブルー・ウルフ　Lv44」の大集団は逃げ場の無い矢の雨で動きを止められ、その一瞬で殲滅された。そして隠し部屋。

「後は逃げたブルー・ウルフの掃討と魔石の回収だけだし、貰っても良いよね? うん、隠し部屋に行ってくるから、決して魔石拾いが面倒で逃げる訳じゃ無いんだよ。そう、宝箱さんが待ってるから行かねばならない時が有るんだよ、多分?」「「「行ってらっしゃ――い……でも、逃げたな!」」」

ブルー・ウルフが逃げ回ったせいで散らばった魔石、そして地面に刺さった矢もいっぱいで大変そうだし――そろそろ出番あげないと甲冑委員長さんが欲求不満そうだ。うん、健全な欲求不満の解消なら幾らでも果てしなく何処《どこ》までも手伝うんだけど、そっちじゃない方の物騒な欲求不満なんだよ？　勿論《もちろん》、俺の欲求不満は物騒じゃない素晴らしい方の欲求不満なのは当然で、何故ならば大体世の中の男子高校生って欲求不満で悶々《もんもん》とした欲求が延々と不満してるもんなんだよ？　いやマジで。

（ガアアアアアア――――！）

あら強い？　ビッグ・ブルーウルフさんは予想外に強かった。何か名前からして緑の集団狼身《ろうしん》事故の被害者代表の狼《おおかみ》さんのせいで軽く考えていたが強い、正に魔の獣。
「あれって気付いた時は衝突してたから簡単に吹っ飛んだけど、真面目に戦うとやっぱり強かったんだよ？」（ポヨポヨ？）

野獣の素早さにSpEが加味されステータス以上に速く鋭い。確かにこの強さならLv100クラスの冒険者じゃないと目で捉える事すら出来ない。まあ、相手が甲冑委員長さんだから無駄なんだけど？　そう、よっぽど退屈していたのか無駄にビッグ・ブルーウルフさんと高速戦闘でお楽しみで、俺も甲冑委員長さんとお楽しみたいけど、今晩までは無理なのだろう。うん、エロい事考えてるとジト目が飛んでくるんだよ？　連射で？
「まあ、ずっと考えてたから連射なんだけど、ジトる余裕あるなら早く終わらせてね？」

うん、俺だって健気《けなげ》にお楽しみを楽しみにしながら我慢してるんだよ？　そう、だって甲冑姿でエロい所が問題で、完全に身体のシルエットに沿った艶《なま》めかしい曲線美が逆光だったりすると放送禁止なエロい装甲で、速攻でそうこうしたくなるくらいエロいんだよ？　マジなんだよ？　したいです！

そして巨大な狼の爪撃《そうげき》と疾走の中でジト目でこっち睨《にら》みながら舞い踊り、魔獣と踊り白光が斬り刻む。輝く銀線が斬り散らしながら——ジトってる！　うん、怒られそうだから考えるのを抑えよう。止まる事は無いんだよ？　そう、男子高校生にとってエロは永遠に止まる事の無い、魂に刻まれしリピート機能付きなリビドーなんだよ？

さてと、ジトられながら宝箱を開いてみると、またブーツ……靴屋の迷宮？　まあグローブやブーツは不足気味だから良いけど、それなら気を利かせて纏《まと》めて30人分くらい出てくれないと中々装備の充実が追い付かない。そう考えると全身甲冑って一つで揃《そろ》ってお得なのか、沢山装備できなくて損なのか？　まあ村人装備が心配する事でも無い気もするんだけど、全身甲冑はミスリル化と付与は最優先に回した方が良いのかも知れない。

「またブーツだったけど、今度は『蹴撃のブーツ　PoW・SpE・ViT30％アップ蹴撃　＋ATT』って蹴るんだよ？　踏み躙るかどうかはご不明だけど、これってやっぱり委員長様？　でもハイヒールじゃないから踏み躙れないかも？　みたいな？」

魔石も拾い終わり休憩中で、使用済みの矢も集めてるけど……それは、まさか錬成で直せということなんでしょうか？

「「「え——、ハイヒールじゃないんだ？」」」「ねえー？」「ねーって、何で私のブーツがハイヒールに決定されてるのよー！　出てきても履かないからね!!って、なんで『ねえー』なの、その不満そうな『えー――』は何なのよ――!?」「「「まあまあ」」」

これも帰ってから会議かオークションだろう。ＰoＷ、ＳpＥ、ＶiＴが30％アップに＋ＡＴＴ付きだから蹴らなくても充分に良い物だ。しかし『蹴撃』は踏み躙るのにも効果はあるんだろうか。だったらヒールを取り付ければハイヒールで踏み躙りながら鞭《むち》で打ち据えられるのかー……何故か似合いそうだ!?

いや、何でもないです。何も言って無いよ？　いや、ちょっと想像したけど何にも言って無いマジ無実なんだよ！　いや確かにボンテージドレス作っちゃおうかとか思ったけど、まだ思っただけなんだよ？　うん、だからその鞭は駄目だよ？　きっとハイヒールも駄目で、これ以上新たな扉が開くと閉まってる方が少なくなっちゃうんだよ？

「はい、すいません！　鞭は勘弁して下さい。マジで『豪雷鎖鞭』はヤバすぎて、きっと新たな趣味に目覚める前に永遠の眠りが来ちゃいます。はいジトだけで充分なんです、もうしません。多分？」「うううぅぅ……！」

怒られた＆ジトられた。しかしレザーのロングコート風のボンテージドレスなら防御力も高そうだし、多数のストラップも巻くから尚更《なおさら》だろう。ならばやはりレースアップで隙間から委員長様の純白の美肌がチラリズムでエロティシズムがボンテージで……違うんだよ、新作装備の試案をしてただけで……えっ、マジ？　呟《つぶや》いてた？　何処からだろう？

「ああー、『この締め付け感が暴力的』からっていう事は『このニッパーなウエスト感が

ボンテージ感に溢《あふ》れて括《くび》れてるんだ！』まで言ってたの？　うん、それは怒られるよね!?」（ウンウン）（ポヨポヨ）
勿論怒られました&ジト泣きでした。さあ、ダンジョンはこれからだー……いや、マジごめんなさい？　よし頭を撫《な》でておこう。そして後でお菓子をあげたら大丈夫に違いない。前の世界ではお菓子をあげて撫でておけば解決するか、事案になるかどちらかだったからきっと大丈夫だろう。勿論こっそりスイートポテトだったのは言うまでも無いだろう。ほら、やっぱり俺は悪く無かったんだよ、笑顔で食べてるし？　みたいな？

うにょうにょでヌルヌルでもにょもにょしているのに巻き付く気満々だ。

58日目　ダンジョン　地下50階層

有名故に想像していた程では無かったが、だからといって凄くない訳では無い物だった。だからといって其処《そこ》まで驚異的という訳では無かった——まあ凄い悪臭ではある。既に同級生全員にＬｖ50の迷宮王クラスの状態異常でも対抗できるだけの装備は配布してある。というか今迄《いままで》散々売りつけた。そしてこの悪臭こそが『混乱』と『気絶』効果なのだろう。今の所は完全に状態異常は無効化《レジスト》できているけど臭い物は臭い。近付く程に臭いから離れて見てるけど臭いんだよ！　うん、早く終わらせて欲しいのに、なかなか強くて手古摺《てこず》っている。まあ、あれは強くて面倒なタイプではあるな？

お相手は「ドライアド・ラフレシア　Lv50」。魔物っ娘《こ》成分皆無の巨大な醜い花だけど、あの花に見える部分は萼《ガク》で中に本物の花が咲いているという捻《ひね》くれた植物だった。ただしこっちは異世界の魔物だからおまけ付きだったりする。そう、触手付き。

オタ達が持って帰りたさそうだけど、臭いからお持ち帰り禁止しよう。こんな臭いの使役したくないし、こんなの持って帰ったら看板娘に怒られるんだよ？

「まあ、確かに触手さんの浪漫《ロマン》溢れる18禁展開は素晴らしきかなという話だけど、あの悪臭は駄目なんだよ？」「「「確かに臭くて台無し感が！」」」

何が台無しかは詳しく語ると多方面からジト目が来るので割愛するが、まあ折角の浪漫溢れる触手さんなんだけど、その汁が悪臭付きは幻滅で殲滅だろう。だってスライムさんも食べたく無さそうなんだよ……臭いから。

「「「なんで小田《おだ》くん達サボってるのよ！」」」「「「すいません！」」」

初手の矢の集中砲火が効果がなく、そして続け様に放った次手の火炎魔法で焼けなかった。そして触手がうにょうにょで接近戦に入れない。うにょうにょでヌルヌルでもにょろにょろしているから近付けない。うん、動きと言い形状と言い、あれは女子は近付けない。もう異形感で碌《ろく》でも無い展開しか想像できない。うん、女子さん達もお顔が赤いな？

「くっ、遠距離効いてません」「触手、見た目より伸びるよ！」「「「しかも臭いぃぃぃぃ！あと、なんかエロいぃぃ!?」」」

しかしこのエロ花さんは『魔法吸収』に『魔力吸収』まで持ってるから、下手に近付いて捕まると不味《まず》い。しかも、委員長さんとお揃いの『拘束』持ちだから捕まってしまうと逃げるのも難しいだろう。分厚い肉厚な蔦《つた》はダメージが通っていないし、恐らく斬撃が最も有効なのだが接近戦に持ち込めないというか、持ち込まれたらヤバいというか、巻き付かれたらエロいというか……大変そうだ？

「「「なんで正座で見学してるのよ！」」」「その儀法は全裸で……いえ、なんでも無いです！」「いやーん、この先端の形が嫌！　何でウニョッてるの!!」「ウネウネがヤバくない！」「うん、何か巻き付く気満々じゃない？」「「「これに捕まると乙女がヤバいよ？　何か絵面《えづら》的にアウトだよ!!」」」

これがまた『再生』持ちだから、斬っても斬っても触手さん再生《リターン》で近付けない。まあ、委員長が鞭でお仕置きなら決められそうだけど、個人技だけで撃破はしたくないのだろう。そして打撃が効かないから撲殺系の副委員長Bさんや、莫迦《ばか》達が活躍できない。って、莫迦……。

「お前ら剣士系なんだからブーメランを仕舞《しま》え！っていうかそれを投げろ!!」「「「投げたら臭いが付くだろうが！」」」「殴っても付くんだよ!!」「「「……ああ!?」」」

後衛で女子文化部組が地面に干渉し始めたから気付いたみたいだ。地下に根を張って魔力吸収をしているから魔力が尽きずに再生し続ける。だから根絶やし。これが上手《うま》くいけばラフレシアの再生を妨害できる、そして再生速度よりも早い攻撃でＨＰを削り切るのが王道で最も手堅い手。でも根も触手だよ？　うん、地下で動いてたし？

「っ――回避、即退避！」「えっ？」「あっ、足元、来ます！」「「「なにこれ!?」」」

そして地面のあちらこちらからウニョウニョと触手っていうか根が生えて、大混乱で陣形が崩壊した。もう、逃げ惑うわ、斬り払うわで大わらわだったりする。うん、甲冑《かっちゅう》委員長さんもヤレヤレしているから不合格かな……どうもこう頭が固い？っていうか、この手の対策は聞かせた事があるのに異世界の固定観念に囚《とら》われている。

「魔法なんて知らなかったのに『魔法吸収』と『魔力吸収』のセットで頭から通常の手段が抜け落ちてるんだよ。うん、常識で考えれば良いのに？」（ポヨポヨ）

そして逃げ場もない程に地面を覆い尽くされたら……もうどうしようもない。

「遥《はるか》く～ん。ちょっとだけ手伝ってくれたりしないかな～？」「別に良いけど不合格になっちゃうけど良かったりする？　うん、すぐ終わっちゃうし？　多分？」

うん、これって同じパターンだから手伝ったら終わる。俺のわかりやすく為《ため》になる大迷宮のお話で対処方法までしっかりと話したんだけど……多分触手さん達《たち》で其《そ》れ処《どころ》じゃ無くて思考回路に余裕が無くなっている。っていうか捕まっ……うわっ？　あららら～～？

まあまあ？　あらあら！

「きゃあああああっ！」「って、見てないで助けて!!」「っていうか見るな――!?」「ってていうか、っていうか助けて――！」「「「……（ゴクリッ！）」」」

しかし女子しか捕まえない辺り、このラフレシアさんは大変に分かっていらっしゃる。

同じ触手仲間として気が合いそうだけど、臭いから合わなくて良いかも？　スキルの「悪臭」さえなければ夜を明かして語り合えたかもしれないのに残念だ。しかしこのラフレシアさんを殺して『強奪』すると、委員長様がｗｉｔｈ触手で、もれなく『悪臭』も付いて来そうだから鞭を封印してるんだろうか？　確かにこの臭いは宿から苦情が出そうだ！

「きゃあああああっ！」「「「だから見てないで助けてよー!!」」」「いや、見せ場なのかなって?」「「「何を見せるのよ、その見せ場は!!」」」「いやーん、何このヌルヌル斬れない？ちょっとそこってコラ！」「離せーっ！　嫌あああん！」

阿鼻叫喚《あびきようかん》にオタ達がオタオタしている。目のやり場に困って、声が聞こえて気に為《な》って、でも目を逸《そ》らしてラフレシアの方を見てないから……防戦一方に追い込まれる。

「うわあああーっ、ちょっ！　そこは駄目だから！　乙女だから!?」「無理無理、絶対に無理なんだって!?」「何でそっち……そこは乙女の侵入禁止だからっ！」

巻き付いて拘束しながらも鎧《よろい》の中に侵入して行くという、その果敢で素敵な攻撃で大騒ぎだ。脚に巻き付いて宙吊《ちゆうづ》りというのも中々素晴らしい分かってる植物さんだ。

「植物さんにしておくのは勿体《もつたい》ない程の才能で、寧《むし》ろ植物さんとは思えない肉食系な発想とも言えるけど、まあ……食肉植物だから肉食系で正しいのかも？」（ポヨポヨ？）

莫迦達も逃げ回りながらブーメランで触手を斬り払うので忙しそうだ。あと何世紀くらい経《た》つと投げれば良い事を思い出すんだろう？　うん、進化までは遠そうだ、だって絶対異世界来てから退化してるんだよ？　もう文明とか忘れちゃったんだろう、中世な異世界じゃなく原始時代とかなら問題無かったのに。いや、原人よりも莫迦そうだし、白亜紀くらいだろうか？　だが恐竜さんの方が賢そうだ!?

「「「遥くーん！　ぎぶあっぷ〜！」」」「っていうか乙女的に危機！」「ちょっと、乙女が危機なの、ヤバいヤバいヤバいヤバい!!」

ヤバいらしい。うん、もう18禁寸前のヤバさだろう。臭くさえなければ偽迷宮にスカウトしても良い素敵な触手魔物さんだったのに、なかなかこう分かってるんだよ……ツボを押さえてるっていうか、良い所を突いてるっていうか、凄《すご》い所に巻き付いてるっていうか？　うん、分かってらっしゃる。だからとても残念だ——で、焼く。

「えっ、魔法は効かない……よ、ねえ？」「「「うん……あれれ？」」」

現代人らしく焼き払う。ちゃんと女子さん達は甲冑委員長さんが触手を斬り裂いて救助済み。ただラフレシアの真上まで『空歩』で跳べば触手はいないし、そして上から油を撒《ま》いて点火で終わり。燃え上がる触手に悲しみを覚えながら見送る。だって持っているのは『魔法吸収』と『魔力吸収』の二つで火炎耐性は持っていない。そう、大迷宮のトレントと同じスキル構成なんだよ？

「焼け……てるね？」「表面が割れてる、今なら攻撃通るよ」「乙女への触手禁止法で断罪だ！」「「「おお——！」」」

魔法なんて無い世界にいたのだから普通に考えれば油を撒いて焼く。異世界で魔法やスキルを覚え、『魔法吸収』や『魔力吸収』を見て火魔法が使えないから焼けないと思い込み、異世界固定観念に囚われるから触手に囚われてあられもないっていうか、はしたないっていうか……まあエロい恰好《かっこう》になるんだよ、これで『溶解』持ってたら18禁どころか発禁レベルだっただろう。惜しい魔物を亡くしたんだよ——臭いけど。

「乙女触手陵辱禁止法で成敗だ！」「「「有罪《ギルティー》！　有罪《ギルティー》！　有罪《ギルティー》！」」」

燃え尽きながら身悶《みもだ》えるラフレシアさん。触手から解放されてぐったりと座り込む女子さん達は、火照る肌に汗を輝かせながら息を荒らげている。うん、お疲れだったようだ。

でもお疲れ様って言うと怒られる気がする？　でも疲れ果てて脱力しきっているし……、お顔も赤いな？

「はい、不合格で残念賞は甲冑委員長さんのブートなキャンプに御招待だったり？　つまりボコ&目がバッテン的な素敵な豪華ボコの旅の御招待が決定だとは露知らずにボコられてね？　特に委員長様が御指名だったりするみたいだし……はっ、まさかの百合《ゆり》っ娘路線で線路が何処《どこ》までもリリアンにごきげんよう的な？　ちょ、一寸《ちょっと》見学希望な閲覧席の特等席を御予約希望でお願いします！　マジです!!」「「「扱《しご》かれるー!?」」」「ああ——ん、今晩もバッテンだー」「「「でも、百合は無いの！」」」

ないらしい——御機嫌ようでリリアンなお姉さま展開は無い様だが、お姉さまが永遠の17歳だからちらほらと追い付かれ始めて理論上では来年には年下になっていそうだ？　お妹様になるんだろうか？

「「「あ——ん、迷宮王だけ強すぎだよ！」」」「うん、乙女の天敵だったね！」「ああー、臭かった」「「「うん、思ってた触手魔物と違う！」」」「何を思ってたのよ！」
異世界には謎が満ちているが、異世界でも最大の謎は17歳問題だったようだ。まあ問題って言うか解決はしない。何故《なぜ》って17歳問題は気にしたら負けなんだよ？　マジで。

そこには夢と希望が詰まらずにエロと欲望と触手しか詰まって無いらしい。

58日目　ダンジョン　地下50階層

疲れ果てた事後感で倒れ伏し御休憩中だった粘液ヌルヌル女子高生さん達が……死んだ魚のお目々で起き上がって来た。うん、なんかエロいな！　だからアイテム袋に備蓄してる水を温度魔法で沸かし、巨大なホットウォーター・ボール。そして順々に簡易シャワーで粘液を洗い流してるけど甲冑を着てるからお色気シーンじゃ無いんだよ？　うん、見てても楽しくないけど妄想が無限大でビッグバンなのは男子高校生だから仕方ないんだよ！

「あ～ん、べとべとに汚されちゃった～」「「「うん、でもその言い方はやめて！」」」

元気が無いのは疲れたからなのか、負けたからなのか。それとも不合格だったからなのか……ヌルヌルにされたせいなのかな？

あれは速攻で核《コア》を狙うべきで、弓矢の威力に魅せられて固執した時点で追い込まれたけど、勢いのまま速攻戦だったら押しきって倒せていただろう……臭いけど。そう、攻撃の種類《レパートリー》が増えたから迷いが出て、より安全な策を選ぼうとして後手を踏んだ。だから指揮官のミス、ここで合格しようと鞭《むち》を使わずに集団戦の力と戦術で勝とうとした委員長のミスだ。だから滅茶へこんで落ち込んでヘタレている。

「ごめんなさい、これは作戦ミスだった」「「「あれは、しょうがないよ！」」」「うん、情報もなく下手に突っ込む方が危険だったよね？」「でも、足を止めて弓での攻撃が失敗だった。ごめんね」「「「そんなの良いよ、私達も賛成したし」」」

しかし、なんだかやたらに迷宮王と相性が悪い。前のフェニックスは油断だった。その前のスライムさんとサンド・ジャイアントさんは例外としても、ただでさえ強い迷宮の王の特殊型が苦手らしい。図書委員が対人戦特化させたから変則戦闘が苦手で、その警戒心が裏目に出て不利なまま持久戦に追い込まれる。

「矢戦が調子良かったもんねえ」「矢が効かないと無駄に足が止まっちゃうんだ」

なんか空気がどんより？　的な？

「「「うん、反省だね！」」」「でも初撃は取れるから勿体ないよ？」「相手次第だよね、ラフレシア以外には圧倒的だったし？」「「「だよねー？」」」

そして、相変わらず男子は空気。

「うん、弓矢戦最強で固執しすぎたね」「でも、使わないのは勿体ないよ？」

反省会が始まり、勿論《もちろん》言うまでも無く相変わらずに男子は空気。

「まあ、相性なんだけどねー？」（ウンウン）（ポヨポヨ）

反省も何も速攻突撃か包囲殲滅《せんめつ》なら勝てたけど一撃で倒せなければ不利。それは相性。

「あれって迷宮王級にもなるとステータスが見えないのが不利なのかな?」「まだ経験、足らない、です」(プルプル)

直接の魔法攻撃は吸収されるなら火や土を作ってしまえば良い。だって単に岩を投げ込むだけなら無効化も吸収もできない。そもそも迷宮王はLv50だったんだから、Lv99の魔法なら押しきれただろう。それでも頑《かたく》なと言って良い程に出し惜しむ、同級生中最大のMP量を持ちながら滅多に魔法を使わない副Bさん。

そこまでしてMPを温存する理由は、恐らくは『蘇生《そせい》』。怪我《けが》や毒ならどうにかできても、即死や致死は『蘇生』でしか生き返らせることが出来ない。そして時間がたてば蘇生はできなくなるから万が一に備え温存している、同級生達の万が一と……即死の危険が最も高い俺や甲冑委員長さんの為に。『蘇生』なんて言う大魔法は大賢者にしか使えないし、MP消費がとんでもない。だから温存する。それが死者を救うたった一つの方法だから。

「なんで魔力バッテリーで賄えないんだろうね? うん、特に副Bさんには充分に持たせてあるのに?」「ゆっくりなら、補充できます。でも、急激には難しい、です」

マジ!? だから直接戦闘のステータスが低く、装備も魔法特化なのに頑なに白兵戦で戦う……まあ、多分趣味も入ってて爽やかな笑顔で撲殺して廻《まわ》ってた。勿論、揺れていたのは言うまでも無いだろう! うん、完全保存済みだから間違いないんだよ!!

「粘液ヌルヌル女子高生がさっぱり水浴びでびしょびしょの濡《ぬ》れ濡《ぬ》れになったし、そろそろ帰る？　だって焼いてもまだ悪臭が残って臭いが籠もってて、何か装備とかに匂い移りしたら嫌じゃん？　もうヌルヌルも濡れ濡れになったから帰らない？」「「「帰るんだけど、乙女に向かってヌルヌル濡れ濡れ言わないでー！」」」（プルプル）

撤収準備で小休止。しかしオタ達がちゃんと大型弩砲《バリスタ》を完成させていたら、案外弓戦でも破壊可能だったかも知れない……まあ、何故かハルバート？

「大型弩砲《バリスタ》もだけど……有りかな？」（ウンウン）

ハルバート。鉾槍《ほこやり》、槍斧《やりおの》、斧槍《おのやり》と呼ばれる長柄の斧と鉤爪《かぎづめ》付きの槍。その強さは多様性に富んで鉾で斬り槍で突き斧で叩《たた》き割り鉤爪で引っかけて叩く、凡《あら》ゆる戦闘に適合するけど長く重く操作性は悪い。うん、オタ達は最初から全く操作する気なく全てスキル操作だった！

　女子さん達は多彩に様々な武器を器用に使い熟《こな》せてるけど、武器の持ち替えが困難だった。そして女子さん達の高いＰｏＷとＤｅＸなら使い熟せそうだな？

「うん、オタ達の真似《まね》っていうのがムカつくし、真面目に作っても何故か大型弩砲《バリスタ》を作ろうとして出来た複合鉾槍《ハルバート》に性能で負けそうなのがまたムカつくんだよ！」（プルプル）

だけど、作って配備できれば集団戦でも有効に使える武器。迅速且つ適切で臨機応変な判断と対応が問われるけど、指揮者が有能だから大丈夫だろう。まだへこんでるけど？

　そして大型弩砲《バリスタ》も欲しいけど、大型だと固定せずにとり回せるのは莫迦《ばか》達くらい……駄目だ、絶対に大型弩砲《バリスタ》持って殴り掛かる！　寧ろ撃たずに投げるかも知れない!?

「う――ん、魔石動力で自動巻き上げで……いや、連射が可能になれば戦力化出来る？」

単発でも付与効果で大破壊力に設計出来れば携帯できる。設計から始めないといけないけど、通常の大型弩砲《バリスタ》の設計図はオタ達《たち》が知っているはずだ。うん、作るとハルバートでも設計図は完璧なんだよ？

そして今回も誰一人としてLv100には至らなかった……良い加減経験値は足りていると思うんだけど、条件でも有るんだろうか？

やっと迷宮王は魔石になり、そしてアイテムもドロップした。うん、臭いから止《とど》めがさせなかったんだよ……ドロップは『ラフレシアの花　ラフレシア作成　操作支配』だった。

「ちょ、涙を呑《の》んで使役しなかったのに無意味だったよ！」（プルプル!?）

そしてオタ達がガン見している。まるで夢と希望が詰まった宝物を見詰めるような純粋な瞳。いや、それってエロと欲望しか詰まって無いよね？

「って言うかお前らの頭には触手しか詰まって無いの？　いや、下手に問い詰めるともっとヤバい物が出て来そうだから聞いちゃ駄目だ。うん、こいつらの脳内は危険領域《デンジャーゾーン》だった！」「「「だって異世界で触手ですよ!?」」」「うん、全会一致で譲渡禁止条件付きで遥君《はるか》に譲渡決定しました！」「わ～、ぱちぱちぱち～」

なんか勝手な全会で可決された……えっ、俺って隠居したら洞窟に帰ってラフレシアを育てちゃうの？　そして何で触手が絡むとみんな俺に押し付けるの!?

「俺ってベスト触手ニストさんに選ばれちゃってるの？　まあ、似合う以前に誰も触手を付けてないからOnly1だったら№1だよね？」（ポヨポヨ？）

取《あ》り敢えず『ラフレシアの花』は臭く無いみたいだから鉢植えにしてみる。黄色いトゲトゲで花って感じじゃない謎植物だが、これで俺の好感度さんは癒やされるんだろうか？

「よし、帰ろう」「「「賛成！」」」「ああー、腹減った——」（ポヨポヨ）

まあ女子さん達は早く帰ってお風呂に入りたそうで、それはもうネトネトされてネチョネチョになってたし？　でも、あれは委員長様の『豪雷鎖鞭』クラスの兵器が複数あれば問題なく斬り払えた。先《ま》ずはオタ守護者《ガーディアン》のハルバートは最優先で強化して、良さそうなら設計をパクろう。だが、まだ足りない。一般配布なハルバートとは別に1パーティーに一つは『豪雷鎖鞭』クラスの兵器を配備したい。だって大体最終的に最適な解決方法は力押しで、それが簡単確実で安全第一な危険時の保険になるんだから。

「撤収だよー」「「「おおう、ああ……疲れた」」」「うん、臭かった！」「「「逃げてた男子はお説教だからね!!」」」「いや、触手に男子は……いえ、何でもありません！」

現在7パーティー。俺は神剣が有って『次元斬』ができて甲冑《かっちゅう》委員長さんとスライムさんがいて、もう武器いらないいんじゃないって言う位に安全だ。委員会とオタ組は良いとして、あと4つ有れば安心。全員に有れば言う事無しだけど27個も出て来るだろうか？

うん、なんかオタ達に謎の制作活動をさせれば、その内に凄い武器が出来そうな気もするんだけど、それはそれでなんかムカつくんだよ？　まあ、内職してたら何か思いつくかもしれない……耐ヌルヌルネチョネチョ装備とか？

名前分からないのに誰か分からないまま語りだすとか無謀だと思う。

58日目　夕方　宿屋　白い変人

お風呂から上がると遥君がとてもとても悪い笑顔、この笑顔の後はいつもいつも女子が全員破産するんです。だって、あの悪い笑顔はお大尽様の笑顔なんです！

それは毟《むし》り取る気満々の時にするとっても悪い笑顔で、そして未《いま》だかつてただの一度もあの笑顔から逃げられた人はいない決定事項。私達はお金を奪われて幸せにされてしまうんです。それはもう強制な決定事項。だって、あの悪い笑顔が、あの悪そうな微笑こそが、私達がこんな異世界で生きている理由だから。

――この異世界に来た時、私はもう死んだと思っていました。こんな異世界なんて死んだのと同じなんだって、だからずっと死ぬことを恐れながら死ぬ時を待っていたんです。

多分、それは私だけじゃなかったと思うんです。だってみんな同じような目をしていたから。疲れて、絶望して……ただ死ぬのが怖いから生きているだけで、みんな終わりを待っていました。ただ悲しくて、ただただ悔しくて、もう何もかも諦めて、ただ終わりを待っていたんです。

そして暗い森の中で終わりが来ました。沢山の魔物に囲まれて逃げ場も無くて。怖くて、恐ろしくて……これはもう無理だなって分かってしまったんです。それでも委員長さん達が身を挺《てい》して守ってくれるから一生懸命に戦いました。怖くて、悲しくて、痛くて、辛《つら》くて……それでも泣きながら戦いました。でも本当は諦めていました。

だって無理なんだって分かってしまったから。だけど、みんなが戦っていて、守ろうとしてくれるから頑張って戦い続けました。でも、やっぱり終わりでした。

みんな力尽きて、倒しても倒しても魔物は沢山いて……ああ、やっぱり私はこんな残酷な世界で惨めに死んじゃうんだって分かってしまいました。怖くて、悲しくて、恐ろしくて、惨めで、そして悔しかった。どうしてこんな目に遭わなければいけないんだろうって。そして……やっと終われるって。

だって、こんな世界で生きてても何も良い事なんてないから。ずっと襤褸襤褸《ぼろぼろ》の格好で、食べ物は味の無い焼き魚ばかり。野宿で毎日魔物に怯《おび》えて暮らすなんて耐えられるはずがないって。だから幸せだった私はもう元の世界で死んじゃっていて、この世界は違うんだって思っていました。ただ、それでもみんなが怪我したり、死ぬところは見たくないから戦っていただけなんです。

実はあの時は、もう最初から勝てるとも、助かるとも……生きたいとも思ってなんかなかったんです——あの真っ赫《か》な雨が降り注ぐまで。赫光《かっこう》の暴風雨が吹き荒れるまでは。

とても綺麗《きれい》でした——そして残酷でした。空を覆い尽くすような、真っ赫な光の雨が叩き付けられ、あんなに恐ろしかった魔物達が焼かれ倒されていく。それは怖くて、恐ろしくて、そして美しくて泣いてしまいました。

そうして魔物は全滅しました。あんなに沢山いた魔物がたった一匹も生き残っていませんでした。そして真っ黒な姿が魔物の屍《しかばね》の中を歩んで来ました。

その時は、ああこれが私の死なのかなって思わず魅入られてしまいました。

「HPポーションだ、飲めば回復する……茸味《きのこ》だけど？」――ぶっきら棒な声で、だけど困った様な顔でそう言いました。それが遥君。同級生だけど誰とも喋《しゃべ》らなくて、いつも一人でいる男の子。

それから世界は一変しました。死ぬのを待つだけの白黒の味気ない世界が変わりました。あの赫《あか》い流星雨が世界を染め上げ、急に色鮮やかに世界が彩られた様に生まれ変わったんです。だって、みんなが笑っていたんです。そう……私も笑っていました。

そうして大騒ぎで、怖いとか悲しいとか惨めだとか考える暇もなく大混乱で、いつの間にかいっぱい笑って怒って、吃驚《びっくり》するくらい美味《おい》しいご飯を食べて、お洒落《しゃれ》なお家《うち》に泊まって素敵なお風呂に入って……気が付けば自然と笑っていました。

だって、もう悪い事しかないんだって思ってたのに、一番幸せな時は終わったって思ったのに……なのに今まで一度も見た事も無い様なお部屋で、一生入れない様なお風呂でした。食べた事も無い美味しいご飯でした。前の世界で無くしたと思っていた幸せが、こんな世界でもっと凄《すご》い幸せになってそこにあったんです。

きっと一生泊まれなかっただろう超高級ホテルみたいで、諦めていたもの以上のものを見せ付けられました。この世界でだって幸せになれるって思い知らされました。

あの日――こんな世界に来て初めて泣く事も無くぐっすりと眠れました。それから色んな事が有って、でもみんなで笑って幸せな毎日に変わり、家族の事を思い出して泣く事は有っても絶望で泣く事は無くなって毎日毎日笑って幸せでした。そして生きる決意が出来て来ました。そう、遥君がいなくなるあの日までは。

いなくなってしまいました、みんなが危ないからって一人で行ってしまいました。私達の為《ため》に危ない目に遭っているかも知れない、死んでしまうかも知れない――もう生きていないのかも知れない。だったらもう……生きていても仕方ない。

また白と黒の世界に戻ってしまう。また絶望で泣く毎日が戻って来る。脅《おび》えながら待ちました、もしかしたらって、そう思いながら。

そしたら笑って帰って来てくれました、何でもないような顔をして……ほっとしたんです、良かったって……だけど柿崎《かきざき》君達がお話ししているのを聞いてしまったんです。どうして――「なんであんな体で平気な顔が出来るのだろう」って。

あれは腕も捥《も》がれていただろうって。あれはお腹《なか》を抉《えぐ》られたんだろうって。

あれは脚も切断されてたんだろうって。あれは顔半分は焼かれたんだろうって。

あれは身体《からだ》中が貫かれたんだろうって。あれは本当は死ぬほど痛くて苦しいんだろうって。息をするだけで激痛が走るくらいに身体中が破壊されているんだろうって。

同じ目に遭ってまで、みんなを守ってくれた柿崎君達だから分かってしまう。ただ再生しただけの見た目だけ綺麗な身体。でもそれは普通に見えるだけ。

ほっとなんかしちゃいけなかった。だけど、ほっとさせるために何でもないような顔で笑ってくれていました。きっと一人で痛くて辛くて苦しいのを我慢して笑っていました。

そんな体で次の日もまた戦っていたんです、誰にも言わずにまた一人で……襤褸襤褸で魔力すら回復しない状態の身体で。それでも戦ってたんです、また守られていたんです。

それからも迷宮で行方不明になったり、迷宮皇さんを使役してきたりと無茶苦茶でした。だからみんな笑って、笑いながら必死に藻掻《もが》くんです。強くなりたいって足掻《あが》くんです。みんな戦闘用のスキルしか持って無いから、戦う事しか出来ないから、だから守ろうって、駄目だったらもっと強くなって守ろうって。それで駄目でも諦めなければきっとって。

でも今日もまた駄目でした。凹《へこ》みました。なのに、とっても悪い顔をして笑ってるんです。あれは褒めてくれている悪い笑顔で、頑張ったねって言う凄く悪い笑顔です。

だから今日もきっとみんなが笑って破産するんです。世界で一番意地悪なご褒美で、きっと今晩はみんな幸せにされてしまう。だって、あれはきっと何か用意している悪いお大尽様の笑顔。だから……凹んでも明日は頑張れるんです。だって諦めたりは出来ないから。だってあんな悪い笑顔は、他の誰もしてくれないから。

本当は戦争なんて凄く怖いです。人間同士の殺し合いなんて恐ろしいです。でも守れない事はもっと恐ろしくて怖い事だと思い知らされてるから――

「お帰り、盾っ娘《こ》。いやいや今日はとっても良い物が入っていますよって言うか、入れたみたいな？　うん、それはもう良い物でお買い得で、買うと俺がお得で大儲《おおもう》けなお買い得だから俺がお得な襤褸《ぼろ》儲《もう》けだーって言う位お買い得？　みたいな？」

うん、とっても悪そうな笑顔です。

その為に私は盾っ娘になりました。だから今度は――私が皆を守ります。そう決めたんです。今度こそ誰も傷つかない様に、もうただ待つのは嫌だから今度こそ守りたいから。それがエゴでも良い、だって自分の為に守るんです。もう絶対に失わない様に。だから私は盾っ娘になりました。だから絶対に私が皆を守ります。今日も不合格でも、明日も戦います。

守れるまで、ずっとずっと戦います。だって私は盾っ娘なんだから守るんです！

「「「ああ――、新製品だ!?」」」「「「きゃ――、買うの！　何かわからないけど買うの!!」」」

「何々、何なの！」「「「盾っ娘ちゃんだけズルい！」」」

でも今日も破産しちゃうみたいです、この悪い笑顔からだけは守れません。

だってずっと守ってくれている笑顔だから、まだまだ敵《かな》わないんです。だから今日もまた笑って、幸せにみんなで……破産するんです？

全身沫塗れでキャッキャキャッキャ騒いでる泡沫娘達は実は茸汁とは知らないだろう。

58日目　夕方　宿屋　白い変人　女子会

ご飯も待たずにお風呂に雪崩《なだ》れ込む。後で訓練でまたお風呂になるんだけれどお風呂！

「はぁ――、臭いうえにヌルヌル拘束って最悪だったよね」「うん、身体もベトベトだけど、装備も服もネチョネチョだよ」「遥君《はるか》が悪そうな笑顔で、『装備のクリーニング。な、な、なんと今なら特別ぼったくり価格2000エレ！』って看板作ってたよ？」「「「ぼったくる気満々だー！」」」「「「でも頼もう!!」」」

だって、あの粘液には触りたくないの。そして遥君は触りもせずにさくさくと洗浄できて、なにせ製作者さんだから修正も仕上がりもばっちりなの。でも普段は1000エレくらいだから、本当に特別価格のぼったくりさんだけど、多分みんな頼んじゃうの。

きっと、とびっきりの悪そうな笑顔だろう……うん、目に浮かぶし、さっきも見たし？

「まさか地面から触手さんに襲われるなんてね～？」「しかも数多過ぎだったよ！」「すいませんでした、まさか根が地中から反撃して来るとは想定していませんでした」

反省会もしながら帰って来た。問題は沢山有ったんだけど、先ず誰も地下を探知していなかったのが敗因だった。そう、甘かった。

「「「あれは分からないから良いよ！」」」「寧《むし》ろ根っ子に気付いただけ凄いよね！」「「「うん、大殊勲だよ！」」」

あの迷宮王は地中に根を張り、魔力を補充して再生していた。だから根を断ちに行ったら……地中から根が現れて囲まれてニョロニョロ一斉攻撃を受けて壊滅した。

「でも……焼いてたね？」「う～ん、よく考えたら魔法じゃ無ければ良かったんだね～」

予見し得ぬ予定外の予想外で崩壊してしまった。そして、また不合格だったの。「発想が……」「だって『魔法で焼けないなら油で焼けば良いじゃないの？ ByMさん』なんだって？」「「「ああー、Mさんの発想か！」」」「その発想は無かったね」

いや、Mさんは言って無いからね、それ遥君が言ってるだけだからね？ だけど盲点って言うか、発想も何も魔法が吸収されるから火魔法も効かない、だから燃やせないって思い込んでいた。あの方法を聞いた事があったにも拘《かかわ》らず咄嗟《とっさ》に思い出せなかった。それは当たり前の事、だって私達《たち》は魔法なんて知らなかった筈《はず》なのに。

だから、「当たり前に油で燃やした」って言われて、みんな吃驚した。その手があった事に、そしてそんな当たり前の手段を忘れていた事に。

「「「ううぅ、不合格だけど幸せ」」」「これ、凄いよ！」

そう、不合格だったんだけど御褒美が出た。ただし追加は発売待ちだから沢山は使えないけど、今日は何よりも嬉《うれ》しい最高の御褒美。きっと異世界初の新製品、「泡沫《あわあわ》ボディーソープ」にみんな大喜びで洗いっこなの♪

「うわ～、お肌ツルツルってこういうのを言うんだね～？」「うん、初めて赤ちゃん肌の意味を実感したよ！」「「「自分の肌じゃないみたいだよね？」」」

みんなで全身泡塗《あわまみ》れでキャッキャキャッキャと騒ぎ捲《まく》って、凄い泡立ちでお肌がしっとりと潤い滑らかになっていく。これは元の世界の高級品より絶対良い、香りも良いけど肌がしっとりとまるで再生されるかのように生まれ変わる……うん、きっと異世界素材満載で、きっと超高級茸さん配合。それを惜しげもなくボディーソープにしちゃった一般販売は不可能な特製品。ボディーブラシも一人1本つけて貰《もら》って、みんな泡沫《あわあわ》っ娘で洗いっ娘の幸せなバスタイム。

アンジェリカさんもキャッキャと洗い合っているけど、泡沫《あわあわ》ボディーソープには驚いていなかったから既に泡沫《あわあわ》実戦経験済みらしい。うん、きっとジャグジーで泡沫《あわあわ》プレイだったんだね!!

「これは物凄い高級品ですよ。多分材料だけでも最高級で、それが錬成されてるんですから」「「「おおー、ありがたや、ありがたや♪」」」

そう、髪までしっとりでお肌は艶《つや》やか。みんなの肌が肌理《きめ》細やかで艶《なま》めかしい。凄い即効性で触ってみると、これって赤ちゃんの肌って言う位にぷるんぷるんで気持ちいい。洗いっこで大騒ぎで大燥《おおはしや》ぎに幸せな泡に埋もれて、反省会で落ち込んでたけどなんだか無理矢理元気にされちゃった。また無理矢理に幸せにされちゃった。

「うわっ、髪サラサラで艶々ヘアー!?」「このあいだ魔物に雷撃されてパサパサのダメージヘアーだったのにーサラサラに！」「なんか自分の肌じゃない肌ざわり、何この気持ち良さ!?」「これが真のツルツルお肌なの!?」「「「美肌女子さんになれる石鹼《ボディーソープ》！」」」

本当にみんなが綺麗、肌に透明感が増し増しで美少女って感じになってるの。

「「「このボディーソープは買う！　ぼったくられても買う!!」」」「うん、もうこれじゃないと嫌だ！」「はっ、ボッタクリの罠《サンプル》だったんだ！」

反省して、落ち込んで、お風呂から上がって訓練と思ってたんだけど……このボディーソープで綺麗《きれい》になったのに、汗をかいたり汚れたりは勿体《もったい》ないとミーティングをする事になった。そう、課題は私。司令塔の在り様——指揮者らしく引いた位置で索敵と情報分析に集中して指揮に専念するか、今まで通り前線で戦い情報分析と索敵は全体に任せるか。

このどちらかでスタイルを決めてしまおうと言う話し合いで、後者なら指揮系統の二分化も考えてるんだけど作戦行動が複雑化し過ぎるのも不安があるの。

「だから問題ないって！」「ええ、指揮官が複数いても、あれは誰も対処できませんでしたよ」「うん、みんな考えて戦わないとね？」「「「だよね！」」」

全員が意見が決まらないままお風呂から上がり、ミーティングをしようと食堂に入ると——そこはバーゲン会場だった。うん、これはラフレシアよりも危険な罠《わな》。だって犯人が迷宮王より悪い笑顔で、きっとこの笑顔を見た後なら大抵の迷宮王さんは良い人に見える、とっても悪い満面の笑み！

「お待たせのアンクレット販売なんだよー？　うん、装備用は『高速移動』や『回避』の効果付きで、目玉商品は『お洒落系アイテム袋』さんだよー？」「「「ええっ!?」」」

そう、新製品で限定なプレミアで今だけとかアピられたら女子高生って暴走なの！

「「「きゃあああああ——！」」」「これで私服でもお洒落に武器が持ち歩き可能に！」「「「うん、可愛《かわい》い服でも大剣担いでると台無しだったもんね!!」」」「安心安全安価販売なんだよー？　だって布袋だとビッチ番長がコーデに駄目だしするんだよ。七福神の布袋さんも全否定な弾圧で、今回はメッセンジャーバッグなタイプと普通《オーソドックス》なショルダー系中心なんだけど、全部一品物だから取った者勝ちで奪い合えー、もっと奪い合え……うぇわあああああっ……!?」「「「きゃあああああああぁ——!」」」

遥君は乙女の進撃に飲み込まれて、残響《エコー》を残して消えて行った。でも全部一品物で取った者勝ちなんて煽《あお》ったら、襲い掛かられるって分かりそうな物なのにね？

きっと沢山用意したから安心だと油断してた。でもね、たとえどれだけ沢山の在庫があっても、一品物は乙女の争奪戦なの、それは女子の前では最も危険な一言だったの！

「ちょ、待っ……ぬわあああ、って、のわあああああぁ——!」「それとこれとあれは私のだから取っちゃ駄目ー!」「ええい、もう唾付けちゃう!」「「「あーん、全部欲しいよ——!!」」」「選べないし、手放したら奪られる！　でも決められない!?」

女子集団襲撃《スタンピード》争奪戦の海に消える——かつて魔物の大襲撃《スタンピード》を一人で倒した遥君でも、女子高生の乙女心大暴走《スタンピード》は凌《しの》げない！

「アンクレット可愛い!」「バッグも素敵♪」「全部一品物で、微妙に色形《デザイン》が違うのがあくどい!」「「「うん、全部可愛い!!」」」

そのSpEが全力発揮され、ＰｏＷが上乗せされている。これがラフレシアに出来ていれば勝てた。うん、やはり突撃力《バーゲン》こそが必要だったんだね！　でも、これは私のなの、先に取ったんだからね!!　絶対に渡さないんだから——防御《プロテクト》!

「そ、その青いの取って!って盗《と》らないで!!」「駄目だから、あーっ……跳躍《ジャンプ》!」「くっ、だが行かせない、俊足《ステップ》！」

　既にスキル戦に突入し、このまま魔法戦闘になれば不利。だから一刻も早く遥君《レジ》の所に行きたいのに、その遥君《レジ》が浮かんでは女子高生の海に埋まっていく。時々溺れるかのように遥君《レジ》の手や顔が見えるけど、すぐに飲み込まれて沈んでいって圧《お》し潰されて揉《も》みくちゃで遥君《レジ》が無いからバーゲン会場内の大襲撃《スタンピード》が止まらない。争いは奪い合いへと激化し、遥君《レジ》は更に濁流に押し流されて行く……うん、何処《どこ》まで行くんだろうね？

「「「あぁーん、遥君《レジ》は何処!?」」」「今、此処《ここ》にいたのにー！」「購入するまでは、まだ試合終了じゃない！」「それ私のなの！」「「「きゃあああぁ！」」」

　うん、HPはまだ大丈夫そうだけど、女子高生の押《お》し競饅頭《くらまんじゅう》に揉み苦茶にされて精神がやられ、動揺したまま逃げきれずに……そのまま圧し潰されて、また飲み込まれて消えていく。あれっ、出て来ないね……撃沈したの？

「ぷはあぁぁ――、って女子高生の肉体に沈没《ダイブ》したら俺の好感度さんが成仏《ナンマイダブ》で、溺死な惑溺にワクテカしたら事案なんだよ！って、むぎゅううううぅ!!」

　あっ、出て来た。もう悪い笑顔をしている余裕は無くなったみたいだけど、でも早くお会計してね？　遥君《レジ》が押し流されちゃってる限り、永遠に女子高生大騒動《スタンピード》は止まらないからね？

58日目　夕方　宿屋　白い変人

後知恵バイアス《Hindsight Bias》――後から「だと思った」と、まるで自分はわかっていたと予言者の如《ごと》く振舞う心理傾向の事だが、せめて『マント?』だけでも装備しておくべきだった。そう、『皮のブーツ?』だけでは移動できる場所が無いんだよ！

「「「「「きゃあああああああああああああああ――――！」」」」」

下手の思案は後に付く下衆《げす》の後知恵な後の祭りで、暴走女子高生の祭典《フェスティバル》な私服で無防備なままにJK大暴動《スタンピード》は脱出する術《すべ》が無い――だって感触がマジでヤバい！

「アンクレットだけど鞄《かばん》のチャームにしても可愛い！」「「「あーん、全部欲しい!?」」」「いや、だからそれスキル装備で、脚ならともかく鞄が瞬速効果って意味不明……って、むぎゅうううううぅ！」

なんか柔らかい物に揉み苦茶にされ、変に動くとむにゅんむにゅんと押し返され、完全に包囲で押し潰されて隙間がなくて『空歩』で逃げる余地すら無い！

「いや、だから鞄《バッグ》も耐物理魔法付与で丈夫で長持ちだから、そんなに要らないよね!?」「「「乙女はトキメキ《T》プリティー《P》お洒落《O》の数だけ要るの!!」」」「いや、突撃《T》なプレス《P》が圧し殺す《O》圧力が肉厚に……むごがぐうぉおお！」「「「乙女に肉厚って言うなー！」」」

一瞬の隙間を見付けても『虚実』ですら抜けられずに、揉み苦茶の無茶苦茶なむにゅむにゅで、足を止められると更にもにゅもにゅと圧されてなんかヤバい感触があちらこちらから……これは男子高校生的に無理だ、お風呂上がりで薄着なんだからヤバいんだよ！

そして新製品だった泡沫《あわあわ》ボディーソープの効果は有ったのだろう。生肌がすべすべで気持ち良いやら、甘い匂いと柔らかさと肌色の飽和で、この顔の前にあるぽよぽよは何！うん、押し潰されて苦しむべきか、歓《よろこ》ぶべきか？　いや、逃げないと！

「赤のショルダーは何処（むにゅんむにゅん♥）」「え～、マルチカラーだから、色より形と大きさだよ～（ぷるるんぷるるん♥）」（ぽよよ～ん♥）「ぽよんぽよんと弾《はじ》かれるだとおおおお――っ！って、ちょ、今の大質量な圧力は何！　何だったの!?」

考える暇もなく柔らかな肉壁に押し潰され、挟まれ囲まれたまま絡み付かれて圧し潰される……うん、なんか感触がヤバ過ぎる！　きっと、このままでは『敏感　Lv9』が上昇してLvMaXで、俺までMaXしてしまう！

何か使えるスキル……全く思考が纏《まと》まらないが『性豪　Lv8』と『絶倫　Lv8』は駄目なことは解《わか》る。それは絶対駄目な事案どころの騒ぎではなくなる奴《やつ》だ！

「そうだ、今こそ『木偶《でく》の坊《ぼう》』！って、それ使えないって言うか、使えないから木偶の坊？　もう駄目ぽ？　むぎゅう？」「あっ……伸びてる？」「えっと、HPは無事だから『蘇生《そせい》』はいらないけど、『更生』は必要かも？」「うん、顔が幸せそうだね？」「え～、更生させる魔法は持って無いよ～、でも幸せそうな顔で伸びてるね～？」「「押し競饅頭に弱い？」」」「Ｌｖ99の女子高生押し競饅頭ですから、ＰｏＷがＬｖの壁でレジスト出来なかったんですよ、結局はＬｖ20ですから……装備もしてないですし」

むぎゅううぅ……うん、酷《ひど》い言われようだ。俺って可哀想《かわいそう》な通りすがりの被害者なぼったくり屋さんなのに、何故《なぜ》か女子高生押し競饅頭大会の敗者みたいな扱いになってるよ？

うん、その大会に参加して無いのに揉み苦茶にされて押し潰された可哀想な男子高校生さんは、何か柔らかくてむにゅむにゅする弾力に弾圧されて大変に危険な状態だったのに心配すらされないらしい。マジで男子高校生的に大変に危機的な状態だったんだよ！

「お～い、生きてるか～い（もにゅんもにゅん♥）」

まあ、ぽにょんぽにょんと押し潰されただけだから怪我《けが》も何も無い。ただ完全に圧殺され、Ｌｖの壁とＰｏＷの差で潰された。それこそが弱点なんだけど、まさか女子高生のバーゲン大襲撃《スタンピード》で露呈するとは思わなかったんだよ。

そして、やっぱり図書委員は気付いていた。気付いて女子高生集団を巧みに操作《コントロール》してワザとやって見せた疑いすらある。それは女子高生揉み苦茶むにゅんむにゅんサービスの為《ため》では無く、弱点を露見させて問題点を露呈させる。そして暴露する気なんだろう、実際は全く強くなんてなっていない事を……Ｌｖ20の脆弱《ぜいじゃく》さを。

それは正解で、実際にむにゅむにゅの薄着の女体でも圧殺できる。甲冑《かっちゅう》や武器を持っていれば簡単に死んでいた。それをみんなに見せ付けた。あの薄着女子高生集団むにゅむにゅ揉み苦茶押し競饅頭の操作《コントロール》で……ありがとうございました？　いや、素敵体験だが嵌《は》められたのだ！　嵌め殺しだった!!　そのせいで圧殺され、それはもう気持ち良い蹂躙《じゅうりん》で、柔らかな柔肉の圧迫が女体で圧縮だったのだー！　膝枕な太ももさんだ!!　ありがとうございました!!　あれ？

「初膝枕～♥」「ああ、私も私も！」

みんな頭ではLv20の脆《もろ》さを分かっていたから焦って守ろうとして、強くなろうとしていた。それを目の当たりにして完全に理解された。実は絶望的に弱いままだと言う事を、その脆さを晒《さら》されてしまったのだ。うん、やられた。最弱なんて状況に嵌められれば簡単に殺せる事を、だから企《たくら》む人間相手こそが危険だと言う事を。人間の知性による罠こそが、その策略こそが殺せる方法なのだと。だから、それに特化すれば守れるかもしれないと……これがやりたかったのだろう。これをやりやがったんだ。

だから図書委員の暗躍を潰していたのに、まんまと完全に暴露されてしまった。これで心配性な人達《たち》が益々《ますます》心配して無理を始める。まだ全てを失って、異世界《こんなせかい》に来て2ヶ月も経《た》っていないのに……人の精神《こころ》はそこまで強くないのに。無理すれば簡単に壊れる程に脆いと言うのに重圧《プレッシャー》をかけやがった。

神業な攻撃と回避力と迎撃力を誇る甲冑委員長さんであっても、この手で潰せる。殺しきる速さより早く大量の物量を使い捨てにして押し潰せば潰せる。まして甲冑委員長さんがどれ程の究極的な強さを持っていても結局弱点である俺が脆い、それを守ろうとすれば限界が来る。俺を守ろうとする限り共倒れになる。

「全く、乙女乙女って言いながらもっと恥じらいという物を持とうよ？　うん、こっちが恥ずかしい所が恥ずかしい感じで恥ずかし気なく恥ずかしい事をして来るから恥ずかしさのあまり弾けそうだったんだよ？　うん、分かり易《やす》く言うとエロいな？」

　でも、俺と甲冑委員長さんに殺しきれない程の脅威が有り得ると……いや考え付いているんだろう、人の盾を。俺達の知り合いや仲間を盾にして殺せないようにしながら押し潰せばいい。そんな最悪の手段を図書委員だけは考え付いている。恐らく歴史の知識、だから誰よりも早く警戒し対策を始め、転ばぬ先の杖《つえ》では無く、殺される前の盾になろうと……結局こいつも心配性さんで、先見の明があり過ぎな心配性なんだよ。

「「「きゃあああっ、セクハラさんだっ！」」」「「「乙女の柔肌はアンタッチャブルなんだからね！」」」「「「そうそう、おさわり禁止です！」」」

　だから戦争に対して危機感を感じている。それこそが最も危険だから焦っている。そのせいで周りが憔悴《しょうすい》し始めてるのに……限界は近いんだよ？　普通の人間が毎日毎日魔物と戦って暮らせる訳が無い。人同士の殺し合いの準備が平気な訳が無い。オタや莫迦《ばか》とは違う、普通の人間に無理強いをし過ぎているんだよ？

「ちょ、乙女の柔肌が女大襲撃《スタンピード》で強制接触だったと思うんだよ？　うん、寧《むし》ろ強制おさわらされ的な感じで、あと堰原《せくはら》さんは誰だろう？　いや、同級生に居たっけ？」

　新登場人物なのだろうか。まあ、どうやら悪いのは堰原《せくはら》さんだから、俺は悪くない。うん、全く悪い奴もいたもんだよ……誰か知らないけど？

「「「ううぅ、やっぱり可愛《かわ》い♪」」」「破産したのに幸せ」「「「うん、わかるわかる」」」「明日も頑張ろうね」「「「おお――っ♪」」」

お会計を済ませて女子さん達は次々とアンクレットを着け始め、わざわざストッキングや網タイツまで穿《は》いて着ける娘もいて、それはもうとても素晴らしい眺めだ。勿論《もちろん》、男子は終始無言で空気に拡散し希薄化中で、もう壁が透けて見えそうだ。うん、何か喋《しゃべ》れ！

「細工が細かいよね」「デザインも秀逸ですよ」「これは高校生が買えるレベルではありませんね」「「「やっぱり！」」」

まあ、この光景だと男子高校生的には仕方ないだろう。だって椅子に座った女子達が片膝立ててアンクレットを装着し、高々と脚を上げて見せ合いっこして、また着け替えている。そう、ストッキングに包まれた脚とニーソの絶対的な太腿《ふともも》さんがにょきにょきです！

これは心の保存用で、あまりに必然過ぎて当然だけど羅神眼さんも保存中だ。うん、俺は大変に良い物を作ったようだ、もう効果付与とかどうでも良いくらい良い物だった！

「「「お部屋で着替えて見せ合いっこだね！」」」「島崎《しまざき》っち、コーデお願い！」「「「ああ、私も私も!!」」」「もう、しょうがないわね」「「「よろしく♪」」」

良い夜だった――そして、きっと凄《すご》い深夜になりそうだ。だって刺激が強過ぎて俺の中に封印されし男子高校生の魂《パッション》が雄叫《おたけ》びを上げて暴れ狂っていたりするんだよ。だからきっと深夜も暴れ狂って大変な事になるのだろう……って言うかするんだよ？　だって赤チャイナさんまで待っている！　勿論アンクレットも装備しよう！　そして暴れ狂ったり、狂った様に暴れん坊な将軍様だったりで頑張ろう!!

「「「遥《はるか》くん、ありがとう♪」」」

お洒落《しゃれ》アイテム袋もこれでもかと大量に在庫を作って置いたが完売で、抱えてお部屋へ戻る女子さん達。まあ迷宮探索でも布袋は嫌だったのか、ダンジョン用といってメッセンジャーバッグも完売していた。

「でも、異世界で剣と甲冑とマントにメッセンジャーバッグって良いのかな?」「「「売ってからそれ言っちゃいますか!?」」」「まあ、魔物しか見てねえしな?」

まあ、実はその内にマントに『収納』を付与して、またぼったくる計画なのは内緒だ。

そう、お大尽様に終わりは無い。そして夜は永いんだよー！

無駄なく迷惑も掛けなくて大変エコロジーで簡単迅速だ。

59日目　朝　宿屋　白い変人

朝一で領館からお知らせで、ついに漸《よう》くやっと王女っ娘付きのメイドさんからの聞き取りも終わり、尾行っ娘一族との情報と照らし合わせて王国の中の腐った戦争が見えて来た。

そう、結局在り来たりでマンネリで、何時《いつ》も何処《どこ》かで誰かが飽きずに繰り返している無能で馬鹿な愚者達の権力争いという名の愚行と愚劣さの愚鈍極まりない内輪揉め。

「よし、貴族と王族を片っ端から拉致って剣持たせて殺し合い《デスゲーム》させよう！　解決だよ、無駄な死人も出ずに自分達だけで迷惑を掛けずに内輪揉め出来て大変エコロジーで簡単迅速な殺し合いで、序《つい》でに全員死んだらすっきりしてさっぱり気分爽快なチャラ王とあげぽよ貴族皆殺し？」「「「今の話の何処にエコな要素があったのよ!?」」」「えっ、生温《なまぬる》い？　つまり、殺し合い《デスゲーム》で弱った処《ところ》でビッチ・クイーンを投げ込んで齧《かじ》り殺させようと!?　うん、真の恐怖を味わうが良い！　みたいな展開？」「齧らないし、味わわないし展開もしなくて良いの！って、大体何で投げ込んでるのよ!!　何で私が真の恐怖扱いになってるの!?って言うかビッチ・クイーンに進化なんてしてないって言ってるでしょう！ってよく考えたらビッチリーダーでもないし、そもそもビッチじゃないって何回言ったら分かるのよっ――！！！」「そうよ、良い加減に名前覚えなさいよー！」「何で未《いま》だにステータスがビッチのままなの！」「何で名前覚えないでビッチ・クイーンに進化させようとしちゃってるの！　何で名前覚えもせずに投げ込んで頭齧らせて進化させちゃうのよ――――っ！ぜー、ぜー、ぜー!!」

やはりLv100を超えないと進化できないのだろうか。もしかするとLvの壁のほかに種族の壁や進化の壁が在るのだろうか。まあ、ビッチの壁なら齧り壊しそうだ。だって齧り付きそうな顔で睨《にら》んでて怖いんだよ！　うん、悪いのは王都の貴族と王族で、俺は全く悪くないと言うのにとんだとばっちりだよ？

「戦争はあれだけど、貴族や王族さんにも言い分とか立場があるんじゃない？」「うん、流石《さすが》に殺し合い《デスゲーム》させて残ったら皆殺しは不味《まず》いんじゃないかな？」「だって、権力争いだろうと癇癪《かんしゃく》争いだろうと、殺し合いしたいなら他人に言わずに自分ですれば良いんだよ？　うん、巻き込まれる人がいなければ問題なんて全然無いんだから、勝手に死ぬまで争って、そのまま死んでれば良いんだよ？」

それなら、誰も止めない。寧ろ推奨して無残に死んだら失笑してあげるよ？

「他人さえ一切巻き込まなければ、王家だろうと貴族だろうと好きに殺し合って、好きに殺されれば良いんだよ？　うん、問題解決で簡単で爽快だな？」

殺したい者だけが殺し殺されるなら、別段全くどうでも良い話だ。それを他人を巻き込んで戦争にして話が大きくなって大迷惑になる。個人で個別にこっそり楽しく殺し合いするなら勝手にやってくれててでも何の問題も無いんだよ。

「報告です。主力は教会派の貴族軍と第一王子の派閥の王国軍による連合軍で、名称は『辺境地平定軍』と呼称。王国に逆らう者としてオムイ様の首と迷宮王の宝を王国と教会に寄贈、魔石を王家や教会や貴族達にほぼ無償で提供し続ける事を要求。現在だけで王国の軍勢の3分の1以上が参加しており、未だ各地から小貴族達が参加しています」

情報の報告はこれだけだった。核心に迫る物は無いみたいだ……うん、チャラさが伝わってこない？　それでも目的は分かった。うん、メリ父さんの首と迷宮王の宝と辺境の奴隷化が目的らしい。メリ父さんの首なら再生茸《きのこ》があるからどうでも良いとしても、迷宮王の宝を強奪する気らしい——うん、勇気ある人達だ。

愚鈍で無能で無知蒙昧《むちもうまい》で愚劣な愚者だけど、その勇気だけは称《たた》えられても良いだろう。

「「「なんで感心してるのよ!!」」」「いや、だって……それって迷宮王じゃなくて迷宮皇の宝って言うか、甲冑委員長さんの事なんだよ？　更に迷宮王ならスライムさんも漏れなく付いて来るのに寄贈させたいらしいんだよ……勇敢だな？」「「「確かに!?」」」

うん、一瞬で滅びる。王都だろうと王国だろうと教国だろうと、寄贈された端から滅びるよ。朝から御機嫌でハンバーガーを食べているけれど、この異世界で最強最悪最大破壊力の殲滅《せんめつ》兵器コンビさんを寄贈されたいらしい？

「普通、深刻な自殺願望が有っても泣いて生き生きと逃げ出すだろう、この二人を送り込まれたいって凄くない？　うん、それって滅亡目指しちゃってるのかな？」

俺と言う弱点が無い状態で、この二人ってちょっと考えるのが恐ろしいほどに凄《すさ》まじい。本当、よくこの世界って無事だったねって感心するくらいの戦力なのに……滅びたいの？

「無謀だね」「しかも無能だね？」「これで無策で無知だったら……グランドスラム？」

「だよね、アンジェリカさんとスライムさんでも世界の危機なのに、この二人に手を出したら最強最悪最非常識の使役者さんが悪い笑顔で皆殺しだよね？」「「「うん、なんかもう、自分達で殺し合って死んじゃった方が幸せになれるレベルだね!?」」」

辺境から出た高級装備を持ってるとしてもＬｖ自体は低いらしい。あの王女っ娘さんは強かったけど、あれで王国では隔絶してるらしい……うん、Ｌｖが追いついてやっと女子さん達と互角くらいなんだよ？　王国最強って？

「アンジェリカさんとスライムさんだけなら常識的に国とか軍隊が破壊され尽くすだけで済むけど、遥君は常識と精神まで破壊しちゃうもんね？」（ウンウン！）（ポヨポヨ！）

悪辣な侵略者を罵ってたら、何故《なぜ》か無実の男子高校生がディスられていた!?

「大体、教国の英雄譚《たん》を読みましたが、神に選ばれた英雄が神の加護で即死せずに三日三晩かけてイービル・アイさんを倒しただけでしたよ？」「「何でその程度で神様を正座で説教して、イービル・アイさんを睨み殺して即死させる人に喧嘩《けんか》を売っちゃうの？」」

あれ、俺って心配されてるはずだったのに何処かでお話が変わって、いつの間にかディスられてるの？　うん、だって滅茶ディスってるよ！

「ちょ、なんか教国の英雄譚まで引き合いに出しながら最後は俺の悪口だったよ！ってていうか、あれはきっと『即死』の効果が反射しただけで睨み殺してないよ！　だって睨む前に目が合ったら死んでたよ？　うん、だから俺無実なんだよ？」「「「……」」」

スルーされた！　完全にスルーで報告へと戻り、どうやら既に進軍の準備に入っていて、軍の編成と遠征の用意も整ってるのに、何の策も示されていないらしい？

「情報が洩《も》れるのを恐れてるのかな」「極秘作戦なのかも？」「でも、尾行っ娘ちゃんの一族でも摑《つか》めなくて、セレスさんも知らないって厳重すぎない？」

そう、戦略が見えないし、秘密兵器なんかが用意されてる節もない。

「飛行艇か何かで山を越えて来るんじゃないんだ？」「楽しみにしてたのに無いらしいん

だよ？　うん、あの浮く丸蝙蝠《こうもり》で終わりだって？」「「「つまり、もう鹵獲《ろかく》する気満々で準備始めてたんだね？」」」

だって、男子高校生なら大空は浪漫《ロマン》で、飛行艇とか欲しいよね？　無いらしいけど？

最新情報を確認して会議らしきものをしても、作戦とか対策以前に意味が分からない。うん、何しに来るのだろう？

「「「戦争って言ってるでしょ！」」」「いや、目的は聞いたんだよ？　ちゃんと覚えてるって、そんな聞いたばっかりで忘れる訳無いじゃん……うん、何か聞いた気がする？」

ただ軍の行動の意味が全く分からない、さっぱりだ。

「ただ大軍で進軍して来るの？　それだけ？」「大規模動員で力押しは普通なのでは？」

「いやいや、だって偽迷宮対策とか、ゲリラ戦の対策とかが全く無いんだよ。いくら調べても見つからないって、それ何しに来るの？」「ああー、軍勢だと偽迷宮は辛《つら》いね！」

そもそも辺境軍は守るしかないから不利だった。今は打って出られて、数と装備の質だけではＬｖ差は覆せない。うん、Ｌｖが無いと装備スキルすら使えないんだよ？

「それが簡単に諜報《ちようほう》できるんですが、全然情報がないと」「「「無いんだ？」」」

する事が無い。だって情報がないと対策もできない。ただ軍隊が遠くから歩いて来るらしい……うん、対策や対応以前に中々来そうにないんだよ？

「いや、遠くから歩いて来るのなら靴が傷むから靴屋でも開けば儲《もう》かるかも？　うん、案外偽迷宮にお土産屋さんを出したら儲かりそうだ？」「「「なんで!?」」」

やはり定番は「辺境」とか書いたペナントで良いのだろうか？　形は三角の方が良いのかな？　うん、全く以《もっ》て対策は難しそうだ。

「考えても今出来る事も無さそうだね～？」「対策をできる情報も無いみたいだし、会議はここまでにして攻略に行こうか？」「「「賛成！」」」「うん、今日こそ合格！」「そーだ、打倒迷宮王!!」

下手な考え休めば休日にはならないみたいだ。今日だけで地下50階層戦を3戦は無理だけど2戦は出来るかも知れない。やはり迷宮アイテムが強化への近道で、Ｌｖ１００の壁が分からない以上とにかく戦って経験値を稼ぎながら装備の充実を目指すしかない。

そう、用意し過ぎて困る事は無いし、転ばぬ先の杖《つえ》で殴り殺せば転ぶ心配も無いんだよ。

辞書の不可能と言う文字が欠落してたクレームが有名なクレーマーな人も良い事を言うものだ。

59日目　朝　ダンジョン　地下40階層

剣と槍《やり》が煌《きら》めき、盾と鎧《よろい》が煩《うるさ》く金属音を掻《か》き鳴らす——猿の癖に。まあ侮ってはいけない、慢心は禁物だ。だってこっちには猿よりも確実におバカな莫迦《ばか》達《たち》がいるのだから。うん、きっと知恵比べになったら負ける！　ゴブが相手でも怪しそうだ？

「「「うるせえよ！」」」「撃てぇぇーっ！　3連、即突入！」

　矢の雨が密になって打撃力も上がり、制圧力まで増している。猿達は天を覆う矢を見てキーキー騒いでいるけど、もう手遅れ。群れてはいたが軍では無かった。

　委員長さんは様子見をやめて切り替えを早くし、最初から矢戦で効果が有っても4撃目は捨て、一瞬で停滞無く突撃戦へと移行する気なんだから。事前に作戦案を決める事で停滞を無くし、臨機応変に作戦を選んでも、各手順は事前に打ち合わせされているから遅滞が無い。そう、猿達は崩れた時点で結末までが決まっている……出遅れたんだよ。

「中列換装、てえええぇーっ！」「「「了解《ヤー》！」」」

　全員にアイテム袋が行き渡り、全員が自由に武器の持ち替えが出来る。複数の武器を手軽に持ち運びできて自在に交換できる。だから手数も豊富で前衛中央は大盾、中衛はハルバートの準備が済んでいる。勿論《もちろん》昨晩内職して朝からぼったくったのは言うまでも無いだろう、お大尽様に休息は許されないのだ！

「後列、てえええっ。順次突撃！」「「「了解《ヤー》！」」」

　前衛の全速突撃——からの2陣3陣の波状突撃で一気に押し込んで決める。接近戦ゆえのリスクは有るけど、戦術に遅滞が無いから主導権を握ったままに殲滅戦に持ち込んだ。何より戦闘時間が短いからこそ勢いがあり、考える隙を与えず、手を打たれる前に先手先手で混乱させていく……うん、猿と莫迦はわかってなさそうだ！

「分散掃討、パーティーで！」「「「了解《ヤー》！」」」

出会い頭から一気に殲滅にまで強引に持ち込み、相手の出方に関係なく力押しの戦術。

うん、高すぎた判断力に決断力が合わさり、失敗を恐れずに決断して冷静に戦況を見て判断する。これでこそ委員長様だ。後方の司令官なんていなくて良い、この集団は委員長様が率いる戦闘学級なのだから……あれ、俺って学級外!?　虐《ハブ》め!!

「終了、残敵なし!」「こっちも」「小休止、魔石は拾ってね」「「「はーい」」」

しかし「アームド・モンキー　Lv40」は武器を落としてくれたんだけど、今一……まあ、使えないけど売れれば大儲けだ。昨日も前借りしまくった女子さん達は臨時収入に大喜びだけど……甘い!　うん、今晩もぼったくろう、実は量産に継ぐ量産でチャイナドレスが大量在庫になっている!　うん、ついつい作り過ぎたんだよ?

「確認完了、被害なし」「魔石《おこづかい》も武器《へそくり》も回収完了!」

圧勝——武装はした猿の群れだったけど軍として率いられることも無く、無策のままに全滅した。一頭の羊に率いられた百頭の狼《おおかみ》の群れは、一頭の狼に率いられた羊の群れに敗れると言う故事がある。なんでも辞書に不可能と言う文字が欠落してたというクレームが有名なクレーマーさんが言っていたらしい?

ならば猿が率いた猿なんて委員長様が率いた高校生に勝てるはずも無い。うん、羊どころか莫迦がいても大丈夫だ。たとえその莫迦がやっぱりブーメランで猿を殴り飛ばしていても大丈夫だ。まあ、色々と頭の中身はきっと大丈夫では無さそうだが大丈夫なのだ。うん、出来たら羊さんと交換したいな?

「魔石を取ったら集合してね。遥《はるか》君隠し部屋は有るのかな」「また外れで、結局37Fから1個も無いんだよ。儲からないしぼったくれないからお大尽様できないで大人買いの危機だな？」「「「また大人買いしてたの!?」」」「全く反省していないからお説教だからね！」「何で何でも買い占めちゃうの！」「そうだよ、良い人ばかりだから良いけど、本当は知らない人相手に信用取引なんてしたら駄目なんだからね!?」

そう、それこそが謎で、普通知らない人に保証も無しにお金は貸さない。だけど投資とはリスクも取る物だから、そのリスク込みの高利の投資契約を結んで廻《まわ》っている。だから10個の内3個上手《うま》く行けば元くらいは取れるだろうとかなりの高利だ。なのに10個が10個支払いに来る。予定程上手く行って無くても、必死にお金を掻き集めてでも持ってくる。そして、ぼったくられてるのに延々とお礼を言い、誰もが契約以上のお金を返そうとする。そして働き者だから貸した分以上に農地を開き、工場を回し、物流を充実させていくからまた投資すると、またまた必死で働いて契約以上に返そうとする。

うん、訳が分からないんだよ？　せっかく豊かになったんだから欲しい物だって、買いたい物だって沢山有るだろうに……だからきりがない。だから発展が止まらない。だって領主までそうなんだから。

だから迷宮アイテムが必要だ。この莫迦気たお人好《ひとよ》しの集まりの莫迦ばっかりの辺境を守るのに武器は有れば有る程良い、過剰だって有るに越した事は無い。リスク以上の物を返した辺境と其処《そこ》に住む人達は、当然それ以上の物を受け取る権利が在る。ならばリスク位幾らでも冒そう、それだけの物は受け取ったんだから……うん、それだけの価値を見せてくれたんだから生命《リスク》くらいかけても充分な対価を払ってるんだよ。

「移動しまーす」「「「はーい！」」」「忘れ物は無いね～？　遥君はちゃんといるね～？」

「いるよ」「よし、行くよ！」「「「了解！」」」

引率委員長様から移動の指示が出た。しかし何故に毎回毎回、俺がいるか確認されてるの？　うん、そんなに毎回穴に落ちたりしないから普通にいるんだよ？　うん、いなかったら落ちてるけど、落ちてないからちゃんといるんだよ？　そして何故か忘れ物と同列に語られているのは、やはり影が薄くて忘れられそうなんだろうか？　もっとアピらないとキャラ立ちが足りないようだけど、普通《モブ》だからアピれないいんだよ？　マジで？

そして48階層も掃討戦に移り、もうする事無いから甲冑《かっちゅう》委員長さんとスライムさんと三人で大技の「東京タワー」からの「大ピラミッド」への展開中だ。勿論綾《あや》取《と》りだ。

いや、やってみたらちょっと楽しかったんだよ？　うん、女子会でも隠れブームだったらしい。そして糸が縺《もつ》れて緊縛されていた委員長さんはちょっと見てみたかったのは内緒だ、実は不器用キャラなのか、それはもう縛られてはみ出して括《くく》られて開《はだ》け出して露《あら》わで大変だったらしい！　ちょ、凄《すご》く見たかったよ！

「うん、女王様キャラになるのかと思ったらＭっ娘《こ》だったって、なかなかに奥が深いんだよ？」（ポヨポヨ）「殲滅確認、魔石集めたら小休止だからね！」「「「了解」」」

颯爽《さっそう》と指揮を執っている。昨晩は緊縛されて縺れてあんな所があんな風になって、そんああまあなんでもない所にまで喰《く》い込んじゃって、あらあらまあな所までとんでもない恰好《かっこう》であられもない所にまで喰い込んじゃって、ジト目で睨《にら》んでると大変なご苦労で縺《もつ》れてたらしいけど颯爽と指揮を執っている。そして、ジト目で睨んでる！　なんでバレたの!?　いや、だって甲冑委員長さんが超詳しく具体的に微に入り細に入り描写で生々しく語って来るんだよ？　うん、それはもう男子高校生的に想像しちゃって、こっちも大変だったんだよ？　しかし一体どうやったら綾取りしてて亀甲縛りされちゃったんだろう？　謎《なぞ》だな……不味《まず》い、これ以上の想像は危険なようだ。

だって委員長さんが鞭《むち》を取り出して委員長様にジョブチェンジで、昨晩は独りＭっ娘プレイだったと言うのになんて多彩なジョブ設定。俺は未《いま》だ無職のままなのに？

「いや、もう考えてないから仕舞《しま》ってね？　本当だって？　いや、見たかったけど見てないから想像しただけなんだよ？　うん、だから無実で俺は悪く無いんだよ？　だって男子高校生には刺激的で劇的な綾取りからのビフォアアフターな緊縛亀甲縛り女子高生な委員長って……違うから！　危ないって!?　その鞭はマジヤバいんだって！」

音速を超えた変幻自在のオコが縦横無尽にプンプンで、鞭もブンブンで文武両道なプンプン丸委員長様だった!?

「ううううううぅぅぅ！」「すいません。もうしません。だから涙目のジト目の鞭攻撃は許して下さい。それ甲冑委員長さんの斬撃並みの超危険兵器なんです、『転移』じゃないと避《よ》けられないくらいのヤバさなんです！　はい、ごめんなさい!!」

危機感《スリル》に身を任せると、身が砕け散りそうで危険だから大人しくしていよう。って言うか綾取りしてただけなのに、綾取りでエロい事するから話がおかしくなるんであってそれって俺は全然悪くない無実の男子高校生なのだが危険地帯《デンジャーゾーン》だからあっち向いてよう。うん、鞭持ってこっち見てるんだよ？　それはもう、食い込んではみ出しちゃってムチムチだったらしいけど、気にしたら鞭で殺《や》られる！

囁かれて妄想すると攻守が逆転で最近結構技巧派だ。

59日目　昼前　ダンジョン　地下50階層

結局、隠し部屋は二つだけ。ドロップの迷宮アイテムも中々の装備品ではあったけど、際立つものでは無かった。それでもミスリル化すれば充分に戦力の増強にはなるんだけど、決定的な戦力にはなり得ない微妙なものばかりだった。何故《なぜ》なら現時点で、あの二つが際立ち過ぎている。他の追随を許さない程の圧倒的な武力を放ち続けている。

一つは当然、委員長様が振るう『豪雷鎖鞭』。その圧倒的な破壊力の暴風雨で攻撃の壁を築き上げる。『豪雷鎖鞭　ＡＬＬ70％アップ　＋ＡＴＴ　豪雷　旋風　百撃　暴空陣距離形状数変化』、それはもう制圧用兵器だ。それが委員長の鞭術《べんじゅつ》で振るわれれば迷宮王ですら圧倒されている。

そしてオタ守護者《ガーディアン》の振るってるハルバート。簡単なミスリル化と効果付与だけで超絶兵器と化した『万能の大薙太刀《ハルバート》　ＡＬＬ50％アップ　斬打刺突攻撃（大）　暴薙《ぼうなぎ》　衝撃　＋ＡＴＴ　＋ＤＥＦ』は、薙《な》ぎ払い突き回し切り裂いては暴れ回る長柄の万能武器だ。それをスキルとウェポンスキルのコンボによる連続攻撃で繋《つな》ぎ切る終わらない連撃。その研ぎ澄まされた集中力でコンボを繋ぎ続け、あの手この手で無理矢理に連続技に変えて、自分では動かない完璧なまでのチート頼り。

「もう、その集中力でどうして基本練習しないのって言う位の超高難易度の連続攻撃《コンボ》だよね？」（ウンウン！）（ポヨポヨ!?）

　吹き荒れる完全自動制御の技を次々に完璧な精度で強引に合体させたまま、それを一つの連続技として発揮し続けている。そう、全く自力を信じない凄い連続攻撃《コンボ》だ、だって合間にただ一つの自力攻撃も移動すら挟んでいないんだよ！

「交代《スイッチ》入るよ」「「「お願い！」」」「これ、ＭＰキツイ！」

　委員長様とオタ守護者《ガーディアン》が交互に前後と攻守を入れ替わる。だから常時守備が出来ている状態で受け止められる、その防御を崩そうにも後ろからの攻撃は途切れないのだから迷宮王の三つの頭から炎を吐く巨人さんは防戦に追われて圧倒され続ける。

　50階層でまさかのＬｖ１００の迷宮王「カークス　Ｌｖ１００」。参戦しようとしたら待ったをかけられて待機中なんだよ？

「まあ、探ってみたけれど妹の『カーカ』さんはいらっしゃらないみたいだから、大丈夫なのかも……実力は伯仲？　手伝う？」（イヤイヤ）（プルプル）

でも危険なのは間違いない。ただ、戦術で圧倒し翻弄できているだけで油断はできない。

「いや、カークスさんはギリシア神話に出て来る火神ウゥルカーヌスさん家《ち》の息子さんで、妹のカーカさんと二人で悪さするおっさんの方の怪物さんなんだよ？　チェンジ？」

そして神話ではヘラクレスに退治される巨人だったはずだが、なんと罪状は牛泥棒と言う微妙な怪物さんだった。そして、妹《カーカ》さんがいないのは異世界で兄妹関係が上手くいっていないのだろうか？　うん、そう言えば妹のカーカさんが裏切ってヘラクレスさんに洞窟の場所を教えたと言う説もあったし、やはり兄妹不仲説が濃厚な様だ。異世界も世知辛い物なのだ、遺産相続で揉《も》めたんだろうか？

「「「真面目に真剣に必死で戦ってるのに、変な解説入れないで!?」」」「そうだよ、カークスさん家の家庭の事情が気になって集中できないのよ!!」

そして、こっちも油断できない！　まさかの「大ピラミッド」からの「八段梯子《はしご》」を甲冑委員長さんに仕掛けられている!!　てっきり「ヘリコプター」狙いと思って受けたのが失敗だった、「網」に逃げて展開をしようと油断したところに「八段梯子」への展開をかけられてスライムさんも驚きのあまりぽよぽよしている恐るべし元迷宮皇の策略！　これこそが謀略だ！　実は「大ピラミッド」すら誘いだった綾取り大戦略だった！

（プ――プルプル!?）

スライムさんも困っているが触手は10本までなんだよ？　それやりだしたら全員出来るからキリが無くなってネバーエンディング綾取りなストーリーだから禁止事項です？

じつは甲冑委員長さんも魔手が使える、なんとこのあいだ魔手の20刀流を10刀流で叩《たた》き返された。因《ちな》みに1刀流だけでも返されたからどっちにしても返される。勿論《もちろん》返されたと書いてボコられたと読むのが正しい解釈だろう。そう、大体が下手に小技で凌《しの》ごうとすると酷《ひど》い目に遭う。だから実力勝負に出るとやっぱり酷い目に遭う。今の所酷い目以外の結末は見た事が無いから、きっと稽古と書いてボコられるとルビを振って酷い目に遭うと解釈するのが一般的に普及している様だ。

そろそろ俺と書いて俺《ボコ》とルビが付く日も近いだろう。昨日誰かがレジとルビを振っていたような気がしたのは気のせいだったのだろうか？

「崩れたよ、右翼突撃いーっ！　防御陣押せえぇーっ！」「「「了解《ヤー》」」」

遂《つい》に二つ目の首が落ちた、もうじき左手も落とされる、それでもう詰みだ。確かにＬｖ100だけど攻撃特化で再生だけが売りの微妙な迷宮王さんで、その『再生』が圧倒的破壊力に全く追い付いていない。芸もなく吐き続ける『豪炎』の炎も委員長様の『豪雷鎖鞭』で呆気《あっけ》なく吹き払われて、ただの暴れる巨人と化している。そう、何もさせない、だから何も出来ないまま無駄に暴れて狩られていく。うん、カークスさんは雄叫《おたけ》びを上げながら削られ続ける。

「強いけど……最悪に不合格？」（ウンウン）（ポヨポヨ）

巨人は委員長様とオタ守護者《ガーディアン》による交互の突出に翻弄された。あれは確かに危険な攻撃だけど防御、実は真のダメージソースはその他の27人の飽和攻撃。少しずつ削っているようでＨＰの8割はその他にやられているのに、派手に撃って来る二組に目を奪われている間に詰まされたんだよ。完全な戦術勝ちだ。策にはまった時点でＬｖ１００の迷宮王が何も出来ないまま沈んでいく。完勝だ――不合格だけど？

　そして――こっちも甲冑委員長さんの完勝だった！　そう、せめて四段梯子からなら受け手が有ったのだが、あそこから八段は無理で完敗だったんだよ。

「Ｌｖ１００の迷宮王さんを撃破して、凄く感動してるのに……綾取りが凄く気に為《な》って浸れないでしょ！」「でもでも、『大ピラミッド』までの攻防は見事で見応えがあったよ？」「でも、八段は無理だったね～？」「「「あれは遥《はるか》君がヘタレて網まで戻そうとした時点で詰んでたよ。あれはヘタレ負けだったね」」」「ディスられてる!?」

　うん、迷宮の反省会が何故か俺の綾取り反省会になっている。しかもヘタレ負けとか言われてディスられ中的なチェキナウ？　みたいなＹＯ？　いや、ヘタレたんだけど、何で全員見てるんだＹＯ！　ＳａｙＨｏ？

「もう綾取りのお話は良いから、反省会するよ！」「集まってって、先《ま》ずこれを反省させようよ！」「うん、何でみんなが必死で戦ってる横で、壮絶な綾取り大会がシリアスに開かれて、迷宮王戦そっちのけで盛り上がって白熱のバトルを展開しちゃってるのよ！」

　委員長様がお怒りだ。まさか、深夜の自縄自縛な綾取りで精神的後遺症《トラウマ》さんとか肉体的後遺症《フェティシズム》とかが刻まれてしまったのだろうか！　そして綾取り大会が大変に御不満の様だが、御不感ではなかった様で昨晩の綾取り亀甲縛り事件でも藻掻《もが》き回っては紐《ひも》が食い込み女子総出で解いて救出するまでに随分と多感な感じで敏感に甘美を感嘆と感受されていた……鞭《コレイジョウハイケナイ》が狙ってる!?

「うん、不合格はわかってるんだよね？」「「「……うん。もう、戦えない」」」「全く『戦国策』の秦策《しんさく》武王でも百里《遠足》を行く者は九十《おやつ500円》を半ばとすって言って、おやつ250円なのか450円なのかが難しい問題なんだよ？」「どうしてその格言を遠足の話だと思ったの!?」

「「「そうだよ、せめて帰るまでが遠足なら意味だけは合ってたのに!?」」」（プルプル）

おやつ休憩《タイム》にしてみた？　うん、疲労困憊《ひろうこんぱい》で力を使い果たしてる、だから不合格。強すぎる武器の弊害、そして迷宮で力尽きるのは無防備すぎるんだよ。あと、もう考えてないから鞭は仕舞おうね？　それが原因だからね？

しかし、どうして甲冑《かっちゅう》委員長さんは夜の個人戦の最中に戦いながら耳元で女子会の危険トークを語って来るのだろう？　うん、何か他の女子の事とか考えたら失礼じゃんとか思ってるその隙に、甲冑委員長さんは防御から攻撃に転じて来るんだよ！　そう、攻防囁《ささや》き一体の妙技だった。そして此方《こちら》が攻められている間も、延々と耳元で紐が何処《どこ》に食い込んだの、胸が絞られるようにどうなったの、それを解こうとしたら擦れちゃって大変だったのってずっと囁き続けるんだよ！　お陰で昨日は稀《まれ》に見る劣勢で苦境に立たされ、混迷が挽回《ばんかい》までにどれ程の攻撃を受けたか分からない！　そう、恐るべし迷宮皇の罠《わな》だった!!

「「「美味《おい》しい！」」」「うん、疲れた……」「いや、でも一気に決めないと無理だったよね？」

「今、狙われてたら……壊滅的だね?」「「「……だね?」」」

しかも最近技巧派だから侮れない! そう、今晩も決戦になるだろう、相手にとって不足はない! だって不足どころか、その脚はとっても良い御美脚様なんだよ!!

「「「さっきから何を呟《つぶや》いて、何でガッツポーズしてるのよ!」」」「うん、ストッキングさんに弱かったんだって?」「「「ニーソにも弱いらしいし、弱点多いね!?」」」

そしてジト睨《にら》みで涙目のまま鞭《むち》を振り被《かぶ》っている委員長様に謝り倒した。そして謝り倒したのにお説教で正座までさせられたのは言うまでも無いだろう。うん、石抱は勘弁して下さい! そう、残念な事に鞭は絡みつかないようで縺《もつ》れなかったんだよ。とても残念だった。

そして反省会と言いながらも満面の笑みだ、Lv100の迷宮王を自力で倒しきった喜びと自信。そして——Lv100になった。遂に同級生達《たち》はLv100の壁を越え、新たな力を得た。だから余計に疲労困憊な不合格。

だって合格も何もこれで迷宮王と本当に戦える強さを得たのだから、50階層程度なら最《も》早《はや》ユニオンでは過剰なほどだろう。Lv100に至る条件はLv100の迷宮王を倒す事? Lv100の勇者の伝説があると言う事は、それが出来た冒険者がいると言う事になると、それは余りに難易度が高すぎる気がするんだけど?

空気中に拡散して気配どころか存在感自体が消えているから只の空気だ。

59日目　昼前　ダンジョン　地下50階層

　ポヨポヨ、ポヨポヨ――迷宮王のカークスLv100さんは巨人らしく巨大な高純度の魔石を残して死んだ、そしてドロップ付きだ。

「えっと、『炎極石　火炎属性増大（特大）火炎　灼熱《しゃくねつ》　業火』また石だったよ？　まあ、火を噴く巨人だから炎繋がりなのかな？」

　プルプルー、プルプル――そしてやっぱりスライムさんが欲しがる。何故《なぜ》なのか石好きなんだけど、宝石では無いから強欲委員長さんの方は興味なさそうだ？

「でも武器に付与できるかもしれないし、試してみた方が良くないかな？　うん、持ってたら後から使えるって事も有るんだよ？　事前の装備の充実は大切なんだよ、ほらっ『転ばぬ先に殺《や》れ』的な？」「「「何で、その人は転ぶ前から殺る気満々なのよ！」」」「その人、絶対ただの辻斬《つじぎ》りだよね!?」「「「それ、転ぶ前から予定してたら、事故じゃなくて犯罪予告だよ!!」」」「いや、故事なんだよ？」

　でも、みんなスライムさんにドロップはあげる気みたいだ。うん目もないのに上目遣いなあざとい愛玩魔物攻撃だった!?　まあ、確かに使い道が分からないし、今はまだ付与も装備化も出来そうではない。だけどLv100の迷宮王のドロップアイテムなんだから実は凄《すご》い物の可能性だってあるんだけど……可愛《かわい》く強請《ねだ》ってる！

「最近スライムさんも教官してくれてたから、授業料でいいよね？」「良いんじゃない、欲しそうだし？」（プルプル～♪）

踊ってる。と言う事は完全に言葉を理解している？　賢いのは分かっていたし、知的生命体なのは間違いなかったが、言語学習能力なんて賢いですむ話では無いだろう。完全に理解できているとなると最低でも人間並みの知能と言う事なのだから……莫迦《ばか》達はＬｖ１００超えても凄く莫迦なのに!?

「「「うるせえよ！」」」「「「急にディスんな!!」」」「大体、遥君に扱えない物なら持ち腐れで勿体《もったい》ないよね？」「それに、ぽよぽよして可愛いよ？　凄く欲しそうだよ？」（ポヨポヨ！）

甘えてる！　うん、確信犯だ、可愛く愛想を振りまいて貰《もら》う気満々だよ！　お強請《ねだ》りさんだ！　知的生命体って言うよりあざとい、愛玩スライムのふりをした知的粘体生物さんの策略だった!?

「うん、それにスライムさんが強化されるなら、それは立派な戦力アップだよ？」「「「意義なし。だってもう喜んで踊ってるよ？」」」（プルプル～♪）

最近暇さえあれば看板娘と不思議な踊りで会話しているんだけど、人間の言葉を完全に理解できるスライムさんも謎なんだけど、粘体生物とジェスチャーで会話可能な不思議な踊りが出来る看板娘も謎なんだよ？　うん、しかも昨日はブレイクダンスでお話ししていたんだけど、一体あれは何の話だったんだろう!?

空気中に拡散して気配どころか存在感自体が消えているから只の空気だ。

結局スライムさんが『炎極石』を貰って、ぷよぷよと喜びの踊りでお礼を言って回っている。まあ、俺の支払いって言うか「迷宮アイテム払い」で相殺されるんだから良いんだけど、既に迷宮皇級のスライムさんがまだ能力を欲しがって、食べてスキルを吸収している……何処まで強くなる気なんだろう？　うん、美味しくはなさそうなんだよ、石？

「さて、回復してきたし、外で昼ご飯してもう一つか二つダンジョンを回ってみようよ？」

「「「賛成！」」」

地下50階層で終わり、隠し部屋も無いのだからもう用は無いと扉《ゲート》で真っすぐ地上に戻る。まあ、魔物が湧き直していても上層の雑魚が少量だけだし、後は冒険者ギルドが確認の序《つい》でに掃討するだろう。

「「「いただきま――す！」」」「ううぅ、とろとろ卵が至福！」「遥、おかわり！」「ちゃんと味わいなさいよ！」「「「お前らだって食いながら並んでんだろうが！」」」

お昼には好評だったオムライス祭りの再宴で、最上の采配でテーブルメイキングを済ませてのお食事。うん、リクエストNo.1で、俺の推した親子丼は敗北したんだよ？

「美味しいよー、幸せだよー」「「「うん、美味しさに涙が出ちゃう」」」「おかわりキボンヌ！」（ポヨポヨ、ポヨポヨ♪）

草原にテーブルと椅子を作り出し、テーブルカバーをかけてお花を飾り準備は一瞬だ。そして並べてお昼ごはん。速くて美味《うま》くてぼったくりのオムライス祭りだ！

「おかわりキタコレ！」「「「Ｒｅ：オムライス！　いただきまーす!!」」」

オムライスさんとの感動の再会に、お口の周りをケチャップ塗《まみ》れの女子高生達が量産されて大量発生中だったりする。毎回毎回食べながらお代わりしに来る迷惑な莫迦達はスライムさんと一緒に特大バケツ型の食器に特盛で渡しておいた。まあ、バケツ型の金属食器って「それ、何てバケツ？」って言うのは内緒だ。うん、歓《よろこ》んでるから良いだろう？（ポヨポヨ♪）「「「旨《うま》い、まじ美味い！」」」「くっ、これでメイドさんがいれば！」「「「確かに!!」」」「いや、異世界のメイドさんって普段着のおばちゃんなんだよ？」「「「実は気付いてましてたけど、夢を壊さないでー！」」」「「「男子って……」」」

柔らかな風に吹かれて、満腹娘達が草原に転がっている。スライムさんも転がっている。休憩中だから甲冑や鎧《よろい》装備を外して寛《くつろ》ぎ、辺り一面にスパッツ娘やタンクトップ娘がコロコロと転がり回っているので、さっきまで喧《やかま》しかった莫迦達も空気中に拡散した様だ。うん、もう気配どころか存在感自体が消えているよ！

食後のお散歩を兼ねて川沿いを移動しながら、次のダンジョンを目指す。だけど、こっちは来た事が無かったな……うん、街からは近いけど村も何も無い地域で、最近伐採され始めたエリアだったから未見だった。そう、其処《そこ》にダンジョンは在った。

「其処は木漏れ日が溢《あふ》れ緑に囲まれた大自然のパノラマと川の潺《せせらぎ》が聞こえる癒やしの快適空間、充分な魔力とより取り見取りの魔物達に囲まれた憩いの聖域《サンクチユアリ》、素敵な生活空間《ライフスタイル》に最適で快適で強敵な迷宮《ダンジョン》。好評分譲中？　みたいな？」「「「ヤバい、気に入っちゃったー！」」」

若干趣に不満はあれど立地と景観は良い、問題は内観だな？

「いや、これ良いダンジョンだよ？　確かに大迷宮よりは落ちるけど広すぎない感じで、造りも見劣りはするけど大迷宮以外の迷宮《ダンジョン》ではずば抜けて良い造りだよ。街からのアクセスもよく魔の森にも近い、そして川の畔《リバーサイド》でお魚捕り放題サービス付きで、なんと今なら迷宮王の魔石も付いて来る！　みたいな!!」「「「もう迷宮王殺して乗っ取る気満々だ！」」」

「逃げてー、迷宮王さーん!!」「「「って逃がしちゃ駄目だった!?」」」（プルプル）

　こっち方向は村も何も無いからノーチェックだったが立地も申し分なく、造りはやや不《ふ》揃《ぞろ》いでも基本を押さえつつ趣向を凝らした意欲的なダンジョン。これはかなり腕のいい迷宮王さんの設計によるものだろう。

「この入り口のアーチ感が良い感じで制作意欲を唆《そそ》ってるよね？」「って言いながら改装が始まってる！」「ここは未《ま》だ迷宮王さん殺して無いから改装できないし、弄《いじ》っても元に戻っちゃうからね？」「うん、それで落ちたのに全く成長してないね！」

　うん、まあお試し改装的で適当に弄っても元に戻るみたいだし、お試し放題の素敵ショウルームさんみたいだ。やはり入り口は大事で、ここの迷宮王さんは良く解《わか》っている。中への広がりは空間を意識させるエントランス、しかも程よく設計されたそこから放射線状に広がる構成《デザイン》！　うん、奥行き感も抜群だ、これは期待の物件だ!!

「何が違うの!?」「「「うん、普通に迷宮だよね？」」」

　ただこの質感と適度な間取りに重厚感のある設計、ここは間違いなく深い。60階層は確実に越えて70階層だって有り得る気がする。うん、ヤバいな……80Fとか90Fなんて化け物揃い。あれは階層主クラスが集団で出て来るようなもの……まあ50階層までは危険は無いはず、他の迷宮よりは強くてもLv100超えには関係無いはずだ。

「言われてみると空気が重い、かも？」「「「うん、迷宮の雰囲気に恐怖せずに、内装に歓喜してる人がいるけどね！」」」

女子さん達もLv100を超えてから雰囲気が変わっている。強者《つわもの》だと一目でわかる空気を身に纏《まと》っている。因《ちな》みにLv100超え過ぎてビッチ達は一気にLv104になった、どうやら経験値を貯《た》め込んでいたみたいだが、それでもビッチ・クイーンへの進化は無かったらしい？　うん、ビッチA～Dもそのままみたいだし、進化条件が有るのだろうか？　Lv100迷宮王の頭まる齧《かじ》りとか？　うん、進化しそうだ！　だが、これ以上考えていると俺が頭齧《かじ》られそうだ、だって睨んでる！　そう、あれは齧る気の目だよ!!

「さて、まずは1Fのエントランスとリビングからかな？　部屋数は少ない分、広々として、応接間も作れそうだよ～♪」「「「ヤバい。ノリノリだ、歌い始めてる！」」」「だから何がどう違うのよ!?」「うん、普通に迷宮だね？」（プルプル♪）

さて、ここがエントランス部分か——異世界に鏡さえ有れば、此処《ここ》に大きく備え付ければいい感じなのに……うん、残念だが未だ鏡は貴重品で辺境では作られていないらしい。作ったら売れそうだけど、何よりこの壁面は鏡張りが映えるだろう。そしてお宿のベッドルームにも必要だろう！　そう、全面張りに必要そうだ!?　ちょっと作ってみよう!!

人の限界を超えるって言うか人間自体を止めてしまっているから鬱陶しい。

59日目　昼過ぎ　ダンジョン　1階層

「ウォールラックとか付けたい気もするんだけど、あえて壁面のまま残して開放感のある空間を演出？　みたいな？」（ポヨポヨ？）
うーん。だったら向こう側から書架を置いてって……本が無い。集めてはいるんだけど未だ20冊くらいしかないし、飾ろうにも半分以上は禁書らしい？
「うん、椅子を並べても面白いかも知れないけど、それならいっそカウンターも付けてって……エントランスで寛いでたらリビングまで辿《たど》り着けないよ！」（ウンウン）
でも1Fなんだから天井は高くしたい。迷宮の閉塞感も考慮して採光性も鑑みるに天窓も付けたい。その整備性も兼ねてキャットウォーク付けてもお洒落《しゃれ》じゃない？
「うん、お掃除の時も便利だよね？」（ポヨポヨ）（ウンウン）
どうしてもダンジョン内は暗くなりやすい。だから1Fは明るく開放的な雰囲気に、そして下層をシックにしてメリハリを付けたいところだ。間接照明でライトアップはもっと下層からだな。まずはフロア自体を明るい色で統一して、エントランスは明るさと採光で光を満たす設計に……。
「おーい。戦闘中なんだからね！」「もう、終わりそうだけど戦闘中だよ～？」「「何で三人で座り込んで設計図描き始めてるのよ!?」」」

だって「グール　Lv1」の大集団とか一人でも瞬殺できるよね？　だが、これで一気に迷宮《ダンジョン》の価値が下がった、事故物件だよ！　現在進行形の大虐殺の大事故物件なんだよ？

「この腐臭さえなければ間取りは良かったのに……」（ウンウン）（プルプル）

だってLv100の上昇値は凄《すさ》まじい。完全に別物の強さ。人間としての上限を超えて、一部は人間自体を止《や》めてしまっている！

「スキルも無いのに壁を走るな！　しかもグールは歩いてるんだから床を走れ、天井にも捕まんな!!　壁を汚すな――！　ああー、鬱陶しい!!」（プルプル）

Lv100にとって迷宮の1階層のLv1の魔物の群れなんて、普段着どころか真っ裸《ぱ》でも平気で武器すらいらない。うん、もう裸族っ娘無双《こ》だよ――脱ぎそうだ!?

「うん、お客様をお迎えする1Fのリビングには裸族は出入り禁止にしよう。うん、ギョギョっ娘と一緒に下層に大浴場かプールでも造って放り込んでおこう！」「脱いでないよ！　脱がないよ、着てるんだよー!!」「つまり脱がなくても着てないから、今から着ると？」「着てるの！　ずっと着てるから!!」

まあ、プールがあれば喜ぶだろう。そう、きっと泳ぎたいはずだから。ずっとずっと毎日毎日泳いでいた。本当ならまだ泳ぎ続けていたはずで、これからもずっとそうだと思っていたんだろう。

「私ギョギョっ娘じゃないのに、なんか普通にスルーされてる!?」「まあまあ」

　国際大会に出て強化選手にまでなった裸族っ娘、そして無名の一般選手だったギョギョっ娘。だけどギョギョっ娘の方が指導者。ただ体育選手《アスリート》の身体《からだ》を持って生まれた裸族っ娘の方が速いだけで、本当に巧《うま》いのはギョギョっ娘の方らしい。

　そう、格段の肉体性能が無いだけで、本当に泳ぐのが好きで巧いのはギョギョっ娘。だから裸族っ娘はヨギョっ娘に指導を受けて手本にし、憧れて目指したのはギョギョっ娘の美しい泳法《フォーム》だった。だから指導者もいない学校に突然裸族っ娘なんて無名の代表選手が現れ、そして代表選手にまでなった今でもギョギョっ娘に憧れて目指し続けていた。そう、きっとずっとずっと二人で泳ぎ続けていたはずだった、きっと今でも泳いでいたはずだった——ギョギョギョギョギョ、ギョギョギョギョギョと？

「なんか勝手にイイハナシ風に語られながら、ギョギョっ娘を連呼で名前を勝手に確定されちゃってる!?」「私、脱いでないよー（泣）」（ポヨポヨ）

　だから、何時《いつ》か絶対にプールを造ってあげよう……そして、入場料をぼったくろう！　いや、造っても良かったんだけど、それって絶対に水着の注文が俺に来るんだよ？って言うかもう既に裸族っ娘からスク水の注文が二人分来てるんだけど、何故《なぜ》に競泳水着じゃ無くてスク水なの？　うん、それって俺の好感度さんへの罠《わな》なの!?　だって深夜に部屋で男子高校生が独りでスク水作ってるって絶対致命的じゃん！　特に好感度的に!!

「うん、聴いてないけど置いてって良いのかな？」「「「いや、放置すると改装しちゃうよね？」」」（プルプル）

まあ、でもあの二人の事考えたらプールだって水着だって、作っても良いかなとも思ってるんだよ。でも二人で終わるとは思えない。そう、終わらない確信がある！

まあ、甲冑《かっちゅう》委員長さんの分は作る——作るに決まってる。当然だ！　問題は絶対に甲冑委員長さんが見せびらかす、そしてその後にやってくる怒濤《どとう》の注文。まあ注文は良いんだけど、男子高校生にとっての真の地獄は採寸なんだよ！

「あれって血の涙が出そうな生殺し感が多感な感じで、大変な欲望が渦潮に過剰に感情のまま渦巻いて巻き巻きで迸《ほとばし》って先走りそうでヤバいんだよ？　うん、色々とこう男子高校生的に？　いや、マジで？」（プルプル？）

そう、あれこそが真の地獄だ。あと、スク水が事案だ!?

「おーい、行くよー？」「下に降りるよ～？」「うん、何でダンジョンの改装に悩みながら『スク水が～』って独り言になっているのか謎だけど、降りるから付いて来てね？」「「う
ん、帰ってからお説教だからね！」」

呟《つぶや》いていた様だ。そしてまたお説教回避のために俺は悪くない事を説明しなければならないらしい。うん、「俺は悪くないんだよ？」ってプラカードに垂れ幕まで有るのに未《いま》だに伝わらないとは——あゝ、人が紡ぐ言葉とは何と虚《むな》しい物なのだろう。うん、俺は悪くないんだよ？

（遂《つい》に水着の生産が！）（ビキニは度胸が……って言うか胸が……）（予約はいつからなのかな？）（お値段は、種類は？）（うん、オーダーメイドあるの？）（今晩女子会でアン

ジェリカさんに聞き出して貰《もら》おう）（でも……何処《どこ》で泳ぐのよ、川は危なくないの？）

（（って言うか下着も欲しいよね!!））（（胸パッド……））

何か女子達《たち》がざわついている。全くダンジョンの中だと言うのに気が緩み過ぎだ、警戒心と言う物は常在戦場の心得を持って初めて身になり糧となるんだよ？

「全く最近の女子高生と来たらＪＫなんだから常識的に考えてＪＫなんだよ？　これがもしＪＦＫだったら暗殺フラグなんだよ全く？」「「それ、どんな緊張感なの！」」

２階層はまた違った趣で、ここの迷宮王さんは匠《たくみ》と呼んで差し支えないレベルだろう。

「広々としつつ緩やかな曲線で周回する縦長の広間って、リビングにも、ちょっとした作業場にも良さそうだね？」（プルプル）「そうそう、空間を広く使いながら動線まで考え抜かれた機能的な空間と様式美。これは良いダンジョンだよ！」（ウンウン？）「「だから戦闘中なの、忙しいから迷宮論評は後にして！」」「って言うか戦闘中に床を改装しないでよ！」「うん、魔物さんまで吃驚《びつくり》してるでしょ!?」

だって、すぐ終わるんだよ？　だって本当に強い、強くて速いと言うのはそれこそが最大の脅威。ただただ力が強くて動きが速くなっている事こそが身体能力《ステータス》の恐ろしさ。技なんてそれが無い者が対抗する手段に過ぎず、純然たる強さは技術や武装やスキルと言った他の条件を簡単に凌駕《りようが》してしまう。ただ相手よりも速く動き防御力より強く打つ、これだけで勝てるならこれこそが最強。

予想通りＬｖ１００からはそれまでよりも補正効果が高かった。しかもステータスの数字以上に強くなっている気がする。うん、押《お》し競饅頭《くらまんじゅう》が更に危険性そうだけど、あれはLv関係なく危険で、男子高校生に抗《あらが》えない破壊力があるんだよ！

「駄目だよ、勝手にダンジョンに家具置いたら！」「そうだよ〜、魔物さんがお洒落生活で快適に暮らして堕落しちゃうよ〜？」（ポヨポヨ♪）「「「堕落してた!?」」」

副委員長Bさんは魔物さんの堕落に御不満《ぷんぷん》のようだ。どうやら健全な魔物さんが良いようだけど、健全に襲い掛かって来る魔物より堕落してテーブルで寛《くつろ》ぎ駄弁《だべ》っている魔物さんの方が世の為《ため》な気がするんだよ？　うん、ぷんぷんと揺れてるし……ゲフンゲフン！

ヤバい、なんだか20殺気ほど感じたんだよ!!

「だって実際にレイアウトしてみないと平面図では分からない事も有って、案外と家具を入れてみると急に狭くなる場合が多々在るんだよ？」（ポヨポヨ）

そう、どれ程余裕を持って計算しても、置いてみないと分からないなんて良く有る事だ。

問題は魔物さんはカウンターテーブル使うだろうか？　うん、しかも兎《うさぎ》さんなんだよ……寧《むし》ろテーブルに乗っけたら可愛《かわい》らしそうだ。

「前列盾防御、守りは疎《おろそ》かにしないで！」「「「あ――ん、危険な癖に可愛いのよ！」」」

（（（キキイィィ！）））「「「あーん、鳴き声まで可愛い!?」」」

だが可愛い「スパイク・ラビット　Lv2」さん達は、悪い女子に皆殺しにされてしまった。跳躍してくる鋭い角は危険な攻撃で、その一斉攻撃は脅威だったんだけど、キキィィって鳴いてて可愛いかった。うん、ビッチよりこっちを使役したい。どう考えても女子高生を使役するより、兎さんを使役した方が好感度も高そうなんだけど、交換希望は何処に届ければ良いのだろ？　でも、届け出の用紙が見つかったら齧られそうなんだよ……兎さんじゃなくてビッチに？　うん、睨《にら》んでるし？

「間取りは良いのにねー？」（プルプル）

だけど一階はゾンビの腐臭で二階《ここ》は兎の角で穴だらけ。

「下層は個室でも良いけど、上は大部屋中心の方が使い勝手が良いよね？　まあ下は下で訓練所とか鍛冶場や工作室なんかも欲しいし、大浴場は譲れないし……でも中層より下って物置になりそうだね？　何か下りるの面倒そうだし？」（ポヨポヨ）（ウンウン）

ただ街にも森の洞窟《我が家》にも近くて川沿いで良物件なんて滅多にない出物ではある。先《ま》ずは上層だけでも全部見ておきたい。すぐに住まなくても押さえておく価値は有るかも知れないのだから……あ、でも湿気が気になるな？

ステータスの上昇値は残念ながら全く知能には反映しなかった様だ。

59日目　昼過ぎ　ダンジョン　地下38階層

最終的に改装するんだし、立地だけで合格点とは言える。しかしどうにも天井が低い、大型の魔物が少ないせいなのかな？

「縦の空間が不足しているから圧迫感が残るんだよ？　個室なら其《そ》れも有りだけど……うん、狭いと空気が淀《よど》むし、川が近いから湿っぽいよね？」（ポヨポヨ）

やはりどうしても大迷宮と比べてしまうと、完成度《クオリティー》と洗練された構築美に対して粗も目立つし、間取りも不満が出て来る。

「弓斉射と同時に前衛の高速突撃用意！　撃てぇっ！　あと後ろの三人改装しちゃ駄目っ！」「「「了解《ヤー》！、行きます！」」」

うん、しかもまた穴だらけ。そしてＬｖ38の熊さんが力負けして吹っ飛ばされる。前衛の重量級装備と超高速化の突撃が合わさり、凄まじい衝突力で弾《はじ》き飛ばして、その衝撃力だけで強靭な熊のＨＰを粉砕する。これこそがＬｖの壁、抗えない圧倒的な力。惜しむらくは知能には反映しなかった様だ。うん、何で重装備の高速突撃でわざわざブーメランに持ち替えたの！　それ何時から突撃兵器になって、一体何時になったら投げるんだよ!!

「何でせっかく前衛全員にハルバートを作って持たせたのに、何でお前らは迷わずブーメランに持ち替えたの？　そしてもうブーメラン投げるの忘れてやがる!?」

そしてブーメランできっちり仕留めてる。うん、ブーメランって何だったたっけ？

「「「……おおぉーっ、そうだったな？」」」

もう嫌だ……だが、これなら50階層戦も危なげなく行ける。今ならラフレシアでも押し切れるし、木乃伊《ミイラ》の海でも突破できる。まあ、スライムさんはもう別物と考えた方が良さそうだし、そして万が一にサンド・ジャイアントみたいな事があっても、今のこの力なら安全に撤退できるはずだ。そう、全員で守りながら撤退しきれる、それこそが一番大事な事。生きて帰れるなら逃げて良いんだから。

大きすぎてアイテム袋に収納されてるけど、非常用の簡易結界装置も有るから時間稼ぎくらいは出来る。短時間しか持たないけど非常用くらいにならが使える。ただ脱出用の転移装置は見込みすら付かない、何せ俺しか『転移』を持っていないのに、俺が全く使いこなせない……そしてあれは危険過ぎて不用意に付与できない。うん、よくあの時尾行っ娘の所へ飛べたものだ。あれ以来一度だって長距離どころか中距離でも成功していない超短距離限定で、それすらブレて自滅する。案外、目標地点があった方が上手《うま》くいくのだろうか？　座標指定して魔力で囲った甲冑委員長さんは無事に送れたんだし？

「総員、被害確認」「「「異常なーし」」」「「「うん、バッチリ！」」」

このダンジョンは深そうだけど何処まで連れて行っても良い物なのか……強くても何処かで必ず押し負ける、Ｌｖ差とは別に人間と魔物には体力と体格差があるのだから何時かは必ず押し負ける。Ｌｖ１００を超えて最強の勇者達になりつつあっても、押し勝てないと負ける。押される前に殺すなんてことは出来ないんだよ……あれはズルだから。

「物凄《ものすご》く強くなってるけど……本質までは変わらないんだね？」「身体の使い方、スキル、今から覚えます……でも、強さは数字では無い、です」（プルプル）

俺達だけならば出来る。技術を極めすぎて狡《ズル》の芸術と言って良い甲冑委員長さんと、存在自体が狡《ズル》みたいなスライムさんが付いている。そして俺も狡さとあくどさと卑怯《ひきょう》さの三冠王だと女子さん達に日夜褒《ほ》め称《たた》えられているから超得意だ。

「あれっ、よく考えたら褒められていない……くっ、また今晩ぼったくってやる！　うん、何か思わず喜んでたじゃん!?」（ポヨポヨ）

そうこうしながら地下43階層でようやく最初の隠し部屋が見つかった。魔物は既に蹴散らされ散《ち》り散《ぢ》りに斬り散らされている。もう弓からの斉射と突撃で全てが壊滅していく見違えるほどの強さ。これがＬｖ１００、超越者《オーバー》と呼ばれる境地。そして超越者《オーバー》の揃《そろ》った圧倒的な数の強さ。

「ただいま。お宝さんは『暴風のメイス　ＰｏＷ・ＭｉＮ・ＩｎＴ30％アップ　暴風　激震　内部破壊　＋ＡＴＴ』とエグいんだよ？　うん、多分装甲なんかを破壊しつつ中身もぐちゃぐちゃのミンチでハンバーグや餃子《ギョーザ》さんにされるんだよ。これはエグい！　あ、今日の晩御飯何にしようか？　的な？」「「「ハンバーグさんと餃子さんに謝って！」」」「「「あと、その展開から晩御飯の心配しないで！　今日はミンチ禁止!!」」」

ハンマーやメイスは数も少なく不足しているから貴重だ、しかも迷宮アイテムだから性能も良い。次は斧《おの》でも欲しいが甲冑装備だってまだまだ不十分で、剣がまあまあ揃ってても グローブにブーツやマントなんかも足りていない。ましてアクセサリー系はいくつ有ったって足りる事は無いんだろう。

最強装備の甲冑委員長さんは良いとしても、俺だって良い物が有れば複合したいから30人分以上の装備が必要だ。そうなると足りる事なんて無いのかも知れないけど、それでも少しずつでも強化して行くしかない。絶対な安全《ベスト》なんて在りえないのだから、より安全《ベター》を目指すしかない。だから迷宮だ。

「暗殺への警戒も在るし、護身用の武器も欲しいんだけど……デカいな？」

47階層では斧が出た、フラグが立ったのだろうか？　今度から欲しい物を先に決めといた方が良いの？　だがしかし俺がどれ程望んでも、たったの一度だって好感度アイテムは出て来ない！　どっかでフラグが折れてるの!?

そしてこれも当たりだった。『破断のロングアックス　V・i・T・P・o・W・D・e・X30％アップ　物理耐性（大）　破断　武器装備破壊　＋ATT』と効果も良いし、耐性にスキル付きで武器装備破壊まで付いた良品。このダンジョンは色々と当たりっぽい……だからヤバい迷宮かも知れない。そして此処《ここ》の特色なのか二つ続けて武器装備破壊付きで内部破壊《グロ》なのは気にしたら負けだ。これはこれで対人戦になる戦争では有用な装備と言える。取り敢《あ》えず武器か装備を破壊してしまえば無力化か弱体化は出来て有利に立てる。まあ、内部まで破壊しちゃった時点で色々とアレだけど強いのは間違いない。そして、どうやら下半身の防御アイテムが必要なようだ。うん、内部破壊は怖い！って言うか下半身が内部破壊されてもちゃんと再生するのかな？　いや、試したくない！　それは男子高校生どころか、男はみんな嫌だよ！　うん、そこは駄目。

「でも、ドロップは微妙だね」「「「うん、下位互換って感じだね」」」

まあ、有用な装備が増えた所で戦争なんてさせる気は無いんだけど――強くなり過ぎてしまった。もう、後ろで待っていてはくれはしないんだろう。ずっとLｖ99で止まっていたから長く感じたけど、異世界に来てまだ2ヶ月も経《た》っていないのにLｖ100……チートさん達の成長速度は予想を上回っていた。

「あんまり特色が強いと分配に悩むんだよ、前衛用だよね？」（ウンウン）

さて、武器装備破壊武器は対人戦特化の新体操部っ娘《こ》に持たせれば有効なんだけど、新体操部っ娘は謎の固有武器を持っている。うん、ミスリル化してからは性能も良いし、何より戦闘スタイルに合っている。自在に可変する謎の錬金武器はボールから棍棒《こんぼう》になり、リボンからフープになる新体操兵器。そしてフープだけは使っている所を見なかったから、さすがに輪っかでは戦えないのかと思っていたら模擬戦では首に引っ掛けて投げ落とし首を折りに来るし、剣や槍《やり》も搦《から》め捕られ腕を折りに来てマジ恐怖だった！　そう、フープこそが凶悪だった、あれは怖い!!　うん、リボンもヤバかったんだけど、対人戦で恐ろしいのはフープだ。あれは甲冑《かっちゅう》委員長さんもウンウンするくらいの凶悪さだったんだから。

使いこなされるとただの輪っかがあそこまで恐ろしいとは思いもしなかった。

だから乱戦最強——幻影のように変幻自在、武器も戦い方も変則で捉え処《どころ》が無い、身体《からだ》が反り返り、回転し飛び跳ね回るものだから捉えられずに、逆に変形武器に捕らえられる。踊る様に殺して回り、予想できない動きで翻弄し幻惑する。

あれは人間と思って戦うと予想外の位置から攻撃され、予測不能な体勢から攻められ、反撃した時には身体が折れ曲がり、回転して逃げながら逆撃を放って来るから追う事も出来ないどっちかと言うとスライムさんに近い変化する強さ、あれは対人でこそ恐怖だろう。うん、スケルトンさん達《たち》も骨身にしみているんだろう……折られてるけど？

「崩れたよ、包囲殲滅《せんめつ》！　新体操部っ娘ちゃんの退路確保！」「「「了解《ヤー》」」」

だから武装は変えない方が良い、あの攻撃の連携は持ち替える暇すら無さそうだし。一応、普段は弓と剣を持って戦っているけど棍棒形態でもガチで戦えているし？

「寧ろ対魔物用の武器を作ってあげた方が良いのかな？　湾曲剣とか使いこなしそうだし、ショーテルとかクノペシュとか似合いそうだな？」

だが『暴風のメイス』なら扱えるはずだがどうなのだろう。あれは多分本人にしか戦闘スタイルが把握できないのに、何故《なぜ》か聞いてみようとファブ○ーズさんって呼ぶと怒るんだよ？　だって新体操部っ娘って呼びにくいんだよ、結構？

「斬り込むよ！」「「「ああ、柿崎《かきざき》くん達が突出！」」」「全くもう！」

強くなって個性が際立ち、前衛陣はより強く、回避型や暗殺者型にバラけた中衛は遊撃に厚みが増して連携が一層複雑になっている。強く速いからこその弊害。

「殲滅確認」「こっちもＯＫだ」「「「こっちもです」」」「うん、全滅だね」

しかし49階層も瞬く間に制圧されて行く。この迷宮《ダンジョン》は広間階層《フロア》が多く、群れた魔物との集団戦になるから一瞬で殲滅されてしまう。49階層の「メタル・ワーム　Ｌｖ49」が耐物理と見るや即座に火炎魔法を準備させ、「薙《な》ぎ払えー！」の一声で一斉に一掃されて突撃の薙ぎ払いで消滅していった。うん、でも甲冑姿での「薙ぎ払え」は縁起が悪いんだよ？

うん、誰が腐ってるんだろう？

冷気――そして、やっと辿《たど》り着いた中層の地下50階層の階層主は――巨大な象だった。

「まあ世の中の象さんって大体巨大なんだけど、それでもこれってちょっとデカすぎじゃないって言う位に巨大な象さんだね？」（ポヨポヨ）

勿論《もちろん》言うまでも無いけどお鼻はとっても長かった。お母さんは確認されていないが、きっとお母さん象もお鼻が長いのだろう。うん、お父さんだけ短かったら重たい家族会議が始まり、出生の秘密が解き明かされそうだ？　でも出生の秘密が解き明かされる前に、お亡くなりになりそうなんだよ……あ、倒れた？

「包囲！　前衛は盾で押さえて中距離組は背中、遠距離はお腹《なか》を狙って！」「前に付きます！」「背中貰《もら》うぞ！」「お腹組～集合～」「鼻がヤバい、盾組ヘルプ！」「地味に尻尾が危険だった!?」「「「あと重たい家族会議はやめてあげて！」」」（パオ――ン！）

決まった。しかし、どうして莫迦《ばか》達はあんなに「ブリザード・マンモス　Ｌｖ50」を狩るのが似合うのだろう？　うん、全く違和感がない。そして槍を投げて動きを止めてブーメランで殴っている。そう、既に驚かなくなった自分が嫌だ。大体あれ投げ槍じゃなくてハルバートなんだよ！　あれが直接攻撃用の武器で、その殴ってるブーメランが遠距離戦用なんだよ!!　あとお前等《ら》は剣士って言うか、お前等一体剣を何処《どこ》にやったの！　そういえば最近一回も見てないよ。まさか売って無いだろうなあ――!?

「お疲れマンモス～？って言うか、これがリアルお疲れマンモスなの！　でも疲れた理由がマンモスさんへの集団暴行なんだけど、この場合お疲れマンモスは正しい用法に当てはまるのかな？　寧《むし》ろマンモスさんがお疲れのあまり永眠なさって、まあ大変みたいなお疲れマンモス？」「「「疲れたー、デカかったよー」」」「硬くてＨＰ２０００とか反則だよね〜、も〜これだけ苦労したんだからお疲れマンモスで間違いないよ〜」

間違いないらしい。まさか異世界で謎の言語「お疲れマンモス」の謎が解き明かされようとは。まあ、解き明かされた割にはいまだに意味が分からないんだけど、これってマンモス倒した時に使う言葉だったの？　一体誰が使ってたんだろう……原始人さん？

「どうする、降りるんなら止めないけどヤバかったら手を貸すって言うか、手を出すって言うか、そろそろ甲冑委員長さん達が暴走間近って言うか、そろそろ参加させてあげないと夜の訓練が永遠のわんもあせっとの危機なんだよ？　でも参加させちゃうと中層なんて無双で独走で俺はいつも寂しそうで出番が無いんだけどどうするの？」「「「下りたい！」」」「うん、ちゃんと戦えると思う！」

思うって言うか、よっぽど相性の悪い魔物が出て来ない限りＬｖ50台なら楽勝だろう。ただし急激に能力が上がっているから連携が乱れている、今のところ破綻はしていないけど修正は必要そうだ。Ｌｖ50相手に練習は厳しいと思うんだけどやる気らしい？

「だったら……ここから下は早い者勝ちの降りた者勝ちでやっちゃった勝ちのガチガチのガチンコで価値ある勝ちを分かち合うみたいな、まあ……よぃドンッ！」

加速する——51Ｆ、52Ｆ、53Ｆと下層に下る。道を塞ぐ魔物だけを瞬殺して突破し、高速移動のまま減速無しの突撃からの辻斬《つじぎ》りで殲滅の斬り逃げだ。委員長さん達は未《ま》だ51階層にいるだろう。54Ｆ、55Ｆ、56Ｆ、57Ｆ、このまま60階層の階層主を貰おうと思ったら57階層で隠し部屋があったので寄って殺《や》っておく。もう鑑定は後で良い、さっさと行こう。

「くう、この抜け駆け速度……温存されすぎて暴走が速い！」（プルプル！）

雪崩《なだ》れ込む様に58Ｆ、59Ｆも突破して60階層だ、きっと委員長さん達は未だ殲滅作業中。狩り尽くさずに突破だけなら時間なんて掛からない。そして甲冑委員長さんとスライムさんの抜け駆け速度は、魔石を回収してると追い付けないんだよ！

「うわっ、これは……うん、なんかみんなに適度な強さな気がしてきた？　致命的なスキルも無さそうだし委員長達を迎えに戻ろうか？」（ウンウン！）（ポヨポヨ！）

うん、あれに突っ込むの嫌だ。しかも動きがウザい！　でも丁度良さそうな強さだから瞬殺も勿体《もったい》ない。うん、嫌なんだよ？　よし、迎えに行って押し付けよう！

でっかい蠅《はえ》。きっと高速で空中戦になる。幸い特殊なスキルは有っても危険なスキルは無いし、回避型だけど物理も魔法も通るから委員長さん達の訓練に最適だ！　そう、決して俺と甲冑委員長さんが蠅がキモくて嫌で、スライムさんも食べたくなくてプルプルするから押し付ける訳ではない。これは謙譲の美、譲り合いの心だ。

「よし、引き返そう！」（ウンウン！）（プルプル!!）

全会一致な仲間思いな思いやり。うん、きっとそうに違いない。そう決めたんだよ！

仲間の為に経験値と敵を譲る友情な感情に違いないから問題ない。

59日目　昼過ぎ　ダンジョン　地下59階層

59階層から殲滅戦で逆走しながら委員長さん達と合流を目指す。逆走して背後から魔物さんを襲っていると大迷宮の時みたいだけど、今では懐かしむ間もなく甲冑委員長さんとスライムさんの無双で全て一瞬で終わる。

「ただいまー、って言うかまだ52階層？　しかも入り口って俺達を除け者《のけもの》にしてダンジョンでれっつぱ～りな感じで遊んでたの!?　俺達は真面目に一生懸命にそれはもう一途《いちず》の直向《ひたむ》きな熱心さと真摯な思いで誠心誠意に魔物を吹っ飛ばしてたのに、自分達だけでれっつぱ～りだったの？　みたいな？」「「「真面目に戦っていたの！　まだ5分も経って無いよね!!」」」「しかも遥《はるか》君達が吹っ飛ばして、ほったらかした魔石までちゃんと回収してたの！」「一瞬でも強くなったとか驕《おご》ってたのが虚《むな》しいね」「「「うん！」」」

帰りに拾えば良かったのに回収してくれたらしい。そして何故かジト目……まさか、れっつぱ～りのご飯を用意しなかったからなの！　えっ、俺って呼ばれて無いパーティーのご飯だけ作らされる可哀想《かわいそう》な男子高校生なの!?　遂《つい》に異世界苛《いじ》め虐待問題はここまで来てしまったのか、ハブ処かパシリより酷《ひど》い。やはり異世界では好感度が無いと酷い扱いを受けるようだ……あれ、前の世界でも好感度が無かったのは何故なんだろう？　うん、一体何処の異世界に召喚されてるんだろうね……俺の好感度？

「まあ、それはそうと60階層で素敵な階層主さんとの出会いを果たして来たと言うか、目撃が衝撃だから是非御紹介をしようとお誘いに参ったんだよ。うん、マジで文武文武《ブンブブンブ》と生真面目そうな階層主さんだったから、あとは若い人に任せて男子高校生は草葉の陰から声援《エール》を送るから、まあ端的に論旨だけを述べるなら頑張って？　みたいな？」「「「怪しい！」」」「大体なんで階層主が、『文武文武《ブンブブンブ》』って言ってるの！」「ま、まさか階層主って『松平《まつだいら》　定信《さだのぶ》　Ｌｖ60』なの!?」「いないから！　『松平定信　Ｌｖ60』とか居ないよ絶対！」「駄目だよ遥君の言う事を真面目に聞いたら」

どうやら、松平定信さんの寛政の改革はＪＫには不人気だったようだ？

「ああー、裏切り者だ！」「うん、アンジェリカさんが目を逸《そ》らしてる！」「しかも取って付けたようなテヘペロ!?」「「「スライムさんまで目を逸らしてる！」」」「「「だよね、目が無いのにどうやって逸らしてるの!?」」」（テヘペロ♪）（ポヨポヨ♪）

そんなこんなと疑惑と困惑の中をわらわらと60階層を目指す。魔石は同級生《スタッフ》が責任を持って拾いました、みたいな？

そして階層主戦の幕が開く。俺は閉じた、って言うかダッシュで後方で見守る！

「……って、防御陣形！」「「「了解《ヤー》……って言うか嫌ぁぁぁ！」」」

襲い来る巨大な蠅。その妙な光沢感がツヤツヤしてキモくてグロいし、何か羽音までキモい。まあ、みんな嫌みたいだけど、巨大な蠅ってあの莫迦達でも突進しない位に想像以上に気持ち悪い。そして全員が異世界で数多くの魔物と戦いを繰り返し、身に付けてきた経験から推測し理解しているのだろう……あれは斬っても叩《たた》いても蟲汁《むし》を噴き出すと！

「「「いやあああああ――――！」」」「これなら、まだ松平定信さんの方が良かったよ!?」

変幻自在の無軌道さで変態的な移動を繰り返し攻撃する松平定信さん……じゃなくて巨大な蠅、「ギガント・フライ　Ｌｖ60」。機動戦術の回避特化、あと見た目がグロい。

接近しないで距離を取り防御陣を固めて矢の連射。だけど一斉射撃は俊敏な高速機動で躱《かわ》され、単発の狙撃では効いていないし、魔法まで縦横無尽に回避されている。そう、あれは接近戦で仕留めるしかない。俺は嫌だけど！

だって蠅は飛んでいるから上にいる、しかも細かく移動しながら突進して来る。つまり斬ったら絶対に蟲汁がぶっかけられる！　そしてこの60階層は天井も高くて広いから殺虫草が足りないし、『空歩』ではあれに勝てない。空中戦であの動きは分が悪すぎる。つまり正面から戦えばどうやっても蟲汁ぶっかけだ！

「掌握で抑えても感触が伝わってくるから……あれは嫌だよね？」（プルプル！）

そして丁度良い相手だ。強いけどヤバくない、グロくて倒し難《にく》いけどやられる心配はまず無い。そしてキモいけど素早くて訓練にも経験的にも最適。そう、甲冑委員長さんもスライムさんもウンウンしているからきっと間違いない。（ウンウン！）（ポヨポヨ！）

だから任せるべきだろう。だからこそ譲るべきなのだろう。きっと60階層の階層主戦は経験値にも自信にもなる。ならば譲るべきだ、だって蟲汁ぶっかけは嫌だ！

「範囲攻撃、当てるだけで良いよ！」「暴風！」「炎獄」「風陣、って当たらない！」「烈空斬～？って、あれれ～っ？」「あっ、きた!?」「「「いやあああぁぁ!!」」」

当たらない、やはりあれは魔力を見ている。魔法を見て避《よ》けるのではなく、魔力の流れ自体を見て撃たれる前に回避行動に入っている。そして複眼だから死角も無く当て難い。だからこそ良い訓練相手だ。うん、そうに違いない。（ウンウン！）（プルプル！）

「でも、時間が掛かりそうだし援護だけしてあげようか？　待つの面倒だし、見てるの暇だし、見てたらキモいし、グロい所だけ皆に任せる？」（ウンウン）（プヨプヨ）

うん、思いは一緒のようだ。使役の効果だろうか？

「「「聞こえてるよ！　キモグロイ所とかいらないからね!!」」」

空間全てに魔力を希薄化させながら広げて、充満させて範囲を『掌握』する。そしてギガント・フライを空間ごと抑え込み動きを抑制、高速の短距離変則移動をするギガント・フライでも空間ごとなら『掌握』できる。魔手も使えば一発だけど魔手だと感覚のフィードバックが生々しいから嫌だ、蝿の感触とか想像しただけでキモい、マジ嫌だ！

ただ『重力魔法』では捕らえきれないし、捕らえても多分落とせない。元の質量が巨体の割に軽すぎる。しかも細かく素早く動き回るから一点集中《ピンポイント》で狙えない、そして珍しい事に甲冑《かっちゅう》委員長さんとスライムさんが魔法攻撃で援護している。そう、絶対に触らないし近付かない気だ！　そうやって動きを抑え引きずり落として、やっと一斉攻撃が始まる。中遠距離からの一斉攻撃、みんな接近戦を徹底的に避けている。その間に俺達《たち》は避難する。

階段の傍《そば》の小部屋まで撤退した時にそれは起こった――ベショッ！

「「「きぃぃ……ぎゃあああああああああああっ！」」」

やっぱりだ。ギガント・フライを攻めきれなかった最大の理由、それはスキル『自己破裂』。自爆攻撃と言う程の破壊力は無い、ただ蟲汁をぶっかけて蟲液塗《まみ》れの海に……蛆《うじ》塗れが付いて来るんだよ？　うん、蛆さんの群がる攻撃……あれは無理？

「「「いいいいゃあああああああああああ――っ！」」」

階層が豪炎に焼き尽くされる。無限に湧く大量の蛆も瞬く間も無く焼き尽くされて行く――って言うか守ってるオタ達の結界ですら破壊されそうな大火力だ？　うん、大賢者さんがキレてる。もろに蟲汁ぶっかけ顔面直撃の蟲液塗れで、体中に蛆付きシャワーを浴びちゃったらしい。お顔もドロドロだし？

「これヤバいよ、階層が崩壊するよ？」「「「どうやったら止まるのよ！」」」

既に理性は失って暴走状態のままに魔力を放出している。そして、やっぱり蟲汁をぶっかけられてベドベドのドロドロだった。

「「「止めてあげてよ！」」」「「「そうだそうだ、犯人の責任だよ!!」」」

ヤバい、完全に壊れちゃってる。周りの言葉が耳に入っていない暴走状態。

「いやあああああうぅわああぁぁぁ～～！」「「「もう無理、結界持ちません！」」」

瞳に理性がないし、魔力暴走が凄《すご》くて近付けない……ならば封印されし禁断の魔法の言葉だ。もう一刻の猶予も無い。流石《さすが》にこれ以上は本人の身体《からだ》が危ない――ゴニョゴニョ？

「うわあああああああぁぁぁぁ…………………えっ!?」

うん、治まった。副委員長Bさんは停止状態に入った様だ。当座の危機は去ったがもう階層が崩落寸前だから補強しておこう。はあああぁ——、あとが大変だな？

「「「ううううううぅぅ！」」」「いや、ちゃんと助けたし、止めたじゃん!?」「「「ううぅぅ!!」」」「お前……蝿《はえ》をこっちに向けてからぶった斬っただろう!?」

いや、正面から行ったら俺が浴びるんだよ？　蝿さんの目標が逸れてないと慣性の法則でぶっかけられるんだよ？　まあ、全員無事だけどオタ聖者と守護者《ガーディアン》と忍……あっ、魔導師も駄目か。うん、MP切れ。全員を暴走の炎熱地獄から守りきって限界だったようだ。

今なら頭焼き放題だが、今日は頑張ったんだから見逃してやろう。あの大賢者さんの暴走から結界で守り通したのだから。伊達《だて》に毎回頭焼灼熱地獄《インフェルノ》を防いではいなかったらしい……蟲汁と蛆は駄目だったけど？

魔力切れのオタ達もだけど、他もみんな蟲汁ぶっかけ蟲液塗れ蛆汁も追加って感じで、ベドベドのドロドロの白濁液が滴っててグロい。うん、まだ時間的には早いけど帰らせた方が良さそうだ——だってこれはジト目じゃない、これはレイプ目だ！

うん、なんか目の輝きが死んじゃって、もう無機質感な黒色で塗りつぶされてて、全く光沢が無い？　もう今日は無理だろう……何か全員無言って怖いんだよ？

なんかもう宿に武器忘れて来ても気付かずに一日が終わりそうな今日この頃。

59日目　昼過ぎ　ダンジョン　地下66階層

ちゃんと迷宮内で簡易シャワーを用意して、ベドベドのドロドロの蟲汁さんは洗い流してあげたんだけど……みんな無言のレイプ目状態で街に帰っていった？

「あれ、ちゃんと無事に帰れるのかな？」（プルプル）

そう、魔物に襲われたら魔物が可哀想な事になる……魔物さん八つ当たられそうだ！

「なんか三人で迷宮探索も久しぶりな気がするね。でも、何で俺が格好良い構えをすると必ず最高速で殲滅《せんめつ》しちゃうのかな!?って、最近俺の戦闘シーンって甲冑委員長さんにボコられてるだけなんだよ、何で毎日ダンジョンに潜って戦闘シーンが無いんだろうね!!　うん、なんかもう宿に武器忘れて来ても気付かずに一日が終わりそうな今日この頃？　拝啓いかがなさっちゃってるのって言うくらいに出番の無い日常感なんだよ？」（プルプル）

慰められている！　思わず胸に顔を埋《うず》めて泣きそうなくらいの慰め力だったが、胸が無かったから埋《うず》められないようだ。うん、スライムなんだよ？

だが胸《バスト》が胸だったら埋《うず》めて埋《うず》めて埋《うず》まり捲《まく》っ……ボコられた後に埋められそうだから止《や》めておこう。だって甲冑委員長さんがさり気なく剣を抜いている。うん、さり気ない感じで惨殺されそうだから止めておこう。続きは今晩だ！

そして66階層の「アサシン・ゴースト　Lv66」もサクサクと消滅している。って言うかスライムさんはゴーストも食べれる様だ……蝿からは俺達と一緒に逃げ回っていたけど？　まあ、あれは食べちゃ駄目だよね？　しかし何もない空間から突然現れて斬り付けて来るアサシン・ゴーストはかなり危険な敵で、きっと委員長さん達でもここは苦戦しただろう。一瞬の気の弛《ゆる》みで背後から刺されるのだからLv100のViTとHPであっても危険だ。中層からの敵の攻撃は搦手《からめて》が増え危険性が跳ね上がる。まあ、見えてると何の意味も無いんだけど？　だって、姿を消していようと『羅神眼』の魔眼で魔力が見えてるから何処《どこ》にいるか分かってる。そしてアサシン・ゴースト達は健気《けなげ》に姿を消して近づいて来るけど、実体化していないと攻撃は出来ないらしい？　うん、だから一方的に斬られて食べられてる。もう普通に出て来て攻撃すれば良いのに？

「そもそもゴーストってどう考えても『神剣』に弱そうじゃん？　消えてても見えてるし、斬れちゃうんだよ？　絶対に普通に出て来て斬りかかってきた方が強いのに、なんで頑《かたく》なに消えてコソコソと寄って来るの？」

やはり暗殺者《アサシン》としての職業倫理なのだろうか、それともゴーストとしての種族的な矜持《きようじ》なのだろうか？　まあ斬るんだけど。

隠し部屋からも迷宮アイテムが出ている。アサシン・ゴーストさんのドロップも、どっちも武器装備破壊が付いていたからこのダンジョンの特産品なのだろう。武器を持たない魔物相手だと意味がなく使えないけど、効果も付いててステータス上昇も40％級の出物さんだった。やはり深いダンジョンの方が迷宮アイテムも当たりが多いらしい。しかもアサシン・ゴーストは斬ればすぐ魔石になる大変親切な魔物さんで大変助かる。だって斬る方が速くて魔石集めの方が大変だったりで、そう言う日々の地道な作業こそがお大尽様へ続くんだよ。よく行き止まってるけど続くのだ！　断線も多いが多分続いているはずだ!!

「下層に入って来たからちょっとで良いから連携しようね、平たく分かり易《やす》くぶっちゃけると俺も入れてね？　何か後ろで独り格好良いポーズで固まってる男子高校生って戦っても無いのに痛いんだよ、ＨＰはノーダメージなのに痛々しくて今晩はイタ飯にしようかな？　うん、トマトとオリーブオイルは有るのにチーズが無いのが苦しいよね？って言うかピザも食べたいけど海の魚貝も無いからボンゴレすら出来ないんだよ。まあ、オリーブオイルで仕上げてバジル振っとけばイタ飯っぽいから良いか？」（プルプル……？）

疑問を呈された！　何故《なぜ》か異世界の粘体生物さんから、まさかのなんちゃってイタ飯への駄目出しだった。でもきっと食べるんだよ。今の所は砂とか岩とか蠅とか以外は好き嫌いは無いみたいだし……まあ、あれは普通嫌いだろう。

そして、さくさくと67階層も通り抜ける。「ソード・ウィーズル　Ｌｖ67」、全身が刃物の鼬《イタチ》さん？　ウィーズルは鼬だったと思うが鼬を見た事が無いから何とも言えないんだけどイメージ的には鼬っぽいから鼬なのだろう。

「うん、なんか格好良いから『鼬』って感じな漢字の方が良い感じ？　みたいな？」

これがまた『魔法無効』持ちの全身刀な特攻鼬《イタチ》さんで、数多く潤沢で豊富に数多《あまた》の鼬達が襲い掛かって来て頑張っているけど格好良い構えで待っている俺の所まで辿《たど》り着けない。もう自分で行こう……って人が前線に出ようとしたら前線がもっと前に逃げて行く！

「ちょ、出番が無いんだよ！　このままだとまた触手で石拾って終わりって言う茸狩《きのこが》りと何の違いも分からない農作業みたいな地味な活躍で終わるって言うか、それって活躍して無いんだよ！　だから待って、全部食べたら駄目だって!?」（ポヨポヨ♪）

超頑張って何とか2匹倒してみた。数百匹はいた大量の鼬の大集団の中の2匹を辛うじて叩けた。その2匹すらギリギリで辛うじて叩けた！　やはり甲冑委員長さんは教官役が暇だったみたいで、その癖ちゃっかり蠅からは逃げていたから侮れない強《したた》かさを身に付けてきたようだ。うん、誰に似たのだろう、困ったものだ？　さくさく戦い長々と魔石を拾って下に降りる、68階層は隠し部屋付きの物件だが、また天井も低いし部屋も迷路のように細々し過ぎている。この迷宮《ダンジョン》で良いのは上層だけだな？

「帰らして正解だったかな、また蟲だし？」（ウンウン）（ポヨポヨ）

この辺りからは結構ヤバい。さっきのソード・ウィーズルの大群に群がられていたら間違いなく俺だと死ぬ。辛うじて装備で数撃凌《しの》げても、動きが止まればその後は何もできずに斬り刻まれる。だから実戦こそが最高の訓練になるんだけど、俺は過保護さん達に滅茶守られている。うん、どうして俺の周りはみんな心配性さんばかりなのだろう？　ちゃんと毎回死にそうになっても生きて帰っている信頼と実績の安心感があるはずなのに、何故だか何度やっても全く信用されていないんだよ。うん、やっぱり好感度なの？

そして、また蟲《むし》。だが今度は小さいのが沢山で、そしてこれは莫迦《ばか》達から聞いた事がある。槍《やり》のような形状で飛び回り一斉に降り注ぐ飛蝗《ばった》、「スピア・ホッパー　Lv68」。

千では利かない万を超える鋼の昆虫。うん、こんなの相手に殺虫剤も無しに真っ向から戦うなんて莫迦のする事だ。そう、莫迦はしたらしい！　うん、良く勝てたよね？　普通現代人には不可能って言うか絶対にやらないだろう？

殺虫草を燻《いぶ》して煙を『掌握』で集めて送り込む、そして飛蝗さんも空間ごと『掌握』して燻した煙と閉じ込める。少ない殺虫草で超エコに節約もできて、なにより魔石も一塊で労力いらず。恐らく『空間魔法』が出て来た事で『掌握』の効果が変わった、使えば使う程に謎が増えて高機能に使い方が難しくなっていく。うん、普通は使いやすくならない？　頑張ると段々ハードルが上がって行くスキルって、それ罰ゲームと何が違うんだろう？

だが効果は増えて、使い道も拡《ひろ》がっているし、強力にはなっている。ただ使うのが一緒に難しくなっていく……まあ取り敢《あ》えず今回はエコだったから良いとしよう。

「スピア・ホッパーなんて佃煮《つくだに》にもなら……莫迦なら食べるかな？　もう魔石だけど？」

そして69階層でも乱戦だ、やはり大型の魔物が少ないから天井が低くて部屋分けが細かい。狭く天井の低い階層に一歩踏み出し、躱《かわ》しながら斬り、払いながら斬る。打ち落としながら斬って、隙間を縫いながら斬り刻む。もうLv100を超えてしまった同級生達には追い付きようも無い大差を付けられた。ステータスでは届かない、真っ当な戦い方なんて最初から出来ない。だから戦わない、一方的に相手の隙を斬る、虚を突いて実と成す。

小さな村の村人ですら、その命を懸けて誰かを守っていた。年老いた老人ですらその命を餌にして魔物を食い止め刺し違えていた。満足な武器すら、真面《まとも》な防具さえないまま家族を守って戦い、多くの兵隊や冒険者達が命を落として行った。そんな悲惨で絶望的な辺境はお人好《ひとよ》しの莫迦ばっかりで嫌になる程沢山の物を失い、無くしても笑いながら誰かを助けようとしている大莫迦だらけのこの世の果てだった。

もう踏み込む事に躊躇《ためら》いは無い。恐怖とか死とかどうでも良い。ただ純粋に殺す。まったくメリ父さんも勘違いが甚だしい限りなんだよ……俺は何も救っていない、戦いに向いていない処《どころ》か殺す事しか出来ないままだ。うん、辺境の奇跡なんて最初から辺境に在ったんだよ、辺境こそが奇跡そのものなんだから。辺境の人達が幸せを信じて、目指し続けたから幸せになっただけで、辺境の人々が支払ってきた物を考えればこの程度の対価《しあわせ》は受けて当然で、まだまだ過払い金請求で毟《むし》り取って良いくらいだ。

だから斬り裂き、斬り払い、斬り回して、斬り上げ、斬り打ち、斬り落とす。散斬に斬り散らして、斬って、斬って、斬り返す……斬り殺し、斬り尽くして殺し尽くす。

「ふうう――、お待たせ？　みたいな？って言うか俺が最後なの？　俺の通った通路が一番人形さん少なかったのに……うん、いつもよりも数倍早く倒しきった手応えがあったのに……って言うか練習にならないから油撒《ま》いて放火とかしなかったんだけど、普通に戦った方が早いんだよ？　案外？」（ポヨポヨ）

しかし「ソルジャー・パペット　Ｌｖ69」は確かに対人集団戦、つまり戦争対策の練習相手にちょうど良かった。だが分からない――大迷宮にいた「ワー・パペット」と「ソルジャー・パペット」は何が違うんだろう？　確かワー・パペットはファランクスで突っ込んで来たから堀に落として火計で焼いた。「ソルジャー・パペット」は包囲戦に持ち込もうとして乱戦で崩れた。装備的には「ワー・パペット」の方が重装鎧《よろい》に大盾に長槍装備で儲《もう》かった、「ソルジャー・パペット　Ｌｖ69」も剣や槍にハンマーなんかも有って、楯《たて》も大盾も有り、鎧も有るんだけれど、どうしても大迷宮と比べると総じて品質が落ちる。これは一般販売だな、だが一財産だからしっかりと集めて置く。これだけ有れば良い軍資金にはなるだろう。そして地下70階層の階層主。未《ま》だ最下層では無い……結構深いな？

きっと心は通じ合っているはずだけど言葉が通じ合っていない気がする。

59日目　昼過ぎ　ダンジョン　地下70階層

纏《まと》い付く冷気に足場が凍りつく。極寒の世界にそびえる霜の巨人「ヨートゥン　Ｌｖ70」さんは北欧神話の巨人さんで、大自然の精霊の一柱で超人的な強さを持つ氷の巨人。でも、まあトロールのボスだったり先祖だったりと言う説もあったりするらしく、あと、神話にはなかったけど……美味《おい》しいらしい？

（ギュワアアアアアアアアアア――――ッ！）

食べたら美味しいとか言う伝承は無かったけど、一般的に霜の巨人さん食べないって言うか頭がキーンってなりそうだ？　まあ、スライムさんに頭はないし、ヨートゥンさんの頭は食べられてるんだけど……美味しいみたいだ？（ポヨポョヨヨ～♪）

お～っ？　テンションあげあげだ。うん、ポヨンポヨンと弾んで嬉《うれ》しそうだ。行き成り冷気で床を凍らせてきたのは吃驚《びっくり》したけど、俺は『空歩』で空を歩けるし、甲冑《かっちゅう》委員長さんは冷気ごと斬った。勿論《もちろん》スライムさんは冷気も好き嫌いなく食べていた。

「これだとオタ達《たち》が嵌《は》まるよね、女子さん達も危ないかな？」（ウンウン）

凍らされて足止めされたら死ぬ。そして氷の槍を持った巨人はボコられ食べられて活躍はなかったけど、その身体能力はLv100を超えた委員長達をも軽々と上回っていた。

強く速い巨大で強靭な体軀《たいく》が氷の魔術に護《まも》られ、極寒の冷気と氷の鎧を纏う。その実力は優にLv100の迷宮王にも匹敵する。強さだけで語るのならば凌駕《りょうが》しているかも知れない程に驚異的強さ。まあ、ただそれだけだった。いや、本当に強いんだよ？　でもほら、Lv100の迷宮王に匹敵して凌駕しても……迷宮皇クラスが二人って無理だよね？

しかし、やっと『魔纏《まてん》』がちゃんと纏えているような気がする。今の戦闘はかなり普通に動けていた。出番も見せ場もなかったけど動けていたし、HPもほとんど減っていない。『魔纏』で無理矢理動くと身体《からだ》が耐えられず常にHPが減少してたんだけど、今のはスムーズに行けた気がする。やっと形になって来たかな？

まあ毎晩毎晩稽古と言う名のボコを凌ぎ、深夜にも『魔纏』まで使って復讐《リベンジ》していたのだ。遂《つい》にその効果が表れ始めたのかも知れない。

さあ、下りよう——と思ったらスライムさんが魔石を持ってきてくれた。青白く透明度が高くて大きい、かなり良い感じ？　ただ高級過ぎる魔石は高価過ぎて販売が難しいけど、アイテムにすると良い物が出来る、だから装備品制作には大活躍してるし、余ればアイテム袋の中で魔力バッテリーになってくれる。やはり迷宮がお得感がある、どう考えても戦争なんて赤字の垂れ流しだ、そんな戦力が有れば迷宮で戦えって話なんだよ？

「おっ、槍だ」

霜の巨人のドロップなのに普通サイズでドロップする親切設計。しかも『永久氷槍《ひょうそう》　ＰｏＷ・ＳｐＥ・ＤｅＸ50％アップ　氷属性増強（特大）氷槍　氷纏《ひょうてん》　氷凍陣　＋ＡＴＴ』と、オタのまぐれ装備並みの逸品。なにせ、未だミスリル化していなくてこれだ。しかも使い勝手が良さそうで、槍だが薙刀《なぎなた》に近く刃が長いので長巻の様でもある。斬る、突く、払う、薙《な》ぐと攻撃を選ばないけど、魔力消費が凄《すご》そうだ……これは御指名で売りつけよう。候補はビッチリーダーか図書委員の所の三つ編みっ娘《こ》……えっと、手芸部っ娘だ。

手芸部っ娘は編み物とレースに縫い方と結構教えて貰《もら》ったから贔屓《ひいき》したい所だが、適性で言えばやはりビッチリーダー。まあ、どのビッチでも使いこなせそうだけど、名前がビッチリーダーなのだからリーダーなのだろう？　だからリーダーからかな？

さあ、今度こそ下りて『魔纏』を試そう。だってＬｖが上がらないなら技しかない。同級生達に追い越されても足手纏いにはなりたくない。まあ、実は最初から追い付け無いから狡《ズル》してただけなんだけど、ならばもっと狡い技を造ればいい。だから『魔纏』の次は『虚実』、そしてその先が必要だ。キリが無いが諦める気も無い。だって諦めたら称号に「ひも」って絶対に付けられる！　うん、今の三つで泣きそうなのに四つ目が付いたらマジ泣きの危険性も有るだろう。もう一生ステータス見ないよ、マジで！

下りてみたら71階層は蛇。ただ蛇って結構得意だったけど今回は「フレア・スネーク Lv71」で、これは冷やしても冬眠しないだろう。まあ、だからこそ『魔纏』の訓練に丁度いい。跳躍して飛び掛かり、地を這《は》って一面を覆う地も宙も埋め尽くす蛇だらけの世界。隙間も足の踏み場も無いから間合いを斬り取り、蹴飛ばして足一つ分の隙間に足を置き、斬り掃っては場を奪い合い掃滅しながら足を置いて歩む。

結果、纏えてはいるが使えてはいない。全部のスキルがごっちゃだ。それでも纏えて纏めて何とかなっている。これならば自滅の心配は減るけど、個別に調整や操作ができていないから自分で自分の動きが予測不能。ただ大まかな流れを操作できてるだけで制御までは程遠い。まあ、瞬間でも『転移』とか『重力』が自在に制御出来ればチート並みの性能が発揮できるのだから、そもそもが無茶なんだろう……うん、やり続けるしかない。

でも『魔纏』を纏っての『虚実』が酷《ひど》い、ちょいズレだけで腕捥《も》げそうだ！　まあ『再生』するから良い、出来ないままで足手纏いの厄介者になるくらいなら痛いのは我慢だ。

「うん……やっと委員長さん達が何であんなに必死で頑張るのかちょっとだけ分かったよ。確かに守られるだけなんて嫌な物で、それで怪我《けが》されたり死なれたりなんかしたらたまった物じゃ無い。うん、自分が安全な所で誰かが危険な目に遭ってるなんてムカつく事この上ない。うん、やっと分かったよ……つまり好感度が足りないんだ！」（ポヨポヨ!?）

まあ今日はもう委員長さん達も頑張れないだろう……目が死んでたし。それでも60階層の階層主は倒せたのだから満足して貰おう――だから追い返したんだから。

うん、「ヨートゥン　Lv70」、あれはヤバい、最初の『氷界』で足を止められたら窮地に追い込まれる。勝てないとは言わないけどLv100の集団でも無傷では済まないし、万が一が有り得る。装備不足だ、だから俺達の方が良い……俺達は蠅嫌《はえ》だし？　マジで。

「さあ、隠し部屋さんを探せー、どんどんぱふぱふー、って場所知ってるけど偶《たま》には探検したいお年頃なんだよ？　うん、夜は甲冑委員長さんの神秘を探検して探求して堪能してるんだけど、迷宮探検だってしてみたいんだよ。勿論夜の迷宮《エロス》の踏破は出たり入ったり踏破し捲《まく》ってるけど……マジ？　ヤバいの？」（ポヨポヨ……）

ヤバイらしい。既に死線を踏み越えたようだ、後ろにモーニングスターを持った鬼神がいるらしい。だってスライムさんがビビってる、逃げよう！

「転移っ！」

ボコられた。うん、『魔纏』からの連続での瞬間超短距離転移でコマ送りの様に消えては現れながら瞬滅しながら超高速移動による逃亡でもボコられた？　やはりボコ女神さまに違いない、今晩も信仰して侵攻しよう！　転移禁止でお説教されながら、ボコられながらも隠し部屋に辿《たど》り着くと、「フレア・キングスネーク　Lv71」さんが居てくれたお陰で、甲冑委員長《ボコ》さんはフレア・キングスネークをボコっている。うん、ボコボコだ。凶悪なモーニングスターの爆撃に破壊されて行くフレア・キングスネークと見つめ合う。きっと今、俺とフレア・キングスネークの心は一つなのだろう。うん、怖いよね！

「やっぱりと言うか武器装備破壊シリーズなんだね？　楯だけど？」

鏡面仕上げの大盾は『明鏡の大盾　ViT・PoW・SpE・DeX50％アップ　全耐性　魔法物理反射吸収　武器装備破壊　絶界　激楯撃《げきじゆんげき》　＋ATT　＋DEF』。って凄くない？　これもう武器だよ。

「うん、これは盾職ご指名だね？」（ウンウン）（ポヨポヨ）

オタ守護者《ガーディアン》は『大薙太刀《ハルバート》』があるから後回しだ。オタだし。そして最近パートタイムで盾職転向中だった委員長も『豪雷鎖鞭』で絶賛委員長様なMっ娘だ。

だから、まあ順当に盾っ娘かツイン電柱コンビだろう。文化部女子組にはInTアップ装備が欲しいのだし前衛優先で、ミスリル化してみて変化があったらその時に考えれば良い。サクサクいかないと遅くなりそうだ……ここ深そうだし……帰らせて正解だったな。

その後も速攻の特攻で拙攻だ。もうとにかく早く纏って、ただ突っ込む。後の事は突っ込んでから考える。ヤバい莫迦が感染《うつ》りそうだけど、でもそうでもしないと間に合わない。思ったよりも下層の敵が強い分、甲冑委員長さんやスライムさんのLvが上がったのだろう……殲滅《せんめつ》速度がヤバい！　元々がその高過ぎる能力に身体能力《ステータス》が付いて来れていなかった。だから、その分僅かなLvアップでも一気に能力が上がる、それだけ潜在能力が秘められている。そしてノリノリでアゲアゲだから止まらない、そしていつものように使役者のお願いもガン無視だ！

だって「残してね？　分けてね？」って言うと（ウンウン、プルプル）ってするんだけど、次の瞬間に瞬滅の殲滅で全滅だった。だから、もう一回「俺にもちょうだい？」と言うと（ウンウン、プルプル）ってするんだけど神速の殺戮《さつりく》が殺伐と抹殺している？　うん、あの（ウンウン、プルプル）は何なのだろう？　そんなこんなで地下80階層、そして未だ最下層じゃないよ……深いな？

それは男子高校生には重過ぎるし何よりそっち方向にだけは目覚めたくありません。

59日目　夕方前　ダンジョン　地下80階層

階層主も80階層の主さんともなると、もう下手な迷宮王よりも強かったり厄介だったりする。うん、全く厄介だ。つまり厄介な方だ。摑《つか》みどころが無いタイプ？

「削るから無理しないでね。まあ、弱るまで危ないから食べちゃ駄目なんだよ？　いや、お腹《なか》に悪いって言うか、お腹無いんだけど消化に悪いって言うか、中々溶けないって言うか中で暴れたら困るんだから食べちゃ駄目みたいな？　感じ？って言うか感じるんだ、このフィーリングをって感じなんだよ、きっと？」（プルプル）

よく分からないが、分かったのだろう？　80階層の階層主「グラウンド・クラウド　Lv80」は、蜘蛛《くも》ではなく雲。だけどグラウンドと言う位だから飛べない雲で、飛べない雲はただの雲だ？　うん、せめて浮いて無いとただの雲ですら無いんだけど、雲らしい。雷雲。嵐を纏い『暴風』で身を包み、雷《いかづち》の剣戟《けんげき》な『雷撃』と踊る階層主グラウンド・クラウド！　うん、スライムさんが滅茶食べたそうだ！　美味しそうなのか、もう食べる気満々な気配が伝わって来てグラウンド・クラウドさんもビビっている!!

（プルプル！）

階層主さんですら怯《おび》える脅威。暴食の捕食者《プレデター》、その名もスライムさん！って言うか「名前は未だ無い」とか語り出したらどうしよう？

「まあ……普通は自分が食べられそうだと怖いよね？　ましてやLv80の階層主さんが自分が食べられる事なんか考えた事も無かっただろうし？」（ウンウン）

グラウンド・クラウドを『羅神眼』で視《み》ると核《コア》を魔力や何かのエネルギーが取り巻いている、それを削れば食べ易《やす》そうだ。だから親切に剝《む》いてあげよう。『樹《き》の杖《つえ》？』の『魔技吸収』で魔力と何かのエネルギーみたいな物ごと、『暴風』も『雷撃』も削り斬り斬り掃う。既に甲冑委員長さんはグラウンド・クラウドを半分近く斬り散らしているし、スライムさんはグラウンド・クラウドの攻撃の盾になって、『暴風』も『雷撃』も吸収しながら抑え込んでくれている。うん、撫《な》で斬《ぎ》りだ。

『美味しかった？　石なら貰っても大丈夫だと思うけど一応見せてね」（ポヨポヨ）

うん、『暴食』で『暴風』も『雷撃』も食べられた様だ。霜の巨人ヨートゥンも食べてたから『氷界』も食べただろうし、『氷槍』や『氷纏』や『氷凍陣』も食べてるんだろう。そしてスライムさんはスキルを消化する。だからいつの間にか吸収合成して高位スキルにしていたりするから、見る度にスキルが違う。既に土系以外はとんでもない数と質のスキル構成だと思うんだよ……うん、まだ食べるんだ？（プルプル♪）

このまま行くと甲冑委員長さんに並ぶのだろうか。なにせ、どちらも限界を見せないうえに手札が多過ぎて強さが全く見えない。しかし、こんな凄い迷宮王や迷宮皇が迷宮にちょいちょい居るなら世界はとっくに滅びてる筈《はず》なんだけどどうなっているのだろうね？

でも、あの蠅さんもレアスキル持ちだったけど逃げてたよね？　まあ、俺も逃げたし、食べず嫌いでも蠅が大好物とかになられたら困るから食べなくて良いし、寧《むし》ろスキル『蟲《むし》汁』とか取られても嫌なんだよ？　うん、対人戦最強かもしれないがあれは駄目なんだよ！

凶悪な迷宮の下層域を極悪な最凶が突破して往《ゆ》く、既に86階層の隠し部屋も探索も済ませて87階層へ……これは90階層を越えそうだ。もう下層は状態異常攻撃が当たり前で何か一つでも抵抗《レジスト》出来ずに貰ってしまったら詰みかねない悪辣さだ。まあ貰わないいんだけど？だけど同級生達の耐状態異常は下層で何処《どこ》まで保《も》つのだろう。俺は謎スキル『健康』の効果で耐状態異常が底上げされているし、装備だって突出している。だけど同級生達のアイテムだけで何処まで抵抗《レジスト》出来るのだろう……しかし「病気とかにならないなら異世界でも便利だな?」くらいに思っていた『健康』の謎効果、なにせ状態異常に一度もかかった事が無い。そして人族のスキルでは無いはずの『再生』が取れている。

謎だ……だが健康的だ。おそらくラジオ体操は関係ないんだろう……うん、毎朝やってるんだけど、あれって何かのスキル効果が在るんだろうか?

「でも『性豪』とか『絶倫』とかも健康的に取れちゃったのかな? まあ、保健体育的な意味でも健康的だけど健全では無い様な気もしなくも?」(ポヨポヨ?)

だけど異世界で最も役に立ち活躍しているスキルは『性豪』と『絶倫』だと言う噂《うわさ》も有る。それはもう噂の的で、未《ま》だ異世界に来て七十五日経《た》って無いから絶賛噂中だろう。もう毎晩毎晩噂がわさわさとあんな所のあんなアレをこれでもかと言う位に、それはもう果敢に弄《いじ》って舐《な》めてってあの喘《あえ》ぐ姿がってっ……そう、「噂をすれば影がさす」と言う諺《ことわざ》がある。あれは真実だったみたいで、モーニングスターの鉄球の影が見える。うん、勿論《もちろん》本体も見えるんだよ? ほらこれ——ドガアアアアン!

古来から「人の噂は倍になる」と言われるが攻撃力が3倍だった? うん、今ちょっと正座中で、治療《おせっきょう》中で、序《つい》でに言うと「噂は遠くから」って言われていたけど超至近距離からの攻撃だったのは言うまでもないだろう。うん、噂より俺が的だった!?

「やはり迷宮の下層は危険に満ち溢《あふ》れていた、いたって言うか痛いな?」(プルプル)

しかし、どうして兜《かぶと》で赤面できるのか仕組みが謎なんだけど、赤は危険だけ覚えた。それはもう身体《からだ》に刻み込まれ、魂に刻印されし危険が危ない危うい信号なのだ! うん、どうやってモーニングスターを取り上げよう？　そして鉄球無双の暴走特急で次は90階層。

ただ下りる前に調べておきたい事がある。それは88階層で出た、『連理の樹　？　？　？　？　……』。そう、久々の超『？』さんだらけのアイテム。何に使う物なのか手掛かりすらないオール『？』な解説なしの内密さんだけど、気になっているのは樹。それはもう気になる樹だ。だって『木の棒？』は『樹の杖？』になり、『宿木《ヤドリギ》の蔦《つた》‥【木の棒、杖の強化】魔技吸収　？　？　？』と一体化した。そして今では何気にチート武器で、神剣『天叢雲剣《あまのむらくものつるぎ》』まで融合しちゃっている。なのに、未《いま》だ見た目は木の棒なのが問題と言えば問題なんだけど比べたら負けだ。特に隣りで輝いてる白銀の甲冑《かっちゅう》姿の人と比べたら駄目なんだよ？

うん、あれから膨大な数の武器装備を見てきたはずなのに、あの『白銀の甲冑　完全無効　全強化　守護者　？　？　？』なんてとんでもでも装備は見た事が無い。そして、あの10本のリビング・ソードも恐らく超絶チート品だ。だけど何よりも見た目がただの木の棒との決定的ヴィジュアル格差。うん、見較《みくら》べちゃ駄目なんだよ……泣いちゃうから。マジで。

涙を拭いて『連理の樹　？　？　？』を調べる――木の枝だ。だが下層アイテムでしかも樹。ちょっとだけビビりながら『樹の杖？』と一緒に持つ……考え過ぎだったのか、別に何も……えっ、マジっすか？

確かに『宿木《ヤドリギ》の蔦』の時も複合されずに一体化したんだけど接ぎ木なのか、そしてまた『？』が増えているけど……『連理の樹　七支刀　？　？　？』って、この『七支刀《ななつさやのたち》』ってあの七支刀《しちしとう》？

　そもそも連理とは一本の木の枝が他の木の枝とくっついて木目《もくめ》まで同化し一体となる事を表していて、だから夫婦に例えられることが多い。でも先に『宿木の蔦《ヤドリギ》』が巻き付いてからの『連理の樹』と合体のドロドロの三角関係に、隠された『七支刀』と『天叢雲剣』の七又関係疑惑まで現れた昼ドラ並みの縺《もつ》れた愛憎関係な武器になってしまった様だ！

「お、恐ろしい武器！　うん、そう思いながら見ると愛憎縺れるサスペンス感とか、突然流れ出すララバイ感なんかを感じてきたんだよ！」（ポヨポヨ!?）

　敵より俺が逃げそうだ。特に美人女将《おかみ》湯煙温泉や断崖絶壁の近くが危なさそうだ!?　そして何だか分からない物になっていく『樹の杖？』さんは、『世界樹の杖《ユグドラシル》』さんだったようだ…………って言うかスキルだけじゃなくて装備まで嘘《うそ》ついてやがったっ！　今までずっと木の棒の振りして隠れてたんだよ!!

「何なの全部嘘のステータス欄って？　それって見ても意味ないし、意味分からない原因こそがステータスだよ！」

　まあ、ずっと怪しすぎて疑ってはいたんだけど、やっぱりやりやがっていた。しかし、これで村人Aさんの謎が深まった。そしてあの『日記』は……まあ、関係ないか。きっと分からない事しか分からないんだけど、それでも別の事が分かるんだろう。

　だけど90階層が未だ最下層じゃ無いのは流石《さすが》にヤバいな……だって、このダンジョンはそんなに古く無いはずなのに？

いつも隠れて嘘つくからブラフってみたらやっぱり隠れていてもう嫌だ。

59日目　夕方前　ダンジョン　地下90階層

世の中言ってみた方が良い事も有る。何時《いつ》も余計な事を言って怒られても、それでも言ってみなければ分からない物なのだから（体重の話は除く！）――うん、言ってみた？

「穿《うが》て、ミスティルテイン！　みぃたぁいぃなあぁぁ――……あっ……ああーあぁ？」

まあ、かつて重篤な感じの中2時期特有の病魔に侵食されながらも生還されたか、そのまま進行中な人ならばみんな大好き宿木《ミスティルティン》。

「いや、まさかこっそりまだ隠れてたりしないかなって、ちょっと騙《ブラフ》ってみたんだけど発動したよ……マジで隠れてやがった！　うん、もう嫌だ、この異世界!?」（プルプル……）

うん、まだこっそり偽装して隠れていたらしい。『樹の杖？』さんは『世界樹《ユグドラシル》の杖』さんだった。そして世界樹《ユグドラシル》ならば北欧神話だ。そして『宿木《ヤドリギ》の蔦』って……怪し過ぎるんだよ！

「いや、まあ流石に勘繰り過ぎだと思ったけれどさ、ちょっと気分を出して試してみたら……本当に隠れていやがった――っ！」

　宿木《ミスティルティン》、北欧神話最強のミスティルテインの槍《やり》。万物に耐性を持つ光の神バルドルを唯一刺し貫いて死に至らしめた宿木こそがミスティルテイン。宿木の名前なのか武器の名前なのか不明な謎らしいけど、神話中ではミストルテインの槍でバルドルは貫かれたと記述があるらしいけど、これにはまた諸々の事情と諸説あるんだそうだから……叫んでみた？

「いや、ジトられても俺が吃驚《びっくり》なんだよ？」（……）（……）

物は試しと、つい厨二《ちゅうに》なノリで叫んでみたら発現した。うん、ノリだったのに地下90階層の階層主、「グレーター・ガーディアン　Lv90」が消し飛んだ？　まさかの『完全無効』の巨大な甲冑の守護者《ガーディアン》が一瞬で消滅してしまった。迷宮に大穴が開いている……言ってみただけなのに？　あと高級そうな装備だったのに消し飛んでる？　あとジト？（……）（……）

そう、ついにスライムさんまでジト目を極めたようだ！　うん、目が無いのにどうやってるんだろう？　まあ甲冑委員長さんも昔は髑髏《どくろ》な兜でジトっていたから、異世界ではそう言うものなのだろう。うん、だってジト目に罪は無いのだから。

そして、ミスティルテイン暴発事故でＭＰごっそり抜かれて、体力も尽きた。これは駄目な奴《やつ》だ、ヒーローな人が使う一撃必殺なアレで後が無い。こんなヤバいもの使える訳がない、今襲われたら動けないまま殺《や》られてしまうくらいにヘロヘロだ。ＭＰ茸《きのこ》と体力茸を齧《かじ》りながら休憩する。

「うん、意識まで飛びそうで、一発撃って力尽きて気絶とか死亡フラグ間違いなしの自爆兵器だよね？　だって迷宮って治安悪いと思うんだよ？」（コクコク）（ポヨポヨ）

やはり関係者さんの談話でも治安は良くないようだ。そして制御出来る様な代物でも無い気がするし、これも封印コースだな……まあ発見《みつけた》だけで充分で、知らないことこそが怖い。そして、きっとこれで樹《き》の杖《つえ》改め『世界樹の杖《ユグドラシル》』さんは、より一層伸び伸びと制御不能な武器になっているのだろう——因《ちな》みに「グレーター・ガーディアン　Ｌｖ90」の残った部分はスタッフさんじゃなくてスライムさんが美味《おい》しく頂きました。

　ようやく回復すると甲冑委員長さんとスライムさんが魔石を抱えて帰って来た。護衛はデスサイズ3体に任せて休憩中で、甲冑委員長さんとスライムさんは下層に遊びに行って鬼ごっこと言うか、鬼のように魔物さんを追い掛け回して遊んできたのだろう。うん、危ないから少しだけって言っておいたのに随分と魔石が多いんだけど……どうやら危なかったのは魔物達《たち》だったらしい？

（プルプル♪）「うん、おかえり～、って別にここに住んではないんだよ？」

　そう、期待してた割には微妙な迷宮だった、だけど結局深かった。最近では魔の森の伐採もあらかたは終わり、この後の伐採計画が決まっていないのでメリ父さんとお話しする必要があるけど話すと長いし、王女っ娘《こ》とメイドっ娘コンビにメリメリさんまで加わると大体話が大混乱になるから放置中。だからデモン・サイズ3体は連れて来てたんだけど出番があって良かったよ……うん、完全に『デモン・リング』に入れたまま忘れかけていた。

「美味しい魔物さんはいた？って言うか絶対食べて来たんだよね？　だってその御機嫌なぽよぽよの踊りと歓喜のぷるぷるな舞いの連　舞《コンビネーション》なお喜び申し上げます的な雰囲気はお腹《なか》いっぱいな上機嫌で、スキルも沢山食べちゃった感が満載な御様子？　みたいな？」（プ

ルプル～♪）

上機嫌な御様子みたいだ。まあ美味しくて喜んでいるから良いのだろう。MPも少しだけど回復してきた。しかし山脈を開削したり城塞や頑強な村を造れたアイテム袋の魔力バッテリーの容量を一発で使い切る消費量の攻撃なんて普通だと発動すら出来ないだろう。うん、隠れたまま気付かれなかった可能性大だった。そして言ってみなければずっと隠れていたの？　装備まで嘘つくって何なの!?

「まあ自分の装備品に騙《ブラフ》を掛けている時点で意味が分からないんだけど、寧《むし》ろ騙《ブラフ》に引っ掛かって思わず発動しちゃった武器って何!?」

うん、思わず親近感を覚えたよ！　そして甲冑委員長さんとスライムさんは下の階層を見に行くと言っていたが狩り尽くすのは予想済みだった。そして、きっとその下の階層にも行くに違いないとは思ってはいたけど魔石が多すぎる。うん、隠し部屋探しに下層に降りて行くと94階層まで殲滅《せんめつ》済みだった。３階層分も楽しんできたようだ！

その93階層で隠し部屋を見つけて、ちょっと押し入って魔物さんをボコって装備品を取ってさっさと帰る。うん、疲れたから鑑定は帰ってからで良い。94階層から扉《ゲート》で帰ろう。まだ戦闘は厳しいし、MP枯渇では『窮魂の指輪』の『救命』が発動しない。保険無しで深層に挑むような真似《まね》はしたくないし、多分時間的にも夜になりそうだし、MP枯渇でお腹もすいたから帰るったら帰る。うん、何度やってもMP枯渇は怠《だる》いんだよ？

「扉《ゲート》で帰るから次は95階層から攻略って言うか、鬼ごっこって言うか、お食事って言うか、きっと1周回って攻略なんだよ？　うん、晩御飯はなんちゃってイタリアン風カツレツさんに決定されてるから、早く帰ってご飯にしよう？　マジお腹空《す》いたよ」

街から近いダンジョンだからつまみ食いは我慢しようと、味見をしつつ街を目指す。周辺の魔の森が伐採されて開《ひら》けてると街は近い。うん、立地は良かったんだよ？

だけど、この世界ではＬｖアップやスキルの習得で移動速度が上がるから、あまり距離は意味がない。うん、道理で馬とかめったに見ない筈《はず》だ。まあ貧しかったから普及していないんだろうけど異世界で貧しそうな領主さんの馬車に乗っただけで、定番のお約束な乗り合い馬車にも乗った事ない。そう、移動がずっと徒歩か、偶《たま》に飛んで落ちるかだ。

どうやら異世界のファンタジー感は深夜の個室にしか無い様だ。うん、あれはきっと元の世界には無い凄《すご》い物なのだ！　だって迷宮皇だし？　うん、あの絶世美女の豪華絢爛感《ファンタジックラグジュアリー》は他には無いだろう。凄い物なんだよマジで！

——さて宿に着いたら暴走大賢者な副Ｂさんが待っている。そう、試練が待っている。あれはきっと如何《いか》なる男子高校生にとっても究極の苦難が艱難《かんなん》な試練だろう。まあ約束しちゃったしやるんだけどさー？　ねー？

門番さんは今日も華麗にスルーで毎日々々迷宮皇と迷宮王が顔パス出来る街。それって一体誰を止める気なのか聞いてみたいよね？

「人が増えたねー、湧いてるのかな？」（プルプル!?）

雑貨屋さんにも寄り、武器屋も覗《のぞ》き、念の為《ため》に冒険者ギルドの掲示板にもいちゃもん付けてジト補充して宿に帰る。

「ただいま～？　みたいな？って言うか……何で睨《にら》んでるの？　まあ常々語り尽くされ結論は真理に至っているんだけど、至って俺は悪く無いんだよ？　うん、何で睨まれてるのかも分からないけど、たとえそれが如何なる理由であろうとも、きっと俺は悪く無いんだよ？　あらゆる万物の流転の摂理を紐解《ひもと》いても大体俺は悪く無いみたいなんだよ？　みたいな？」「「「……」」」

ジトられてる。しかも40のレイプ目で睨まれて怖い！　うん、目に輝きが無いのって怖いんだよ？　そう、別に俺が汁をぶっかけた訳じゃ無いのに怒られた。あれは蟲《むし》さんの蟲汁だったのに怒られた。なのに甲冑《かっちゅう》委員長さんとスライムさんは、まるで無関係の様な顔でファイダウェイを決めている！　ちょ、見る度に護衛さんの距離が遠くなってるよ！

「「「ぎゃあす、ぎゃあす【以下説教、マジオコです！】」」」

虚《うつ》ろな空洞の様な目がマジ怖い！　これはきっとジトとは正反対のベクトルにある物だ!?　長い説教を起死回生の「なんちゃってイタリアン風カツレツさん」の力で強引に終わらせてやっと解散された。やはり、もうみんなお風呂は済んでたみたいで甲冑委員長さんがちょっぴり寂しげにスライムさんとお風呂に行った。うん、俺も行きたいけど——試練が待っている。

21人のジトに囲まれ怒られ9名のオタ莫迦付きで毎日食事は自炊で浪費するお金も無いんだよ？

59日目　ディオレール王国　王都　王城

内戦。それは国力すら維持できない凋落《ちょうらく》の中では実質自殺と変わらぬ。それも、これが内輪と呼べるのならばだがな……大貴族共は既に諸外国の傀儡《かいらい》、それが目先の利益で辺境へ群がり始めた。もう王国にはそれしか残っていないのに、それすら私掠《しりゃく》する気だ。

「王弟閣下。こちらが情報を纏《まと》めた物になります。確実な情報とは言い兼ねますが、現在手に入りし情報全てを精査した結果です。これ以上はもう時間が許さぬでしょう」

王である兄さえ意識を取り戻せば打開できるのだが、もはや時間が無い。まさか私がメロトーサム卿《きょう》と敵として相見《まみ》えようとは……いや、それこそ兄にはさせられん。私自身が兄とメロトーサム伯が戦うところ等《など》考える事すら耐えられぬ。

いっそ私が討たれて済むものなら、それで国が治まるのなら討ち死にに行くのも悪くないのだが――それでは何の解決策にもならぬ情けなき有様。

「つまりはＬｖ20にも満たない小僧が迷宮で事故に遭い、奇跡的に一命を取り留めて崩落で死んだ迷宮王の宝を持って帰り、その金で辺境を買い占め独占しているのだな？」

メロトーサム卿に何も言い訳など出来ぬ。ただ王の為に今迄《いままで》耐えて下さった、王家の為に苦汁を飲み続け屈辱に甘んじて来た。そして王が病に倒れると同時に大貴族共の専横が始まり、遂《つい》にはメロトーサム卿もその家族も命を狙われたという。そして、それすら下っ端貴族の首で有耶無耶《うやむや》にされたのだ。

「分かっている情報で確実性の有る物を繋《つな》げただけの推論ですが、恐らくはそれが一番真実に近いかと。他は御伽噺《おとぎばなし》のように荒唐無稽の与太話ばかりで、法螺《ほら》話が面白おかしく脚色された英雄譚《たん》で信憑性《しんぴょうせい》が皆無でした。現在は20名の美姫《びき》を囲い込み、9名の屈強なA級の冒険者を護衛に付け、豪華な宿を一軒借りきって毎日豪勢な食事をして莫大《ばくだい》な金を街で浪費しているとの情報が入ってきております」

せめてもの落し所にと迷宮王の財宝を手に入れた冒険者と、その宝を王都まで差し出すよう使者を出したが頑《かたく》なに受け入れられなかった。只《ただ》の冒険者の引き渡しの条件に、あのメロトーサム卿が激怒し怒り狂ったとも聞く。

「ならば何故《なぜ》そんな風来の小僧をあの辺境伯メロトーサム・シム・オムイが庇《かば》い立《だ》てする。王国と戦端を開く事になろうかと言うのに未《いま》だ引き渡しを拒む理由が無いのではないか」

もう辺境はとっくに限界、最も危険な地で大陸を守護するオムイ領は大貴族共のせいで貧困に喘《あえ》ぎ、満足な武装すら出来ぬままに魔の森の魔物達と戦い続けている。斯様《かよう》な状況で滅びていない事が奇跡。オムイが滅びれば王国も滅びると言うのに、辺境の魔石を奪い贅《ぜい》を凝らす事しか考えられぬ大貴族の愚かさに反吐《へど》が出そうだ。

「小僧を庇っているのではなく王国の意に逆らっているのです。過去の盟約を理由に魔石の販売を止め王国を脅迫しているのです。その証拠に辺境側の入り口には強大な城塞が築かれているとの情報もあり、かなり以前からこのことを準備していたのでしょう。城の規模からみても5年やそこらの話ではないはずです」

この状況で城砦《じょうさい》を造れたのか……しかも何年も前から。それが信じられないが、もし城塞まで用意されているのならば、それはもう話し合いすら出来ないのだろう。

「だが、あのメロトーサム・シム・オムイが率いる辺境軍相手に勝てるのか。しかも本当に城塞まで用意しているのならば、戦争に備えているのだぞ」

「だが引けませぬ。ここで引けば王国は割れ、国として立ち行かなくなるでしょう。話し合いで済むなら良いですが決別してから戦では国が持ちません。時間が無いのです、最早《もはや》国庫は空、他国への借金返済すら危機的な状況です」

ならば贅沢をやめればよかろう、腐敗する前から脳が腐っておる貴族の強欲が全ての根源だと言うのに。

「あのシャリセレスが率いた近衛《このえ》師団ですら壊滅したのに誰が成せる、王国の最精鋭が辺境まで辿《たど》り着く事すら出来なかったのだ。戦争に勝つ前に辿り着けるのか？」

せめてシャリセレスが交渉をと一縷《いちる》の望みを託したが……いや、あれは死ぬ気だった。そして王国の為に辺境まで辿り着いたとしても、決してメロトーサム卿に剣を向ける事などなかっただろう。あれは自らの命を楔《くさび》に死して大貴族共を止める気であった」

それすら無為に。それでもメロトーサム卿の下で保護され、良かったのやも知れぬな。

「国境警備を見てくれだけの貴族の子弟と入れ替え、全軍で辺境に当たるしかありません。あのような大貴族共の私兵と寄せ集めの軍では話にもならないでしょう。ですがグヴァデーイ第一王子は完全に大貴族に付きました。見捨てれば禍根を残す恐れもあります」

「見捨てろ。禍根など放って置け。あの強欲の恥知らず共のせいで辺境と事を構えねばならなくなったのだ。それにまだ乗る愚か者にどうせ国など任せられん！」

愚か過ぎる。だが最も怪しい第二王子もこの情勢で全く動きを見せない。他は継承権の低い幼子ばかり。誰かが王家を継がねばならん、兄が回復せねばそれも遠い話ではなくなる。だがシャリセレスは血で血を洗う凄惨な継承権争いなどに加わる事は無いだろう。ならば寧ろメロトーサム伯の下に保護されているのは僥倖《ぎょうこう》なのかも知れぬ。暗殺される危険が高すぎる、あれは軍にも民にも人気が高い。そして王子達の悪評なら掃いて捨てる程あるが、奴らに人望など欠片《かけら》も無いのだから。そう、王城の中こそが危険だったのだ。

「王軍は動かさぬ。少数の近隣の部隊を一つ呼び寄せよ。もう交渉など無意味だとしても最後にメロトーサム卿の下に行かねばならぬ。まして兄が行けぬのだ、私が行かねば……もう何もかもが遅かったとしても行かねばならんのだ」

滅亡か。皮肉な事だが、いっそメロトーサム伯が謀反を起こし王国を乗っ取ってくれるのが一番だと言うのが笑える話だ。だがメロトーサム卿は決して謀反など起こさない。

「武力は無意味。メロトーサム卿が許さぬと言うのなら、その小僧の首と引き換えで良い。我が首と交換し貴族共を掣肘《せいちゅう》せねば滅びは確実なのだ」

王国が、王の座が欲しければ、オムイの代々の歴々の当主全てが何時《いつ》でも出来ただろう。だが常に王国と王家に最も忠誠を誓い、最期まで尽くしてくれたのは歴代のオムイ家の当主だった。歴代の王は皆オムイ家に感謝を捧《ささ》げ、魔の森で散って逝く歴々のオムイ伯に涙したと言う。何の権威も求めずただ民の為に戦う英雄の一族オムイに。

それこそが王に相応《ふさわ》しい。我等《われら》ディオレールなどオムイの歴々に助けられ恩を受け、それを仇《あだ》でしか返せぬお飾りの王族に過ぎないのだ。その王国の命運も尽きた。腐敗に塗《まみ》れて内部は腐り果て、隣国の言い成りの拝金貴族が国を売り飛ばす始末。

だからこそ、その小僧の首と宝がいる。宝物の隠匿はその小僧の罪にし、その迷宮の宝で取引するしかない。事さえ成れば我が首などいらぬ、とっくの昔に我らは皆殺しにされて当然。だから私の最期は兄に代わってメロトーサム伯の下に行く事だ。もう言葉も無いが、せめて王家の者として頭を下げねばならぬ。

「貴族軍の状況及び作戦は、どうせ王国が滅びるのなら辺境軍と挟んで潰し殺してやるのも一興なのだがな」

「ごっ、御冗談でも口が過ぎます。その様な王国が割れるような発言が外部に漏れれば大問題になりましょう、辺境に肩入れする御積《おつも》りならば国賊とされかねませんぞ」

兄でさえ、王でさえ止められなかった最悪の状況が、無才な吾《われ》に止められる訳が無い。そして王が伏している間に最悪が更に悪くなっていく。考えられる最も悪い状況よりも、なお悪くなっていくのだ。

「国賊? シャリセレスの救出は失敗したらしいが、あんなものは救出に託《かこつ》けた暗殺だ。既に交渉する口実まで潰されたのだぞ。そもそも交渉できる材料も無ければ交渉が許される立場ですらないのにだ!」

既に王国軍よりも貴族の軍が圧倒的、その王国軍まで分裂し多くが大貴族達《たち》と癒着している。もはや内戦になろうと戦いにすらならん。だが辺境はやらせぬ、手打ちできそうな条件など、その訳の分からん小僧とその宝しかないのだ。それすら無しに貴族共とその裏の教会共と交渉に持ち込む手札が無い。

「もはや辺境を討つ以外に手立てなど我等には残されていないのです。戦乱を避ける手立てが他には無いのです。どうかご理解下さい……」

オムイ伯が庇い立てせねば身柄を押さえて貴族共の大義名分を潰せるやも知れぬ。全ての民を助けるのがオムイとは言え、余りにも頑な過ぎる。そして何の譲歩も無くあの貴族共が手を引くなど在りえない。落し所はそれしか無く道は消える。

「お前はオムイ伯を討てと言うのか。王国の英雄にして大恩人であるあのオムイを、それを民が許すと思っているのか」

貴族共は本気で王家や貴族の有象無象が束に成ったところで、あの辺境軍に勝てるとでも思っているのだろうか。あの屑《くず》貴族共は辺境を見た事すら無いと言うのか。あの魔物が徘徊《はいかい》し跋扈《ばっこ》する魔の森で戦うあの辺境軍の強兵達と、浅い迷宮ですら潰せぬ貴族軍が戦えるとでも真面目に思っているのだろうか。

「はい……討てなければ王国が終わり、王国の民は国を失い流浪の身に落ち果てるでしょう。そして……大陸が戦乱になりまする。討てるかどうかではなく、もう討つ以外の道が無いのです。それがあのオムイであってもです」

愚かさに滅びるか、もはや王子共と我が首を差し出し収まる話では無い。だから行くしかあるまい、辺境《オムイ》に。そして王国の闇が動く前に事を治めねば、オムイが倒れれば王国はどのみち滅ぶしかない、そして王国だけでは済まぬと何故わからん。

「そうか……ならば征《ゆ》かねばならぬな、最果てへ」

出来る事ならその冒険者の小僧の身で貴族共を黙らせ、オムイ伯との交渉に持ち込みたい。王子等ごと我等王族の首を並べて謝罪し、貴族共は小僧と宝で手打ちにするしかない。これが私の最期の道だ。この首と交換でも良い、内戦になれば——王国は終わる。

あれはスライムさんでは無かったがスライムさんが言っていた二人のお風呂友達が誰かは分かった。

59日目　夜　宿屋　白い変人

試練の時は来た。苦難は此処《ここ》へ至った。『心を虚《むな》しうせよ』——禅の心にして『致虚極、守靜篤。萬物並作、吾以觀復』、そう老子の言葉にもある。

心を虚しうせし事を極め尽くし、心の静やかさを篤と守る。

あらゆる事が一斉に起きようとも、それぞれが根源へと復《かえ》ると知る。

どれ程の凄《すさ》まじき驚愕《きょうがく》の仰天な脅威にも動かない不動の心……いや、驚愕の仰天な脅威なんだよ？　もう何て言うか天変地異みたいな？

くっ、『明鏡止水』――心を水に映し見つめる。さすれば水は時と共に停止し鏡の様に己《おの》が心を明らかに映し出してくれる。そう、不惑に心を止め只在るがままを受け入れる。

でも、あまりに大きすぎて受け入れきれそうに無いんだよ!?　ちょ、これでも未《ま》だ足りないと言うのか！　は、はみ出してるだとおおおおおおお――！　いや惑っちゃ駄目だ、惑っちゃ駄目だ。惑っちゃ駄目なんだよ。虚しく静やかな心で包み受け止めるったら受け止めるのだ……うわっ、って零《こぼ》れそうだけど受け止めるのだ！

深く息を吐き呼吸を整え、心を乱さずに只在りのままを見たら……発狂しそうだった！

うん、心を動かさない前に、動かしたら男子高校生的な根源が爆発の危機なんだよ!!

或《あ》るままに触れて包み思ひ測る――って言うか重い、でかい、柔らかい、って心を見つめるのだ、其《そ》れは見ちゃ駄目だし触れたら終わりだ！

（ぷるん）

この位なのか……適当とは適切に当てねばならない。良い加減とは加える事も無く、減らす事も要らない最も良い所なのだから……だから、この位？

（ぽよん）

返事はあったが何て言っているかは分からない。だってスライムさんじゃ無いんだよ？　押さえ付けずに持ち上げる様に包み込み、その可変する方向《ベクトル》を分解して分散させる……ちょっとキツイ？

（ぷよん）

いや、分からないんだよ？って言うか分かったら大変な事になるんだよ！　あれはお話してるんじゃないよね!?　思わず返事しそうになっちゃったけど問題は動作《モーション》。重心点が無いのだから全体として動きの幅を予測し、総体として包み抑えて収める必要がある。だが試そうにもこの大質量危険物体を揺らすなんて恐ろしい事は出来る筈《はず》も無い。上に吊《つ》り左右から挟み込んで持ち上げるしか無い。そして圧縮されながら変形し重なり合う、巨大過ぎるその重量も質量も内包させたままで、尚且つ完全に固定し切らない様に伸縮の余裕を持たせたまま纏《まと》め圧縮して行く。

（むにょん？）

あれ、疑問形だった？　いや駄目だって、それと会話できたら色々終わるんだよ！　心を空にし雑念を捨て去り、魂を虚《うつ》ろい柵《しがらみ》や思いから解き放つのだ。こうかな？

（ぷり～ん！）

えっ、プリン食べたいの……って違うよ！　それスライムさんじゃ無いから食べないよ!!　食べたら吃驚《びっくり》どころか大変な問題発生だよ……あ、あれにプリンを――駄目だ、心は無なのだ。思いこそが心を曇らせる、まあ重いから苦労してるんだけど無心に邪念を捨て気を静める。でも無邪気にあれと戯れると全く無邪気じゃ無い事が起きるよね！

だが最後の声は機嫌良さそうだったから、この方向性で良いのかな。うん、良いみたいだが……ヤバい、会話ができ始めちゃってる!?　ちょ、あれ心の声とかそんなんじゃ無いんだから会話してたら絶対に大変な変態な変人なんだよ？

「えっと、これで宜《よろ》しいでしょうか的な、一寸《ちょっと》動いて試してみて欲しい様な欲しく無い様な、動かれたらヤバいけど動かぬ心が大切なんだよ？　みたいな？」

（ぽよよ～ん♪）

良かったみたいだ……って誰が返事したの！　ちょ、ちゃんと返事しようよ!?って言うかそっちが本体だったの？　どっちが？　いや違うから、本体って言うか本人さんまだ確認中なんだよ？　うん、俺は誰と会話してるんだろう？

「うん。すっごく良いよ～、楽になったし動き易《やす》いよ～。これ元の世界のオーダーメイド物より全然絶対快適だよ～っ！　後は細かなデザインだけお願いね～っ♪」

マジですか――つまり俺その着用済みを深夜に独りで改良するの？　つまり、男子高校生が着用済み生ブラジャーさんを？　うん、それは一体全体なんてファンタジーなのだろう。どう考えても異世界転移よりよっぽど凄まじいファンタジーで、もうファンタジックに着用済み生ブラジャーを持った男子高校生が深夜に独りで異世界に旅立ちそうなんだよ！　いや、ここ異世界なんだけどね？

「まあ、確かにこの世の全ての物、つまり万物は機能性と装飾性が鬩《せめ》ぎ合い融合し一体化して初めて正しい形に落とし込まれるものだし。まあ分かり易く言うと男子高校生に深夜に独りで着用済み生ブラジャーにレースとか付けろと？」「うん、お願い♥」

ただ、この破壊力はハーフカップで支え切る事は出来ないから、ボディーストラップ部位も最低限の幅は譲れない。だからこそデザインで飾るしかないから後《バック》をクロスにして重心を寄せて上げる手も有るには有るが……もう1回採寸したら俺は死ぬと思う？　うん、きっと心より先に魂が空になるんだろう。ならば最低限デザイン性を上げて後はレースで装飾しながら補強するしかない。うん、しちゃうのか……生ブラで作業を。

そう、これこそがあの狂乱の暴走状態の副委員長Bさんを止める為《ため》に使った最後の手段。それは封印されし禁断の魔法の言葉《ゴニョゴニョ》だった。ただ簡潔に「落ち着いてって言っても、お顔から全身蟲汁《むし》ぶっかけ状態で落ち着いてたら、それはそれでそっちの方が怖いんだけど、そろそろオタ達が焼けちゃうから落ち着いてね？　うん、まあオタ達は焼けても良いんだけどオタが焼けて結界が解けちゃったらみんな火炙《ひあぶ》りで痩せる思いは思いだけだから落ち着いてね？　みたいな？」と説得してみたんだよ？

だって、もう一刻の猶予も無くて、背に腹は代えられない極限の状態だったのだが背や腹よりヤバい柔らかさがたわわに揺れて震えて跳ねて大変だったんだよ！

そう、「帰ったらブラジャー作ってあげるから帰ろうね？　うん、もうオーダーメイドのレース付きブラさんだから帰ろうね？　でも帰る前に蟲汁洗おうね？って言うか顔から垂れてるんだよ、なんかもう蟲汁が糸引いてて色々ヤバいからお顔洗おうね？　はいお湯だよ～みたいな？」と契約しちゃったんだよ……まあ、異世界に来てからずっとブラジャーに困っていたらしいし、そして態々《わざわざ》作った服飾工房に通っても解決はできなかった。甲冑《かっちゅう》委員長さんからも再三作ってやれと言われたけど、女子には重大な問題らしいが男子高校生だって十代で重大な悶大《もんだい》なんだよ？　そして窮余の策で作成した魔力成型スポーツブラでも支え切れなかった、中で暴れて動いてしまうんだそうだ……そんな事情を男子高校生に言われても色々な方面でとても困るんだよ、かなり凄《すご》くマジで？

「うん、大まかなデザインの希望だけ、このパターンから選んでね？　でも装飾兼補強だから多少形状は変わる可能性は有るんだよ？」「うん、可愛《かわい》いね～♪」

あの時の一言「帰ったらブラジャー作ってあげるから帰ろうね～」も問題発言と言えば充分問題発言だったのだが、「あとが大変だ……」とか思いはしたが……マジ大変な思いで大変な作業で、そしてやっぱり男子高校生的に大変だった。そして今現在も男子高校生的に大変な現状な状態の状況で非常事態なのだ！

「う～ん、可愛いから全部欲しいけど～、これでお願いします♪」

しかし、ブラというものがここまで設計がややこしいものだとは思いもしなかった。重心と内容物が動くものを抑え付けずに固定するような設計技術なんて普通は存在しない。しかも、その重量を分散させつつも支点部分に負担を集中させせない設計思想が難しいのに、計算しても絶え間なく可動してしまうから構造計算のしようが無い。まさか『至考』さんの演算能力でも計算しきれないとは思ってもいなかったから大苦戦だったよんだよ！

「うん、もう目隠しはいいよ～？」（プルプル）「いや、そこでぷるぷるは本当に目を開けていいか心配になるんだけど、ほんとの本当にスライムさんだよね!?」（プルプル♥）

言っておくけど、ちゃんと健全に甲冑委員長さんとスライムさんの見張り付きだから、疾《やま》しい事は無いんだよ？　うん、勿論《もちろん》やらしい事は考え無かったと言ったら嘘《うそ》偽り無く申し開きが天地開闢《かいびゃく》しちゃう位に男子高校生的なファンタジーな世界をファンタジックに大冒険だったのだが、ちゃんと目隠しして貰《もら》って魔手さんで作業したから触ってもいない。うん、触れてないからセーフなんだよ？

まあ、つい魔手さんが魔が差したり、魔手が滑ったりで撫《な》でたり揉《も》んだり突《つつ》いたりと言った諸々の問題《トラブル》も乗り越えて完成した。ただ甲冑委員長さんは目隠ししてるのにちょい指に隙間空けるの止《や》めてね？　うん、それと副委員長Bさんも隙間から目が合ってるのに微笑《ほほえ》まないでね？　そして採寸に合わせて「あ～ん♥」とか言うのも止めてね？

「下もお揃《そろ》いでお願いね～っ？　うん、わからなかったら採寸に呼んでね～っ。楽しみ～っ、有難う遥《はるか》くん。るんるん♪」

パタンと御機嫌な音で扉が閉まり、超御機嫌で帰っていった。うん、ルンルンでぷるんぷるんだった。そして俺は下も作るらしい。下って下だよね？

だが、下を採寸したら魂までが灰燼《かいじん》と帰すだろう、もう既に真っ白に燃え尽きてるし？

そして、この事件は絶対近い内に絶対に女子達にバレる。どのくらい近いかって言うと今まさにバレてる気がする！　だって女子って毎晩一緒にお風呂女子会とかしてるし、委員会もみんな相部屋だ。そして甲冑委員長さんも欲しがるから作ったんだけど、その甲冑委員長さんこそが絶対に見せびらかして自慢する常習犯さんなんだよ。……うん、あと19人もいる……夜なべした。そして、それでも頑張った。

だって遂《つい》に甲冑委員長さんに上下お揃いのセクシーランジェリーにガーターストッキングが揃ってしまったのだ――っ！　うん、頑張ったよ？

観光と言う名の欲望のバスにはきっとバスガイドさんが必要で重要でご指名だ。

60日目　朝　宿屋　白い変人

朝から尾行っ娘《こ》の報告が入って来た。どうやら王国の王子様の率いる軍が辺境を目指して集結して、出発したらしい。それを王女っ娘が止めに行こうとして領館は大騒ぎなのだそうだ。マッサージチェアーの小銭を集めに行きたかったんだけど、近付かない方が良さそうだ。まあ、あの素敵で無敵なエロドレスを着てるんなら毎日でも眺めに行きたいけど、非常に残念な事に雑貨屋さんで普通の服を買って帰ったらしいんだよ？

「う――ん、しかし鈍《のろ》い!?」「まあ大軍らしいし、高速移動スキルの無い低Ｌｖの兵士さんに合わせれば遅くなるよね」「でも、これ10日以上は掛からない？」「うん、すごい遅さだね！」「もう何かダレるから3日前くらいに言ってよって感じ？」「うん、準備してる間に忘れてしまいそうなペースだよ……忘れてたし？」

分担制方式《リレー》で動いてるとはいえ、尾行っ娘一族の速報は3日以内には情報を届けて来る。遅くても5日は掛かっていない。なのに到着まで2週間って、のんびり旅行できそうなゆとりの日程……ツアーで観光なアレなの？　うん、俺も参加したい！　バスガイドさんは可愛いのだろうか！　いや、バスが無いから歩いて2週間もかかると言う事はバスガイドさんがこの世界には存在しない可能性が高い。よし、衣装だけでも作って甲冑委員長さんに着せて夜のめくるめく観光《ヘブン》な世界に案内《ガイド》して貰ってバスと言う名の欲望が暴走で素敵な夜行《トリップ》にいざ旅立たん！

「おーい、遥く――ん。何で王国軍の軍事行動の報告聞いてるのに、ガッツポーズで『バスガイドさんの衣装であんな事やこんな事～！』って言う独り言を叫んでいるの？　それは何の軍事作戦なのか正座で説明を1時間くらいしたかったりするのかな？　あと異世界にバスが無いのにバスガイドさんだけ作らないでね。まあ、何するかは分かってるけど有罪《ギルティー》だから正座追加決定です」「「「なんで男子全員が悲しい顔なの!?」」」「「「男子って……もう」」」

昔から敵の敵は味方とも言うが、味方が敵な敵中で孤立無援なジト目の集中砲火が包囲殲滅《せんめつ》戦で展開中だけど、俺の味方は何処《どこ》に行けば出会えるのだろう？　うん、やはり出会いを求めてバスガイドさんの案内《ガイド》が必要なようだ！　でも鳩《はと》バスで街1周とかだったらどうしよう？　それってもうバスガイドさん以外に見るものが無いんだよ？　まあ見るんだけど？

怒られた。そして今日は委員長達《たち》は50階層の階層主戦の後、59階層までの踏破を目指すそうだ。もう何ら問題は無い、昨日も60階層の階層主まで倒しているのだから中層なら何の問題も無くいけるだろう。昨日も問題は蟲汁ぶっ掛け事件だけだったから大丈夫なはずだ……うん、ぶっかけられない限りは……うん、よくぶっかけられるんだよ？

「「「乙女にぶっかけを連呼しないで！」」」

俺達は昨日の続きからと思っていたんだけど、このまま実戦に入るのには不安がある。それは『樹《き》の杖《つえ》？』がやっと現した姿、『世界樹《ユグドラシル》の杖』。既に神剣『天叢雲《あまのむらくもの》剣《つるぎ》（草薙剣《くさなぎのつるぎ》）：【神剣　魔を断ち、滅する】PoW・SpE・DeX・LuK30％アップ　？　？　？』が複合された木の棒に、『次元刀：【魔力で切断力、切断距離が変えられる刀　要Lv100】次元斬』や『エルダー・トレントの杖　魔法力50％アップ　属性増加（大）魔力制御上昇』と『空間の杖：【空間魔法が使える人には効果大】』の四つが複合されている。まあこの時点で使えればチート級以上の兵器だった。

その『樹の杖？』に巻き付く蔦《つた》『宿木《ヤドリギ》の蔦：【木の棒、杖の強化】魔技吸収　？　？　？』の正体は宿　木《ミスティルテイン》、北欧神話のミストルテインの槍《やり》だった。そう、ずっと騙《だま》して隠れていやがった！

それに『連理の樹』を併せると効果に『七支刀』が現れた……既に化け物兵器を超えている。どう考えたって間違った方向の「僕の考えた最強の武器」の路線が混線で脱線したまま左斜め下の逆位相まで暴走している気がする？　そう、当然の問題は制御操作《コントロール》と魔力消費《コスト》。昨日は一発で昏倒《こんとう》しかかったから制御出来なければ戦闘中に魔物の前でぶっ倒れる、敵がコボかビッチなら頭齧《かじ》られる！

　そして最大の不安は『魔纏《まてん》』。これで今までＬｖの低さを誤魔化してこれたけど、基本この技は魔力も魔法もスキルも……そして装備能力まで無理矢理全部纏《まと》めて纏い身体能力を強化する技だ。制御不可能に怪物化した「僕の間違えた最狂の武器」の能力を纏ったまま身体《からだ》を動かすってヤバくない？　実際に今迄《いままで》だって動いただけで自滅ダメージを喰《く》らい、無理に『虚実』なんてやって腕が捥《も》げそうになったりしていた。だから先に訓練で、その訓練の前に実験だろう。

　うん、これしか使える武器が無いのに、何で「僕の考えた最強の武器」になってるの？

「って言うか誰が考えたの!?　その間違ってる最強のダメージは全部俺に来るんだからマジ止めようよ!!」

　お返事はない……ただの杖のようだ。まあ、お返事されたら吃驚《びっくり》なんだけど、武器が名前隠して隠れてたとか意味分からないんだから信用できないんだよ？

「まったく、きっと騙《ブラフ》で騙されて、うっかり正体を現した武器って世界でこいつだけだと思うんだよ？　うん、どこの八兵衛《はちべえ》さんなの、うっかりどころか吃驚だよ!?」

　うん、なんだかそう考えると親近感を覚えて、なんとなく仲良くなれそうな気がしてきた!?　そうして街を出て何にもない場所を目指す、これは多分暴走させたら危ない物だ。

「ここまでくれば良いか？」（ポヨポヨ）（コクコク）

周辺に何もない平原で甲冑委員長さんとスライムさんにも離れて貰って実験開始。

「って言うかこれって自分で人体実験？　しまった、オタ達に貸せば良かったよ？　まあ、委員長さん達を巻き込んだら困るし、どうしてだか俺しか使えないんだよ……このスキルでは発動しない手動《マニュアル》操作で扱い辛《づら》い事この上ない杖は？」

深呼吸して、左手で『世界樹の杖《ユグドラシル》』を持つ……問題ない。そして本番だ、『魔力制御』でコントロールしながら僅かずつ微量の魔力を流し込んでみる……問題ない？　なのに、まだ極僅かしか魔力を供給していない『世界樹の杖《ユグドラシル》』さんが何だか微《かす》かに脈打った？

「異常は無い……振っても薙《な》いでも違和感も不審な点も見当たらないし気の所為《せい》かな？」

徐々に流し込む魔力量を増やしてみても別段特には異常は無い。これなら制御操作《コントロール》さえ出来ていれば魔力枯渇は無さそうだ。それならと最大の心配の『魔纏』、じっくりゆっくりさり気無くこそこそと纏っていく。ああ――……これヤバい。多分、今不用意に動いたら制御《コントロール》出来ずに身体が壊れる。

「ふう――――……っ」

息を吐き、ゆっくりと慌てずに『魔纏』を解く。もう汗でびっしょりだ。これは結構ヤバい。おそらく『世界樹の杖《ユグドラシル》』を持って『魔纏』して『虚実』を使えば、良くて腕が捥げる、寧《むし》ろダメージを分離《パージ》できないと即死する。

今は『世界樹の杖《ユグドラシル》』からは別に何も感じられない。見た目もただの木の棒だ。だが、あなんかされたらたまった物では無い。既に制御が出来ないレベルで、これ以上成長の脈打った感じって成長しているのかも？

「うん、ひとまずは無理せず『魔纏』で動いて、戦えるように慣らし運転だな」「ダメです！」「えって……あっ、骨折れた！　あ……がああぁ!!」（プルプル!?）

うん、どうやら甲冑委員長さんには、バスガイドさんの前にナースさんになって貰う必要がありそうだ。そう、必要だから作るのだ！　まあ、きっとどっちも作るのだろう、だって作る気満々なのだから——本人談？

しかし身体の被害《ダメージ》も大きいけど、スキル効果の相乗効果なのか『再生』も早い。でも、すぐまた壊れる。抑えたぶん筋肉が断裂した様だ、因《ちな》みに骨もちょっと砕けたかも？　結局お昼まで掛かって、やっと自滅しながらもラジオ体操できるくらい制御が可能になった。そう、ラジオ体操ができればきっと戦闘も大丈夫だ。『至考』さんの完全制御でも未《いま》だに自壊現象が起きるんだけど、なんとか慣れるまでは『再生』しながら誤魔化して行くしかないだろう。

そして効果を抑えても破壊力は格段に上がっている。だけど最大の効果は『魔力吸収』、コボをボコボコとボコるとMPが回復して行く。ゴブも片っ端からボコると昨日空《から》になっていた魔力バッテリーがも目に見えて増えている。そして『再生』も早いが、『至考』も能力値が上がっているのか制御力がみるみるうちに安定してきた。やはり全てのスキル効果の相乗作用があるのだろうか……うん、『ぼっち』と『にーと』と『引きこもり』の効果が心配だ！

しかし、軽く森の中でゴブ達を相手に試してみたけど、最近めっきりＬｖの下がったゴブ達では全く練習にならない。もうこの辺りではＬｖ５以下のゴブしかいない。だから一撃で消し飛ぶ、頭や腕が消し飛んで消滅する。下手に斬ると森ごと斬れるし、制御できないと味方まで巻き込み兼ねない。甲冑《かっちゅう》委員長さんとスライムさんならまだしも、これでは当分委員長達とは組めない。甲冑委員長さんの『白銀の甲冑』には『完全無効』のチートスキルがあるし、スライムさんは昨日「グレーター・ガーディアン　Ｌｖ90」の『完全無効』を食べたはずだ。フェニックスの『復活』も食べているし安心だろう。そもそも甲冑委員長さんには当てようとしても当たらないのだから当たる心配は無いし、ボコられる心配は無くならない。うん、無くならないんだよ？

「いったん宿に戻ろうか？」（ウンウン）（ポヨポヨ）

体が保《も》たないとなると耐久力を上げるしかない。きっと今から筋トレしても間に合わないし、ＶｉＴ上昇のアイテムを作った方が良いのか、迷宮で探した方が良いのかが悩みどころだ。取り敢《あ》えず街で雑貨屋さんや武器屋を覗《のぞ》いてＶｉＴ系のアイテムを探してみよう。

「しかし、もともと身体強化用のスキルの『魔纏』のはずなのに、強化され過ぎて身体が壊れるって、どうして俺のスキルはみんな訳分からないんだろうね？」（ポヨポヨ）

結局見つけた物は『タフ・ブーツ　ＶｉＴ10％アップ』だけだったが、安かったし気休めに入れておく。でも、多分同級生の誰かが要らなくて売ったのを俺が買い戻すって損した気分だ。鉄兜《てつかぶと》も有ったんだけど頭だけ兜を被《かぶ》った布の服を着た黒マントとか意味が分からないし、どっちにしても金属装備はＬｖ30からしかスキル効果が得られない。こういう時に選択肢が少ないのも困り物だから、ミスリル化しようか迷っていた微妙な装備『黒帽子：【隠密《おんみつ》アップ】防御＋30　気配遮断』をミスリル化してＶ・ｉＴ付与を狙う。

「やっぱり微妙な装備は簡単だけど、ミスリルも減らない分、上がり幅も無いんだよ。でも付与は行けそうな感じだし消費は少ないんだからお手頃かも？って言ってるうちに完成。あとは付与する魔石だけど、……Ｆ級魔石の上位で充分かな？」

魔石に＋Ｖ・ｉＴ効果を付与して砕いて粉にして、それを錬成で融合させて『黒帽子』に付与する。二度手間だけど物理的な付与はその分効果も高いし、効果を考えるなら惜しむべき手間では無いだろう。うん、生ブラでもやったんだし？

「よし、『黒帽子　Ｖ・ｉＴ20％アップ　気配断絶　隠行　＋ＤＥＦ』これで底上げ効果があれば儲《もう》けものだよ。これ、安かったし？」

つまりマルチカラーの一般服も、魔石を使えば追加で効果の付与が可能ということだ。まあ、『タフ・ブーツ』は繋《つな》ぎの消耗品みたいなものだからミスリルが勿体《もったい》ないし、『皮のブーツ？』にそのまま複合する。うん、良い物が出れば入れ替えれば良いから臨時なんだよ。後は実践あるのみって言うか実戦で実験を実体験だ……って、俺が実験体だ!?

しかし、いきなり90階層はどうなんだろう。まずは手頃なダンジョンに行くべきなのか、それとも昨日の生ブラ騒ぎで停滞してしまった装備のミスリル化を進めるべきか。

のろのろでも戦争は近付いてる、滅茶のろのろだが優先順位はしっかりさせとかなければならない。うん、凄《すさ》まじく鈍《のろ》いけれど苦渋の決断だがナースかバスガイドか悩むのは夜で良いだろう。うん、同級生の装備か俺の戦闘力か……まあ、どっちも必要だけど急ぐのはどっちなんだろう？　うん、やっぱりナースかな？

移動からのタッチダウンで再度移動を開始はおかしい。

60日目　昼　宿屋　白い変人

ボコられ中だが悔いは無い。手にただの木の枝を持ち、腰には『世界樹の杖《ユグドラシル》』を佩《は》いて『魔纏』してボコられるだけの簡単なボコボコ中だが意義は有る！　俺は満足に動けない圧倒的に不利な状況。だが攻める必要はない、ただ見詰めて見切り、躱《かわ》して払うだけで良い。ただ見る事が出来る事にこそ意義が在る。

そう、木の枝を持ちミニスカ・ナースルックの甲冑委員長さんが打ち掛かるのを払いながら躱す。そのガーターベルトを吊《つ》った網タイツの絶対領域たる隙間の太腿《ふともも》が眩《まぶ》しい！「見る、観《み》る、診る、看《み》て観る。辛《つら》く苦しい苦難の修行も乗り越えられる！　だって、次はミニのバスガイドさんも有るんだよ――っ!!」（ポヨポヨ）（ボ《ボ》コ《コ》ボコ！）

そんな訳で素敵に宿の裏庭で訓練中だ。やはりこれが最高《ベスト》の優先順位だろう。慣らしてボコられ、動けなくなって訓練《ボコ》が終わったら同級生用の装備の作成をすればいい。うん、無駄の無い順位付けと言えるだろう。くっ、見えそうで見えない！

世界が蒼《あお》く重い……自分の速度が『世界樹の杖《ユグドラシル》』のスキル相乗効果で格段に上昇していて、制御《コントロール》不能なまま暴走していく。それはSpEだけの話では無く、反応速度とか思考速度まで高速化して、世界が減速しぬるりと時間が引き延ばされていく遅延《スローモーション》。ズレて行く時間の中で身体を制御し動作させて、最適な運動を思考し紡ぎ出す。

「ぐううっ……っう！」

身体中が自壊しては再生され、強化されては強化力で壊される繰り返し。それを馴染《なじ》ませる。減速世界に佇《たたず》むミニスカナース委員長さんの全てを見る。その動き、構え、呼吸、間合い、気配、魔力、そして絶対領域！

（バキッ！）「ぐわあああっ！」

あの太腿《ふともも》は罠《わな》だったようだ。見えそうで見えないものを視《み》ようとするとそれは観えていないのに罠だった！　観る様に見なければ捉えられない、だが診えなければ見切れない。全体を観ながら細部を診る。そう、あの究極領域に見入ってはいけないのに、あれは魅入られる。魂すら引き込まれる罠だ！　俺が着せたんだけどエロいんだよー!!

「ちょっとは手加減《サービス》とか、お色気《サービス》シーンとか有っても良くないかな!?」（イヤイヤ！）

どうにかなるだろうか。攻撃力や破壊力は速度に応じて格段に上がった。そして技術と持久力がズタボロだ。全てを削る『虚実』の真逆の状態、過剰過ぎて暴走で乱れている。

一挙に底上《ボトムアップ》された能力に振り回されて動作が技に纏められていない、そもそもの身体能力《ステータス》が膨大な強化補正に耐えられていない。

まあ、毎度の事だけど調整《アジャスト》が追い付かない。そして追い付かないから身体が自壊して行く。だけど、追い付かないと同級生達《たち》に置いて行かれるんだよ？　うん、足手纏いになるくらいなら魔纏《リスク》を纏おう。

その後もミニスカセクシーバスガイドさんに夕方までボコられたのだが悔いは無い、その素晴らしき壮観な景観の絶景はこの目に焼き付けた！　勿論《もちろん》『羅神眼』で保存した!!　あのお尻から太腿への曲線こそが真理、そしてそこから覗く純白の肌の領域とそこからすらりと伸びる網タイツに包まれた脚こそが神秘だったのだ！　そう、そして今晩は真理を探究し神秘のその奥を解き明かすのだ!!　うん、フルボッコの復讐《ふくしゅう》で超頑張ろう。

「ああ、疲れたっていうか、どつかれたっていうかズタボロっていうか？」（プルプル）

もう夕方になるし、後は明日の実戦で試そう。だって大体いつも実戦の方が安全だ、もう中層ならいけそうだし下層でも何とかなるだろう。だが続きの90階層は未《ま》だ無理っぽい。敢えて危険を冒す意味は無いし、あれだけ一気に間引いたんだからすぐすぐ迷宮が氾濫する心配も無いだろう。

「うん、どこか適当なダンジョンを探してみようかな？　うん、もう皆も帰って来てるみたいだし晩御飯で今日の稼ぎを巻き上げよう！」（ポヨポヨ！）

そして、食堂に入ると——其処《そこ》には大量のプラカードが乱立していたのだった？

『ブラ差別反対！　ズルいし妬ましい！』『レースのブラはみんなのモノだ！』『上下セットで断固追加注文！』『私はシミーズ派！』

……バレたな？　そう、チャイナデモ隊だ。何故《なぜ》チャイナって、俺が売ったんだけど!?

「「「差別だ！　贔屓《ひいき》だ！　妬ましいぃ!!」」」「え～？　私、言ってないよ～？」

早晩バレるのはわかっていた。だがバレるのがあまりに早過ぎる！『羅神眼』で探す……いた、尾行っ娘《こ》がお菓子を食べている！　そう、気付いて情報をお菓子で売ったんだ!?　くっ、侮れない調査力だ……って！

「って言うか王都を調べようよ！　うん、何で戦争の調査しないでブラジャー作成秘密を調べちゃうの!?って言うかそのお菓子俺が作ってるんだよ？　うん、口止め料払うから先に俺に聞こうよ？」「ふっ、情報のソースは売れません！」『格好良く言っても、俺を売った対価のクランベリーソースがお口に付いてるんだよ!!』「「「ズルい、ズルい、私にもブラ！」」」「「「勿論、上下セットでね！」」」「「「やんやんやんや!!」」」

38のジトだ――つまりあと19個作れと？　即《すなわ》ち19人採寸しろと？

「あれっ、数名ブラで支え無くても何ら問題の無い娘達と、幾人かのスポーツブラで充分な娘までデモ隊に……いえ、何でもありません。何も考えてないし何も見てないよ？　いや、だって必要かなって……違うから、差別じゃ無いんだよ？ってセクハラって採寸の方がセクハラで逆セクハラな関ケ原な天下分け目のって……マジ!!　上下セットで10万エレ!?　シミーズ別料金なの、って俺がシミーズまで作るの!!　いや、それは分かるんだけど、何でネグリジェが必要な要素が一体どこにって……あぁー、甲冑委員長さんが見せびらかしたんだ。ってネグリジェで女子会してたの！　その女子会は何を目指しているの？　えっ、また乙女の秘密？」（交渉中です）

順番を決めてオーダーメイドと言う事で決定した。順次作成らしい。うん、チャイナさんに囲まれて強行決定されてしまった!?

「流石《さすが》に19人を採寸は色々辛いって言うか、エロエロ大変なんだよ。それはもう昨日だって色々とエロエロな色事がエロかったんだよ？」「「「うん、だから作って！」」」

それはもう魔手さんがぽよぽよと採寸しぷるぷると調整して、『至考』さんがぷよんぷよんと量りぷるるんを計算して作り上げた！　あれを19回やるの!?（強行採決中です！）

なのに、また新たに恐るべき集団が現れた。その名も『ヒップアップショーツ連合！　持ち上げてっ！』だ！　そして圧倒的な支持を得て20人の一大組織に成り上がった!!って、それ全員だよね？　うん……下も測るらしい。しかも包んで持ち上げるんだそうだ？

まあ今考えてもお腹《なか》がすくだけだ。晩御飯に牛丼だ。ただ、あれは牛なのだろうか？　まあ、味は牛だった。でも、肉屋に下がっていたあの動物は……まあ牛丼だ？

「汁だく肉だくで大盛り！」「特盛で盛り盛り？」「「「バケツ大盛りで！」」」「玉葱《たまねぎ》も増量でね」「お代わり何回まで！」「とにかく大盛り大至急！」「「「お代わりーっ！」」」「ご飯もっとー！」（ポヨポヨ♪）「卵、卵も追加」「肉汁ぶっかけで汁だくにしてーっ」「もっとドバっと掛けて、掛けちゃって！」「「「バケツ大盛り、御代《おか》わり！」」」「こっちも追加お願

～い」「肉！　肉なの、肉っ!!」「あ～ん、私の～。その牛丼さんは私の～」………儲かった。儲かってるけど修羅場だった。そう、行列が輪になってるから「牛丼↓移動↓着席即移動《タッチダウン》↓牛丼」の無限循環寿限無《じゅげむ》寿限無《じゅげむ》さんな永久ループのお代わりだった。

「って言うかタッチダウンって座った瞬間に食べ終わって立ち上がってるよね！　早過ぎだよ、それ何のスキル!?」「「「おかわり――♪」」」「旨《うめ》ぇ！」（ポヨポヨ♪）

　既に大鍋四つが空になり残るは二つ！　だが此処《ここ》に来て卵が売り切れてペースが落ちたが、莫迦《ばか》達がまたバケツを持って待っている！　うん、もう箸を使っていなくても驚かない程にバケツが似合っている。マイ・バケツみたいだし？

　そして漸《ようや》く列が切れた後にはギリギリ最後の大鍋の底に俺の分が残っている。ギリギリ足りたようだ、だけどスライムさんがじっと見てるけどこれは俺のなんだよ？

「うん、せめて1杯だけで我慢してね？　俺もお代わりしたいんだよ？」（プルプル！）

　いや、あれは味見でノーカンな内緒なんだよ？　そして食堂にはお腹ポッコリ娘達がコロコロと転がり、スライムさんも一緒になって転がっている。楽しそうだな？

　しかし……下着を作る前にあんなにお腹ポッコリになるまで食べて大丈夫なんだろうか？　聞いてみたら訓練《ブートキャンプ》が始まるみたいだ、そんなに即効性があるの、あの訓練って!?　わんもあせっと？

「「「わ、わんもあせっと！」」」「そうだよ、下着採寸だった!!」「うん、美味《おい》しくて忘れてたね！」（プルプル？）

解散しお風呂に向かう。俺はブートキャンプしなくても毎日がブートキャンプって言うかボコキャンプが連日開催で大盛況にボコられている。うん、何か異世界に来てから身体《からだ》が引き締まった気がするくらいだよ？　言ったら睨《にら》まれるから言わないけど……もう睨まれてるし？　40のギロ目が怖いんだよ？

お風呂にゆっくりと浸《つ》かりながら、気配探知してみるとブートキャンプは白熱中。全員がLv100を超えて基礎能力から強化されたうえに、スキルも増えたり上位化したりで見違えるほどの練達ぶり。そして委員長さんが『豪雷鎖鞭』で崩しに掛かり、オタ守護者《ガーディアン》の『大薙太刀《ハルバート》』で徹底的に守る集中訓練中のようだ。

「ぷはあ〜〜、わんもあせっとが激しいな？」（ポヨポヨ？）

スキル・コンボで攻撃の型を作るオタ達は、その繋《つな》ぎこそを甲冑《かっちゅう》委員長さんにカモられ易《やす》い。だからオタ達には防御のみを振り分け、委員長さんは徹底した鞭からの変幻自在な牽制《けんせい》で崩し役に徹している。跳ね上がる攻撃と見せ掛けて変化させて地面を這《は》わせ、地を覆い尽くし甲冑委員長さんの足場を奪う。移動可能な範囲を減らして動きを妨害しようとしている……だけど一切構わずに踊る様な足取りで、舞踏会さながらに舞い踏む華麗な脚捌《さば》きに逆に幻惑され誘導されて罠に掛かる。

うん、だから目がバッテン。全滅した様だし、スライム教官がお待ちかねだからお風呂の前のもう1バッテンさせておこう。急激に上がった強さに溺れないように。

まあ、甲冑委員長さんが御機嫌だから合格点だったようだ。俺もボコよりはお目々ばってんが良いな？　よし、目がバッテンの練習もしておこう……あれっ、結構難しい!?

敵を倒すのは二流で、敵を作らないのが一流だって言ったら怒られた。

60日目　夜　宿屋　白い変人　女子会

失敗だった、失策だった、失念していた。だからあの牛丼フェスティバルに絶賛参加して、あまりの美味しさに食欲旺盛に暴飲暴食し尽くし、幸せに満腹絶倒でみんなコロコロとポッコリお腹で転がっていたら……これから採寸が有るんだったの！

「美容痩身《わんもあせっと》！」「「「駄肉燃焼《わんもあせっと》!!」」」「「「乙女大事《わんもあせっと》!!」」」

そう、ポッコリを燃焼させる。その膨大な余剰カロリーを熱変換し、灼熱《しゃくねつ》の煉獄《れんごく》で脂肪《てき》を燃やし尽くして灰燼《かいじん》に帰する！　そう、ブートキャンプに入隊だ！　ちょっとアンジェリカさんにお願いしてこよう。

そして……ちょっぴり自信があったけど一瞬で霧散した。強くなった。実感があった。だから遥《はるか》君とアンジェリカさんが模擬戦でするように木の枝で挑んだの。そんな驕《おご》り高ぶった高慢で過剰な自意識は、刹那の瞬間に斬り刻まれて吹き散らされた。まったく近付けていない。届くなんて考えもしていなかったけど、その差が全く縮まりもしていない。

だって未《いま》だに差が大き過ぎて分からない、只々《ただただ》遠い事だけが分かる。そして驕りを捨てて本気で完全武装で挑む。わんもあせっと！

もう微塵《みじん》の驕りも高ぶりも無く、ただ遥《はる》かなる高みに挑み、己の小ささを秤《はかり》に掛ける。貧弱で矮小《わいしょう》な己が全てを出し尽くして、みんなが頂に全力で挑み届かぬ距離を思い知る。打ち込み、突進し、切り込んでは吹き散らされる。斬撃が白光の花びらの様に舞い散らされて、地に伏して見上げる――その届かない頂点を、迷宮皇の技量の奥深さを、その高みから満足そうに微笑《ほほえ》んでいるその絶世の美貌を。そして――お風呂上がりのスライム教官の暴虐な暴風雨の様な暴力的な指導を受けて燃え尽きたの。でも精神は燃え尽きたけど、脂肪《てき》は未だ燃え尽きずに頑張っているかもしれない。でも限界、もうみんな目が×《バッテン》になっている。

「よし、お風呂で未だ抵抗を続けお腹に籠城している脂肪《てき》を揉み出そう！」「「「おおー、熱いお風呂で弱った脂肪《てき》に止《とど》めを刺し殲滅《せんめつ》だ――！」」」

結局Ｌｖ１００は入り口だった、それがやっと分かった。これから強くなれる、その実感だけは手に入れた。ようやく戦えるだけの身体能力《ステータス》を身に付けられた。うん、今からが本当の訓練なんだ。だからアンジェリカさんは嬉《うれ》しそうに笑ってくれた。でも、スライムさんは暴君だったの。うん、なんだかまた強くなっていなかった？

「かぽーん？」「いやお風呂っぽいけど口で言われてもなんか違うよ？」「身体は速く動くし、強くなってるのに全然駄目だったね？」「うん、やっとわからないくらい遠いことが、

やっとよくわかったよ？」（プルプル）

綺麗《きれい》に磨きぬいた身体を湯船に沈め、お腹の脂肪《てき》をお湯攻めで、気持ちのいい掃討戦。そして泡沫《あわあわ》ボディーソープは凄《すご》い。もう朝起きた時からお肌すべすべで、しっとり艶々なの。なんだか自分の肌を触るのが楽しみになるくらいの美肌効果抜群の逸品、これが手に入るなら女の子なら誰しもが異世界に転移しちゃうだろうって言うくらいの至高の嗜好品《しこうひん》。女子にとって美肌は最高で最強の装備品だって実感した。そんな驚異の洗浄力だからこびり付いた頑固なぶっかけ蟲《むし》汁でさえ瞬く間に洗い落とし、匂いすら僅かも残さず綺麗にしてくれる。そしてスベスベお肌の触りっこ大会で、お風呂の中が百合《ゆり》っぽいの？　でもスベスベで気持ち良くて止められないの！

「覚悟を決める前に着ているのを見てみたいよね」「うん、そんなに凄いの？」「あれ以上が存在する事が考えられないくらいの絶品だよ～？　うん、あれを着けたら他なんてもう無理な幸せの着け心地だよ～♥」「「「マジで!!」」」

お風呂上がりに用意されているらしい副委員長Bさんがお金を幾ら積んでも惜しくない最上品とまで言い切ったランジェリー。アンジェリカさんもウンウンしているから、異世界最強の迷宮皇さんの保証付きの着け心地みたい。でも遥君は何でそんなにブラ作るのが上手なんだろう？

「ブラへの期待と、採寸の不安に揺れる乙女心が！」「うん、問題は順番」「だね、早く欲しいけど一番手に採寸されて調整や補正されるのは恥ずかしいよね？」「うん、結局はされちゃうんだけど……一番手に行く勇気が無い！」「「「でも欲しい!!」」」

みんなワクワクしている。少なくとも遥君なら現代のブラの形状やカップの知識は有るはずだし、既にブラ・ソムリエの副Bさんから最上の評価で期待できるし？　うん、でもそれって男子高校生さんに期待できて良いものなのかな？

そしてお風呂から上がり、おニューの下着に身を包んだ二人……絶佳だった。豪華《ごうか》絢爛《けんらん》に魅惑的な華麗さにみんなが息を呑《の》み、その芸術のような美しさに無言で見惚《みと》れて魅入られる。その妖艶で艶然とした肉感を彩る艶美なボディーラインの曲線美に纏《まと》うランジェリーの美しさ、美麗さと華麗さに包み込まれた姿態の華やかさと肌の艶やかさが際立ち色めくデザインと形状。

「上手って、どんなレベルかと思ったら……」「うん、まさか市販品とかのレベルを軽く超えてきちゃった!?」「でも着けてる感がないの～、身体が軽くなったみたいなの～♪」

エロティックな豊麗さと、セクシーな装飾が体軀《スタイル》を補正して美しさを引き立てているから上品でいて艶《なま》めかしく、官能的な迄《まで》に……お色気ムンムンだね！

「うわ――っ、エロいよ、エロスだ。って言うか痴女？」「でも凄く可愛《かわい》いですよ！」

女性が見て情欲を唆《そそ》り、劣情を抱かせる迄の危うい妖美さ。なのに清楚《せいそ》さと淫美さが混じり合い、互いに強調し合う妖艶さ。そして装飾のゴージャス感とデザインの際どさが女性的なスタイルの良さを芸術へと昇華させちゃって、まるで絶世の美術品の如《ごと》き美しき美女が佇《たたず》む。

「「「なんかヤバいよ！」」」「うん、百合っちゃうのかな？　何で目が惹《ひ》き付けられて離せないの!?」「お姉さま？」「「「ごきげんよう!?」」」

下着には本当に困っていた。だから現代レベルは無理でもちゃんとカップが合って、食い込んだり擦れたりしないレベルを求めていただけだったのに……頼んでみたら究極的芸術作品レベルで作られてしまったの？　しかもモデルがアンジェリカさんと副委員長Bさんの魅惑のメリハリボディーのコンビだから、もう芸術的姿態《プロポーション》を華麗に彩る装飾が綺麗で可憐《かれん》……なのにお色気ムンムン!?

「誰から作って貰《もら》うの～？　採寸が結構時間が掛かるし、フィッティングと調整もあるんだよ～？」「「「…………」」」

作って欲しいけど恥ずかしい。だけれど恥ずかしがって嫌がってる遥君に無理矢理注文するくらいに欲しいし、絶対的な必需品で必要なものだけど……だからと言って、恥ずかしくない訳じゃ無いの？　うん、正直もの凄く恥ずかしいの！

だから一番手に誰も名乗り出られない。真っ先に欲しいけど、最初に採寸されてフィッティングされちゃって調整なんかされるのが恥ずかしい。だって、それってもう完全に包まれたり揉まれて寄せられてそれでそれで……（プシュ――ッ）

【オーバーヒート中です。冷却中、暫《しばら》くお待ち下さい】

そんな訳でじゃんけん大会。

「――それでそれで～、ぐにゅってされちゃって～、『んん～♥』ってなるから～、でも

結構さわさわ～♥って感じでもにゅもにゅってされるの～？　それでねそれでね～……」

そう、誰かの解説のせいで余計に最初に行きにくい空気。その「んん～♥」は何なの！何してたの!?

「えっ、着用した後のブラを渡して装飾して貰うの!?」「着用済みを……渡しちゃうんだ!?」「「「…………」」」

しかし、遥君は恥ずかしがって嫌がっていた割には凄《すさ》まじい物を作っちゃってるんだけど？　だって副委員長Bさんは元の世界でも下着問題で各種メーカーを試し尽くして、オーダーメイドから補正まで試していたブラの専門家さんだったの。それでも納得のいくブラが無いと常日頃から嘆いていた副Bさんが、手放しに絶賛するって一体どんなレベルのブラ職人さんなの!?　うん、ブラの匠《たくみ》さん目指しちゃってるの？　でも最高の逸品が作って貰える。しかもオーダーメイドで……だから測られちゃうけど……うん、もにゅもにゅってされるんだ？

そしてアンジェリカさん情報だと、新たな製法を編み出して肩紐《ストラップ》に掛かる重量を分散しながらもベルトもきつくらない構造に試験試作《アプローチ》しているらしい。試作品も全く違和感なく胸《バスト》が軽くなったような錯覚を覚えるほどの出来で、激しい戦闘でもズレる事も擦れる事も無い究極の着け心地だったそうだ。

「ただし採寸と調整が凄いんだ!?」「えっ!?　揉みあげて、持ち上げて、挟んで揺らしてみるの！」「あれ、そこで挟む必要は何!?　何を挟んじゃうの!!」

うん、汗疹《あせも》対策って……遥君は何処《どこ》へ向かっているんだろうね？　多分もう三千世界で最高峰の至高ブラ職人さんになっちゃってるよね？　きっと冒険しなくても、それだけで食べていけるよ、ブラって需要は尽きないから。うん、そんな訳でじゃんけん大会なの。

柔らかさも張りも弾力までも違うみんながオンリーワンだったが、まあ2個ある？

60日目　夜　宿屋　白い変人

顔が真っ赤だ。いや、照れられると、こっちも照れるから困るんだけど……あと甲冑《かっちゅう》委員長さんも「後は、ごゆっくり」みたいな顔で出て行こうとしないでね？　うん、ちゃんといてね、それマジ駄目な奴《やつ》だからね？

「って言うか甲冑委員長さん目隠し係なんだから居無くなってどうするの!?」

そして顔を真っ赤にした薄着の委員長がジトってる。じゃんけんで負けたらしい？

「頑張れ～。さあ脱げ～、ポロリだよ～♪」「いやあああっ！　ポロリって言わないで、脱ぐんだけどちょっと待ってよー！」

そしてヘタレている様で、何故《なぜ》だか副委員長Bさんがお供みたいだけど味方ではないらしい。うん、大きいコンビで来たのだろうか？　だとすると最後が副委員長Aさん Cさんのコンビなの……って言うかブラがいるのかな？　まあ副委員長Aさんはスポーツブラで充分じゃないかと言う疑惑は有るのだが、まあいるのかも知れない。きっと「いらないよね？」って言うと此処《ここ》は戦場になるだろう。だが小動物はいらないだろう！　あれは絶対に支えたり吊《つ》ったりする必要が無いと言うか質量が無い、だって内容量が無いんだよ。

だが、まあこっちの大きいコンビは必要そうで、質量も内容量も文句なしの増量サイズ。

甲冑委員長さんも居るから恐らくトップ10の内の三人が集結中だ。

甲冑委員長さんに目隠しをして貰って、意識を研ぎ澄ませて採寸を始める。

「いや、前回の副Bさんの時も思ったんだけど別にわざわざ手で隠さなくても良いんじゃないかな？　うん、普通に目隠しじゃ駄目なの？　だって甲冑委員長さんの目隠しってちょいちょい指に隙間が空くんだよ？　しかも絶妙なタイミングで？」「…………」

目が合った。ジトだった。ほら、だから隙間駄目だって！　集中し直して『魔手』を展開し『至考』を始動する。既に昨日の段階で作り方から形状の形成方法まで完璧に理解した。って言うかあれを支えられれば、あとは大抵のものは問題なく支えられるだろう。そう、最初に最難関の問題に取り組み、試行錯誤してありとあらゆるアプローチを試みた。もはや作れないブラは無いと言っても過言では無いだろう！　でも「もはや作れないブラは無い！」とか言ってる男子高校生って普通に事案が発生中だった!!　うん、黙っていよう。

空間で把握して立体《3D》に採寸をして行く、つまり形がモロに分かる。更に重量分布と張力を調べる。そう、有り体に言うと揺らして揉んでみる。それらを基に仮型を演算して試着《フィッティング》して修正し調整して補正する……隙間は無いか、圧力は均等に掛かっているのか、重量は分散できているか、圧着部位は擦れたりしないか。一つずつ確認して微調整し、時には仮型を再計算し演算して合わせ調べて行く。未《ま》だサンプル数が3だけで確認しないと差異が分析しきれない。3種類だけど6個なのだ!

「うん、サンプル数3の中で1番の弾力性だから、もう少し締めてもよさそうだな?」

世界には分からない事が多すぎる、たったサンプル数3でここまで皆違うものなのか?全く過去の蓄積された情報では対応できない、皆が皆形状から柔らかさや張りや弾力が違う! そう、みんながオンリーワンだったのだ――――!

「うっ♥ んうう……」「きつかった、痛かった? もう少し緩めの方が中がゆったりで快適空間でお寛《くつろ》ぎになられてみた方が良いみたいな?って見てないよ! 本当だよ!! きっと心の目も目を瞑《つぶ》ってるから大丈夫だよ? 見たいな? じゃ無くてみたいな?」

締め付けないように包み、抑え付けること無く重みを感じさせない。その理想が最初から論理的に矛盾しているから難しい。これは決して正解が無い、だから最適を探す。メリットとデメリットの調和するポイントを見極め、たった一つだけの丁度いい良い加減を探し求めて、最適を試行し錯誤し試作する。たった一人だけに最適な唯一《オンリーワン》を模索する。もはや『至考』の思考能力は無限の可能性の分岐を辿《たど》り、その中から最適な可能性の組み合わせを見つけ出し、それを更に組み合わせて無限のパターンを無限に試し続けている。うん、なんかブラ作りでスキルが進化しそうだよ? これで、もしステータスの称号に『ブラジャー職人』って書いてあったら、きっと俺はもう二度と自分のステータスを見る事は無いだろう！

「あっ。大丈夫だから。今のは良い感じって言うか、感じ……ダイジョウブデス！」

大丈夫らしい？　この締め付けから押さえずに持ち上げる。ただし通気性の確保は忘れず胸の谷間の線上に重心点を作る様に寄せて合わせていく。最適を作り出すには完璧にしてはならない、余裕の幅を残す、程良いポイントも行き過ぎればデメリットに変わる。

「えっと、ちょっと動かして……じゃ無くて動いてみてくれるかな。うん、ズレたり擦れたりキツかったりする所は無い？　これが基本設計になるんだから、ちょっとでも悪い所は全部言ってね、揺らしても何とも無い？　いや違うよ！　自分で揺らそうよ！　それは男子高校生に揺らさせると大変な事になる究極な球形の危険物なんだよ！　うん、求刑されちゃうんだよ？　でも平面な娘達《こたち》まで注文して来ているけど『無』を『包め』って禅問答なの、あれって？」

揺らしている。『空間把握』で把握された空間の中で揺れている！　そのたわわな揺れを『魔手』さん達が感触を確かめながら調整して行く。勿論《もちろん》その感触はフィードバックされて『至考』さんに送られて補正値の演算が始まる。そう、俺はフィードバックされた感触と揺れで今猛烈に悶々《もんもん》している！

「きゃああああっ！」「うははははは～～♥（もにゅんもにゅん♥）」

う、後ろから副委員長Bさんが委員長様のお胸を揉《も》みしだいている！　その柔らかな弾力に指が食い込む度に変形して形を変える球肉の形状がフィードバックされ、その撓《たわ》み揺れて潰されては戻る震えまでが逐次情報化され送られてくる。そして『至考』さんがしなくて良い張りと弾力の計算まで始めているんだけど……まあ、『羅神眼』って万物を見通す眼《め》だから目隠ししてても、ぶっちゃけガン見可能と言う噂《うわさ》も有るんだよ？　それでも健気《けなげ》に目を瞑って頑張ってるんだから過激映像は止《や》めてね、あとスライムさんそれお友達じゃ無いから参加しちゃ駄目なんだよ？（ぷるん）（むにゅん）（ぷるぷる）

今のは誰の返事なんだろう？　うん、増えてるんだけど、きっと気配探知しなくても目の前にいるのだろう。いや、診てるけど見ないんだよ？

「好《よ》いでは無いか～、好いでは無いか～♪　わあ～きれいなピンク（ツン♥）」「きゃあああああああああっ！　何で揉んでるの？　何で私の胸を揺すって振り回して鷲摑《わしづか》みしてるのっ！　駄目——、遥《はる》君《か》も見ちゃ駄目!!」（プルプル）（モニュンモニュン♥）

楽しそうだ。委員長さんと副委員長Bさんは百合《ゆ》っ《り》娘さんだったのだろうか？　でも縺《もつ》れ揉み合って喘《あえ》がないでね？　ここは健全な男子高校生のお部屋だよ？　これは男子高校生には拷問と言える試練だろう。でも参加したら怒られるだんろう！

「きゃ～、おしりが可愛《かわい》い～よ～。美尻さんだ～？　なでなで～っ♪」「きゃああああっ」

そして桃色の修羅場は下に移った。そう、この二人も『ヒップアップショーツ連合！持ち上げてっ！』の構成員だったのだ!!　いや、まあ女子は全員入ったから全員下《ショーツ》もいるらしい。女子さん達は一体男子高校生にどこまでの艱難辛苦《かんなんしんく》を求めているのだろう？

「きゃあああっ！って、余計な事を言わなくて良いの、あと撫《な》でないの⁉」

愉《たの》しそうだ。ここから先は真剣に心を無にしなければならない……これ以上の刺激は多分死にます。だからただ無心で心を無にしてもスキル『無心』が問題だ、だって『集中』の上位進化だったよね？　うん、『無心』なんだけど超集中状態なんだよ？　多分、死ぬのだろう。もうだめぽ？

――――死にました。もう極楽浄土より凄《すご》い新世界《ワンダーランド》だった、天国《ヘブン》とは此処に在ったのだ！　まあ採寸したと言うか、堪能したと言うか作成したよ。うん、全部ちゃんと『魔手』さんで採寸と言う名のお触りさんが新世界《フロンティア》を探検して探求し尽くしたのだった！　うん、今日は寝られないいな、頑張ろう。

「幸い上《ブラ》の制作のダメージは瀕死《ひんし》程度で、下《ショーツ》もなんとか致命傷で済んだんだよ？　うん、目隠しされた男子高校生の前で、全裸っ娘って見えてなくても無理だよ！」（ポヨポヨ）

もう衣擦《きぬず》れの音だけで男子高校生的に限界で、下《ショーツ》とか無理だからっ‼　なんか『無心』で集中しちゃったら時間減速《スローモーション》が始まっちゃったんだよ、ゆっくりと脱がれてもそれはそれで駄目なんだよ。うん、恐ろしい体験だった！

「そして着用済み脱ぎたて生下着が二人分上下セットで置いてあるんだよ……これを深夜に男子高校生が手に取ってレースを縫い付けると……ありがとうございます？　あれっ、いやこれってお仕事でご褒美じゃないし、これ貰《もら》った訳じゃ無いんだからね？　的な？」

真っ赤な委員長さんは腰砕けでヘロヘロになって、副委員長Bさんにおぶられて帰って行った。やはり『魔手』さんの刺激は強過ぎたのだろう、かの迷宮皇さんでもダウンしていた程の破壊力を秘めているのだから。寧《むし》ろなんで副委員長Bさんは平気だったのかが謎だ？　でもこれマジで毎晩順番でやるの？　異世界《ファンタジック》すぎない!?

まあ先に装備だ。霜の巨人のドロップ『永久氷　槍《ひょうそう》』と隠し部屋の『明鏡の大盾』の強化は戦力の増強と拡大に必須。そして93階層で隠し部屋を見つけて鑑定もしていなかった装備は、『波及の首飾り　M・i・N・InT50％アップ　アンチレジスト　効果波及浸透』。これが探し求めていた決定的な何かだ。これで迷宮アイテムを探し求めた甲斐《かい》は有った、決め手になるだけの可能性がある。

ちょっとだけ、想《おも》いと視線は生下着が気になってるけれど装備だ！　これで王国が奥の手を持っていても笑って潰せる。それが戦争である限り切り札はこっちの手札になった。

勿論、生下着の事では無い。だって戦争に生下着投入ってどんな切り札だよ？　何か敵軍のど真ん中に委員長様の生下着を投げ込んだら、それはそれで瞬く間に敵軍が委員長様に殺し尽くされそうではあるが、止めておこう。うん、きっと俺もお説教では済まないだろう。あの鞭《むち》は怖いんだよ！

試作を基に再度一から完全に作り直し設計し直した改良版の修正版の出来立てホヤホヤの新作だ。

61日目　朝　宿屋　白い変人

夜なべだったけど新装備達は間に合った、勿論生下着さん達も間に合ったし、悶々も解消されたけど、そのせいで夜なべだった！

霜の巨人のドロップ『永久氷槍　PoW・SpE・DeX50％アップ　氷属性増強（特大）氷槍　氷纏《ひようてん》　氷凍陣　+ATT』は『ALL50％アップ　氷属性増強（特大）氷槍　氷剣　氷装　氷凍陣　+ATT』に微増な強化だったけど、魔法剣士タイプのビッチ達はMiNやInTも必要だろう。そして隠し部屋の『明鏡の人盾　ViT・PoW・SpE・DeX50％アップ　全耐性　魔法物理反射吸収　武器装備破壊　絶界　激楯撃《げきじゆんげき》　+ATT　+DEF』は『DEF強化（特大）』と『オートヒール』に『加速』まで付いた。

さて、誰に持たせたものか？

そして、最後の『波及の首飾り　MiN・InT50％アップ　アンチレジスト　効果波及浸透』には『全属性増大（特大）』が追加されて特級兵器と化した、アンチレジストで耐性を無効化して効果《スキル》を波及、浸透させる。これで集団を状態異常に持ち込む力があり、戦況を根底から覆せる。これは図書委員に相談だけど文化部っ娘の誰かだろう。まあ図書委員で決まりだろうな。そして生下着さんは……誰に渡すか考え無くて良い。武器装備の分配は委員長様に相談しておこう、指揮官には指揮官なりの考えがあるかも知れないし、生下着を渡す序《つい》でだし？

宿の朝食を食べながら朝会議だ、先《ま》ずは最も危険な装備『生下着（上下）脱ぎたて使用済み――俺の好感度《マイナス》』の配布だろう。朝から顔が真っ赤で涙目なジトさんだけど、昨夜の『魔手《のぞ》』さんによる触診採寸と収縮補正が精神的外傷《トラウマ》ものだったのだろうか？　うん、仰け反って痙攣《けいれん》していたし？

「おはよう委員長、今日も委員長だね。そんなわけで脱ぎたて使用済み生下着に手を入れて、修正と補正と装飾して置いたから試着してみてね？　レースで補強しつつヒップアップ効果を高めてみたから、違和感が有ったら何でも言ってね？　でもストレッチ性には限度があるから横方向の無限の成長期が来ると食い込むんだよ？　マジなんだよ？」

実は昨晩試着したショーツを基に、再度設計から完全に作り直し構築し直した改良版の修正版の出来立てホヤホヤの新作ショーツなのは内緒だろう。うん、大変良い物に出来上がったが完全なる新作と言うと旧作問題に発展しかねないので内密にしておこう。

「おはよう、って朝から脱ぎたて使用済み生下着とか言わないでえー！　あと横方向の成長期は成長じゃ無くて乙女の敵だからね。そして多分このままだとずっと委員長なんだけど、それってどうなの？」

どうなのって、委員長様《じょおうさま》だし鞭装備だからやはりエナメルのボンテージドレスが必要なのだろうか？　問題は寧ろ中身はMっ娘な所で、キャラがブレブレなんだがどちらも甲乙つけがたい。一応一通りの新装備の説明をして、誰に装備させるか相談してみたけど、楯《たて》以外はビッチ達と文化部っ娘達に任せる事になった。そう、問題は盾だから。

「お——い盾っ娘？　うん、真面目な話なんだけど盾委員長を目指して見ないかいって言うか、なってよって言うか、推薦するから当選確定みたいな？」「えっ、盾委員長？」

　困惑する盾っ娘に斯々然々《かくかくしかじか》と説明し、『明鏡の大盾』を見て吃驚《びっくり》し遠慮する盾っ娘に条件を二つ告げる。それは女子さん達全員一致の総意で盾っ娘を選び、付けた条件。

　その条件とは1番が死なない事、楯役が死ねば守る者が居なくなるから絶対条件だ。そして2番目は守る事、これは言わなくても盾っ娘が今迄《いままで》ひたすらにやり続けて来た事だ。だから全員が最も防御力が高い装備を迷わず盾っ娘に譲ったんだから。

　そう、条件とは順番。1番と2番は絶対順位であること。つまり守る為《ため》に死んではならない、自分の命を優先しなければならない。だから、盾っ娘を選んだ。今迄にいったい何度仲間を庇《かば》い、身を盾にして飛び込んでは吹っ飛ばされる盾っ娘を見ただろう。どれだけみんなが盾っ娘に救われたんだろう。今も20人の女子が誰一人死ぬ事無く、重傷者も出さずに戦ってこられた理由は盾っ娘だ。

　だから選ばれた、誰かが危険な状態になれば、楯と共にその身で魔物の攻撃の正面に突っ込む。吹っ飛ばされても吹っ飛ばされても、楯を構え迷わずただ突っ込んで行く。同級生の誰もが装備の話になると口を揃《そろ》えて、盾っ娘を優先してあげてと言う。誰に聞いても同じ言葉が帰って来る。オークションでも毎回高額落札者様だ、誰もが最後は盾っ娘にだけはさり気なく譲る。それは守られた感謝と、守ってくれる信頼と、それ以上に守り抜く盾っ娘への心配。だからこそ最強の盾と絶対条件。最も危険に飛び込み続ける盾っ娘を守る為の盾委員長さんへの就任条件。そして、その条件は全員の意見だと言うと漸《ようや》く盾っ娘は頷《うなず》き顔を上げた。

「はい、私は盾委員長になります、そして絶対守ります！」

盾委員長に就任されました、パチパチ？　まあ、これで解決だから『明鏡の大盾』を渡して「危ない事はしちゃいけないからね？　みんなに心配かけたら駄目なんだよ？」と釘《くぎ》を刺して置いたら、何故《なぜ》か俺が42のジト目を刺された！　うん、爽やかな朝だ。

そして勿論の事だが朝の受付委員長さんのジト目を浴びてから、ギルドの訓練場を借りる。閑散と殺風景な場に白銀に輝く絶佳、甲冑《かっちゅう》委員長さんが御機嫌でお待ちかねだ。ボコる気満々だ!?

そして静寂の中、無音の世界にただ鳴り響くのはボコ。（ボコボコボコボコ……）って痛いよ！　抑制制御は出来ている、安定だって予測値内で良い線いっている。でも完全制御には至らない。俺が考え行う動作《モーション》よりも早過ぎたり強過ぎたりが多過ぎて動きに無駄が積み重なり全体の動作は乱れる。それは速く強くても隙。速く強くても制御出来ていない動作なんて無駄でしかない、それは隙と書いてボコと読む！（ボコボコボコボコボコボコボコボコボコボコ……）だからって痛いって!?

そう、訓練も訓練と書いて扱《しご》きと読み、ボコと発音するいつもの奴《やつ》だ。思ったよりも超短距離『転移』が多発していて、制御《コントロール》どころか自身の動きが予測できない。止められない以上これは全体の動作を大まかに一つの流れで捉えて、細部で微調整するしか無いのだけれど……うん、自らの動きが一番読めないんだよ？

「くっ——制御できないと止められないって、発動条件がおかしすぎる？」「それでも、止めないと危険です！」「いや、でも止まったらボコるんだよね!?」（ウンウン！）

全肯定だった！　どうやらまだ昨晩の茶目っ気か、今朝の男子高校生的な暴走を根に持ってるらしい。

しかし、普通ここまで特殊な動きは相手にとっても捉え辛《づら》い虚の動きなはずなのに、ボコボコと捉えられている。まあ原因は分かっている、昨日の委員長達《たち》の目隠し生脱ぎ触診採寸に加え、あんな補正やこんな修正をやってたせいで深夜に俺の中に眠っていた封印されし狂暴な男子高校生さんが目覚めて大暴れだったせいだろう。勿論セクシーランジェリーさんもミニスカナースさんもミニスカバスガイドさんも蹂躙《じゅうりん》し尽くしたんだけど、結局中身は全部甲冑委員長さんだったからお怒りのようだ！

「特に最後の方はもうアレになっちゃってキャラ崩壊のあんな感じだったから、素に戻ってから激おこって、Wピースは自分が……いえ、なんでもありません！」（ボコボコ！）

まあ流石《さすが》に恥ずかしかったようだ。うん、でも大変に悦《よろこ》んでいたんだけどボコ。そして加速するままに『魔纏《まてん》』で舞踏の様な複雑な脚運《ステップ》と、瞬動の止動を織り交ぜながら華麗に舞《ぶ》っ叩《たた》かれる（ボコボコボコボコボコボコボコボコ！）、って今晩絶対復讐《ふくしゅう》だっ！

（ポヨポヨ）

うん、時間みたいだ。上で受付嬢さん達に可愛がられていたスライムさんが下りて来た、俺も可愛がられたいし可愛がりたいのだが……いや、スライムさんだよ！　本当なんだよ？　いや勿論《もちろん》お姉さんも大好物で大きいのも好きだけど違うんだよ？

（ボコボコ？）

さて、ここにいると危険だから平和に迷宮探索に行こう！

そのタイトルは書籍化もコミカライズもアニメ化も映画化も実写化も厳しいが、Hな本なら作られそうだ！

61日目　朝　ダンジョン

37階層まで踏破してほったらかしだったダンジョンを貰った。途中まで攻略してたけどほったらかしだった迷宮。だから、お供はいつものウンウンポヨポヨな二人だ。

今日は中層迷宮だから二人もいなくても大丈夫なのにお供らしい。『使役』の効果なのかわりと付いて来たがる？　そう言えば宿でも常に気付くと背後にビッチ達がいるんだけど、あれって使役の効果だったのだろうか？　まあ、こっちからは解除できないんだけど何故か解かせて貰《もら》えない。噂《うわさ》では恩返しするまでらしいけど、「ビッチの恩返し」ってアニメ化も映画化も厳しそうなタイトルだ……エロい本なら作られていそうだ！

中層でも魔物が鈍《のろ》かったり少なかったりだと今一練習にもならない。だけど、今は『魔纏』を使い続ける事こそが重要で、経験《データ》を蓄積し『至考』さんがそれを基に計算し演算してフィードバックしてくれれば制御が楽になるはずだ。安全な自動発動《チートスキル》とは違う手動操作《ジャンクスキル》。それを無理矢理に何十個も混ぜ合わせ繋《つな》げて同時に操作し制御するのだから、失敗する可能性が高いし、成功していても制御を超えれば自壊する。

「まあ自己破壊と自己再生の無限ループで、全身複雑骨折筋肉断裂が全治一秒怪我《けが》一杯？　みたいな？　感じ？」「使わない、止めるんです！」（ポヨポヨ）

回復速度まで急上昇しているから戦闘中でも再生中。だから致命的な損傷に気を付ければ問題なく戦える。まあ脚が壊れるとまじヤバい、魔物の群れの中で動きが止まると危険どころか、いつ頭を齧《かじ》られてもおかしくない危機的状況。しかし……

「『バウンド・ドッグ　Ｌｖ38』って最強《フォルテシモ》なの？　愛が全てで誓っちゃうの!?」（ポムポム！）

まあ跳躍するワンちゃんだから拳を固めて強く叩きのめしてみよう？　『世界樹《ユグドラシル》の杖《つえ》』で叩くけど強く強く叩いたから良いだろう。ちゃんと全て消滅してるし？　スライムさんは赤く強くなって火炎を纏《まと》い……お食事中。うん、ホットドッグなんだろうか？　そしてスキル『跳躍』を沢山食べて御機嫌で跳ねまわっているけど、階層が狭いからピンボールみたいに壁に弾《はじ》かれて乱反射するポヨンポヨンさんだ？　うん、楽しそうだけど奇妙奇天《きて》烈《れつ》複雑怪奇な跳躍弾道にバウンド・ドッグさん達は必死に逃げ惑っている。

「たすけて甲冑委員長えもん？　的な感じで、まだ動きがおかしいけど、これってどうなの？　何か慣れても今までと違う気がするけどこれで良いのかな……何か滅茶邪道っぽい気がして、悪辣な感じが醸し出されて邪悪な悪役っぽくない？」（ウンウン！）

良いらしい。まさか悪辣で邪悪な悪役にウンウンでは無いだろう、違うと思いたい。心当たりは毎晩あるが違うはずだ。そしてあれはお手本だったのか……もう身体《からだ》のあちこちが『転移』で瞬間移動を繰り返し、『瞬速』や『疾駆』で加速されて行く今の状態では流れる様な無駄の無い動作を作り出し制御する事は無理がある。ならば動作は捨てて結果だけを逆算し、辻褄《つじつま》合わせで操作《コントロール》する方が最適《シンプル》だ。それがスライムさんのピンボールみたいに弾ける乱反射攻撃、斬るまでの動作の精密さを捨てて方向《ベクトル》だけで斬り、斬ったという未来の結果から全てを逆算して行動し調整で結果に合わせる。最後の「斬った」と言う結果に無理矢理集約させる。

うん、やってみたが意味が分からない。負荷は減ったけど、どうして正面から振り被《かぶ》って打ち下ろした一撃で、魔物が横一線に両断されるのだろう？　斬撃まで『転移』してるの？　自分の立ち位置もおかしい、前に一歩踏み込んだら敵の背後に向かっていたりする。斬ると言う結果以外の全てが滅茶苦茶だ。そして、魔物の攻撃を——擦り抜けている。

「これはバニッシュ・ウルフか何かが使っていた『消失《バニッシュ》』と同じ効果なのかな？」「です

が、それこそが壊れていく原因、です」（プルプル）

　瞬間を超短距離転移で擦り抜けているのか、一瞬だけ消えているのか、空間ごと飛び越えているのか理解不能過ぎる。解析が『至考』さん任せだから『至考』さんは理解しているのかも知れないけど俺の思考が全く間に合わない。だから訳が分からないまま戦い、意味が分からないまま斬っている。

「ああ……これカウンター食らったら死ぬ？」「だから使わないための、練習です」

　結局40階層の「ブレイド・スワロー　Ｌｖ40」の群れは、意味不明なまま斬り散らされて消滅していった、勝ったのにどうやって勝ったか分からないと言う謎戦闘だった。何せブレイド・スワローに向かって袈裟《けさ》斬りに放った斬撃が、真下から燕《つばめ》どもを薙《な》ぎ払う。意味不明だ？　ブレイド・スワローだけに燕返しだったのだろうか？　巌流《がんりゅう》は無理だよ、俺は「待たせたな」とか言われる前に絶対船を攻撃するタイプだよ？　うん、だって先に着いた方が有利じゃん？　待たないで罠《わな》仕掛けるよそんなもん。大体、俺は燕返しより毎晩仕返しで大変なんだよ？

　だが見ていた甲冑委員長さんはウンウンしている、良いんだろうか？　スライムさんはぷるぷるしている。見てなかったんだろう。燕が美味《おい》しい様だ、でもスライムが『飛燕《ひえん》』のスキルを覚えてどうするんだろう？　ぴよぴよ？

　そして44階層はおひさの「ミスリル・ゴーレム　Ｌｖ44」さん。『世界樹の杖《ユグドラシル》』で下手に攻撃すると消滅してしまうから勿体《もったい》ないと、甲冑委員長さんが絶賛切断解体中。スライムさんもこっそり食べてるけど、ちょっとくらい良いだろう。

「うん、分離は任せてね？」（ウンウン）（ポヨポヨ）

俺は一度もミスリル武器をスライムさんにあげた覚えが無いのに、スライムさんは偶《たま》にミスリルの剣やミスリルの槍《やり》を出して戦っている。体内でミスリルの武器を生成しているんだったら食べさせても良い。偶にスライムさんが銀色になって攻撃を弾いているのも実はミスリル化かも知れないし、役に立っていて美味しいのならば食べさせても良いんだろう……お腹《なか》痛くない？　うん、ミスリルの在庫は余裕はできたから良いんだよ？。

「この訳の分からない技なのか何なのかすら意味分からない奇妙奇天烈な動作で複雑怪奇な組み合わせの奇想天外な攻撃制御って、自分で吃驚仰天しながら使いこなすしか無いのかも知れないんだけど……って、出来るかそんなもん！」

これなら不可能に近くても『虚実』を目指した方が健全だった。これは自分で何をしているのか分からない。あれっ、でもよく考えると日常的に自分で何をしているのか分から無い事が凄《すご》く普通に有るんだから問題なし？　戦闘までそんな事で良いの？

「どちらも、必要。デス？」

どちらも必要なのだろうか？　それともどっちでもデス《Death》なの!?　まさかのヤンデレ展開では無い様だから謎攻撃も『虚実』も必要なのかも？　もしくは両方を練習する必要があるのか――厳しい。まあデレなしでデスられるよりはマシだし、きっとボコよりましな気がする？

隠し部屋も有ったから寄ってみると、『鬼神のツヴァイハンダー　PoW60％アップ　暴撃　+ATT　−《マイナス》InT』と初の60％だが脳筋兵器だった。どうしよう、莫迦《ばか》達しか似合いそうにない脳筋さだが、あれ以上莫迦になったらもう言語も理解できなくなるかも知れない。

「まあ莫迦だから良いか。今でも言語だけ理解して内容は理解できていないに違いないし？」（ウンウン）（ポヨポヨ）

しかしデカい。ツヴァイヘンダーは人の背丈と同じ長さの大剣で、1・8メートルくらいだったはずなんだけど、これは優に2メートルは超えてる。この大剣でスキル『暴撃』って脳筋過ぎるけど……ブーメラン持って殴り掛かるよりはましな気がする？

「もう中層だから……って下層でも遊んでるから適当で良いのかな？」（プルプル♪）

良いのだろうか。でも日々の経験から言っても「美味しく頂きました」で終わりそうな気がする。まあ、美味しい魔物が出なかったらおやつにしよう。っていう事で下りよう。

（ポヨポヨ）「ちょ、魔物もおやつも食べるって強欲さん並みの暴食さんだった!?」

でも、どうしてもダンジョンの中だとスライムさんに甘くなってしまう。だって、あの初めて会った時のお腹を空《す》かせて満足に魔力も使えず、力も出せないままに必死で戦っていたスライムさんを思い出してしまうから……まあ、あの時に絶好調だと委員長さん達が食べられてたからそれはそれで困るんだけど、まあお腹いっぱいになるくらい甘やかしても良いだろう。だって毎日嬉《うれ》しそうだし。うん、下りて魔物で、その後おやつだな。

奇妙奇天烈複雑怪奇な狂喜乱舞の意味不明でぐだぐだだ。

61日目　朝　ダンジョン　地下45階層

やはり『魔纏』状態だと身体が動かなくなる。多分、俺の命令が拒否《キャンセル》されている。マジで本当に嫌なスキルだ、だって自分のスキルに拒否られてるんだよ！

「まあ、危険だから止めてるのかも知れないけど、戦闘中に身体動かないって死ぬよね？」

(プルプル)

まあ、これだけスキルが掛け合わされ、そこにとんでも装備のスキルまで乗っかった状態で混ぜ合い纏められた化合状態で発動させているのだから、それはまあ食い合わせが悪かったり、仲が悪かったり相性が悪かったりと色々複雑に因果な愛憎関係が絡み合い縺《もつ》れ合っているのかも知れないけどさあ？

「スキルが関係性で揉《も》めるなよ！　スキル関係の不一致って仲裁もできないよ!!」

そして急停止で動き損ねた隙に、45階層の穴だらけの床に潜む「カーニヴァラス・モウル　Lv45」のモグラさんは巣穴に隠れ……たまま食べられてる。

「うん、スライムさんが侵入してるのに隠れてたら御馳走様《ごちそうさま》なんだよ？」(プルプル♪)

肉食系のモグラさんだったようだが、潜っている間にみんな食べられてる。ちゃんと見てないから名前しか鑑定出来なかったけど、スライムさんも土系統のスキルがお食事出来た事だろう。多分、土系統のスキルか栄養が足りていないのか、食いつきがパ無かった！

「カーニヴァラス・モウルよりも肉食系のスライムさんだった!?」（ポヨポヨ）

サクサク下りよう、お昼までには終わるかな？　50階層程度と思ってたけど、もうちょい深いかも？　でも、出物も隠し部屋だけで魔物もドロップもパッとしない。

「まあ、訓練に来たんだからパッとしないくらいが丁度良いのかも知れないけど、ボーってしてるんだよ？　亡霊さんが？」（ポヨポヨ！）

49階層の「ライトニング・レイス　Lv49」は雷属性の亡霊さんなんだけど、格好良い名前で登場したわりに瞬殺されていく。うん、ボーっとしてるから一斉放水したら漏電したみたいだ？　ぼてぼて落ちては片っ端から食べられてる。スライムさんは黄色くなって喜んでるんだけど……ぴかぴか言い出したらどうしよう？

上の48階層の隠し部屋に有ったのは『闘士のスケール　ViT・PoW・SpE30％アップ　身体能力上昇（大）徹甲化』と、ほどほどの能力な脳筋アイテムが出たけどViTと身体能力上昇（大）が欲しいから貰って布の服に複合しておこう。うん、脳筋にはならない！

これで少しは身体が耐えられるかも……底上げ程度の効果しかないとしても身体の強さが早急に必要だ。だから今はアイテム頼りで良い。まあ、それも纏うから混乱が収まらないけど、まともに戦えないのは不味《まず》い。特に盾委員長に昇格した盾っ娘《こ》委員長さんが一緒だったら引っ切り無しに庇《かば》いに来そうで下手な所は見せられない。そう、たとえフリだけでも強さがいるんだよ。

「この下が最下層？　広いけど迷宮王がデカいのかな？　まあ、何となく大した事無い様な気もするけど安全確実に行くんだよ？」（ウンウン）（プルプル）

良いみたいだ、50階層の迷宮王なんて普通は大した事は無い。だけどスライムさんの様な特殊体がいないとは言い切れない。

えっとデカいのに魔法特化？　黒山羊な「ナイトメア・ゴート　Lv100」、ただしLvは100でステータスは高い。状態異常系のスキルてんこ盛りだが、『悪夢』がオリジナルスキルっぽい。レジスト出来ないと効果がヤバそうだ。見た目はこう悪魔っぽい邪悪な感じの、巨大な2本足で立つ捩《ね》じれた角を持った黒山羊、読まずに食べそうだ！

「魔法は食べても良いけど状態異常は避けてね、あれってヤバいかも？」（プルプル）

これがナイトメア・ゴートの闇魔法なのか、宙に黒い靄《もや》が集まり固まって剣になっていく。そして無数の黒い剣が襲い掛かって来る……闇の剣？　これが状態異常攻撃みたいだ。スライムさんは正面から行くらしい。だから俺は右手に回る。甲冑《かっちゅう》委員長さんも左手に回った――削ろう。

ただナイトメア・ゴートの左足を斬る未来だけを想定し、転移してもしなくても良い行動に移る。だけど即座に身体の各部位が『転移』で瞬間移動を連続で実行し、それを『瞬速』と『疾駆』が加速させる。ただ神速なだけのぐだぐだ攻撃。

「だが見切れまい――うん、俺もわかんない？」

ナイトメア・ゴートの巨体の左足首を横薙ぎに斬り払いに行って、左膝を後ろから逆袈裟に切断する……うん、意味が分からないが脚は貰《もら》った。

（ギャオオオオアアアアアア——ッ！）

白銀さんは右足も右手も輪切りにスライス中だし、状態異常攻撃の剣達《たち》はスライムさんの迎撃罠《ワイヤーカッター》で潰されている。また無数に作られては降り注ぐ状態異常攻撃の黒剣の雨を『消失《バニッシュ》』してすり抜けて、すれ違いざまに首を貰う。うん、突きで頭消し飛んだ？

もう、この攻撃はマジ意味分からない。そして多分ちょっと力んだのか、ちょっぴりミストルティンが発動したっぽい？　うん、一気に魔力が3割は持って行かれてるよ……マジ暴発し無くて良かった⁉

「お疲れ、状態異常とか貰ってない？　貰ったら貰った所に返すんだよ？　まあ、俺はみんなに『常態異常』と褒められる位に大丈夫なんだけど大丈夫？ってよく考えたらディスられていただと——っ⁉」（ウンウン！）（プルプル？）

Lv100迷宮王の状態異常でも大丈夫だったようだ。甲冑委員長さんは状態異常攻撃どころか、攻撃自体を受けていない可能性の方が高い。そしてスライムさんの回避能力なら避《よ》けられているはずだけど、避けずにこっそり食べている可能性も否定できない？　まあ、状態異常攻撃どころか本体のナイトメア・ゴートさん食べるのに忙しそうで返事もおざなりだな？

50階層で特殊状態異常攻撃特化の迷宮王とか出て来ると、同級生達の耐状態異常装備が心配だ。しかも恐ろしいのはナイトメア・ゴートの固有状態異常攻撃は『悪夢』だった！　宿でお説教から逃げて、ダンジョンでお説教の悪夢を見せられて、宿に帰ってまたリアルお説教とか恐《おそ》ろし過ぎる。あれっ、リアルの方が恐ろしいいんだけど？

まあ地上《と》でご飯にしよう。

「この太陽の位置だとお昼ちょっと前かな？　最後の一撃で一気にMPが減ってお腹もすいたし街でご飯にしようか、なんかお店増えてたし？」（ウンウン）（プルプル）

うん、良くみんな時間が分かるよね？　街に戻り、大通りに向かうと店も屋台も賑《にぎ》わっている。この街に来た時はみんな一生懸命な笑顔で歯を食いしばる様に頑張っていたけど、今は本当の笑顔が零《こぼ》れている。まあ、あれだけ貧しくて苦しい生活でも笑顔で頑張り続けたこの街の人達が幸せになれない方が本来おかしい。お店が沢山有って商品が溢《あふ》れ、人通りは絶えずにみんなが自然に笑っている。これが街だよ。

「気になるお店はある？　今日はお大尽様だから強欲と暴食で豪遊さんで良いんだよ？」

お店も増えて出店も沢山で目移りしている、これが本当の街でお買い物でお食事だ。迷ったり悩んだりが楽しいんだから。異国風な商人さん達も結構来ている、尾行っ娘一族が厳選した商人達だけを出入りさせているから心配は無いんだろうけど、情報は洩《も》れる。

それでも流通は必要だ。今でも鎖国の悪影響はじわりじわりと出て来ていて、それを密輸で補っている状況。うん、偽迷宮に密輸品取引所でも作ろうかな、儲《もう》かりそうだな？

甲冑委員長さんはあっちのお店を覗《のぞ》いて服を見て、こっちのお店でアクセサリーを見ては悩み、また向こうのお店の商品と見比べている。楽しそうだ、だが長そうだ！

未《いま》だに品揃《しなぞろ》えも品質も雑貨屋さんが断トツだけど、それでも悩みながら出物を求めて探し回り、見比べて苦労するのが楽しいんだろう……ずっとずっと暗い地底で出来なかったお楽しみだから、強欲くらい可愛《かわい》い物だ……と良いな？　うん？

そしてスライムさんも手当たり次第にぽよぽよと屋台で買い食い中で、もう普通にお金払って買い物している！　うん、買い物するスライムさんも凄いんだけど、普通にスライムさんに商売してる人達も凄い!!　やはり何とかの街は魔物さんに大人気だったようだ。

楽しそうに買い物する人達と、一生懸命の商売している商人さん達。はしゃいで回る子供達の声と、街を眺めて笑っているお年寄り。うん、これが街なんだよ。

「俺もなんか食べよう！　だって、お金を使い果たされる前に食べないと一人で自炊になっちゃうんだよ!!」（ポヨポヨ♪）

既に甲冑委員長さんの強欲モードが発動待った無しで、スライムさんも暴食形態が解放されている！　急がねば現金が尽きる!!　食べよう、だってせっかくの街なんだから。

もうその設定が聞いただけで心に痛みが走る痛烈な駄目な奴だ。

61日目　昼　宿屋　白い変人

宿で一休みしながら50階層の迷宮王「ナイトメア・ゴート　Ｌｖ１００」のドロップ品を眺めるが、どう見ても『夢魔の眼帯　ＭｉＮ・ＩｎＴ50％アップ　魔眼強化（極大）幻術　催眠　魅了　傀儡《かいらい》　記憶改変　意識支配　精神汚染』と駄目な奴《やつ》だった！

「ちょ、さり気ない感じで『魅了』とか『傀儡』が入っているうえに、さらりと『記憶改変』とか『意識支配』なんて極悪な効果に『精神汚染』のとどめ付きだよ！　好感度さん死んじゃうよ!!　あと、見た目が痛すぎだよ!?」（プルプル♪）

　そして、何よりも恐ろしいのは……眼帯をした魔眼持ちと言う設定だっ！　もう痛い、聞いただけで痛い！　しかも黒革に黒い宝石が埋め込まれたデザイン。これは重篤な厨二《ちゅうに》病《びょう》　患者ですら思わずドン引いてしまう位の破壊力がある。これは魂の奥底まで痛みが走る激痛で痛烈な痛覚《ダメージ》がある。うん、これは駄目な奴だ。

「誰かに回そうにも、『魔眼強化（極大）』って魔眼なんて俺しか持って無いよ？　だって普及してたら大変だよ！」（ポヨポヨ）

　まあ『魅了』に『傀儡』がある時点で封印確定。売るのも以《もっ》ての外《ほか》で、絶対に外には出せない。大体これは女子さん達には曰く《トラウマ》だし、外道戦記まっしぐらな最低最悪の厨二アイテムグランプリ受賞確実な駄目な奴だ。でも効果増大に（極大）があったのは発見だ。極なのだからこれが最大級の筈《はず》で、これで後から（改）とか（真）とか（絶）とか出て来たらもう意味不明まっしぐらなのだから、きっと最後の筈！

「普通、眼帯なんて視界を塞ぐ装備なんか使えないよ……魔眼があれば見えるけど？」

これは『魔眼』の強化の為《ため》に視界を半分捨てるデメリット付きアイテム。まあ『羅神眼』が有れば眼帯してても透視すれば見えるのは内緒だ。見てないけど、目隠しに意味が無いってバレたら委員長様の鞭《むち》の連打が襲ってくる。うん、昨晩の後だからもう容赦なくマジ切れる。それはそれで新たな属性が目覚めそうでヤバいです！

しかしこれで四つ目の封印アイテムだ、揃《そろ》うと俺の好感度への破壊力が凄《すさ》まじい。

「だって『テンプテーション・シャツ』で誘惑して、『プロメテウスの鎖』で無理矢理縛り上げて『服従の首飾り』で強制奴隷状態にして『夢魔の眼帯』で魅了して傀儡にしちゃって意識支配しちゃうの？　それ何処《どこ》の外道な卑劣漢さんなの!?」（プルプル）

しかも、それで『使役』したら完全支配だよ！　最悪だ、最低に下劣で最強の好感度ダウンバーストだよ！　これは封印しないと好感度さんが死滅して全次元からの完全消滅を果たしてしまう。これもアイテム袋の最奥に隠しとこう。だって女子さん達からすればこんな物が有る世界なんて怖くて、いつも怯《おび》えて生きて行かないといけなくなる。対策は必要だけど、これは存在自体が有ってはならないものだ。

「毎回毎回どうして、この世に存在したら駄目な類《たぐい》の存在自体が好感度さん消滅兵器みたいなのが次々と続々と迷わず俺の下に集まって来るんだろうね？」（ポヨポヨ）

やはり異世界の狙いは俺の好感度さんなのか！　殺《や》らせはせん、殺らせはせんぞー！　だってその好感度さんは異性の好感度さんで、絶賛不足中で欠乏してて渇望中なんだよ!?

「ただの『悪夢』装備なら文化部っ娘の装備に良かったのに、やり過ぎで使えない……でも文化部っ娘達ってゴスロリドレスに眼帯とか似合いそうだな！」（プルプル？）

看板娘と尾行っ娘と遊んでいたスライムさんもお部屋に戻っているし、甲冑委員長さんもおニューの帽子にご満悦中。さて、迷宮踏破を再開するか、お昼の2回戦を始めるのか……くっ、2回戦は無理そうだ。甲冑委員長さんがモーニングスターを取り出した！

「って、まだ持ってたの？　いや、だって新作のブレザーを着せてたら俺の魂の男子高校生が荒ぶって大暴れだったんだよ？」（ジトーーーーッ！）

うん、やはりタータンチェックのミニスカートが短すぎたのだ！　知ってて作ったんだけどとっても短かったのだ!!　うん、それはもう……暴れちゃったんだよ？

まあ、女子さん達は教室から制服で転移して来たから当然制服を持っている。そして、それは当然みんなお揃いの制服だ。うん、誰かが着ていると甲冑委員長さんがじっと見てたりするんだよ？　前にもお揃いのジャージを作ってあげたら物凄《ものすご》い喜びようで、今でもとっても大事にしていたりする。宝物みたいだ。

だから制服だったり、上履きも作ってみた。みんなとお揃いの学校鞄《かばん》も学校指定のドラムバッグも作ってみたがドラムバッグだけは不完全な出来だった。うん、ロゴが思い出せないんだよ？　何て名前だったっけ、あの高校？　まあ喜んでいるから大丈夫だろう。

「そう言えば裏の土地ってもう空いたのかな、隣りも裏ももう空いてたみたいなんだけどどうなんだろう？」（プルプル）（？）

現在宿屋の白い変人の1棟は貸し切り状態。女子さん達もそろそろ個室が欲しいかも知れないけど部屋が足りていない。食堂も好き勝手使っているから貸し切り料金で借り切りになったままだったりする。だけど、この未曽有《みぞう》の好景気で宿が足りていないし、このお宿って料理も人気がある。元々、冒険者ギルドお薦めだったくらいだ。ならば改築なんだけど土地が狭すぎたから隣りと裏2軒は新しい家を用意して移って貰った。裏はお店屋さんだったので時間が掛かってるけど、一昨日くらいから荷物は運びだされていたからそろそろだと思うんだけど……どうなんだろう？

看板娘のお父さんとお母さんには話は付けて有る。何か滅茶遠慮していたが宿代が無いから早く作って建築料払いにしないと不味いのだ！　だって大通りで尾行っ娘《こ》の気配がした、あれはお大尽様ツアーがバレたに違いない、急がねば！

「看板娘〜、またの名を看板庶民？　まあ宿屋の名も無き娘っ子よ、裏のお店屋さんはもう空いたの？　あれって何のお店だったの？　開いてるところ見た事無いんだけど、年中閉店セールでずっと閉まってるセール中だったの？　うん、ずっと閉めてたら売れないから店仕舞《みせじまい》できないと思うんだよ、マジで？」「あっ、遥《はるか》さん。さっき引っ越しが終わったってご挨拶に来られてましたよ、凄く良い家を紹介して貰ったって喜んでお礼を言っていました。あと、あそこはお店屋さんじゃ無くて農具の工房さんで、基本村を巡回営業してるんですよ……何か遥さんに何処かの村で見た事も無い農具の作り方を教わったって大喜びで言ってましたけど、知らなかったんですか？」

そう言えば行く先々の村で何時《いつ》も会う農具屋のおっさんが居て、いつも普通に話しかけて来るから普通に相手して、ついでに未《ま》だ作られていない千石通しやドラム型唐箕《とうみ》とか千歯《せん》歯扱《ばこ》きとかの農具や、備中鍬《びっちゅうぐわ》とかへ改良の仕方を教えると大喜びで農作物と大量のお小遣いをくれるおっさんが居た。うん、勿論《もちろん》おっさんだから忘れてた。

「いや、やたら話しかけて来ると思ったら裏の店はあのおっさんの店だったんだ？」

丁度歴史の授業で江戸時代の農業やってたから覚えてただけで、そこで召喚されたからそれ以降は謎だ。まあ、どうせオタ達が覚えてるだろう。あいつらは作らせるとヤバいけど既に蒸気機関まで作っているのだから……日本刀を造ろうとして！

「よし」（ポヨポヨ？）

魔力も充分に回復したし、設計図は以前から完成している。今の2棟を包み込む設計だからこのまま始められる。そして、こっちの棟だけは借り切ったままにしたいから、あまり弄《いじ》らずに広く改装と増築だけにしておこう。流石《さすが》にホットパンツに網タイツやらミニスカにエロストッキングさんやら、生足さんやらのチャイナJK達がうろつく食堂は一般開放出来ない。まあ、開放したらお客は沢山来そうだけど？

そして今は鉄骨が組める、高層建築なインペリアルお宿だ！　だって元だけど迷宮皇とスライム・エンペラーさんの定宿なのだ!!　魔動エレベーターも設計済みで計算上8階位までなら余裕で行ける。

「8階は展望台付き食堂で、地下に大浴場と訓練場完備。お部屋数多めでスイートも作っちゃおうか、だってスウィートルームって言いにくいよね？」（ウンウン）（ポヨポヨ）

いや寧《むし》ろインペリアルルームだろうか。でも、王国だから王様しかいないし皇族級《インペリアル》だと魔物さんしかいないんだけど、良いのだろうか？　まあ、今も二人いるんだよ？

「えっ、一体何を――えええええええっ!?」（プルプル♪）

そして名が残るのだろう。辺境で最も有名な宿として――そう「白い変人」の名が辺境や王国に刻み付けられるのだ！　まあ、看板一家も、同じ街から逃げた人々もずっと語り継いでいる。決して消したくないのだろう、自分達《たち》を救い命を落とした恩人の名を。でも名前分からないからって綽名《あだな》が白い変人って、それ本人は喜ぶのかな？

隣りや裏の空き家はバラしながら材料にする。建物と大地に魔力を注ぎ込み、魔力を浸透させて地面と土を掌握し馴染《なじ》ませる。そして捏《こ》ね上げながら垂直に延びて行く壁と柱。捏ねて混ぜて固めて錬成して造り、繋《つな》ぎ支えて積み重ねてまた支える。全ての力が垂直に落ちる様に揃え並べ組み立てる。繰り返しては再設計で補強して組み上げて造り上げる、強く頑丈に丈夫で長持ちに、堅牢《けんろう》に。

「ふううう――っ、先に計算して効率化してなかったらヤバかったな？」

どれだけ綿密に設計を繰り返しても、施工すれば誤差は出る。やはり8階で止めて正解だった。地下に造った岩盤に乗る様にしたけど思ったより重心が高い、展望台レストランの全面ガラス張りが欲張り過ぎたのだろうか？

「だって外が見えない展望台って台無しだし、吹きっ曝《さら》しは寒いよねえ？」「……」

看板娘が固まっている？　まだ硝子《ガラス》工房は稼働を始めたばかりで、量産よりも練習と研究中だから硝子が普及していない。だからこそ売りになるけど、重かった？

「厚く作り過ぎたのかな……でも狙撃対策なんだよ？　銃ないけど？」

全室硝子窓にしたのが不味《まず》かったのか、計算よりも重く腰高な重心になってしまった。

「よし、下の壁を厚くして誤魔化そう。防音対策にもなるに違いないからそうしよう!!」

地下も追加だな。看板娘も何も言わないからＯＫなんだろう。うん、完成したけど２階までは石壁造りって言うか窓付きの石垣っぽくなってしまったが、まあお洒落《しゃれ》だから良いよね？　うん、これならオークキングでも壊せない難攻不落な常勝無敗な宿になった。

完成したインペリアルお宿を街の人達も見に来ている。看板一家も総出で来たようで口を開けて見上げている。そして看板一家が泣いている、看板娘もその両親もお爺《じい》さんやお婆《ばあ》さんまで泣いている。きっと昔を思い出しているんだろう。あの時にこの壁が在れば守れたんだろうと、そうすれば白い変人も、街の人も避難して死なずに済んだんだと。

沢山の者や物を無くし亡くして何もかも失って、それでも立ち上がって新しい宿を再開した。そして今、もう失われる事の無い不落の城塞宿が出来上がった。だから今度こそ家族だって宿泊客だって、逃げ込んで来た街の人だって守れる。今度こそ絶対守れる。それほどまでに頑強に丈夫に造った。だって、ここが守られなければ嘘《うそ》になる、だってこの宿屋の名前は街を守り抜いて命を落とした英雄の名「白い変人」なのだから。

そしてしっかりと造ったからこれで１ヶ月くらいは宿代をまけて貰《もら》えるかもしれない！お風呂代だってサービスして貰えるかも？　みたいな？

61日目　昼過ぎ　宿屋　白い変人

新築の宿の中を巡回して内装を手直ししている間も、ずっと看板一家に感謝され続けた。言葉の限りを尽くし、目には涙を湛《たた》えて……それ程迄《まで》に心に疵《きず》が残っていた。

生き延びて宿を再建して、新しい家を持っても昔の思い出を忘れられるはずなんて無い。住み慣れた家も街も、仲の良かった隣人達も沢山の友達も皆無くした哀《かな》しみと恐怖を忘れる訳なんか無い。ずっと心の深い所が傷付いていた。そしてそれを経験したから脆《もろ》さも儚《はかな》さも知ってしまった。あれから一度だって心から安心なんかできた事も無かっただろう。

だがそんなあなたに御薦《おすす》めのこの城塞宿！　難攻不落にして常勝無敗で天魔覆滅なインペリアルお宿「白い変人」に恐れるものなど無い！　安心安全安泰のお宿さんだ。まあ、でも教えていないんだけど最初から宿泊客の常連さんが迷宮皇とスライム・エンペラーの異世界最強級で、他の高校生達もＬｖ１００超えのＳ級冒険者の集団で常連連泊客なのだから、この宿ってこの世で一番安全だったんだけど……でも、一度失ってしまったからこそ目に見える安心が欲しかったんだろう。うん、この宿は落とせない。失ったものを取り戻してあげる事なんて俺には出来ないけど、失わせないようにする手伝い位なら出来る。それがあの村で教わった事だ、そのくらいしか出来ないいんだから。

「ありがとうございます……本当に……ありがとうございました」

辺境の沢山の英雄が守り抜いたものを、新たな辺境の勇者達がその志を受け継ぎ守っていく。だから何も出来なくてもお手伝いで内職だ、ちっぽけでも出来る事はそれくらいなんだから。だからここは落とさせない。

だが、思ったより内装に手間取った。つい調子に乗って家具まで備え付けてしまったけど、でも白い変人だからやっぱり白で統一したいじゃん？　うん、まあホテルってイメージが白だし、それに何と言っても広く見えて清潔感がある。あとインテリアも引き立つからロビーにはミロのヴィーナスとサモトラケのニケ、受付には巨大なひまわりの絵を連画で並べ廊下もミュージアム状態。でもツタンカーメンは不評だったから引っ込めた、どうも魔物に見えちゃうらしい？　あと異世界は刺激に弱い様で、裸婦画も裸婦像も駄目出しで、ミロのヴィーナスもトップレスから着衣になられてちょっと寂しいしんだよ？

「まったくこの宿では毎夜この美術品のどれよりも芸術的な美の化身が、それはもう超刺激的に刺激したりされたり激発したりで、男子高校生的な欲望を刺激して刺激し返していると言うのに軟弱な事だよ？」（ジト――――ッ！）

そう、俺が最も全力を尽くしたジャン・ロレンツォ・ベルニーニさんの彫刻は全部駄目出しされてしまった。いや、芸術なんだよ？　本当だよ？　だがアントニオ・コラディーニの「ヴェールに包まれた謙遜」だけは着衣だと声を大にして言いたい！　着てるんだよ!!　大丈夫だよ？　駄目なの？　滅茶頑張ったんだよ？　せっかく造った美術品の7割を引っ込めて、適度に無難な美術品を配置して行く。

　そしてインペリアルルームは皇族でもお迎えできるレベルだろう、ただ王国だから皇《インペリアル》が元迷宮皇さんと元スライム・エンペラーの二人だけだし、後は格下のゴブキングとかコボキングとかが王族とかなんだよ？　うん、宿泊するのかな？

「うん、完成かな？　よくわかんないけど？」（ポヨポヨ♪）

　実はインペリアルホテルなんて泊った事は無いからよく知らない、って言うか普通泊まれない。超高級ホテルの知識のパクリの寄せ集め。だってホテルに泊った事処《どころ》か入った事が無いんだよ？　うん、ラブホすら無いんだよ？　うん、一人で行かないんだよ？

「う――ん、ちょっと物足りない気もするけど、オーナー的に決める事だから他に要望があったら言ってね？　あと、今借り切ってる所は別館ぽく分離してるけど言ってくれたら普通に繋げて内装も統一するからね？　何か要望は無い？　うん、武装もしちゃう？」

　看板一族が全員で口を開いたまま首を横に振る。要望は無いらしい。でも管理運営をするんだから、ちゃんと厳しく要望を出さないと駄目なんだけど……声が出ないようだ？

　ずっと一族で口を開けたまま固まっている。ロビーを見ては固まり、展望台に上れば固まり、魔動エレベーターでも大浴場でも固まっていた？　ずっと無言で口を開け固まったまま付いて来る一族って何なんだろう？　身体《からだ》が硬いのかな、異世界にもラジオ体操を普及させなければならないのだろうか？　でも……ラジオも無いんだよ？

　外も凄《すご》い人集《ひとだか》り。この街初の8階建てに展望台付き、しかもガラス自体が珍しいのに全室にふんだんに使い、全部屋が1枚物の大ガラス設置なのだから超豪華お宿だろう。看板一家も大騒ぎの街の人達に説明しているから、きっと観光名所になる。そしてマッサージチェアーも大量に置かしてもらったから大儲《おおもう》けだ！

魔力は尽きたけど中途半端に時間が有るし武器屋と言うか鍛冶屋と言うか禿《はげ》の髭《ひげ》のおっちゃんの鍛冶場に寄ってみる。まさに鬼気迫る覇気だ、目がヤバい。頭は禿でしかも髭！

「うるせーよ！　聞こえてるぞ、泣くぞ!!」

火花が燃える――渾身《こんしん》の力で鉄を打ち、また鉄を打ち、そして鉄を打つ。ただの単純作業の様に精巧に精密に槌《つち》で打ち、鉄の状態を見極め判断して――また熱しては鉄を打つ。もし、これが本気で単純作業に見える人間は、きっと一度も真剣に何かを作り上げた事が無い人だろう。これこそが神業を目指す者、限界を超えようとする者、真剣に生きる本当の仕事師だ。何かを造るとはこういう事だ……俺は今日もブラ……いや、あれってマジ真剣に作らないとまじ難しいんだよ？

まあ鍛冶場まで来てブラは作らなくても良い。1名ほどワイヤーが必要かもしれないが、今の所は布だけで支え切れていた。あれって重量計算が橋を架けるよりもはるかに難しかったんだよ？　うん、あれこそが構造学の神秘だった！

「悪いな、待たせたな。金は用意してあるし、売り物も買うぞ。お前のおかげで大繁盛だ。それに幾ら造っても尽きない程の鉄がある、俺の剣を欲しがって貰えるんだ……何でも言ってくれ、何でもするぞ」

おっちゃんにデレられるとかいらないんだよ？　うん、禿の髭のおっちゃんの需要は無い！　まあ、ロリッ娘《こ》ドワーフだったら需要って言うか……オタ達が通い詰めそうだ！

握手券とか付けてぼったくれそうだが、禿髭のおっちゃんは無理だとおもうよ？

「注文聞きに来たんだよ、魔石に魔石粉に魔石液、付与済みでも付与前でも付与の指定だって効果だって注文聞くよ？　だっているんだよね？　だってこれは売り物だけど商売物じゃ無いんだから……商売なんかじゃ此処《ここ》までの物は出来ないんだから？」

　最高を超えようと死ぬ気で造る。もうこれ以上誰も死なせたくなくて、こんなに必死で作り上げ、それでも足りないって足掻《あが》いてる。だから売るよ、お金ないんだよ？

「何が欲しい、何でも造るよ。だってまだ満足して無いんだよね？　絶対負けない武器や防具なんて作れる訳が無いんだよ、当たり前だよ、不可能だよ、でも作るんだよね？　うん、出来なくても諦めないなら要るんだよね？　だから売りに来たんだよ。みたいな？」

　最低限、兵隊さん達の装備には高い毒耐性や状態異常耐性は付けたいだろう。付けられるものなら有りと凡《あら》ゆる最高の効果を防備を付けたいんだろう。それが不可能でも少しでも強く、少しでも丈夫に、ほんの僅かでも生き残れる可能性を極僅かにでも上げられるように鍛え上げ続けている……だから要るんだよね？　マジお金ないんだよ？

「ああ……頼む」

　だから売りに来た。死なせないために死ぬ気で作って護《まも》ろうとしているんだから手伝い位するんだよ？　うん、だってお金ないから、いらないって言っても売りつけるし？

　さて、武器屋でも儲かったし雑貨屋は……寄ると追加注文が来そうだから止《や》めといて、あれっ？　エロメイドっ娘が走っている。でもエロドレスじゃない普通の服だ？

「全くメイドの癖にメイド服を着ないって、メイドさんに対する冒瀆《ぼうとく》なんだよ？」

　いや本職のメイドさんなんだけど、危ない立場だと言うのに普通の服って不用心すぎる。

「まったく外出するなら装備くらいしようよ？　うん、あのエロドレスは迷宮上層の魔物の一撃くらいは無効化かほぼ軽減できるんだよ？　エロいし？」「な、何でここに!?」

　まあアレで外を歩くと別の大問題が風紀的に大発生で兵隊さんに捕まりそうだけど？

「って言う訳でメイド服を超特急で超特級に作って来たんだよ！」「だから何で——!?」

「各種耐性付与と加速に身体能力強化に格闘の効果も付いて、ＡＬＬ20％アップに＋ＤＥＦ付きなエロドレスの近接戦用のメイド服？　まあエロ？　護身用だし、エロじゃ無いと作る楽しみが半減って言うか激減？　みたいな？」「全く話が通じていない!?」

　各種隠し武器や防具も仕込んであるし、ついに『収納』も付与できた。そしてこのメイドっ娘は強い、だからアサシン向けに特化した装備だ——エロいけど！

「勿論《もちろん》の事だけど『収納』はミニスカートの中から取り出すんだよ？　うん、予備の劣化版『鬼神のツヴァイヘンダー』も収納しておいたからエロメイド服のミニスカの下から、2メートル級の大剣が出て来るとか胸熱だよね!!」「本当に話聞く気はありますか——!?」

　そう、メイドに大剣は御約束だが、2メートルの大剣を持った肩出しの背中出しの胸元無防備な完全防備のエロメイドな暗殺者《アサシン》に襲われると絶対ただでは済まない！

「うん、俺が襲われたらただ事で無く大変な事になって、このけしからんお臍《へそ》の縦に空いたスリットの隙間に、それはもう大変に暗殺《アサシン》って言うか、アンアン殺《や》っちゃうって言うか、きっと大変なんだよ？　あと、エプロンドレスの背中部分は裸エプロンなのって言う位に無防備だけど魔力による完全防備で、当然だけど網ニーソはフリル付きで装備されていて、肩出しなのにフリル付きのロンググローブなのも大変な事なんだよ！」

うん、襲われたい装備部門なら人気投票1位間違いなしなんだよ！

「私の一命までお許しになって頂いた上に、こんな大変に高価な装備を頂いて感謝の念が……感謝の念があまりのエロさで何処《どこ》かに行ってしまいましたけど、何でこんな所が開いちゃうんです？」「えっ、ロマン？」「ここは開いてはいけない処《ところ》だと思いますが、何で思いっきり開いているんです？　しかもドレスに続きこのエロさは何なんです？　これ普通に恥ずかしくて何か隠す気無いのに、微妙に隠して覗《のぞ》けそうって煽《あお》っていませんか!?　これを着てメイドって一体メイドのお仕事をどんなお仕事だと思ったらこんなデザインになるんでしょうか！　ええ、私は何で着ちゃったんでしょうね……そして何でガン見してるんですか！　そして誰がこんなエロいメイド服でお仕えさせて姫様にはあんなエロドレス着せようとしてるのですか!!　言語道断です！　不敬罪です！　極刑に値します！　王国引き回しです!!（以下怒号）」

うん、地団駄すら太腿《ふともも》がエロい。もうお胸も激怒プルンプルン丸々なエロスだった!?

「いや、買い物って王女っ娘が動く気なの？　貴族軍って王女っ娘を狙ってるよ？　うん、今動くと混乱を良い事に確実に狙われるし、罠《わな》だって張られてるだろうし、メリ父さんも止めてるんだよね？　大体もう戦争を止められる段階って超大跳躍で跳び越えてない？　しかも……たった二人で戦争を止めに行く気なの？　無理なのに？　莫迦《ばか》なの？」

街中を走り回って旅の支度。武器や薬にアイテムを掻《か》き集めて戦える準備をしている。

「姫が止めると仰《おっしゃ》るならば、私は尽き従い最後までお守りするだけです。ですからたとえどれ程エロくても装備はありがたく頂きます。たとえ破廉恥な迄にエロくても……これで私は姫様の剣になり、盾になれますから。ありがとうございました」

深く頭を下げて去って行く……うん、後ろ姿がまたエロいんだよ！　全く、まだ諦めていない。戦争を止める事に命を懸けて、たった二人で止める気だ。その命で王国と辺境を守る気って、王家どころか王国や辺境まで背負い込んだらそんなの潰れるに決まってるんだよ。そうして押し潰されたのに、まだ抱えたままで立ち上がろうとしている。自分の命を捨てて死にに来た大馬鹿王女様は、それでも諦めない大莫迦王女っ娘だったようだ。

甘かったら山脈散歩だいって言われても辛かったら水中遊泳なの？

61日目　夕方　宿屋　白い変人

50階層まで踏破して迷宮王を倒し意気揚々と街に帰るとお宿が無いの？　いや、有るんだけど……豪華な高級ホテル？　モダンな石垣の上に真っ白な構築物が積み重ねられた高層建築《ビルディング》、そして異世界では未《いま》だ貴重且つ透明には出来なかった筈《はず》の硝子《ガラス》がふんだんに使われた壁面。

　でも看板は「白い変人」だった。そう、犯人は考えなくてもみんな分かってる。中を探検してその驚異の美術品に驚愕《きょうがく》して圧倒されていたら……真犯人が何の罪の意識も無さそうな素知らぬ顔で現れたの、宿屋の一家みんな泣きそうな顔なのに無反省で現れた。

「おかえり？って言うか、そっち本館でみんなこっちで、殆《ほとん》どそのままなんだよ？　まあ広くなって部屋は増えたけど、基本そのまま貸し切りなんだよ？　的な？」

　いつもの入り口にいつもの食堂。そしてみんなが「ただいま」って言いながら入る。これがこの街での日常。本館の豪華さにちょっっぴり心惹《ひ》かれたけど、こっちが我が家だった。だから、こっちはそのままに残してあるんだ。だってみんなが帰ってくる場所だから。

　でもよく見ると結構いじられていて、全体的に広いし天井もちょっっぴり高くなっている。だけど綺麗《きれい》になっているのに新品っぽさが感じられない、今までと同じ素材が継ぎ足されているだけだから違和感無く馴染《なじ》んじゃうの。きっと、今まで通りの慣れ親しんだ造りのままで拡張する方がずっと難しかったはずなのに。

「広い……ね？」「変わって無いようで結構違うね？」「うん、ただいまって感じだね」

　お部屋は一気に増えたから二人部屋か個室にするか女子会で話し合おう。一人でゆっくりもしてみたいんだけど……一人だとやっぱり寂しいかな。そして女子風呂は広くなって、魔動シャワーも付いてサウナも完備。地下には訓練場も出来たらしい。そっか……ずっと訓練していた裏庭は無くなっちゃったんだ。新しい宿屋になったんだ。

宿屋の御主人も奥さんも看板娘ちゃんも涙ぐんでいた。こんな立派で、こんなにも頑丈にして貰《もら》ったって。その言葉でようやく分かったの、あの涙は立派だからなんかじゃ無い、一度滅びた事がある精神的外傷《トラウマ》の為《ため》の在りえない迄《まで》の強固な堅牢《けんろう》さだった。あの涙は、ようやく本当の意味で安堵《あんど》できたからなんだろう。

魔物の大襲撃《スタンピード》で街が滅んだって、きっとこの宿は残る。ここに逃げ込めば生き残れる、もう決して失ったりしない。これは、そういう意味《メッセージ》。そう思える宿を作ったんだ……まあ、それってもうお宿じゃ無いよねって言うのは置いといて、造ったんだ。ここにいれば大丈夫だよって、絶対に守るよって。

「きっと城壁が崩され、城塞が破壊され、お城までが落ちても……宿が難攻不落だと魔物さんも吃驚《びっくり》だね？」「まあ、オーナーである経営者一族さんがもっと吃驚してるしね？」

凄《すさ》まじく堅牢で頑丈で強固。だけれど豪華で瀟洒《しょうしゃ》だった、しかも飾られた凄まじい数の美術品はどれも何処のルーヴルさんの大英さんなメトロポリタンなのって言う位凄かった。うん、あれだけで充分にお金が取れる、全部偽物なのにオーラがあったんだから！

「ひまわりってあんなに沢山あるの？」「あとヴィーナスさんちょっと違わなかった？」「あんなに大きくは無いんだけど、ひまわりは連作だったんですよ。ヴィーナスさんは服着せられてましたね」「モナリザさんも結構いたし？」「印象派までで止めたみたいだったね?」「無難なのかな?」「まあ遥《はるか》君の洞窟《おへや》はA・ウォーホルだったし?」「今の異世界の文化だとエロいの禁止だったんだと思うよ?」「「「ああ、だからヴィーナスさんが服着てたんだ」」」

街中の人が見物に来て感動していた、きっとこの街でこの世界の文化が動いた。それは産業革命や文明開化じゃない、あれは見る人の心に感動を与えていたの。きっとただ暮らすだけの生活に、美しい物に憧れる文化が根付いた――そう、きっと美しい街になる。その為の象徴、日々の生活の中に幸せや喜びや嬉《うれ》しさを生み出すのは感動だから。

前に教会風の孤児院が出来たと思ったら、ホテル兼美術館。そう、いつの間にか丈夫で快適な家しか考えていなかった街の人が、見様見真似《みようみまね》で壁を白くしたり、形を整えたり、庭園を造っていた。そうやって少しずつ少しずつ変わり始めている。

「そっか……異世界って何だか殺風景だと思ったら、芸術とか文化がまだ浸透していなかったんだ」「でも、お洋服や家具なんかも売れ始めていたし、これからなんだよ……辺境は貧しかったんだから」「うん造った本人も貧しそうだけどね?」「「「うん、また宿代ツケてたんだね!!」」」

そして用意されていた晩御飯は肉じゃがさんだった、泣いた。もう女子がみんな胃袋を摑《つか》まれちゃって泣いているの。当たり前のように白ご飯と焼き魚に胡瓜《きゅうり》の浅漬け。異世界にそんなものが当たり前にあるわけがないのに。だから美味《おい》しくて、心から幸せになる。

「ううぅ、しっかりと味が染みてて美味しかった!」「でも何でものの数分で染んじゃうんだろうね？」「よく考えれば数分でご飯が炊けるのだって充分におかしいよ!?」「胡瓜の浅漬けだって、いくら浅いって言っても……漬けた瞬間に漬物にはならないよね？」

魔法の料理、それは味だけでなく制作過程も摩訶不思議《まかふしぎ》なの？

「なのに、どうしてお魚だけは毎回ちゃんと焼くんだろうね？」「でも火魔法でしたよ？」「使えるスキルが何にもないって言う割には、誰よりも便利に使いこなしてるね」

でも、生産系のチートスキルがあっても、こんな事は出来ないはず。だってスキルを分解して組み立て直すって……スキルってどうやったら分解なんて出来るのか誰にも分からないし、だから組み立て直すなんて絶対できない。あれは何なんだろう？

「あの、しっかりとしてしっとりしっくりの味付けに、お芋さんのホクホク感は究極の逸品だったね」「でも遥君は糸蒟蒻《こんにやく》が欲しかったみたいだったね？」「「「もうとっくに元の世界の水準を遥《はる》かに超えちゃってるのに、未《ま》だ不満なんだ!?」」」

そして——お風呂が凄《すご》かった。

「「「うわあっ、ゴージャスリゾート!?」」」「彫像からお湯が！」「わあ～、大理石の湯船だよ～♥」「檜《ひのき》の浴槽まで！」「こっちは水風呂だ」「なんか悟り開いて新スキルが目覚めそうなうたせ湯が！」「でも、この甘かったら山脈散歩だいって何？」「打瀬湯ですから阿耨《あのく》多羅《たら》三藐《さんみやく》三菩《さんぼ》提《だい》なのでは？」「「「ああ？」」」

お風呂は広かった。女子風呂だけ特に大きいらしい。男と一緒に入っても楽しく無いから男風呂は個別らしい、だからと言って混浴には出来ないところが遥君らしいの。

「ちゃんとシャワーも久しぶり」「ジェットバス、これって洞窟に有ったのの豪華版!?」

そう、あのお風呂へのこだわりは何なのだろう。だって異世界に来て1週間位で既に猫脚バスタブを造りジャグジーまで造っていたの？　不法占拠な一人暮らしで？

「「「よし、サウナで引き締めだ！」」」「「「おお――っ♪」」」（ポヨポヨ♪）

ちゃんと肉じゃがさんを丼でお代わりした危険性には気付いてたんだね。タオルを巻いた女子高生20人＋1名で一気にサウナが満員になる。うん、私も食べちゃったの！

「うわ～熱いよ～?」「発汗、発駄肉！」「「「脂肪燃焼《怨敵退散》！」」」

ゆっくりゆったり、しっかりとじっくりと汗を流す。極楽だけど暑い、熱いんだけど気持ちいい。お風呂の前の訓練では盾っ娘《こ》改め盾委員長さんが大活躍だった、その成長にはアンジェリカさんも目を細めて喜んでいた。守りたい、守らなきゃと必死に戦っていた女の子は守るんだという覚悟を持ち決意した。そして盾委員長になっていた。

自信なさ気だった顔は決意した瞳に変わり、「遥さんに盾を貫いました。盾委員長って認めてもらいました。だから守ります」って。ずっとみんなを守り抜いていた、その手に遥君に渡された『明鏡の大盾《イージス》』を持ち皆を守る盾委員長になっていたの。

島崎《しまざき》さんの新装備も凄い破壊力だったけど、それ以上に速度とそれによる手数で圧倒的に強くなっていた。でも何よりもその手に『永久氷槍《ひょうそう》』を持ち、氷の鎧《よろい》を纏《まと》い、氷の大盾を持ち、氷の槍《やり》を掲げ氷の矢を操る姿はまるで氷の女王の様だった。うん、とても綺麗で苛烈だった。でも戦いでは圧倒的威力で暴威を振るい、君臨する氷の女王さんだけど、戦闘が終わると嬉しそうに愛《め》でるように永久氷槍を撫《な》でてデレデレだった。

そして図書委員ちゃんは最後まで手の内を見せなかったけど、装備一新で文化部組の状態異常攻撃も味方への付与も段違いに力を増していた。まあ、そのせいで魔物さん達《たち》は片っ端から弱体化してしまい、サクサクと踏破が進んでしまったくらいなの。

でも、あの『波及の首飾り』は遥君と図書委員ちゃんが延々と話し合って渡されていた、きっとまだ何かある。次は柿崎《かきざき》君達体育会系組の装備だろうか？　でも、遥君がいないときはちゃんとブーメランを投げて牽制《けんせい》し、ハルバートで魔物達を制して、剣を持って切り裂き回っていたんだけど武器は何にするんだろう。寧《むし》ろあの身体能力と冷静な判断力、そして瞬間の直感こそが武器。でも、遥君と一緒だと……途端に莫迦になるの？

そして大騒ぎコンビのバレー部っ娘A、Bと呼ばれている埖和《はが》さんと酒々井《しすい》さんが無口……これから始まるブラとショーツの採寸と言う名の、乙女の危機に緊張しているみたい。うん、フォローしてあげたいんだけど……あれは大丈夫だよとは言えないの？　もう最後は腰が砕けて立てなかったし、あの時の事を思い出しちゃうと、思い出しちゃうと熱くなってきて…………（ぽてっ）

「救護班《メディック》！　委員長がサウナで倒れたよ！」「うん、もう顔が真っ赤でヤバいかも!?」「でも、譫言《うわごと》が……エロいね？」「のぼせてる、運び出して」「冷やして……いや冷凍魔法《ブリザード》は冷やし過ぎかも？」「「「うん、凍っちゃうよね？」」」

あれは乙女の危機って言うか、乙女が堕乙女な駄目な危機が洩《も》れ出して溢《あふ》れ出しそうな、精神が危うい採寸《あれ》だったの。そう、あれは乙女が大丈夫じゃないの！

前後左右に加え上下の攻撃防御を多用するから前後左右上下に揺れるようだ。

61日目　夜　宿屋　白い変人

今日はバレー部っ娘のAとBコンビらしい。だとすると胸が大きくてブラ問題が切実な娘が優先されているのだろうか。確かにバレー部っ娘のAとBコンビならば大きい組に入ってもおかしくない程に立派だ、跳ね回るから良く揺れているし？

なにせこの二人は元と言うか、現と言うかバレー部っ娘。その攻撃は前後左右に加え、上下の跳躍を多用する攻撃型の盾職コンビ。だからこそよく揺れている。うん、ボールが入ってるのって言う感じで良く揺れている。だからこそ優先されたのだろうか？

「「…………」」

どうも男子高校生には理解と想像と妄想が及ばない程に、ブラとは重要で切実らしい。身体《からだ》の動きや疲労に係《かか》わるのなら、戦闘職である女子さん達にとっては安全と命に係わる重要事項。でもフリルも重要らしい？　でも、普段は大騒ぎで服が開《はだ》けようが、下着が見えようが気にしないで騒ぎ捲《まく》る脳筋コンビが無口にもじもじされると……物凄くやり難《にく》い！　寧ろ裸族っ娘の仲間キャラだから行き成りぶわああって脱ぎださないか警戒していたくらいなのに、なんか空気が重っ!!

だけど優先されて来たと言う事は、戦闘に差し障りが感じられたのだろう。危険かその予兆があったからこそ優先されたなら、俺は恥ずかしがる事無く平常心で装備として淡々と作れば良い！　そう、これは戦闘用の装備であり身体を守る鎧なのだ!!　ブラだけど？

脱ぎ易《やす》いようにか二人共前開きのミニワンピで、そのボタンがおずおずと外されて行く――すいませんでした、無理です！　これ、平常心どころでは無く男子高校生なあれが非常事態宣言発令しちゃって選手宣誓で宣言できる位の非常事態な非常心です！

しかし片や上からボタンを外して行き、片や下からボタンを外して行く……この無言の空気と衣擦《きぬず》れの音がヤバい。既に甲冑《かっちゅう》委員長さんの今一あてにならない目隠しは発動しているから見えていないんだけど、そのぶん音が妙にリアルだ！　俺の平常心の淡々はどうやら悶々《もんもん》に代わった様だ？（しゅっ、ぱさっ）……生々しいな!!

「いや無言の空気が重たくてやり難いんだけど、ただ採寸して作って当てて修正して形にして補正するだけなんだよ？　うん、見ても無いんだし、触らないからもっと気楽に『ひゃっはー、裸祭《フェスティバル》だあ！』くらいのいつものノリで良いんだよ？　うん、何かキャラがツイン電柱さんっぽく無いよ？　みたいな？　見ないよ？」「ツイン・電柱って言うな――っ！」「あと『ひゃっはー、裸祭《フェスティバル》だあ！』って、なんで私達は阿呆《あほう》っ娘キャラになってるのよ！」

まだ硬い？　世間話でもしながら進めよう、話をしていないと妙に音が気になるし。

『空間把握』で立体を把握しているから気になってしょうがない、だから取り留めのない話をする、今日のダンジョンの話、食べたいご飯のリクエスト、次に欲しい服の種類、そんな毎日の話……きっと未だ昔の話は辛《つら》いだろう。

「それで盾っ娘ちゃん改め盾委員長ちゃんが『カウンター・シールド』を譲ってくれて……うんっ……うぅ」「そうそう、だから『ブレイド・シールド』と交換したら重さが変わって突っ込んだら……あぁぁ」

話が始まって硬さは取れて来たんだけど、会話の途中で「あっ」とか「うっ」とかの声を入れないでね？　滅茶気になるんだよ……戦闘中は「おおっ！」とか返事してるよね!?

「別にバレーは良いの。まあ、思うことはあるけどね、全国もインハイも」「そうそう結局万年2位だったし！」「でも異世界でみんなで戦闘してるのも楽しいよ。うん、きっと騒いでいたいの、全力で一生懸命に頑張って『うわあああっ』てなりたいの、だからコレはコレ？」「だね、何かみんなで戦って勝って『わあああっ』って良いよね」「うん、きっとバレーじゃなくても良かったのよ……中高全部万年2位のままだけはムカつくけど！」

いや……普通に強豪校に行けばよかったんじゃないだろうか？　まあ、女子達の中では比較的に精神が強いし、適応力も高い。それでも強がり半分と諦め半分と、楽しんでるの半分と何も考えてないのが半分で二人分のようだ。いつか海でも見つけたらビーチバレー選手権でも開催してあげよう。あれなら二人で出来るし？

ずっと子供の頃から練習して身に付けた技術や経験が全部無駄になるなんて勿体《もったい》ないし、

悔しくない訳が無い。ビーチバレー位なら普及出来そうだ。勿論《もちろん》ビーチバレーのユニフォームを作るのは全く以《もっ》て吝《やぶさ》かでは無い、もうビーチバレーを普及させる前にユニフォームだけ普及させちゃう位に強力に協力的な今日この頃？　みたいな？

そういえば委員長さんはテニス部だったけど普及は必要なんだろうか、ユニフォームの？　小動物は確か陸上部だったけど、今も駆け回っているからほっといて良いだろう。だが新体操だけは普及が難しい。あれは設備もいるし競技自体が複雑で選手がすぐに育つようなものでは無い気がする……でもレオタードはもうあるんだよ？　うん、甲冑委員長さんが10枚くらい持ってるよ、勿論着せたんだよ？　うん、堪能しました。

そんなこんなと話をしながらも魔手さんは採寸を続け、至考さんに情報を送り続けている。脳内にプルンとかプニョンとかの擬音が響き渡る……いや、『至考』さん翻訳しなくて良いからね。それはスライムさんじゃ無いから会話は求められていないし、会話していたら事案なんだよ？

「んっ、んぁ……っ」「ひぃぃぃ。ううう……んんっ！」

元々がお椀《わん》型で弾力性が高いから無理に吊《つ》ったり抑えたりは必要なさそうで、重量の分散と固定重視。後は激しい動きで紐部《ストラップ》が擦れ無いように注意が必要だろう。うん、なんだかちょっぴり慣れて来た自分が嫌だ。ブラは決して全然まったく以て嫌いでは無いんだけど特技がブラの作成《オーダーメイド》って言う男子高校生がなんか嫌なんだよ？　うん、俺の好感度さんは元気にやってるかな――（遠い目……ただし目隠し中）

そして順調に進んだが、やっぱり下はグダグダだった。うん、お尻は引き締まって持ち上がっていたんだけど筋肉質なので再設計が必要だった。つまり……全部『魔手』で触診採寸して、『掌握』で摑んで揺らしてグダグダだった。測る方も測られる方も精神的な消耗戦だったとだけ言っておこう——やはり音声こそが危険なんだよ！

そうして、ようやく完成して完全に寸法も肉質も把握できたので、軽い気持ちでバレーのユニフォームを作ってあげたら涙ぐんでいた。喜んで部屋着にするそうだ。今度ブルマも作ってあげよう、勿論甲冑委員長さんにも作るのだ！　その甲冑委員長さんはお揃《そろ》いのバレーのユニフォームをじっと見つめている……いるの？　あれはみんなは持って無いんだよ？　まあ作るのは全く欠片《かけら》も吝かでは無いんだけど、涙ぐんでいる娘達にあげたものと同じ物で夜に頑張るって……えっと、色違いで良いでしょうか？

そうして苦難の時間も終わり、脱ぎたてホカホカ生下着は残されているんだけど装備制作だ。きっと先に生下着だと……色々問題が多いんだよ……まだ温《ぬく》いし？　そして気になる事も有り試してみたい事がある。今日の収穫だった『鬼神のツヴァイヘンダー』は素材までで鑑定できた。他は分からないのに『鬼神のツヴァイヘンダー』だけは素材鑑定ができた。そして素材は全てが知っているものだった、って言うか持っている。鉄にミスリルに……黒金だ。黒金は以前坑道の村で採れた謎金属の置物を大人買いして、帰ってから錬成していたら採れたもの。これが製造か複製できるのなら莫迦《ばか》ファイブ全員に持たせられる。

「うん、あいつ等《ら》は莫迦で莫迦で本当に莫迦で、とても莫迦で凄《すご》く莫迦で超絶莫迦でどう

しようもない位に莫迦な上に莫迦なんだけど……強いんだよ？」（コクコク）

あの五人が軍団《レギオン》にいるからこそ崩れない。一人一人の個人が強く連携力にずば抜けて、直感力なら天才的で頭脳だけが天災で底抜けている。あの危機に強い瞬間的な野生の勘が危機的状況を救っていて、手本になっている。莫迦だけど？　だから、あの五人を纏めて強化できると凄《すさ》まじく崩しにくい軍団《レギオン》になる。全員の安全性と戦力自体が上げられる。そう、ただ投げそうで作りたくないだけだ、だってハルバート投げてブーメランで殴ってた奴《やつ》らだ。だけど強い、恐らく単体最強クラスで。

模倣と言うか複製《レプリカ》作成、『魔手』で触診し『掌握』で解析し『至考』で分析する。うん、剣だから楽しくないが調べ尽くして情報化する。材料が揃ってるんだから試行しながら分析すれば理論上は錬金で複製できるはず。まあ多少能力は落ちるかも知れないけどミスリルを増やせば充分に使えるはずだ。ただ出来たとしても『鬼神のツヴァイヘンダー』は2メートルを超える大剣、しかも重くバランスも特殊だからきっと莫迦達以外には使い辛《づら》い。

それでも武器の複製ができれば武器や装備品の不足は一気に解決できる。だから、試して練習する価値はある。意識を剣に集中させて——そう、生下着の方は見ちゃ駄目だ！

素材から成分へ、金属から設計へ。解き明かす、解明し解析して分解する。制作された作品を巻き戻して元に戻す様に……その制作の過程を解き明かす。うん、このデカさと重さはPoWでは使いこなせない。身体の反発力《バネ》と姿勢制御《バランス》に重心移動《パワーシフト》の三つが揃わないと剣に振り回される。この重さを反動に利用して、遠心力に変えて取り回せる感覚《センス》なんて野人にしか無い、－《マイナス》ＩｎＴのデメリットは有るけど、どうせ脳筋だし気付きもしないだろう。
「うん、最適な武器だし、投げない様にブーメラン没収しようかな？」（ポヨポヨ）
5本の『鬼神のツヴァイヘンダー』が目の前にある。もうどれがオリジナルかも分からない。適当に並べたから本当に分からない？　全部が『鬼神のツヴァイヘンダー　ＰｏＷ60％アップ　暴檄　＋ＡＴＴ　－ＩｎＴ』、完成だ。まあ今度はこれをミスリル化って……ミスリル化してから複製すれば1回で済んだんだよ！　今からまた5本……千里の道も一歩から。ローマは一日にして成らず。生下着への道は内職から、みたいな？

何でお土産屋さんにお饅頭買いに行くのに完全装備なんだろう？

62日目　朝　宿屋　白い変人

急報――王女様がメイドさんを連れて王都に向かったらしい。夜のうちに領館から姿を消していたそうだ。置き手紙にはただ「お世話になりました。王族に連なる者として我が名に懸けて、必ず王国と辺境を守ります――シャリセレス・ディー・ディオレール」ただそれだけだったらしい。たったそれだけで……たった二人で戦争を止めに行った。
領館では急ぎ軍を編成して、早馬で捜索隊を出し、ムリムリ城にも偽迷宮前の検問を配備させているそうなの……皆が身を案じ心配して連れ戻そうと警護に駆けつけようと大騒ぎになっている。

「行っちゃったか」「行っちゃったね」「まあ、行くよね」「うん、行くんだよね」

まあ、心配なの。

「悲惨な事になるね」「凄惨かもしれないよ」「惨劇には間違いなし」「喜劇の方が心配だね～？」「「「ああー、あるある」」」

もう何回目で何度目なのか、毎度お馴染《なじ》みの心配なの。朝起きると最強の迷宮皇さんと最恐の迷宮王さんを連れて、強い者苛《いじ》めの第一人者の自称最弱で僭称《せんしょう》人族の使役主さんが居なくなっていた。きっと王女様の護衛だ。この世で最も護衛に付けてはならない不適切極まりない悪鬼羅刹が護衛に就いちゃったんだ……うん、守る為《ため》なら世界でも滅ぼしちゃいそうな超過剰攻撃力の護衛が三人で付いて行ったんだろう……襲う人も災難だね？

まあ、そうは言っても結局みんな完全装備は済んでいる。そして巨大な剣、柿崎《かきざき》君達《たち》は遥《はるか》君から巨大な5振りの大剣を渡されていた。看板娘ちゃんに預けて行ったらしい。

そう、朝一番に柿崎君達に渡していた、「お莫迦な顔した五人組の莫迦に渡して」って言われたらしくて、ちゃんと一切の迷い無く柿崎君達に渡していたの。うん、きっともう看板娘ちゃんは「莫迦」って名前で憶《おぼ》えちゃっているよね？

バレー部コンビも袋を渡されていたけど、袋には「生」って書かれていたから、まあ中身は分かった。ちゃんと内職してから出かけたみたいだね。

そして王女様の決意の溢《あふ》れる決死の思いの悲壮な置き手紙と違い、こっちは相変わらずの意味不明。だって「御土産屋さんが儲《もう》かりそう？　大儲けだ！　お大尽様だ！　みたいな？」だった。それは儲ける決意と欲が溢れ、決算処分な不相応な置き手紙って言うか読んでも意味が分からない時点でもう手紙ですらない謎のメッセージを残して出て行った。

わかってるのは、これは謎のダイイングメッセージでは無く、殺して解決する気満々のデスイングメッセージ。それってもう、ただの犯行予告だよね？

「「「はあーっ、まあ気になるし行こうか？」」」「「「だね～」」」

まあ行くよね――女の子がたった二人で、命を懸けて戦争を止めに行こうと飛び出して行ったんだから。だったら行かない訳が無い。きっと行っている。もう、いっぱい言いたい事は有るんだけれど、これで行かない遥君なんてそれはそれで嫌なの。だったら止められないから私達が行けば良い、その為に戦い続けたＬｖ１００で、これでもかと言う位に装備だって武器だって用意して貰《もら》っているんだから！

少なくとも偽迷宮に向かったのは間違いない。通り道はあそこだけだし、王女様達だけでは通れないだろう。そして遥君の部屋に残っていた証拠品は、「辺境名物　迷宮饅頭《まんじゆう》みたいな？」とパッケージされたお饅頭――美味《おい》しかった、遂《つい》に餡子《あんこ》が出来たんだね！

ちゃんと人数分置いてあるところが計画的で、人数分のお茶と湯飲みも用意してあったから思わずお茶とお饅頭で寛《くつろ》いで出発が遅れてしまったけれど、でも「みたいな？」は書かなくて良いんじゃないの？

あの三人がいるんなら焦る必要はないのかも知れない。「戦争になる前に追い着けば良い」と、「遥君が危ないのは戦争や人の罠《わな》、策略や特殊スキルだ」と。みんなそう言いながらそそくさと用意して宿を出ようとすると……食堂に親子丼が用意されていたの、茸《きのこ》のお吸い物付き。遥君が朝ごはん用に作って置いて行ったらしい。いただきます?

——今度こそみんなで出発する、目的地は偽迷宮。先行は高速組から8人、後詰が21人で出発する。Ｌｖ１００の移動速度なら1時間も掛からないいけど、無警戒での高速移動は危険。速過ぎて気配探知や索敵が間に合わないし、探知で見つけた時には間に合わないほど移動速度が速過ぎる。だから索敵を交代しながら充分な安全マージンを取って高速移動。

「いないねー?」「もう偽迷宮に入ってるのかも」「速いもんね、あの三人は」

夜のうちに出たのなら王女様は偽迷宮に入っていてもおかしくは無い、あの王女様もメイドさんも相当高Ｌｖなはずだし。

「減速!　各自警戒して停止!!」「「「了解《ヤー》」」」

軍だ、多分領主様の軍だけれど警戒は必要。速度を落として姿を見せながらゆっくりと近付いていく。うん、荷馬車の横にでかでかと「オムイ」と書かれているから領軍みたい。だって普通はあんなに大きく派手には書かない。書いても絶対に覚えて貰えないのにまだ頑張ってるんだ……でも、そのくらいで覚えて貰えるんなら私達だってプラカードを作って持ち歩くの。うん、無理なの?

一騎の騎馬がこちらに手を上げながら近付いてくる、あ——、また領主様が勝手に単騎駆けしている。その後ろから必死で側近の人が駆け付けて来る。

「オムイ様、お引き留めして申し訳ありません。実は……」

事情を話すとオムイ様は破顔して笑う。もう王国軍の行く末に気付いてしまった様だ。

「いや、すまない。我等辺境軍のいざこざにまた巻き込んでしまい申し訳ない。だが王女の身だけは心配で早馬で知らせを出させて貰ったのだが……遥君が付いていてくれたのか、使役した魔物も連れて。ならば王女様の身は安泰だな。だが遥君にこれ以上の迷惑をかけて重荷を背負わせるわけにはいかんのだ。先を急がねばならん、軍には通達してあるので君等はムリムリ城にも自由に入れる、すまんが先に行かせてもらうよ」

そう言って駆けだして行った、側近の人もお辞儀するが早いか追いかけて行った。うん、大変そうだ。

「行っちゃったけど、どうするの？」「辺境軍を追い抜いちゃって先に行く？」「う——ん、後ろを追走しながら後続を待って合流しちゃおうか？」「「「賛成」」」

王国軍の本隊は未《ま》だ着いてもいない、あの遅さだとあと1週間は掛かるはず。あの砂塵《さじん》の舞う荒れ地で五人で迎え撃つ気なのかムリムリ城まで引き込む気なのか……それとも偽迷宮で潰しきるのか。打って出る方が損なはず、そして何所《どこ》にお土産屋さんを開店しようとしているのか、お饅頭はいくらなのか、一人何個まで売って貰えるんだろう？　うん、あれはすっごく美味しかった！　合流して全員問題も無くムリムリ城に着き、私達は先行して偽迷宮を抜けて強行偵察を行う準備を整える。

「まあ準備って……社員証なんだけどね？」「「「だね？」」」

偽迷宮通行用の社員証は尾行っ娘《こ》ちゃん一族にも支給されていて、持っているとマスター・ゴーレムさんが誘導してくれる魔石製の通行許可証。どうしてだか通行手形では駄目らしいの？　準備して隊列を組み偽迷宮に入る、中は安全に通れるけど王国軍側の冒険者や兵隊を警戒しつつ慎重に索敵と気配探知を飛ばしながら進む。知らない道や新しい罠が増えているから、ちょいちょい改装に来ているみたいだね。

「滑り台で一気に行こうよ？」「駄目、行き違っちゃうでしょ」「うん、あれは地下直通だからね」「だって、また順路がややこしくなってるよ」

偽迷宮の辺境側出口には「入口に戻る」と書かれた落とし穴スライダー滑り台があって王国側まで一気に行けるんだけど……地下を通っちゃうから行き違いになると困る。因《ちな》みにスライムさんの大のお気に入りらしくて、女子も何人か滑りたそうだけど罠だからね？

「ここからは気を付けて、罠は作動しないけど油が塗ってある所は滑るから」「うん、落ちたら真っ裸だよ～」「「「嫌だー！」」」「こら男子、挙動不審にならない！」

この迷宮は魔術作動式の罠以外にも悪辣な罠が多い、そして物理罠に掛かって落ちると装備が破壊されて……服まで溶ける。うん、ここに攻め込もうって言う王国軍は本当に勇気があると思うの。ここ通るくらいなら普通に迷宮《ダンジョン》の攻略した方が絶対に安全なんだから。だって迷宮王《ダンジョンマスター》は遥君より常識人で正直者で、あの悪辣で悪逆で悪徳な人が作った迷宮よりずっと普通で常識的でわかりやすい親切設計なの！

「もう隣りのナローギ領まで行っちゃってるのかな？」「うーん、遥君達だけならとっくに行ってるんだろうけど……どうだろう？」「迷路で追い抜いちゃってない？」

しかも、この偽迷宮は気配探知が狂う仕掛けがあって面倒なの、一気に抜けたいけど足を滑らせると大惨事になってしまうし。恐らく私達の装備クラスなら『武器装備破壊』される事はまず無いんだけど万が一でも壊れたら大損害。そして服も耐性付きだから大丈夫だと思うんだけど……溶けちゃったら乙女が大悲劇なの。うん、慎重に行こう。

「うわ～リアル？」「これは攻撃しちゃうよね？」「立体的だもんね」

天井に描かれた大量の蜘蛛《くも》の魔物の絵。あれを攻撃しちゃうと天井が崩落して来る。無駄な攻撃で大損害。自滅した気分で心が折れる仕掛け。うん、悪質だね！

敢《あ》えて少人数で行ったのだからのんびりしていると戦闘が始まっているかも知れない焦りと不安。だって街であらゆることを済ませていた。宿屋の改装も済ませ、武器屋にも雑貨屋にも大量の在庫を置いて行き、あちらこちらに新しい工房やお店を造り、そしてこっそり街の城壁まで強化を済ませていた。

まるで、辺境の街でやれる事をやり尽くす様に。

だから気になって追いかける、何処《どこ》まで行く気なのか――きっと本人は何も考えていないんだけど、追いかけていないと色々と心配なの。だって遥君もこの先の王国の動きが読めていなかった。何もかもが予測不能なまま戦争に雪崩《なだ》れ込もうとしているから。

私達には未来の予測も結果も勝ち負けも関係ない、ただ遥君を守りに行く。守らなくても大丈夫なのかも知れなくても、もし本当に大丈夫じゃない時に守れる様に傍《そば》にいたいの。

まだ追い付けなくても、横にいられるようにと強くなってきた、それだけを目指して来た。だから今度こそみんなで遥君の隣りに行く。

饅頭怖いのフリすら理解出来無い所で饅頭は売れるのだろうか？

62日目　朝　ナローギの街

廃墟《はいきょ》の様な街を二人で流離《さすら》う、俺と王女っ娘の二人。あっちこっちから見張られているのが分かっているけど知らんぷりで進んで行く。うん、因みにデートっぽいけどメイドっ娘は王女っ娘の影に潜っているし、スライムさんは小型化して俺の頭に乗ってフードに隠れているから実は四人で見た目は二人。甲冑《かっちゅう》委員長さんはお使い中。
「ちょ、せっかく見た目だけでも女子と二人っきりでお出かけっぽいのに、王女っ娘に近寄るとメイドっ娘が影の中から剣で突いてくるんだよ？　楽しくない、せっかくのエロドレスなのに楽しくない！」「シッシッ、無礼で不敬で破廉恥です！」（ポヨポヨ）
まあエロドレスの上に甲冑を装備してるから露出は抑え目だが、セットにしても足のスリットも背中とお臍《へそ》も隠せない素敵デザインだ！　うん、見張っているのも、敵か味方か盗賊か覗《のぞ》きかただのエロい人かも分からないくらいに大注目にエロい。なのに盾で隠すのは反則じゃないかな？　見えないいな？

「本当に付いて来て頂いて宜《よろ》しいのですか。これから先は周りは全て敵、私は命までは取られ無いかも知れませんが遥様は何の保証も無いのですよ。なぜこんな危険な事をする必要があるのですか？」「宜しいって言うかこっちに序《つい》でが有ったし、お金儲けもしないといけないいんだけど買う物が入ってこないのも困るんだよ？　うん、だから序でにお供的な感じなエロドレス鑑賞？　見たいな！　みたいな？　まあ見に来た、みたいな？」

尾行っ娘一族の情報だと貴族軍の本隊はまだ遠いけど、近隣貴族の小軍は集まり始めている。そして傭兵《ようへい》も集結しているらしいが、傭兵とはいっても盗賊と変わりない様なのも交じっていると言うのだから女の子二人だけで行かせるとか危なくない？　それに本隊には第一王子の何とかがいる！　そして何とその何とかは何と何とかの何とからしいのだ！　うん、何なんだろう？

いや、説明は聞いたんだけど王子だった。王子っていう事は大体世間では常識的観点から見て男なんだよ？　しかも結構なおっさん王子だ。そんな何とかの何とか話なんて興味が無いから聞き流しておいたから、どっかに流れて行ってしまった何とかが何だったかは分からない。だが兄妹だ、直接殺し合わせるなんて悪趣味だ。

「確実に刺客が来ています。強いのではなく人を殺す事が上手《うま》い者達です。遥様が魔物や迷宮王を殺せるほどの力をお持ちになっていても、あれらは対人戦専門の人を殺す専門家《スペシャリスト》です。王家や古い貴族に抱えられ連綿と人を殺す技術だけを極めた者達です、これから起こるのは真っ当な戦いですら無いのですよ」

それに密輪に協力してくれている辺境支持の商人達《たち》が何度も襲われている。最初は密輪がバレたのかと思ったけど、どうやら治安の悪化と質の悪い傭兵と小貴族が悪さを始めているらしい。うん、王国で悪さするなら向こうの勝手だけど、健全な密輪ルートが潰されるのは迷惑だ、だってお米不足は俺の食卓に響く！　そう、米の恨みは重い!!　お米1粒に7人の惨殺くらい？　いや、あれは神様が7人なんだから盗賊なら1粒盗んだら300人単位で皆殺しで良いくらいだろう。うん、それでいこう！

「あ～美人女暗殺者さんは怖いな～（棒）！　声を大にして叫ぶんだけど美人女暗殺者さんは怖いんだよ～（F♯7）ちゃんと聞いてるかな～、俺超美人女暗殺者さん駄目だよ駄目だよ的な～♪　まあ敵なんだよ（Ｈｏ？）」

アピってみた。これできっと王国中でフラグが立って大量の美人女暗殺者さん達が招集されて集結して襲来してくるはず！　ついに真の男子高校生の戦いが始まるの、美人くノ一さんだろうか、美女アサシンさんだろうか？　だが大事なのはハニートラップだ、それは蜜のように甘くトロトロのトラップなんだよ。そうだ、ハニートラップ怖いもアピっておこう!!　大事な事だから2000回くらいアピったら良いのだろううか？　うん、ハニーなトラップは最重要だからプラカードも作っておこう！

「何で隠密《おんみつ》行動中に大声で叫び廻《まわ》っちゃうのですか！　忍んでるんです、こっそりしているんです!!」「大声でアピら無いで下さい、後さり気に歌わないで下さい！　それって滅茶期待に満ち溢《あふ》れていて全く怖がってないですよね？　それを聞いて『弱点だ！』と思う諜報員《ちょうほういん》がいたら吃驚《びっくり》ですよ！　本当に危ないのですよ……遥様《はるか》が命をおかけになられる理由なんて何も無いのに……全ては王国と王族の背負うべき罪なのにどうして」

えっ！　駄目なの!?　どうやら異世界は饅頭怖いのフリすら理解していないようだ。こんな事で迷宮饅頭は売れるのだろうか？

「これだから全く異世界は異なる世界なんだよ、まったくもって使えない異世界だ。うん、御饅頭は美味しいんだよ？」「「話を聞いて――！」」（プルプル……）

もう既に廃墟のような街、そのスラムで無人な瓦礫《がれき》の区域を通り、人通り処《どころ》か人気も無い路地に入って行く……うん、ここまでしておっさんが出て来たらコボとビッチの群れの中に放り込んでやる！　あれは地獄よりも恐ろしい悪夢なんだよ……コボも脅《おび》えてたし？

ずっと付いて来ていた一団が分散して囲み始めている。お金目当ての盗賊なのか、王女っ娘目当ての貴族の犬か……エロドレス目当てのエロい人達かも？　うん、最後の人達とは仲良くなれそうだ！

「このエロドレスの素晴らしさが分かるとは良い趣味をお持ちのエロい人達のようだよ。まあ、エロいから趣味に関係なく襲われそうではあるんだよ？　うん、これ着て出歩くってどうよって言う位にエロいんだよ？」「そう思ってるなら普通の服を作って下さいよ――！」「そこの二人。そこで止まれ！」

囲まれた。それは良い、分かってたし。そう、17人だ……17人のおっさんだ！　こいつら俺が懸命に立て続けた、大事な大事なフラグさんを圧《へ》し折りやがった！　よし、折ろう。

もう、あっちこっち手当たり次第にぽきぽきとぱきぱきと折っちゃおう。だって、これは折られてしまったフラグさんの敵討ちだ！　もうバキバキにフラグってやる!!

「何者です、人を呼び止めるならば名くらいは名乗ったらどうなのだ！」

王女っ娘がオコだ、囲んでるおっさん達が「エロい」「エロい」言ってガン見してるから激おこだ！　いや、でもエロいんだよ？　うん、エロいよ？

「間違いない、シャリセレス王女だ。捕らえろ！」「いきなりの大当たりかよ」「大金だぜ、逃がすなよ！」

貴族の犬のおっさんの子飼いの傭兵な盗賊のおっさんのようだ。まあ、おっさんだ。

「くっ！」

王女っ娘が一瞬で剣を抜き放ち、盾を構えて脚を開いて身を低く慎重に構える。良い構えだ——囲まれた状況で素早く移動できるように、それでいて攻守に対応できるように重心を下げつつ、足幅を大きく取り間合いを広く牽制《けんせい》している。つまり、ドレスのスリットが大きく開いて、脚どころか内腿《うちもも》さんまでチラチラな、それはもうとっても良い構えだ！

「いや、遥様。何で敵に背を向けてしゃがんで私の脚をガン見されてるんでしょう？　斬ってていいですか？」

まあ、こいつ等《ら》は悪党さんだし戦えば王女っ娘一人で倒しきれるし、逃げるのなんて簡単。だけど王女っ娘が言っていた通りの対人戦専門の悪党だ、だから剣を構えても意味なんかない。戦う事も出来ずに搦《から》め捕られるんだよ、ほらっ？

「くっ、卑怯《ひきょう》な、卑劣な手を……って何で遥様は、しゃがんだままで搦め捕られる気満々に捕まっちゃってるんですか！　あと、どこに顔を突っ込んでるのー!!」

投網だ。網に鎖まで編み込まれて絡まっているから、斬る事も出来ないままに捕らわれた。つまりこの密着は不可抗力、俺は悪くない！　うん、どこって太腿なんだよ？　しゃがんで待っていた甲斐《かい》があったようだ……これは良い太腿さんだ！

だが王女っ娘の影からメイドっ娘が剣で俺を突き刺そうと狙っている！　しかもジト目メイドがエロメイド服仕様でジトってる。まあ、刺されたら痛そうだから太腿は諦めよう、短い幸せだったが良い太腿だった。だって絶対領域な生太腿さんだったのだから！

「惜しむらくは甲冑無しが良かったんだよ？　まあ、それでもフラグさんの敵討ちだし、名残は惜しいけど美味《おい》しかったからごちそうさまでした？　みたいな？」「その小僧はいらん、殺してしまえ。王女には怪我《けが》をさせるなよ」

頭上を漆黒の大鎌が宙を舞い、回転しながら旋回する。人の魂を狩る死神の大鎌《デスサイズ》。しかも今なら更にもう2本付いて、お値段据え置きな素敵なぼったくり価格なんだから勿論《もちろん》だがお金は全部巻き上げる！

「許さない——だって俺が丹精込めて愛情を注いで大事に育てたのに無残に折られてしまった可哀想《かわいそう》なフラグさんの慰謝料だ、絶対に毟《むし》り取る！」「「「何なんだ、こいつは!?」」」

「「……さあ？」」（プルプル）

網に搦め捕られ王女っ娘《こ》と縺《もつ》れ合い絡まり合って、あんな所やこんな所が密着したり擦れたりしながらの大鎌の乱舞。鍛えられたムチムチなダイナマイトバディーと輪舞《ロンド》を踊り狩り回る。円舞《ワルツ》の様に舞い、斬り裂いて蹴踏《タンゴ》だ！　おっさん共を蹴り回して踏みまくる!!

「うん、ムチムチなのが気持ち良いからやり過ぎたけど、このもにゅもにゅ感は異世界有数に違いないから何処かでもにゅもにゅ協会を見かけたら推薦してあげようかな？」

そして網に捕らえられたまま暴れたから網がぎゅうぎゅうに絡まって、ドレスの肩は開《はだ》けて胸元まで露《あら》わにし、スカートはずり上がり脚を剝《む》き出しにして絡みついて密着で圧着されて接着中だ。なんだかちょっとだけおっさん達に優しい気持ちになったから頭焼くだけで許してやろう。縺れ絡まった露出ムチムチダイナマイトバディーに感謝するが良い！　俺も感謝しよう、ありがとうございます!!

「くそっ、貴様……」（ボクッ！）「このガキ……」（バキッ！）「てめえ……」（ドスッ!!）「お……」（グシャッ？）「……」（ボキッ）

サクサクとお財布と金目の物を剝ぎ取り、アイテム袋に収納して行く。残念ながら縺れて絡まる素敵な投網さんはメイドっ娘に斬り裂かれてしまったんだよ？　まあ装備品みたいだし投網も貰《もら》っておこう、これは良い物だった。

「何で盗賊から追剝しちゃってるんですか、しかも武器からアイテムから容赦なしで網まで盗《と》ってる!?」「ちょ、違うんだよ。普通の人から追剝しちゃったら盗賊なんだから、盗賊から追剝するのは普通の人なんだよ？　多分？」「えぇ？　あれ、ええっ？」

まったく人聞きが悪い、それだとまるで俺が悪い事をしているみたいに聞こえるじゃん？　あっちが悪い事したんだから当然俺は良い人だ。うん、間違いない論理的な不可逆な理論を逆走で相対的な関係の解釈だ。つまり360度如何《いか》なる方向から精査しても俺は悪くないんだよ？　だってあっちが悪者なんだから？　おっさんだし？

「一体、普通の人に追剝される盗賊は誰から追剝すれば良いんですか！　もうそれ誰も盗賊にならないですよね、なったら追い剝がれちゃうんですから!?」

盗賊が居なくなるんだから寧《むし》ろ推奨されるべき良い行為なはずなのにWジトだ？　影武者さんだからツイン・ジト？　そう、何故《なぜ》だかみんな俺が筋道を通してきちんと俺って普通の人なんだよって論理的に語ると不満そうな目で見て来る。異世界言語の翻訳がおかしいのかと思っていたら同級生までジトるんだよ？　理路整然とした俺の論理《ロジック》が理解できないとは嘆かわしい限りだ、因《ちな》みに委員長には「遥君の説明は理路騒然だね」と褒められたくらいの論理的説明なのだ……あれっ、ディスられてる？

「さて、次を釣りに行こうか？」「「襲われる気満々って何!?」」

結構儲《もう》かった。あと50組くらい襲ってきてくれればお大尽様も夢ではないだろう！　よし、襲われよう。勿論美人女暗殺者さんが希望で推奨で推薦中だ。お待ちしております？

相手の考えを読み取っても相手が理解できているとは限らない。

62日目　昼前　ナローギの街

「毎度あり？　みたいな？」

でも、もうちょっと高価な武器とか装備とか、いっそ素直に大量の現金と貴金属を持って襲ってくれると大変に感謝されるんだよ。それはもう有り難く盗賊されてお大尽様に成っちゃうよ？

「あと順番に来ないで一斉に襲ってくれると助かるし、最初から襲う前にお金と武器を先に出しておいてくれると手間が省けて良い盗賊？　みたいな感じなんだよ、きっと？」

みんなおっさんだから身包《みぐる》みを剝がすのが面倒だし、楽しくない！　もう先に金目の物を全部置いて、ついでにそのまま独りでに倒れてくれれば良いのに気の利かない盗賊達だ。

「まったく、身包みを剝がされたいんなら、ちゃんと美人女暗殺者さんか美人女盗賊さんを連れてきて欲しい物だよ。全く全然さっぱり気が利かない使えない盗賊達だな？」

しかも既にもう2桁以上の盗賊に襲われてあげていると言うのに、未《いま》だお大尽様には程遠い。しかも全員おっさんって、この異世界って「おっさん界」とかそんな世界なの？

よし滅ぼそう、多分スライムさんに「この世界滅ぼして来たらおやつ食べ放題だよ」とか言ったら滅ぶと思うんだよ？　時間が掛かりそうだったら、甲冑《かっちゅう》委員長さんに「この世界滅ぼして来たらおニューの帽子作ってあげるよ」とか言えばすぐ済みそうだ。

「遥様、次来ましたよ……ってまだやるんですか、これで18組目ですよ？」「何で賊に襲われてるのに心が痛むんでしょうね。どう見てもこちらが悪党にしか見えないのは何故なんでしょうか？」「あっ、次が来ました……可哀想に」

しかも、ただ斬り掛かって来るおっさんとか最悪だ。盗賊の風上にも置けない気の利かなさだ！　最初の盗賊さんはちゃんと投網で俺と王女っ娘を搦め捕って、密着でムニュムニュな素晴らしい悪党なむちむちと素敵な卑劣な手段でぷりぷりの良い戦いだったと言うのに、その後が駄目駄目だらけな駄目盗賊達だ。

俺は対人戦と言うか嵌《は》め手《て》のスキルに弱い、抵抗《レジスト》出来ないし身体能力《ステータス》が著しく劣る。動きを止められる様な効果《スキル》を受けるか、確実に当てる武技を使われれば簡単に殺《や》られる。身体能力《ステータス》の脆《もろ》さこそが致命的だ。

「まあ、頭に護衛《スライムさん》がいて、史上最大級空前絶後の攻撃能力と防衛能力を持った攻撃も防御も一体の究極生命体な護衛さんだけど……寝てる!?」（ポヨポヨｚｚｚ）

だから練習と思って相手してみたが飽きて来た、何故ならばみんなおっさんだからだ！

「もう飽き飽きだよ！　異世界来てからずっとおっさんって何!?　この天空に聳《そび》え立ちそうなほどの高過ぎる因果なおっさん率は何なの!!」

昔読んだ数々の書物《ラノベ》では、異世界とはどこに行っても何をしても出会うのは美少女ばかりだと記されていたと言うのに……何なのこのおっさん大量発生《スタンピード》？

楽しく無いのに儲からない。どうも盗賊に襲われるのはブラックなお仕事みたいで、金目の物をほとんど持ってなくて全く酷《ひど》い襲われ損だ。いちいち人目のない所まで案内までして襲われてあげていると言うのにさっぱりだ。だって、また美人女暗殺者さんとか美人女盗賊さんも美少女剣士や美人女魔法使いさんもいなかったよ！　もう嫌だこの異世界。

　せめて王女っ娘のエロドレスの隙間でも覗《のぞ》いて、いやらしく癒やされそうとすると影の中からメイドっ娘が攻撃して来るし楽しく無いんだよ？

「なんか盗賊に襲われるのって、思ったよりも楽しくないし儲からないし面倒臭い？」

　ガッツリ大儲けのお大尽様な予定ががっかりなんだよ。

「寧ろどうして盗賊に襲われる事が楽しく儲かっちゃうと思えたんですか！　誰がそんな話してたんですか!?」「もしかして……盗賊に襲われるのが楽しく儲かっちゃうとか思っちゃって護衛に就いて下さったんですか？　何で護衛が盗賊に襲われる気満々なんでしょう？　あれっ、それれって護衛なの？」

　自分のやりたい事で得にならなければ、それは趣味。確かにエロドレスのダイナマイトバディー鑑賞は趣味ではないとは言わない。でも趣味に実益も兼ねてくれるとお大尽様的に嬉《うれ》しいんだけど、どうしよう……きっとまだ釣れるけど、おっさんな予感しかしない。

「もう、全員おっさんなら街ごと焼いちゃった方が早いよね？」「一般のおっさんは何の罪もないですよね!?」「いや、王女っ娘なんだから、おっさん罪とか制定しない？　加齢臭の流布罪とか？」「しません！　どんな弾圧国家なんですか!?」

　まあ、気になるのがずっと一人いるんだけど、おっさんだからテンションが上がらない。だが、居るのに気配がない。あれが刺客なんだろうか……でも釣れない？

「このエロエロでダイナマイトバディーなエロドレスで釣れないって……まさか、そっち系の趣味の人！　逃げよう、ここは危険な世界だったようだよ。そっち系の趣味の人は、このおっさんだらけの街に任せよう、そして見たくないからさっさと帰ろう！」

そう思ったら来ちゃうんだよ――まあ一人で来るんだから自信があるんだろう。って言うかおっさんがハニートラップな自信では無いのだろう。って言うかおっさんがハニートラップ仕掛けて来たら絶対に許さない！　男子高校生が純真に夢見て憧れるハニートラップさんの観点から言っても、引き千切って焼き払ってやる！　絶対だ!!

「えっと、盗賊さんか暗殺者さんかエロい人なのか知らないけど、おっさんなんか用なの？　でも俺はおっさんに微塵《みじん》の用も無いんだよ、って言うか何でおっさんなの？」

「…………ふっ」

見ただけでヤバいものだ。凄《すご》い腕前でＬｖも高い。一呼吸で抜刀し、最も避《よ》け難《にく》い位置を躱《かわ》し難い角度で一瞬で切りに来てる。しかも頭を狙うと見せかけて避け難い足への抜き打ちに軌道を変えるとか質《たち》が悪い。これはデモン・サイズでは危ない、武器を『世界樹《ユグドラシル》の杖《つえ》』に持ち替えて、『魔纏《まてん》』してこちらから前に出る。もう、退《ひ》けば殺られる。

こっちの目配りと呼吸が完全に読まれている。人体の動きを知り尽くし、人の行動様式を読み切っている。人体の構造と仕組みに精通すれば人間の動きなど一目で読めるのだろう、これは人間と言う構造の者を殺す為《ため》だけに極められた究極の人殺し、人間との殺し合いと斬り合いを極めた殺人機械だ。

避け難く、躱すと追い込まれる。だから攻めるしかない……だけど当然、俺の低いＳｐ

Eで振り被《かぶ》って放つ一撃なんて一瞬で見抜かれ見極められた。そして、その攻撃に最も有効な技「打ち落とし」が俺の杖に迫る。これが決まると殺される、完璧で圧倒的だ。

　打ち下ろされる俺の杖を未来視してても、剣に打ち落とされ、そのまま俺が斬り殺される未来しか視《み》えない。完璧な技とタイミングと判断だ。これこそが専門殺人者《プロフェッショナル》。人と人の剣技では決して勝てない最恐。（ボクッ！）

「うん、死んだ？」

　おっさんは後頭部を横から殴られてぶっ倒れた。うん、だって俺も何処《どこ》に当たるか分からないから、完璧で究極な「打ち落とし」だと打ち落とせないいんだよ？

「いや、何故だか俺の攻撃って意味不明にどっか行っちゃうんだよ？　うん、だから俺の動きを完璧に読んでも意味無いんだよ？　いやマジ意味不明なんだよ？　みたいな？」

（ポヨポヨ……）

　このおっさんは人体の動きを見極め過ぎた、だからこそ正面から振り下ろされた杖が突然後ろから横薙《よこな》ぎされる事を想定出来なかった。うん、できるか、俺が吃驚《びっくり》だよ！

「まあ、やってる方も転移の発動が想定できて無いから、動きや気配だけでなく、思考まで読み切ってたんだろうけど……無意味なんだよ？　うん、俺にも分からないし、未来視でも転移って見えないんだよ？　うん、無理」

　最恐だったけど意味が無かった、最強だったから読み切りすぎた。まともにやり合えば絶対勝てないけど、まともじゃないと逆に嵌まり易《やす》かったようだ？

「や、やはりこいつはダジマカム！　王国最強の人斬り専門の殺人剣士『斬殺鬼のダジマカム』、あの死神です！　これは……やはり大公爵が敵に」

「この者があのっ！　会えば死ぬ時とまで言われたダジマカム、騎士隊長でもＳ級冒険者でも斬り殺す最強の殺人者……って一撃で倒されましたよね？」

メイドっ娘《こ》の知り合いだったようだ？　王女っ娘も知っているらしい。だがおっさんだから俺は知らないし、おっさんだからどうでも良い。ただＳ級冒険者、つまりＬｖ１００超えも殺されているらしい、確かに対人戦に限れば究極的な強さだろう、人故にこいつには絶対に勝てない……いや、俺人間だからね？　念のために言っておくんだけど種族は『人族』だったからね？　うん、大丈夫なんだよ。何が大丈夫なのか自分でも分からないし、心配で時々確認してるんだけどちゃんとステータスは人族だったんだよ？

「うん、恐ろしい人斬りだったのだ！　そうに違いない？」「「違いないって……」」

だが、こいつは殺しておこう。こいつに勝てるのってスキル戦闘で委員長かビッチリーダーくらい？　いや副Ｂさんも勝てそうだ。他数名がギリギリで、大半は確実に殺される。恐らくオタ達《たち》でもこいつは無理だ。莫迦《ばか》達は人族じゃ無いから勝てる、このおっさんの動きは莫迦達と同じものだった、それが綿密な知識で裏打ちされた対人戦特化。Ｌｖ１００までは行っていないのに人を殺す事だけが最恐に最強。

「うん、莫迦達の直感なら五分かな？　身体操作や駆け引きも互角そうだし？」

だから殺そう。生かして置けば誰かが殺されるかもしれない。狙われれば避けようがない。うん、人を殺して来たんだから、きっと殺されるのも分かってたんだよね？　殺し合いなんだからさ……うん、俺も人殺しだから分かっているんだよ、だから……さ。

——きっと人殺しには墓なんていらないだろう、だから消滅させた。誰かに感謝される人にだけお墓なんて有れば良い。俺達みたいな人殺しは、ただ殺されて消えれば良いんだよ。それが嫌なら誰も殺さなければいい、とてもとても簡単な事だ。

ちょっと用事があるから、その証言をした人達の名簿を見せて欲しい？

62日目　昼　ナローギの街

軍神が恐れ敬う黒髪の少年。数多くの噂《うわさ》を持ちその全てが荒唐無稽な話ばかりでそのどれもが同一人物とは思えない噂だらけの少年。シャリセレス王女はこのＬｖの低い少年の強さに疑問を持ちながらも、何故《なぜ》だか心から信頼を置いていらっしゃるように見える。

信用は出来ても信頼など決してできないのに。

でも強い事は間違いない、私は身を以《もっ》て知らされた。完全な気配遮断状態で『影襲《かげひそみ》』で影に入った状態からの必殺攻撃の『覇威』。それも毒剣で死角から最も避け難い腰を下から突いた。あれが躱せる者などいない、なのに剣が無くなっていた。

気付けば奪われていた。あれは必殺攻撃の『覇威』の発動中に奪われた、それは間違えようのない化け物レベルの強さ。

　そして命を救われた、私の生命の恩人。でも信頼なんて出来ない、軍神メロトーサム様が恐れる化け物なんて恐ろしいに決まっている。あの最強の魔の森で戦い抜く辺境軍の隊長格ですら当たり前に頭を下げて道を譲る、頼るなんて決してしてはいけない。

　なぜならば、この少年は気まま過ぎる。この少年は勝手過ぎる。この少年はあまりにも非常識だ。そして、この少年《ばけもの》は自由だ。何にも縛られずに、何事にも囚《とら》われずに、ただ勝手気ままに自由気ままに思ったままに生きている。鎖に繋《つな》がれていない化け物が、自由気ままに好きな所に赴き、勝手気ままに好きな事をしていると言う意味を誰も考えていない事こその危険さ。

　まして知らなければＬｖ20の少年なんて誰も警戒もしないし、気にも留めない。それが化け物だとも知らないで、その少年こそが迷宮殺しだとも知らずに、どこでも出入りしてしまう。護衛を仕事とする者にとって最悪な化け物。暗殺者なんてものでは無い、城に入れた時点で城ごと落とされしまうのを守りようなんてない。

　確かに優しい少年だ、皆に優しく驕《おご》る事なく、気さくで親切ですらある少年だ。だけれど善良ではない、それは安全から最も遠い者。悪意の欠片《かけら》も感じられず邪心も……邪心《エロ》はたっぷりあるんですけど、悪心は無い。あの時に望めば私の身体《からだ》など自由にできていた、脅して姫と取引すら可能だった筈《はず》だ。だが何事も無いように笑っていた。何故ならば殺されかけたとすら思っていなかったから、あの少年には何事も無かったのだから。

もしも……誰かがあの少年を本気で怒り狂わせたらどうする気なのか。オムイ様はどうせ滅びる運命だったのだから違い等《など》は無いと仰《おつしや》った。それで滅びるなら、これは死に逝く辺境が見た最後の幸せな夢だったのだと、希望すら知らなかった辺境が幸せになれただけで充分過ぎる対価だと——つまり辺境の王ですら滅びる事を受け入れていた。

あの少年は考えられない程の幸せと恐怖を持っている。今は民を幸せにし魔物に恐怖を与えている。そして何時何時《いつなんどき》か、それが逆になれば王国は滅びる。

わたしはシャリセレス様の為に生き、そして死のうと決めた影だ。幼い時からそれだけの為に修練し付き従っていた。だから少年が怖くて仕方がない、あの無邪気さこそが怖い。

そして少年と話して笑ってしまう自分が怖い。普通なら恐ろしくて「しっしっ」とか言いながら姫様から剣で追い払うなんて出来る筈なんて無いのに、当たり前の様に行っている自分が怖くてたまらない。姫様と二人で死に向かっている筈の私達が、あの少年が傍《そば》にいるだけで普通に笑ってしまっているのが怖い。たった二人で王国軍に対しようと覚悟していた私達が、三人になったらいつの間にか安心して笑っているのだから。

そして笑っていようと泣いていようと当然のように死は訪れた。その死の使いは死神ダジマカム。王国に伝わる恐怖の伝説の張本人が目の前にいる。代々の最凶の人斬りが継ぐ死神の名を持つダジマカムと言う異郷の者。人を殺す事だけを幼少から教えられ続け育てられた暗殺者達の中で、ただ一人の最強だけが継ぐ名を奪い取った異邦人。

全ての斬り殺し方を身に付け、常に最適に切り殺す、ただ殺す為だけの殺人鬼。狙われた者も、狙った者も等しく斬り殺し続けた生粋の人斬り。人の動きも、考えも読み取り、人を殺す技だけを身に付けた最強の対人専門の剣士。見つかった時点で終わりだ、身を挺《てい》して姫様を逃がすしかない。

だが少年が前に出た――ただ何も考えずに、何の覚悟も無くぽいと進み出た。少年が殺されている間にダジマカムの影に入るしかないと意を決する……それが残酷でも、あれとは戦う事も無理なのだから。なのに何の戦いすら無く、死神は呆気《あっけ》なく殴り倒された。ただの一振りで殴られ倒されてしまった。

王族すら恐怖し、近付く者を入念に調べ上げ近付かせなかった死神は、何も出来ずに倒れ伏した。あの死神は人斬りの頂点に君臨する生ける恐怖の伝説だ、それを事も無く殴って倒してしまう。あの少年は何なのだ、あの人斬りの死神より危険な何かなのか？

だが、悠然と死神の身体を消滅させる後ろ姿は――何の力も無い、まるで死を前に途方に暮れる子供の様に儚《はかな》げだった。振り返って泣いているように笑いかけると、事も無げに歩き始めた。もう、振り返る事は無かった。

影となり姫以外は全てを疑い、姫以外は全て敵と見做《みな》して生きてきた私が、思わず抱きしめそうになる程に弱々しい後ろ姿の少年。脆《もろ》くて儚くて抱き留めないと消えてしまいそうな泡沫《うたかた》の幻影の様に消え入りそうな後ろ姿。

私が怖いのは私だ。私は何度あの少年に笑わされた？　姫の前以外では一切の感情を殺した私が、いつの間にか目で追っている。王女に命とこの身と生涯の全てを捧《ささ》げた私が。

そして気付く。誰もがみな、その姿を無意識に目で追っている。そして、その姿を見ただけで、その顔はみな笑っている。ただ遠方からきた通りすがりの旅人という少年。勝手気まま自由奔放な我儘《わがまま》放題なのに誰もが慕う謎の少年。噂だけが渦巻く悪魔の様に辺境を救い、天使のように魔物を殺戮《さつりく》すると言われる意味不明な少年。

街で聞けば放蕩《ほうとう》者の働き者だと言い。店主に聞けば無限の英知を持ったお莫迦さんと断言される。村で聞けば無欲に全てを奪っていったと言い。町で問えば最強最悪で凶悪な救世主と崇《あが》めていた。

店で聞けば有り金を全て奪う鬼の様な良い少年と言い。子供に問えばお菓子をくれて頭を撫《な》でてくれるお大尽様と答え。ギルドで聞けば誰よりもコソコソと威風堂々とした少年と言い、老人達は言葉も無く恐れながら崇拝する。何一つまともな証言が取れない謎だらけの少年。なのに、その誰もが笑っていた。

何もかもが意味すら分からない事が恐ろしい。魑魅魍魎《ちみもうりょう》が徘徊《はいかい》し悪鬼羅刹がまかり通る陰謀と策略が渦巻く王都にすらこんな恐ろしい者はいなかった。思想も目的も求める物も分からない、調べるほどに分からない。何もかもが意味ありげで、何もかもが無意味に凶悪な思える。誰も彼もが文句を言いながら、誰もがみんな笑いかける。意味不明なままに凶悪な何かが自由に気ままに野放しだった。危険な事を皆知りながら当たり前のように笑い合う狂気。

なのに、また瞳が追っている。引き付けられているのでは無く追っている。だから私は私が怖い。何よりも恐ろしくて怖いのに——それでも私には泣いている無力な子供にしか見えないから。

公正取引法違反の独占禁止法違反者共には不法投棄が望ましい。

62日目　昼　ナローギの街

やはり盗賊からの被害を最小限に抑える為《ため》には、盗賊を被害に遭わせて最大限毟《むし》り取る高度循環盗賊毟り経済が最も効率的なようだ。

「どっかに大金持ちで美人の手下だらけの盗賊さんっていないのかな？　もう、直接そこに襲われに行かない？　待ってても碌《ろく》な盗賊が来ないし？」「護衛が嬉《うれ》しそうに積極的に襲われないで下さい、ましてやポジティブに襲われに行かないで下さい！」「敵陣に乗り込んで襲われに行くって意味分からないって言うか、それって実は襲っていませんか？」

だって結局全部おっさんだったよ。

「あれだけずっと美人女暗殺者さんのフラグを大量生産して待ってたのに、それを遥《はる》かに超える数のおっさんって何なの!?　この無限に続くおっさん輪廻《りんね》は何処《どこ》まで広大無辺に拡《ひろ》がり続けているの!?　辺境出てもずっとおっさんって、実は王国って全員おっさんなの？」

「何で護衛が護衛対象を連れて敵陣に乗り込んじゃうんですか？　それって全く護衛せずに襲わせて身包《みぐる》み剝ぐ気満々ですよね、私囮《おとり》にされちゃってませんか!!」

異世界強盗は遅れている。

「まったく、盗賊被害《ビジネスチャンス》は早い者勝ちの世界で、常に『人より先に殺《や》れ』なんて現代の競争社会では一般常識なんだよ？　うん、待っていれば出遅れて追い付けなくなるから、先行逃げ切りされれば終わりだって大体経済予測が政治的に間違ってる経済新聞に書いてあったから間違い無く無いんだよ？」「「どんな国から来たんですか、一体!?」」

異世界経済新聞も遅れてる？　まあ、あれなら読まない方が良いかも？

「この街はもう食べ物屋さん無さそうだし、お外でお昼にしようよ。だって街の中でおっさんに囲まれて食事とか凄《すご》く嫌なんだよ？　もうＢＢＱの代わりに街中のおっさん焼き払っちゃう位に嫌すぎる！　よし夜はＢＢＱにしようかな？」（プルプル）

もう残りの見張っている連中に動きが無い。ただ遠巻きに見張っているだけなら罪のないストーカーさんや覗《のぞ》き魔さんと大差ないだろう。よくよく考えると何となく有罪って言うか、犯罪者な気もしてくるんだけど罪が有っても無くてもどうせおっさんだ、もうおっさんって言うだけで犯罪者みたいなもんだから別に良いのだろう？　うん、魔物でもおっさんでも邪魔だったら狩ればいいだけだし。

長閑《のどか》だ——辺境から外は辺境ほどポコポコと迷宮は湧かないらしいし、魔の森も無い。高濃度の魔素で魔物が生まれる辺境と違い、自然繁殖した素材の剝げる魔物とかいるらしいけど、数が圧倒的に少ないし湧かないんだから狩れば増えない。だから平和。

「これは、かの横方向成長《グローイングアップ》が止まらないんだけど抑制《セーブ》する事も無い人達《たち》がお薦めのパンプキンパイさんだから、南瓜《かぼちゃ》チップスとの連携《コンビネーション》で成長が加速しても俺は知らないんだけど美味《おい》しいよ？　たーんとお食べ？　みたいな？」「「ありがとうございます、いただかせて頂きます」」

　食事をとりながら話を聞き、要点をまとめると無駄働きだったようだ。どうも斥候では無く、先に集まった近隣の傭兵《ようへい》って言うか盗賊団と近場の小貴族達。だから物資もお金も持っていない、つまり儲《もう》からない！

　盗賊狩りは進んだから商人さん達の被害は減少するはずだけど、あの暗殺者の……田島《タジマ》くん……だっけ？　あのおっさんはやはり王女を狙って送り込まれたのかも。殺し屋は一人だけなのか、何を狙っているのかも分から無くて手が打てない。てっきり王女っ娘を攫《さら》いに来ると思ったら殺し屋だった。だけど盗賊に命令していた小綺麗《こぎれい》な恰好《かっこう》の貴族は攫《さら》おうとしていた様だったし2派に分かれているのだろうか？　赤組と白組？　うん、どっちが勝ってもどうでも良さそうだ！

　しかし、動いているのは貴族連合と第一王子らしいけど、殺し屋が王子派で、攫いたいのが貴族派なんだろうか？　どっちが赤組でどっちが白組なんだろうか？　まあ、どっちでも良いんだよ。うん、だってどっちも応援しないいんだよ？

「動きに統一性が無いし、命令系統も纏《まと》まってないいって逆にやり難《にく》いんだけど、出会った順に各個撃破で良いのかなー？」「全く交渉する気は最初から全然ないのですね!?」

　軍事とか良く分からないいんだけど、大体敵の大将を討ち取れば良かったはずだ。第一王子と言うからにはチャラ王の息子、ならば1番チャラい奴《やつ》？　でも、王がチャラ王だと貴族までチャラそうなんだよ……見分けられるかな？

「スライムさんも貴族とか食べたらスキル『チャラ』とかついちゃうから食べちゃ駄目だよ、ぽよぽよは正義だけどあげぽよは駄目なんだよ？」（プルプル！）

うん、チャラ男はいらないらしい、スキルも要らないみたいだ。食べたがらなくって良かったよ、チャラいスライムさんが今一想像つかないんだけど、（あげぽよ）とか言うチャラスライムさんとか何か嫌そうだ？　うん、可愛《かわい》かったらどうしよう？

「王女っ娘はどうする気だったの？　良い作戦だったらパクって採用しちゃうよ？」

「私は軍を止めて、止まらねば一騎打ちで決着付けようかと思っておりましたけど？」

うん、駄目だった。よく考えたらメリ父さんに軍事と剣を師事したって聞いた時から期待してなかったんだけど、やっぱり正面から突撃だった。うん、それって師事必要なの？

街で待つって言っても、もう廃墟《ゴーストタウン》の様な有様で店も何もない空き家とおっさんだけで楽しくなさそうだ。尾行っ娘一族に貰《もら》った地図には道を進めば町があるけど、そこまで行ってみるべきか……まあ、行けば王女っ娘は決して引き返してはくれないんだろう。止《とど》まるか進むかしか無いんだけどどうしよう？

「メイドっ娘、空飛ぶ魔物は残って無いの？　暇だし乗ってみたいし、歩くの面倒だし？なんか丸い宙に浮く蝙蝠《こうもり》さんって聞いた気がするんだけど、もういないの？」「全て侵入に使って辺境軍に接収されています、王都にならまだ残っているかもしれませんが、ここらで手に入るような物では無いですし暇だからって乗らないで下さい。あれはとても貴重で高価なんです！」

まあ、わからないから王女っ娘の後ろを付いて行けば良い。だって歩くと隙間《スリット》が開く、そのスリットから覗く白く滑らかでムチムチな太腿《ふともも》さんに付いて行こう！　うん、何処までも付いて行ってしまいそうだが、影からジト目が見てる？　うん、ちゃんと出て来てジトろうよ？

「スライムさんも暇を持て余してぽよぽよしてるんだけど、もっと盛り上がるような素敵なセクシー盗賊団とか出ないの？　いたら寄るんだけど？」

返事はジトだった。本体の王女っ娘と影からのメイドっ娘の虚実ジト——スキルなんだろうか！　だけど本隊の到着まで下手すると10日以上かかるって、待つのも怠《だる》い。そして集結出来ていないし、行軍すらばらけているのなら集結を待つのは愚策だろう。そして狙いは一つだけだ、他は良い。

こっちが離れている間に違う部隊が行き違いで辺境に行くと困るけど、甲冑《かっちゅう》委員長さんはムリムリ城へのお使いを済ませたら偽迷宮で模様替えをしながら委員長達を待っている筈《はず》だ。そして戦争が始まりそうな迷宮に入って来る一般人はあまりいないだろう。だからお持て成しの準備。しかし敵が到着するまでが長そうだし、『千里眼』で見回すとかなり遠くで砂煙……馬群が走っているみたいでこっちに向かっている？

「王女っ娘、馬が来るけど馬に知り合いとかいる？　なんかこっち目指して走ってるって言うか駆けてるけど、砂埃《すなぼこり》が見えるから結構疾走中な感じ？　うん、もしかしたら失踪中かもしれないんだけど、馬に乗って全力で失踪してるけど、探さないで下さいみたいな感じだったら見なかった事にする？」「馬って……それ人は騎乗していませんか？　旗か鎧《よろい》に印の様な物はありませんか？　セレス、私の武装を！」「はっ！」

う――ん、まだかなり遠い。何か馬らしきもの達が走って来るのは分かるんだけど……旗？　でもあれって赤菱《あかびし》……信玄《しんげん》さん!?

「旗みたいなものに白地に赤の菱が入ってる旗みたいな？　でも風林火山の旗は無いみたいなんだけど……こっちも対抗して毘沙門天《びしゃもんてん》の兜《かぶと》でも作ろうか？」

「赤菱《レッドロンブス》、王弟閣下が何故《なぜ》辺境に！　何処ですか、すぐにお助けせねば、追われているのですか！」「王弟閣下は現在国王の代行です、王都を離れる事なんて有り得ないのですが、何故」

本気で走っているから追われているのかも知れないんだけど、土煙と砂埃で後方が見えない。だが国王の代行が襲われるようでは、この国ってもう駄目なんじゃない？　うん、国王は皇太子を決めないまま急な病で倒れて意識不明、その国王の代行が襲われるようだと完全に謀反か内乱かどちらかだ。それって辺境攻めてる場合なのだろうか？　まあ、それでも魔石が無ければ王国は滅びるから、辺境を目指すしか無いか。

「後ろに旗は無いんだけど緑っぽい鎧に白い線。うーん、追われてるっぽいけど、どっちもおっさんの気配が濃厚だから纏めて焼いちゃう？」「深緑に白いライン……教国の傭兵団が何故《なにゆえ》王国に！　それは教国の対獣人の傭兵部隊です、何故王国に入って来て、ましてや王弟殿下に攻撃を！　それではもう……戦争ではないですか」

教国、爺《かみ》の所の奴等《やつら》だ。なら王弟が味方かどうかは知らないけど教会は敵。辺境を汚れた地と呼び、一切の援助もせずに魔石の加工を「神の浄化」なんて巫山戯《ふざけ》た名前で独占する公正取引法違反の独占禁止法違反者共だ。

そして——大迷宮の底に、神に逆らいし悪《あ》しき魔女を封印したと公言する俺の敵。そんなにとっても神の正義を名乗るのが大好きなら、清く正しく平等に皆殺しにして纏めてみんな大好きな神の白い部屋に宅配してあげよう。あの地の底で永遠の時をたった一人で闇と戦い、最期の時まで抗《あらが》っていたアンジェリカさんが悪だと言うなら、俺は悪の味方なんだよ？　うん、そんな正義《ゴミ》は焼却処分にでもして、白い部屋に不法投棄で爺《かみ》ごと埋め立ててやればいい。他人が片っ端から不満で神が大好きなんだったら、さっさと神の下でもどこにでも行けば良い。此《こ》の世の邪魔だ。

「ああ、オタ達も呼んでやれば良かったよ。獣人は汚れた生き物と決めつけて奴隷にして売り飛ばす素敵な正義様《しゅうきょう》の対獣人部隊の傭兵団らしい、きっと殺し尽くしても許さないだろうね。あいつ等はケモミミ大好きで、迫害者や虐待者が大嫌いなんだから」（ポヨポヨ）

まあ、オタ達には残してやれそうに無いから、念入りに懇ろに爺《じじい》の所へ強制送還してあげよう。送料はプライスレスだよ——うん、着払いだ！

あとがき

毎度お馴染《なじ》みと成りつつある、決して載る事の無いのに毎巻恒例なあとがきです。お買い上げ下さった方ありがとうございます、そしてお読み頂いた方には感謝を、そしてそして焚書《ふんしょ》中の方は火傷《やけど》にお気をつけて下さい。

はい、今回も決して載らないあとがきを書いていますが、まずは毎回編集部がざわつくほど格好良いイラストを描いて下さる榎丸《えのまる》さんにお礼を、そして誤字脱字に衍字《えんじ》だらけの怪文書を校正して下さる鷗来堂《おうらいどう》様と、ＷＥＢで沢山の誤字修正を上げて下さる方々へも感謝と深謝を。


そして丸投げされてる担当編集さんにもお礼をと言いたい所ですが、このお話は無駄に長いけど無駄を削ると何も残らないという糖質ゼロの綿飴《わたあめ》みたいなお話で、書籍化ではせめて無駄を最低限に（頁《ページ》数増えるとお値段も（汗））と、それはもう削りに削り詰めに詰めて校正して、頁数ギリギリまで削っているんですが……もし、もしも万が一この文章が巻末に載っていたら5回目のあとがき＝「頁余っちゃった（テヘペロ）」な編集Y田さんの5巻5連続テヘペロです！

「40文字×18行のワードで３６８頁。～までで」と、こんな感じで指定が来て削りながら加筆も合って、書いては削って纏《まと》めて行くわけですが……前巻では何とあとがき5頁（笑）。

はい、わりと「5頁削ってね」とか言われると3600文字、90行減らさなきゃと泣けるんですが、特殊な書き方な怪文書の為《ため》に物凄《ものすご》く頁数が合わせ難《にく》くはあるんですが——流石《さすが》にまたあとがき載ってたら、それはもう超懇《ねんご》ろにお礼をしちゃってくれようかと謝辞（物理）をホームセンターや野球用品店で物色中の毎日です。

そんな訳で載らない前提のあとがきを何頁必要かも謎なまま書くという、事実は小説よりも奇なりと言いますが、小説のあとがきこそ奇っ怪過ぎだったという恐ろしい現実にポルナレっておりますが……まあ、長めに書いておけばと沢山書くと、今度は載らない前提の何頁必要かも不明なあとがきを削る作業が発生するという、感謝感激のあまり刃物店や銃砲店への物色も必要かもという謝辞と書いて犯行声明とルビ打って貰《もら》おうかなと？

そして、今回はコミック5巻も同時発売となりまして、びびさんにもガルド編集のへび様にも五体投地で拝謝させて頂きます。

そんな訳で、計算ならこれで2頁になるはずですが、これ1頁に削れと言われたらどうしようと思いつつも。まさかの3頁目で此処《ここ》で終われない可能性も視野に入れつつ、実はもうかなり載らないはずのあとがきが載る予感を感じながら、お読み下さった皆様にありがとうございますを。

五示正司《ごじしょうじ》

マンガでも貫く
俺のぼっち道。
ひとりぼっちの
異世界攻略
LONELY ATTACK ON THE DIFFERENT WORLD
漫画 びび 原作 五示正司
コミックス①～以下続刊 好評発売中!!
COMIC GARDO
コミックガルド
オーバーラップ発
WEBコミック誌
連載はこちら

作品のご感想、
ファンレターをお待ちしています

あて先
〒141-0031
東京都品川区西五反田 7-9-5 SGテラス5階
オーバーラップ文庫編集部
「五示正司」先生係／「榎丸さく」先生係

OVERLAP

ひとりぼっちの異世界攻略 life.5
超越者と死神と自称最弱

発　　行　2020年10月25日　初版第一刷発行

著　　者　五示正司
発 行 者　永田勝治
発 行 所　株式会社オーバーラップ
〒141-0031　東京都品川区西五反田 7-9-5
校正・DTP　株式会社鷗来堂
印刷・製本　大日本印刷株式会社

Printed in Japan　ISBN 978-4-86554-761-0 C0193